Buchi
Emecheta

Zwanzig
Säcke
Muschelgeld

Katrin Awah

Zu diesem Buch

»Dieses Kind ist unbezahlbar. Es ist mehr wert als zwanzig Säcke Muschelgeld.« Was der Vater des Ibo-Mädchens vor Freude über dessen Geburt ausruft, bleibt ihr als Name: Nnu Ego. Und wie über den Namen des Mädchens, so bestimmen Männer auch über den weiteren Lebensweg Nnu Egos: bestimmen ihr den Ehemann, dem sie keine Kinder, keine männlichen Nachkommen schenkt, und verkuppeln darauf die »Versagerin« an Nnaife Owulum, der im fernen Lagos lebt und den Brautpreis geschickt hat.

Nnu Ego ist entsetzt, als sie sieht, welche Arbeit ihr Mann verrichtet: Er wäscht die Schlüpfer der weißen Misses – für sie, die Männer als hart arbeitende Bauern oder Krieger kennt, der Gipfel der Selbstverleugnung. Siebenmal lernt sie die »Freuden der Mutterschaft« kennen, ein Segen, der ihr jedoch bald zur Last wird. Der Kinder wegen kann Nnu Ego Nnaife nicht verlassen und muß sich von ihm demütigen lassen; ihretwegen rackert sie, bereits wieder schwanger, von früh bis spät.

Nnu Ego stirbt am Ende, zurückgekehrt in ihr Dorf, unbemerkt am Straßenrand, allein. Und ihre Kinder? – Sie veranstalten das prunkvollste Begräbnis, das Ibuza je für eine Frau gesehen hat.

Die Autorin

Buchi Emecheta wurde 1944 in einem Vorort von Lagos in Nigeria geboren. Ihre Eltern stammten aus Ibuza. 1962 kam sie nach England und studierte Soziologie. Buchi Emecheta ist geschieden und lebt mit ihren fünf Kindern in London. – Bislang hat sie zahlreiche Romane (u. a. *In the Ditch,* 1972; *Second-Class Citizen,* 1975; *The Bride Price,* 1976; *The Slave Girl,* 1977; *The Joys of Motherhood,* 1979; *The Double Yoke,* 1983; *Gwendolen,* 1989) und Kinderbücher (*Titch the Cat, Nowhere the Play, The Wrestling Match, The Moonlight Bride*) veröffentlicht. Hinzu kommen Fernsehstücke und Hörspiele für die BBC sowie Essays in afrikanischen, britischen und amerikanischen Zeitschriften. Ihr Werk ist mehrfach ausgezeichnet worden.

Buchi Emecheta engagiert sich neben ihrer Arbeit als Schriftstellerin im Arts Council und in Regierungskommissionen gegen die Rassendiskriminierung in Großbritannien. Seit 1981 ist sie Professorin für Englische Literatur an der Universität Calabar, Nigeria.

Buchi
Emecheta

Zwanzig Säcke Muschelgeld

Aus dem Englischen von
Helmi Martini-Honus und Jürgen Martini

Unionsverlag
Zürich

Die englische Originalausgabe erschien 1979
unter dem Titel *The Joys of Motherhood*
im Verlag Allison & Busby, London
Die deutsche Erstausgabe erschien 1983
unter dem Titel *Zwanzig Säcke Muschelgeld*
im Verlag Antje Kunstmann, München

Unionsverlag Taschenbuch 14
Diese Ausgabe erscheint mit freundlicher Genehmigung
des Verlags Antje Kunstmann, München

Rieterstraße 18, CH-8059 Zürich
Telefon (0041) 01-281 1400

Umschlaggestaltung: Heinz Unternährer, Zürich
Umschlagbild: Hugo Schuhmacher, Zürich
Druck und Bindung: Clausen & Bosse, Leck
ISBN 3-293-20014-1

Die äußersten Zahlen geben die aktuelle Auflage
und deren Erscheinungsjahr an:

4 5 6 7 8 – 00 99 98 97

Die Mutter

Nnu Ego ging rückwärts aus dem Zimmer. Ihr Blick war verschwommen und trübe, die Augen starrten ins Leere. Sie ging wie im Schlaf, stieß gegen die Tür, wich aus, ging über die Veranda, betrat die Wiese, die zum Wohnbereich der Dienerschaft gehörte. An ihren bloßen Füßen spürte sie die Nässe des Taus. Am Körper fühlte sie die dunstige Luft und nahm nur am Rande wahr, daß sie die Wäsche ihres weißen Herrn streifte, die auf der Leine hing. Sie fuhr mit einem Ruck herum wie eine Marionette, deren Fäden abrupt gelockert werden. Sie ging auf die Straße zu, hatte sich entschlossen, die Augen zu benutzen, nicht mehr rückwärts zu gehen. Als hätte ihr das zu noch größerer Leichtigkeit verholfen, schienen ihre Füße den Boden kaum zu berühren. Sie lief am Bungalow ihres Herrn vorbei, vorbei an dem Garten, der an der Seite des Hauses lag, auf die ungeteerte, geschotterte Straße hinaus. Einen Augenblick lang war sie von der hellroten Farbe der Straße benommen. Sie eilte weiter, das kurze Stück bis zu der großen Asphaltstraße, rannte wie verfolgt, sah sich nur einmal kurz um, um sich zu vergewissern, daß ihr niemand folgte. Sie lief, als würde sie nie wieder anhalten wollen.

Dies geschah im Jahre 1934 in Lagos, damals noch britische Kolonie. Die Yaba-Wohnsiedlung, die in der Nähe der Insel lag, war von den Engländern für Engländer gebaut worden, obwohl viele Afrikaner wie Nnu Egos Mann dort als Diener und boys arbeiteten und lebten; in einigen der schlichteren Wohnblocks lebten ein paar Schwarze aus dem Ausland, Büroangestellte. Schon damals nahm die Einwohnerzahl von Lagos, das bald Hauptstadt eines neuen Landes Nigeria werden sollte, schnell zu. Nnu Ego hastete an den Ständen des Zabo-Marktes vorbei, die mit rotem Wellblech gedeckt waren. Sie gleißten wie das feuchte Gras und die Wege im Morgendunst. Das alles nahm Nnu Ego in ihrer Verfassung nur unbewußt wahr. Als sie die Baddley Avenue erreichte, stachen ihr die kleinen, spitzen Steine des Fußweges in die Fußsohlen. Sie fühlte den Schmerz und fühlte ihn doch nicht. So war es auch mit den Schmerzen in ihren jungen ungeschnürten Brüsten, die sich schnell mit Milch füllten, seit sie vor vier Wochen ihren Jungen geboren hatte.

Ihr Baby ... ihr Baby! Unwillkürlich stützte Nnu Ego ihre schmerzenden Brüste mit den Armen, mehr um sich zu vergewissern, daß sie wirklich Mutter war, als um sie zu entlasten. Sie spürte, wie die Milch lief und ihre *buba*-Bluse naß wurde; aber ihr Schmerz war heftiger, schnürte ihr fast die Kehle zu. Es trieb Nnu Ego vorwärts und sie lief vor ihm weg. Sie wurde es nicht los. Es gab nur eine Möglichkeit, sich von diesem Schmerz zu befreien. Denn wie sollte sie, nach dem, was passiert war, der Welt wieder gegenübertreten? Nein, das wollte sie lieber gar nicht erst versuchen. Es war das beste, allem auf diese Weise ein Ende zu machen, die einzige Lösung.

Sie rannte und rannte. Ein paar Frühaufsteher sahen sie, versuchten sie aufzuhalten und zu fragen, wohin sie wolle. Denn sie sahen eine junge Frau von fünfundzwanzig Jahren, die ihre langen Haare nicht ordentlich geflochten hatte und ohne Kopfbedeckung war. Sie trug eine weite Haus-*buba* und eine dazu passende verblichene *lappa*, die sie fest um ihre Taille gewickelt hatte. Die Leute vermuteten, daß etwas nicht in Ordnung war. Nicht nur weil ihre Kleidung zu schäbig war, um außerhalb des Hauses getragen zu werden, und ihr Haar zu ungepflegt, um es unbedeckt zu lassen, nein, es war vor allem der unheimliche, wilde Ausdruck in ihren Augen, der sie vermuten ließ, daß irgendetwas diese Frau quälte und peinigte. Aber ihre Bewegungen waren so flink und schnell, daß sie den vielen Menschen, die ihr helfen wollten, entwischen konnte.

Als sie schließlich den Oyingbo-Markt erreichte, kam die Sonne hinter den Morgenwolken hervor. Sie näherte sich einem belebteren Teil der Stadt, und hier waren schon mehr Menschen unterwegs. Die ersten Marktverkäufer gingen in einer Reihe einzeln hintereinander zu ihren Ständen, ihre Bündel fest verschnürt und geschickt ausbalanciert auf dem Kopf. Nnu Ego stieß mit einem ärgerlichen Hausa-Bettler zusammen, der gerade einen der offenen Stände verließ, unter dem er die Nacht verbracht hatte, und zur Asphaltstraße hinüberging, um mit seiner Arbeit zu beginnen. Er war blind und hielt seinen Stock beim Gehen drohend vor sich ausgestreckt. Mit der anderen Hand umklammerte er zittrig seine Bettelkalebasse. Nnu Ego hätte den armen Mann in ihrer Hast beinahe zu Boden geworfen, als sie wie blind in ihn hineinlief. Er fluchte laut, überschüttete sie mit einem Schwall unverständlicher Beschimpfungen in Hausa, das kaum jemand in Lagos verstand. Die Kalebasse flog ihm aus der Hand, und er fuchtelte mit dem Stock in der Luft herum, um sein lautes Fluchen noch zu unterstreichen.

»*Dan duru ba!*« rief er. Er glaubte, er würde am frühen Morgen schon von Dieben angegriffen, die es besonders auf blinde Bettler abgesehen hatten und ihnen ihre täglichen Almosen raubten. Nnu Ego gelang es gerade noch, dem Stock auszuweichen, als sie ihm die Kalebasse aufhob. Sie tat es wortlos, aber atmete schwer. Es war sinnlos, diesem Mann, der sich in seinen Zorn hineinsteigerte, etwas zu erwidern. Als sie weiterlief, fluchte er weiter und fuchtelte mit seinem Stock.

Allmählich fühlte sie sich erschöpft, und von Zeit zu Zeit wimmerte sie wie ein verängstigtes Kind. Trotzdem ging sie schnell, erbost, daß sie überhaupt Schmerzen spürte. Schmerz und Zorn kämpften in ihr. Manchmal überwog der Zorn, aber der Kummer war stärker. Und der war es, dem sie sehr, sehr schnell ein Ende machen wollte. Bald würde sie da sein, sagte sie sich. Bald wäre alles vorbei, unten im tiefen Wasser, das unter der Carter-Brücke floß. Dann könnte sie ihre *chi*, ihre persönliche Gottheit suchen, ihr begegnen und könnte sie fragen, warum sie sie so gestraft habe. Sie wußte, ihre Gottheit war weiblich, und zwar nicht nur weil ihrer Vorstellung nach nur eine Frau eine andere dermaßen strafen würde. Abgesehen davon, hatte man ihr nicht oft zuhause in Ibuza erzählt, daß ihre *chi* eine Sklavin war, die man gezwungen hatte, mit ihrer Herrin zu sterben, als diese begraben wurde? Deswegen sorgte die Sklavin nun dafür, daß Nnu Egos Leben eine einzige Kette von Katastrophen wurde. Jetzt war sie auf dem Weg zu ihr, zu der unversöhnlichen versklavten Prinzessin aus einem fremden Land, um alles ernsthaft mit ihr zu bereden, nicht hier auf der Erde, sondern im Reich der Toten, tief unter den Wassern des Meeres.

Man sagt, daß Sterbende, seien es Ertrinkende oder unheilbar Kranke, in ihren letzten bewußten Augenblicken ihr Leben kaleidoskopartig an sich vorbeiziehen lassen. Nnu Ego war keine Ausnahme. Ihr Leben hatte vor fünfundzwanzig Jahren in Ibuza, einer kleinen Ibostadt, begonnen.

Die Mutter der Mutter

Nwokocha Agbadi war einer der reichsten *chiefs* seines Dorfes. Er war ein ausgezeichneter Ringer, schlagfertig und äußerst redegewandt. Stets hatte er treffende Anekdoten und weise Sprichwörter parat. Er war sehr hochgewachsen, und da er zu einer Zeit lebte, als körperliche Geschicklichkeit über die künftige Stellung im Leben entschied, akzeptierten ihn die Leute ganz natürlich als Oberhaupt. Wie die meisten gutaussehenden Männer, die sich ihrer Ausstrahlung bewußt sind, hatte er im Laufe seines Lebens viele Frauen. Wenn sie ein Nachbardorf überfielen, kehrte Agbadi mit den schönsten Frauen zurück. Er hatte eine Vorliebe für Frauen aus wohlhabenden Familien, für Töchter von chiefs und reichen Männern. Aus Erfahrung wußte er, daß diese Frauen sogar in der Gefangenschaft ihr größeres Selbstbewußtsein und ihren Witz nicht verloren. Und diese Arroganz, der selbst die Gefangenschaft nichts anhaben konnte, reizte anscheinend seinen Hang zur Bosheit. In seiner Jugend wurde eine Frau verachtet, wenn sie sich kampflos geschlagen gab und ihre Ehre nicht verteidigte. Ruhige und schüchterne Frauen wurden erst durch das Christentum und andere Veränderungen interessant. Die meisten Ehefrauen von Nwokocha Agbadi, und auch seine Sklavinnen, konnten es mit seiner Arroganz, dem beißenden Sarkasmus, seinen verletzenden Scherzen und seiner launischen Zärtlichkeit aufnehmen.

Einige Frauen heiratete er nach traditioneller Weise, aber wenn er sie in Häuslichkeit und Mutterrolle versinken sah, ödeten sie ihn an und er sah sich nach einer neuen, aufregenden und großgewachsenen stolzen Ehefrau oder Geliebten um.

Agbadi stammte aus dem Dorf Ogboli, einem Teil des heutigen Ibuza, wo nach der Legende schon Menschen gelebt hatten, bevor das Volk der östlichen Ibo aus Isu kam und sich bei ihnen niederließ. Das Volk von Ogboli gestattete dem Gründer von Ibuza zu bleiben und verlieh ihm und seinen Nachkommen Ehren. Außerdem erbten sie fast immer die Witwen der Neuankömmlinge. Diese Vereinbarung galt lange Zeit, bis Ibuzas Einwohner an Zahl und Stärke zunahmen und die Leute in Ogboli aus unbekannten Gründen weniger wurden. Manche nahmen an, daß viele von ihnen in benachbarte Städte wie Asaba auswanderten. Aber das nur am Rande. Die Leute aus Ibuza, die aus dem östlichen Teil Nigerias kamen, kämpften gegen das Volk, das ihnen Gastfreundschaft gewährt hatte, und besiegten es oft. Sie errangen soviel Unabhängigkeit, daß sie selber ihre Oberhäupter krönten und sich weigerten, ihre verheirateten Frauen wie bisher nach Ogboli zu schicken.

Zur Zeit von Nwokocha Agbadi hieß die Stadt schon Ibuza, und Ogboli war nur noch eines der Dörfer, aus denen sich die Stadt zusammensetzte. Der Ruhm vergangener Zeiten hielt sich noch immer, und die Leute aus Ogboli betrachteten sich auch dann noch als Söhne ihrer Erde, als sie ihnen schon lange nicht mehr gehörte. Zwei von Agbadis Frauen kamen aus Ibuza, zwei aus seinem eigenen Dorf Ogboli, drei waren Sklavinnen, die er bei seinen Zügen erbeutet hatte; außerdem hatte er noch zwei Geliebte.

Eine dieser Geliebten war eine ebenso schöne wie eigensinnige, arrogante junge Frau, so eigensinnig, daß sie sich weigerte, mit Agbadi zusammen zu leben. Wie Männer so sind, war er ausgerechnet bei dieser Frau am liebsten, obwohl sie ihren Spaß daran hatte, ihn durch die Verweigerung einer Heirat zu kränken.

So manche Nacht schickte sie ihn weg und sagte, ihr sei nicht danach, mit ihm zusammen zu sein. Agbadi war eigentlich kein Mann, der sich so etwas sagen ließ. Aber sie ließ sich weder von seinem Reichtum noch von seinem guten Aussehen beeindrucken. Die Leute sagten, Nwokocha Agbadi verbringe sein ganzes irdisches Leben damit, um seine Ona zu werben. Der Name Ona stammte von Agbadi; es war nicht ihr ursprünglicher Name. Ihr Vater war auch ein *chief*, und Agbadi kannte sie schon als kleines Mädchen, das seinem Vater nicht von der Seite wich. Man fand es merkwürdig, daß ein so bedeutender Mann wie Obi Umunna sich ständig und unbekümmert von einem kleinen Kind begleiten ließ. Aber ihr Vater erwiderte allen, seine kleine Tochter sei seine Zierde. Im Scherz sagte Agbadi daraufhin: »Warum trägst du sie nicht um den Hals wie eine *ona*, ein ›unbezahlbares Juwel‹?« Man hatte darüber gelacht. Aber der Name war geblieben. Nie war ihm der Gedanke gekommen, er selbst könne eines Tages zu den Männern gehören, die sich um sie bemühten, als sie älter wurde. Obwohl ihr Vater mehrere Frauen hatte, hatte er nur wenige Kinder, und vor allem war keiner seiner Söhne mehr am Leben. Aber es gab ja noch Ona, die die Hoffnungen ihres Vaters erfüllen konnte. Er hatte darauf bestanden, daß sie nie heiraten dürfe: seine Tochter sollte sich niemals vor einem Mann erniedrigen. Es stand ihr jedoch frei, Männer zu haben, und ihr erster Sohn sollte den Namen ihres Vaters erhalten, um damit das Versagen der Natur auszugleichen.

Sie war mittelgroß, ihre Haut war zart wie halbreife Palmnüsse und von einer Tönung wie heller Kaffee. Das kurzgeschnittene Haar umschloß den Kopf wie eine Kappe. Ihr Kopf schien sich auf dem kraftvollen Nacken aus den Schultern emporzurecken. Beim Gehen schlugen die kostbaren Korallenketten um ihre Taille leise klirrend aneinander; das erhöhte noch ihren Reiz für die Männer, die in dieser Kultur aufgewachsen waren und den Klang jeder Perle kannten. Von klein auf an die Buschpfade gewöhnt, wich sie Dornen geschickt aus. Sie ging auf den Fußballen und belastete kaum die Sohlen. Dadurch bekamen ihre Bewegungen etwas Katzenhaftes, geheimnisvoll und doch aufregend. Sie hatte die Angewohnheit, ihr Kinn vorzurecken, als ob sie damit sehen könnte und nicht mit ihren schwarz geränderten, tiefliegenden Augen. Wie die meisten ihres Volkes hatte sie für langsames Gehen nicht viel übrig. Wenn sie rannte wie ein neugieriges junges Mädchen, das sich weder auf der Straße noch am Fluß etwas entgehen lassen will, stützte sie ihre schwingenden Brüste mit den Händen. Ein Oberteil trug sie nur selten, band ihre *lappa* auch nicht über den Brüsten zusammen wie die alten Frauen. Doch sie besaß viele Hüftlappas und wertvolle Korallenketten von verschiedenem Klang für Hals und Taille. Grünlich schwarze

Tätowierungen hoben sich deutlich von ihrer braunen Haut ab. Trotz ihrer knappen Bekleidung wirkte sie auf viele Menschen streng, hochmütig, kalt und unnahbar wie eine Frau von königlichem Geblüt. Die Überlegenheit dieser einzigen Tochter Obi Umunnas kam besonders zur Geltung, wenn sie im Sitzen die langen Beine sittsam untergeschlagen hielt.
Nwokocha Agbadi hätte es nichts ausgemacht, alle seine Ehefrauen fortzuschicken, um nur mit dieser Frau zu leben. Aber das war nicht möglich. Man sagte, sie habe ihn verhext, sie besäße eine geheime Macht über ihn. Denn welcher klar denkende Mensch würde sein großes, geräumiges Hauswesen und seine Frauen verlassen, die ihn vergötterten und ihm in jeder Beziehung zu Willen waren, nur um einer herben, egozentrischen, verzogenen Frau nachzulaufen?
Diese Vermutung schien sich besonders dann zu bestätigen, wenn Agbadis junge Frauen ganz offensichtlich unbefriedigt waren. Man erinnerte ihn dann an seine ehelichen Pflichten. Wenn seine Frauen schwanger waren, sah man ihn nicht mehr in ihren Hütten, bis es wieder an der Zeit war, sie zu schwängern. Immer war Ona sein erstes Ziel, wenn er von seinen vielen Streifzügen zurückkehrte.
Während der Regenzeit ging Agbadi einmal mit seinen Altersgenossen auf Elefantenjagd. Sie wußten, daß die Elefanten durch die Ude-Buschmarschen ziehen. Agbadi wagte sich zu nahe an eins der schweren Tiere heran, und dieser Fehler hätte beinahe zu einem schrecklichen Unglück geführt. Der Elefant schleuderte ihn mit einem der gewaltigen Stoßzähne in einen wilden Zuckerrohrbusch, und Agbadi landete in blubberndem schwarzen Morast. Das Tier war so aufgebracht, daß es ihn, ganz gegen die Art großer Elefanten, verfolgte. Es trompetete gellend wie eine Lokomotive, und der Boden zitterte unter seinem gewaltigen Gewicht. Agbadi reagierte schnell. Er klemmte zwar in dem Zuckerrohrbusch fest und konnte sich kaum bewegen, richtete aber mit geübter Hand seinen Speer auf den Bauch des erregten Tieres und schleuderte ihn ab. Der Elefant brüllte, getroffen. Er griff Agbadi blind vor Schmerz und Wut an und riß ihm beinahe den Arm ab. Trompetend stürzte er zu Boden; Agbadi selbst fürchtete sein Ende nahen, so hatte

ihn der Elefant zugerichtet. Der Lärm lockte die anderen Jäger an. Sie töteten den Elefanten, der sich immer noch wild verteidigte. Sie entdeckten, daß Nwokocha Agbadi lebensgefährlich verletzt war. Ein Schlüsselbein hatte die Haut durchstoßen, und die Zähne des Elefanten hatten seine Rippen eingedrückt. Die Männer schienten gemeinsam seine ausgerenkte Schulter mit Bambus, wußten aber nicht, wie sie die heftige Blutung zum Stehen bringen sollten. Er hatte soviel Blut verloren, daß sie befürchteten, er werde nicht mehr lange leben. Agbadi wurde ohnmächtig und alle dachten, er sei gestorben. Der älteste Mann in der Gruppe holte sein *otuogwu*-Tuch, das er an einem trockenen, hügeligen Platz am Fluß zurückgelassen hatte, und wickelte Agbadi wie einen Toten ein. Dann hoben ihn die besorgten Jäger auf eine größere Bambustrage, die sie eilends gebaut hatten, und machten sich langsam und bedrückt auf den Heimweg.

Die ernste Miene der Männer, die vom Busch zur Stadt zogen, erschütterte jeden. Die Bauern, die zu ihren Feldern unterwegs waren, ahnten, daß etwas Ernstes geschehen war. Aber auch wenn sie die Wahrheit errieten, durften sie noch keine Trauer zeigen: Nwokocha Agbadi war ein *chief* von hohem Rang. Zur öffentlichen Bekanntgabe seines Todes mußten Schüsse abgefeuert und zwei bis drei Ziegen geschlachtet werden. Wer vorher trauerte, mußte eine Strafe im Wert von drei Ziegen zahlen. Die Leute erwarteten die Jäger voller Scheu und fragten sich, wen sie da so sorgfältig eingehüllt trugen. Frauen und Kinder rannten aus den Häusern, und aufmerksamen Beobachtern fiel auf, daß Nwokocha Agbadi als einziger *chief* unter den zurückkehrenden Jägern nicht zu sehen war. Den Trägern folgten vier stattliche Sklaven, die den toten Elefanten schleppten und unter der Last des Tieres stöhnten und schwitzten. Da wußte man, Agbadi war bei der Elefantenjagd entweder schwer verwundet oder getötet worden! Flüsternd verbreitete sich die Neuigkeit.

Als Ona davon erfuhr, zeigte sich ihre sonst so gut versteckte Empfindsamkeit. Sie sprang von dem Platz auf, wo sie mit ihrem Vater gesessen hatte, rannte nach draußen und hatte die Jäger bald eingeholt.

»Sagt mir doch, sagt mir bitte, ist mein Geliebter tot?« rief sie voller Angst, als sie mit großen Schritten hinter ihnen herlief. Ihre Hüftketten rasselten im Takt ihrer Bewegungen.
Hartnäckig flehte sie einen Träger nach dem anderen an, ihr doch auf ihre Frage zu antworten. Agbadis engsten und ältesten Freund Obi Idayi bedrängte sie so lange, bis er schließlich die Geduld verlor. Zunächst hatte er sich taub gestellt, er hatte für diese wilde, ungestüme Frau noch nie etwas übrig gehabt. Er konnte nicht verstehen, was Agbadi an ihr fand. Dann blieb er stehen und fuhr sie an: »Als er lebte, hast du ihn gequält, ihn mit deinem Körper genarrt! Jetzt ist er tot und du weinst seiner Männlichkeit nach!«
Ona war wie gelähmt. Sie bedeckte den Kopf mit den Händen und stammelte selbstvergessen: »Es ist nicht wahr. Es kann nicht wahr sein.«
Ein paar ältere Frauen neben ihr versuchten sie zu beruhigen: »Er mag dein Geliebter sein, Mädchen, aber vergiß nicht, es ist Nwokocha Agbadi. Paß auf, was du sagst.«
Voller Angst und Sorge folgte Ona den Trägern nach Ogboli. Man setzte Agbadi in der Mitte seines Hofes ab, er atmete mühsam. Der Medizinmann stellte nur noch schwache Lebenszeichen fest und verkündete, Agbadi liege im Sterben. Sie mußten sein Herz massieren, um es wieder zum Schlagen zu bringen. Alle seine Ehefrauen wurden fortgescheucht, doch Ona kämpfte verbissen um die Erlaubnis, bei ihm bleiben zu dürfen und ließ niemanden an Agbadi heran. Seine Leute mochten sie nicht sehr, doch man achtete sie als die einzige Frau, die Agbadi wirklich glücklich machen konnte. Deshalb erlaubte ihr der Medizinmann, Agbadi zu pflegen. Die Folgen des Unfalls hatten Ona so sehr erschreckt, daß sie genau wie die Männer, die um Agbadi herumsaßen, Essen und Schlaf vergaß.
Täglich schlachtete man Ziegen, um Agbadis *chi* zu besänftigen, und an den Flußufern und bei Ude setzte man welche aus, um die anderen Götter zu versöhnen. Ona kam gar nicht auf den Gedanken, nach Hause zu gehen, auch am vierten Tag nicht. Selbst ihr besitzergreifender Vater rief sie nicht zurück, denn er verstand ihre Lage. Ihre Verwandten waren gebildet

und vertrauten ihr. Zum ersten Mal wurde ihr bewußt, wie sehr sie an diesem Mann, Nwokocha Agbadi, hing, obwohl er grausam war in seiner Herrschsucht. Seine Zunge war scharf wie die Spitze eines Beschneidungsmessers. Wie ein Gott beherrschte er Familie und Kinder. Ihr jedoch gab er vorbehaltlos seine Liebe, und sie hatte ihre Freude daran. Aber sie befürchtete ein Schicksal wie das seiner anderen Frauen, sollte sie in eine Ehe einwilligen. Nein, um seine Liebe zu erhalten, war es wohl das beste, sich darauf nicht einzulassen. Aber wenn er jetzt stürbe... Bei Gott, sie würde sich selbst den Tod wünschen! Und doch ließe sie sich lieber die Zunge herausreißen, als dieses Ungeheuer merken zu lassen, wie sehr sie sich sorgte. Damit wollte sie ihm seine Herrschsucht und seinen Jähzorn vergelten. Sie beobachtete ihn genau und beschloß zu gehen, sobald er sich etwas erholt hatte.

Am fünften Tag öffnete er die Augen ohne Hilfe des Medizinmannes. Ona war so überrascht, daß sie ihn bloß anstarrte. Sie schrie vor Freude auf; doch sofort kehrte ihre Selbstbeherrschung wieder.

Agbadi blickte sie für den Bruchteil einer Sekunde unbestimmt an. In diesem kurzen Augenblick wirkte er so hilflos, daß Ona ihn am liebsten wie ein kleines Kind in die Arme genommen und ihm vorgesungen hätte. Er begann auf der Lippe zu kauen, eine Angewohnheit, die meist eine verletzende Bemerkung ankündigte. Er beobachtete, wie sie mit gekreuzten Beinen neben ihm saß, ein Knie berührte fast seinen Kopf, der auf einer hölzernen Kopfstütze ruhte. Er sagte nichts, doch er hatte die Situation erfaßt.

Er kaute weiter auf der Unterlippe, sein Blick wanderte über ihren Körper. Dann rollte er sich zur Seite und schloß die Augen wieder. Zweifellos blendete ihn das Licht im offenen Hof, nachdem seine Augen fünf Tage lang geschlossen gewesen waren. Aber sein spöttischer Blick war ihr nicht entgangen. Das war also der Dank für ihre Hilfe!

Sie teilte niemandem mit, daß Agbadi wieder zu Bewußtsein gekommen war, sondern wartete voller Hoffnung und Angst auf weitere Anzeichen seiner Genesung. Als sie noch am selben Abend die Bambusschiene an seiner Schulter lockern wollte, mußten ihn zwei Männer festhalten. Er stöhnte vor Schmerzen und man befahl ihr, die frisch blutende Wunde abzutupfen.

Sie hörte sich sagen: »Du hast die Schmerzen wie ein Mann ertragen. Die Knochen sind wieder zusammengewachsen, und die Wunde wird in ein bis zwei Tagen geheilt sein.«

Agbadis Augen öffneten sich mit einem Ruck, und diesmal waren sie klar und sein Blick war böse. Sein boshaftes Grinsen ließ die weißen Zähne blitzen. Dann sagte er grob: »Was hättest du ohne deinen Geliebten gemacht, Ona?«

»Wenn du nicht aufhörst, so zu reden, werfe ich dir die Arzneikalebasse an den Kopf und gehe von hier weg, zurück zu meinem Vater. Deiner spitzen Zunge nach zu urteilen, geht es dir ja offensichtlich schon viel besser!«

Der Zorn trieb ihr die Tränen in die Augen, aber sie beherrschte sich, weil sie ihrem Geliebten diese Genugtuung nicht gönnen wollte. Sie stand von Agbadis Ziegenfell auf und wollte das Hauswesen verlassen.

»Du kannst jetzt nicht gehen. Was man angefangen hat, muß man auch beenden«, bemerkte Agbadi.

Sie fuhr herum. »Wer sollte mich aufhalten? Wer wird das wagen? Du?« schrie sie überreizt. »Bah! Du glaubst, du hast das Recht, dich wie ein Gott aufzuführen, nur weil du Agbadi bist? Du hast deine Frauen - die können sich um dich kümmern. Du hast deine Sklaven - laß die doch dein stinkendes Blut aufwischen!«

»Meine Frauen lieben mich zu sehr, als daß sie es ertragen könnten, mich leiden zu sehen. Ich brauche eine herzlose Frau wie dich ... Eine Frau mit einem Herz aus Stein, die sich nicht abwendet, wenn die Männer die Schiene abnehmen, und mich in Tränen ertränkt. Ich sterbe, wenn du gehst.«

»Du stirbst, wenn ich gehe?« spottete Ona, reckte ihr spitzes Kinn in die Höhe und warf den Kopf in gespielter Belustigung in den Nacken. »So etwas sagt der große Agbadi! Dann bist du also doch nur ein gewöhnlicher Mensch - nein, kein gewöhnlicher Mann, sondern ein verwöhntes Kind, das weint, wenn seine Mutter weggeht. Nwokocha Agbadi, beeil dich mit dem Sterben, denn ich gehe zu meinem Vater zurück. Mein Herz

ist nicht aus Stein, aber lieber sterbe ich, als jemandem wie dir nachzugeben.«
»Ich habe nicht gesagt, daß ich sterbe, weil du so unentbehrlich bist...« Er lachte leise und spöttisch wie so oft. Idayi, sein Freund, stimmte ein, und beide schienen Onas Niederlage zu genießen. Dann räusperte sich Idayi leise. »Paß auf, Agbadi«, mahnte er, »wenn du nicht aufhörst zu lachen, bricht deine Wunde wieder auf. Und du, liebe Ona, du hast nun fünf Tage bei ihm verbracht, in denen er nicht sprechen konnte. Jetzt kann er wieder reden, da möchtest du gerne, daß er niederkniet und Danke sagt, nicht wahr?«
»Ja, warum nicht? Habe ich nicht genug dafür getan? Ich habe das Hauswesen meines Vaters verlassen, um Agbadi zu pflegen - «
»Ich hab dich nicht hergebeten«, warf Agbadi ein, entschlossen, bis zum Tode der stolze Jäger zu bleiben.
»Das ist ja wohl die Höhe!«
»Gut! Gut!« griff Idayi erneut ein, als er sah, daß Ona immer wütender wurde. Sie wäre tatsächlich imstande, mit der Kalebasse nach Agbadi zu werfen, wenn man sie weiter reizte. »In ein bis zwei Tagen geht es ihm besser, Ona. Dann kannst du wieder zurück zu deinen Leuten. Wir sind dir und deinem Vater dankbar, das versichere ich dir. Agbadi würde dir nichts mehr bedeuten, wenn er sich erniedrigen und dir danken würde. Du brauchst einen Mann und keine Schnecke, Ona. Wir alle kennen dich. Eine Zeitlang dachte ich, wir würden unseren großen Agbadi für immer verlieren. Aber mach dir keine Sorgen, er wird noch lange zu schwach sein, um eine Frau zu begehren. Was er braucht, ist der Trost deiner Gegenwart, auch wenn er es nicht zugeben wird. Die Sonne geht langsam unter. Er muß jetzt Blutwurst zur Stärkung kriegen, wenn er wieder richtig gesund werden soll. Und das willst Du doch auch«, sagte Idayi in ruhigem Ton, der bei ihm immer etwas aufgesetzt wirkte.
Ona tat, was man ihr gesagt hatte. Wie ungerecht war es doch, dachte sie, daß Agbadi ihr vorwarf, ein Herz aus Stein zu haben. Wie sollte sie sich sonst verhalten? Sie konnte ihn nicht heiraten! Weil ihr Vater keinen Sohn hatte, hatte man sie den

Göttern versprochen, damit ihre Kinder den Namen ihres Vaters und nicht den irgendeines Ehemanns bekamen. Sie war zwischen diesen beiden Männern hin- und hergerissen: ihrem Vater war sie ebenso verpflichtet wie ihrem Geliebten, Agbadi. In Agbadis Hauswesen hatten sich viele Freunde und anteilnehmende Gäste versammelt, die ihm gute Besserung wünschen wollten, als Ona die Mahlzeit von der Hütte des Medizinmannes herüberbrachte, sich hinkniete und Agbadi wortlos zu füttern begann.

Dann hörte man von den Leuten draußen den vertrauten Gruß: »Er, der den Frieden wahrt«, und Ona erkannte daran, daß ihr Vater Obi Umunna gekommen war, um Agbadi einen Besuch abzustatten. Agbadi sah sie bittend an, und sie spürte seinen Wunsch: sie sollte jetzt noch nicht gehen.

»Wie kannst du so stark und doch so weich sein?« fragte sie ihn leise, so daß die Besucher es nicht hören konnten. Er lächelte unverbindlich. Obi Umunna trat heran und sagte leichthin: »Wie geht es dem Mann, dem das Glück hold ist? Dich hat das Glück nicht verlassen, mein Freund. Laß deinen besten Wein und die Kolanüsse holen, wir wollen für ein langes Leben beten und deinem *chi* für seinen Beistand danken.«

»Du hast recht«, pflichtete ihm Idayi bei. »Gerade habe ich deiner Tochter gesagt, daß wir eine Zeitlang befürchteten, ihn zu verlieren. Aber ich hoffe, mein Freund, du bist nicht hergekommen, um sie mit nach Hause zu nehmen. Sie wird hier noch gebraucht.«

»Und wie geht es meiner Ona?« fragte Obi Umunna, nachdem er sie eine Weile beobachtet hatte.

»Er, der den Frieden wahrt«, antwortete sie. »Ich werde gut versorgt, Vater.«

»Gut. Aber vergiß nicht, daß du nicht mit Agbadi verheiratet bist. Ich will sein Geld nicht. Du mußt nach Hause zurückkommen, sobald es ihm besser geht.«

»Warum verwandelst du sie nicht in einen Mann?« sagte Agbadi bissig. »Sich so an seine Tochter zu klammern, als ob...«

»Ich bin nicht hergekommen, um mich mit dir zu streiten; du bist krank. Außerdem haben wir schon oft darüber gesprochen. Meine Tochter wird niemals heiraten.«

Ona streifte beim Füttern Agbadis Nase mit dem Löffel, um ihm ein Zeichen zu geben, er solle ihren Vater in ihrer Gegenwart nicht beleidigen.
Agbadi hustete und sagte: »Eine Tochter, der du noch nicht einmal beigebracht hast, wie man einen Kranken füttert...«
»Oh, Agbadi«, stöhnte Ona.
»Hier sind Kolanuß und Palmwein«, sagte Idayi, als eins von Agbadis Kindern ein hölzernes Tablett mit Erfrischungen brachte. »Wir wollen zu unseren Ahnen beten.«
Als ältester Mann im Hof sprach Idayi die Gebete. Er betete zum allmächtigen Olisa, seinen guten Freund Nwokocha Agbadi zu heilen und bat um Gesundheit für alle. Agbadi lag stumm auf seinem Ziegenfell und sah hin und wieder zum Bambusdach seines Hauses hinauf. Manchmal stimmte er brummend in die vielen Gebete ein. Meistens hielt er seine Augen jedoch geschlossen, und immer wieder mußte der Schweiß auf seiner stark behaarten Brust mit kaltem Wasser abgewaschen werden.
Agbadi hatte tagsüber viel geschlafen, jetzt fühlte er sich besser und es fiel ihm schwer, die Nacht durchzuschlafen. Er hatte wohl trotzdem eine ganze Weile geschlummert, denn als er die Augen aufschlug, war es ruhig in seinem Hauswesen. Kühle Nachtluft wehte durch das offene Dachfenster herein, und er konnte die Ziegen hören. In seiner Nähe hörte er leise Atemzüge. Da fiel es ihm wieder ein - Ona lag neben ihm auf einem Ziegenfell. Er sah, wie sich ihre nackten Brüste beim Atmen hoben und senkten, und bemerkte belustigt ihr Bemühen, ihm ja nicht zu nahe zu kommen, obwohl ihr Bein in der ihr typischen unbewußten Herausforderung so ausgestreckt war, daß es ihn fast berührte. »Du herzloses Biest«, dachte er, »dir will ich's zeigen.« Der Schmerz seiner immer noch offenen Wunde ließ ihn zusammenzucken, doch es gelang ihm, sich ganz auf die Seite zu drehen; er betrachtete sie in aller Ruhe, ihren stolzen, selbst im Schlaf noch hochmütig erhobenen Kopf, ihre Brüste, zwei schöne feste Hügel, die an umgedrehte Kalebassen erinnerten. Daß sich darin Zärtlichkeit verbergen sollte, schien ihm im Augenblick unvorstellbar. Der Gedanke daran erregte ihn.

Aber als er sich erinnerte, wie oft die junge Frau ihn sexuell geneckt und gefoppt hatte, wurde er wieder zornig. Er hätte sich am liebsten auf sie gestürzt, sie gepackt und verletzt. Doch dann siegte der Gedanke, daß sie ihn brauchte und ihm zuliebe da war, über seine Rachsucht. Agbadi rollte sich zu ihr hin, biß sanft und zärtlich in ihre Brustwarzen und ließ seine Zunge in der Mulde zwischen ihren Brüsten auf und ab gleiten. Mit seiner gesunden Hand streichelte er ihre Schenkel, griff nach ihrer kurzen Nachtlappa und spielte mit ihren Korallenketten. Ona stockte der Atem, sie öffnete die Augen. Sie wollte schreien. Aber Agbadi war schneller, erfahrener. Wie eine große schwarze Schlange glitt er zu ihr hin und verschloß ihren Mund mit seinem. Lange Zeit gab er ihn nicht frei. Sie wehrte sich verbissen wie ein Tier in der Falle. Agbadi war zwar noch schwach, aber nicht mehr zu schwach, um sein Verlangen zu ignorieren. Er unternahm alles, um ihren Widerstand zu brechen. Mit seiner gesunden Hand streichelte er sie und ging auf Entdeckungsreise. Er verließ sich darauf, daß Ona eine Frau, eine reife Frau war, mit der er schon oft geschlafen hatte. Und er hatte recht. Ihr Widerstand wurde schwächer. Sie fing an zu stöhnen und zu jammern wie eine Frau in den Wehen. Er hielt keinen Moment lang inne, er beherrschte diese Kunst vollkommen. Er wußte, jetzt sehnte sie sich nur noch nach ihm, er hatte sie besiegt. Er wollte sie völlig ihrem brennenden Verlangen ausgeliefert sehen. Auch Ona wußte das. So versuchte sie, ihre Gefühle unter Kontrolle zu bringen, um sich nicht bloßzustellen.
»Du bist doch noch zu krank, um mich zu nehmen«, flüsterte sie.
»Nein, meine Ona, ich warte nur darauf, daß du willst.«
Sie meinte, schreien zu müssen, um das Feuer in ihrem Inneren zu löschen. Wie konnte einen der eigene Körper nur so im Stich lassen. Sie hätte aufstehen und weglaufen sollen, aber irgendetwas hielt sie zurück. Sie wußte nicht was, und es war ihr auch egal. Sie wollte nur dieses Feuer löschen.
»Komm, ich leide Qualen.«
»Ja«, antwortete er selbstsicher. »Das sollst du auch.«
Ihr letzter Widerstand brach endgültig zusammen, sie konnte

ihm nichts mehr entgegensetzen. Sie weinte, und das Schluchzen erschütterte ihren Körper, obwohl sie es zu unterdrücken versuchte. Er spürte es, lachte in sich hinein und bemerkte anzüglich: »Bitte, Ona, weck doch nicht alle auf.«
Entweder hörte sie das nicht oder er wollte gerade, daß sie alle weckte, jedenfalls biß er sie zweimal so heftig zwischen die Brüste, daß es ihr wehtat. Verzweifelt klammerte sie sich an ihn und war froh, ihn endlich in sich zu spüren.
Er glitt so sanft in sie, daß sie auf den folgenden leidenschaftlichen Stoß nicht gefaßt war. Ihr gellender Schrei überraschte sie selbst: »Agbadi, du zerreißt mich.«
Plötzlich war Leben auf dem Hof. Eine Stimme, eine männliche Stimme, die sie erst später als die von Obi Idayi, Agbadis Freund, erkannte, rief aus einer Ecke:
»Agbadi! Agbadi! Geht es dir gut?«
Und wieder dieses leise Lachen, das Ona gleichzeitig so liebte und haßte. »Mir geht es gut, mein Freund. Geh schlafen. Ich mache meiner Frau nur eine Freude.«
Plötzlich ließ er von ihr ab, ohne daß sie befriedigt war, und rollte sich unter Schmerzen zur Seite. Er hatte seinen Leuten, die auf dem Hof schliefen, eine Unterhaltung geboten, indem er Ona absichtlich verletzt hatte; und das verschaffte ihm seine Befriedigung.
In diesem Augenblick haßte sie ihn. »War dieses ganze Theater nur für deine Leute, Agbadi?« flüsterte sie und begann leise und hilflos zu weinen.
Da tat sie ihm leid. Er zog sie näher zu sich und bestärkte sie, sich an ihn zu schmiegen und ihre Bitterkeit auszuweinen. Er spürte ihre heißen Tränen, sprach aber nicht, sondern streichelte nur ihre Brustwarzen, die ihn so erregt hatten.

Agbadis ranghöchste Frau, Agunwa, wurde in dieser Nacht krank. Später meinten manche, sie habe sich für ihren Mann geopfert, doch andere vermuteten, sie habe es nicht ertragen, mit anhören zu müssen, wie ihr Mann im selben Hof, in dem sie schlief, eine andere Frau befriedigte; noch dazu eine Frau, die diesen von allen vergötterten Mann so sichtlich schlecht behandelte. Eine Frau, die ein Störenfried war, die es wagte,

mit ihrem Mann zu kämpfen, bevor er sie haben durfte: eine schlechte Frau.
Am nächsten Morgen schliefen Agbadi und Ona noch, als eins der Kinder Alarm schlug.
»Wach auf, Vater, wach auf! Unsere Mutter hat einen Anfall.«
»Was?« schnauzte Agbadi. »Was fehlt ihr? Gestern abend ging es ihr noch gut.« Einen Augenblick lang vergaß er seinen Zustand und versuchte aufzustehen. Ona, schlagartig hellwach, hielt ihn zurück. »Verdammte Schulter«, brummte er. »Was hat denn Agunwa?«
»Das versuchen wir gerade herauszufinden«, sagte Idayi, der bei seinem Freund gewacht hatte, mit beruhigender Stimme.
»Bleib liegen, Agbadi«, rieten andere.
Hilflos sah er zu, wie sie seine ranghöchste Frau zu ihrer Hütte in ihrem Teil des Hauswesens brachten. »Schickt meinen Medizinmann zu ihr. Was hat die Frau nur?« sagte er wütend.
Bald kehrte sein Freund von Agunwas Hütte zurück und berichtete:
»Deine Hauptfrau ist sehr krank. Dein *dibia* tut für sie, was er kann, aber ich glaube nicht, daß sie durchkommen wird.«
»Warum, Idayi? Warum gerade jetzt?«
»Niemand weiß, wann seine Zeit gekommen ist. Auch deine Frau Agunwa nicht. Die Belastung durch deine Krankheit... sie hat seit dem Tag, als wir dich von Ude zurückbrachten, dort in der Ecke des Hofes bei dir gewacht. Auch letzte Nacht war sie da.«
»Komm, komm, mein Freund. Was versuchst du, mir da einzureden. Sie ist meine Hauptfrau. An dem Tag, als ich Obi wurde, habe ich sie nach Ude mitgenommen. Sie ist die Mutter meiner Söhne. Du irrst dich, Idayi, wenn du vermutest, sie könnte böse oder verbittert sein, nur weil ich mich gestern nacht ein wenig mit Ona amüsierte. Agunwa ist über so etwas erhaben. Wäre sie sonst nicht ein schlechtes Vorbild für die jüngeren Frauen?«
»Du sagst, du hast dich gestern nacht ein wenig amüsiert, aber niemand konnte schlafen. Du und deine Ona. Das konnte ja Tote wecken!«
Ziegen und Hühner wurden geopfert, um Agunwa zu retten.

Als Agbadi am achtzehnten Tag aufstehen konnte, machte er sich, auf einen Sklaven und einen Stock gestützt, auf den Weg zur Hütte seiner ranghöchsten Frau. Ihr Anblick erschütterte ihn. Es ging ihr schon so schlecht, daß sie ihn gar nicht mehr wahrnahm.

Er sah sich um und bemerkte, wie zwei seiner erwachsenen Söhne ihn beobachteten. »Eure Mutter ist eine gute Frau. So bescheiden, so ruhig. Ich weiß wirklich nicht, wer nun auf meine jungen Frauen und meinen Haushalt aufpassen soll.«

Zwei Tage später starb Agunwa, und Agbadi schickte ihrer Familie eine große Kuh, um ihren Tod anzuzeigen. Da sie als »vollwertige Frau« gestorben war, sollte sie im Hauswesen ihres Mannes begraben werden.

»Sorgt dafür, daß ihre Sklavin und ihre Küchengerätschaften mitbegraben werden. Wir alle müssen um sie trauern.«

Ona verhielt sich still wie eine Ehefrau. Sie wußte, daß man sie für Agunwas Tod verantwortlich machte, obwohl niemand den Mut aufbrachte, es offen auszusprechen. Nachdem sie am Abend dieses Tages Agbadi das Essen gebracht und seinen Männern geholfen hatte, seine steife Seite und Schulter zu massieren, schmiegte sie sich an ihn und fragte: »Möchtest du, daß ich jetzt gehe? Mein Vater wird sich sorgen und sich Gedanken über das Gerede machen.«

»Und was wird geredet, Frau? Daß ich mit meiner Geliebten in meinem eigenen Hof geschlafen habe und daß ich jede Nacht mit ihr schlafe, wenn es mir paßt. Ist es das? Hab ich nicht schon genug Sorgen? Geh schlafen, Ona. Du bist müde und siehst nicht sehr wohl aus. Morgen wird ein anstrengender Tag. In Ibuza ist die Beerdigung von einer Frau eines *chiefs* keine Kleinigkeit.«

Begräbnistanz und -essen begannen schon am frühen Morgen und dauerten den ganzen Tag. Die verschiedensten Leute kamen und gingen und mußten bewirtet werden. Am Abend war dann schließlich die Zeit gekommen, Agunwa in ihr Grab zu legen. Alles, was sie für das Leben nach dem Tode brauchte, hatte man zusammengetragen und es lag nun in dem Sarg aus dem besten Mahagoniholz, das Agbadi hatte auftreiben können. Der Medizinmann rief feierlich und laut nach ihrer persönlichen Sklavin: sie mußte vor dem Sarg ins Grab gelegt werden. Von einer guten Sklavin erwartete man, daß sie bereitwillig ins Grab sprang, glücklich, ihre Herrin begleiten zu dürfen; aber diese schöne junge Frau wollte noch nicht sterben. Immer wieder bettelte sie um ihr Leben, sehr zum Ärgernis der Männer, die um das Grab standen. Die Frauen hielten sich weit entfernt, weil sie diesen Brauch abstoßend fanden. Man stieß die Sklavin in das offene Grab, aber sie kämpfte sich wieder heraus und flehte inständig Agbadi an, ihren Besitzer. Agbadis ältester Sohn rief zornig: »Verdient meine Mutter nicht einmal ein ordentliches Begräbnis? Sollen wir ihr die Sklavin nur deshalb nicht mitgeben, weil das Mädchen schön ist?« Mit diesen Worten versetzte er der Frau einen scharfen Schlag mit der Klinge seines Buschmessers. »Hinunter mit dir, wie es sich für eine gute Sklavin gehört!«

»Laß das sofort sein!« brüllte Agbadi und humpelte zu seinem Sohn. »Nennst du das Mut? Mir dreht sich der Magen um.«

Die Sklavin wandte ihm ihren trüben, schon vom Tode gezeichneten Blick zu. »Dank dir für diese Güte, Nwokocha, Sohn des Agbadi. Ich werde in dein Haus zurückkehren, aber als legitime Tochter. Ich komme wieder...«

Ein anderer Verwandter gab ihr einen letzten Schlag auf den Kopf und sie fiel in das Grab, für immer stumm.

Aus der Richtung, wo die trauernden Frauen standen, hörte man einen durchdringenden Schrei. Agbadi bemerkte, daß die Ursache nicht etwa Mitgefühl für die tote Frau war; sie stützten Ona.

»Was ist los?« sagte Agbadi heiser. »Idayi, mein Freund, nimm du die Kolanuß für die Beerdigung und bring die Feier zu Ende. Anscheinend will mir auch noch Umunnas Tochter Ona sterben. Sie ist den ganzen Tag schon krank gewesen, ich weiß nicht warum. Ich muß sie ins Haus bringen.« So schnell er konnte, humpelte er mit seinem Stock zu ihr hin.

Man bettete Ona auf ein Ziegenfell in Agbadis Hof. Der Medizinmann betete weiter und führte die Zeremonie in der Mitte des Hauswesens fort. In dieser Nacht hatte Ona Schüttelfrost, aber noch vor Tagesanbruch war abzusehen, daß sie die Krankheit überwinden würde, auch wenn sie müde und geschwächt war. Am Anfang hatte Agbadi befürchtet, es könnte sich um *iba* handeln, eine Malariaart, die schnell zum Tode führt.

Obi Umunna kam am nächsten Morgen und sagte ohne jede Einleitung zu Agbadi: »Ich glaube, deine Familie hat etwas Tödliches. Erst bist du selbst knapp dem Tode entronnen, dann traf es deine Agunwa, jetzt meine gesunde Tochter, die dich gepflegt hat.«

»Mein Freund, wärst du kein Obi wie ich und nicht Onas Vater, würde ich dir deutlich die Meinung sagen. Wenn sie krank ist, weil ein Fluch auf meinem Hause lastet, hieltest du es dann nicht für richtiger, sie hierzulassen, bis es ihr besser geht? Ich selbst werde mich um sie kümmern.«

Während der nächsten Tage verfolgte Agbadi den Verlauf der Krankheit mit geschultem Blick, und als Ona eines Morgens neben ihm saß, sagte er zu ihr: »Ona, Tochter von Umunna, ich glaube, du wirst bald Mutter. Du trägst das Kind unserer Liebe.«

Die Beiläufigkeit seiner Bemerkung verschlug ihr die Sprache.

»Doch, bestimmt. Was willst du deinem Vater sagen?«

»Oh, Agbadi, bitte, verdirb mir nicht die Freude. Du weißt, daß ich gerne hier bei dir bin, aber ich bin die Tochter meines Vaters. Er hat keinen Sohn, dein Haus aber ist voller Kinder. Bitte, Nwokocha, Sohn des Agbadi, dein Mut wie deine Zärtlichkeit sind weithin bekannt. Mach es mir nicht schwer - es ist die größte Freude meines Lebens.«

»Und ich? Du und dein Vater, ihr benutzt mich als Mittel zum Zweck.«

»Wir haben dich nicht gezwungen!« sagte Ona mit wachsendem Zorn. »Ist es meine Schuld, daß du mich als Ehefrau und nicht als Geliebte haben willst? Du kanntest den Entschluß meines Vaters, bevor du zu mir kamst. Wir haben nicht dich ausgenutzt, du hast mich ausgenutzt, aber ich bedaure es nicht. Wenn du es bedauern willst, bitte, das ist deine Sache.«

»Wann willst du mich also verlassen?« fragte Agbadi schließlich. »Sobald ich mich kräftiger fühle. Dir geht es mit jedem Tag besser. Du kannst dich schon wieder um deine Felder kümmern.«

»Was gehen dich meine Felder an. Sieh zu, daß du gesund wirst, und geh zu deinem skrupellosen Vater zurück.«
»Beleidige ihn nicht«, weinte sie und fühlte sich sehr schwach.
»Siehst du, nicht einmal du selbst gestehst dir zu, eine Frau zu sein. Du bist in den ersten Wochen der Schwangerschaft, doch du bringst nichts anderes als männliche Gedanken zustande, nämlich männliche Nachkommen für deinen Vater hervorzubringen, bloß weil er das nicht selbst kann.«
»Ich will nicht mit dir streiten«, wehrte Ona ab.
Zur Überraschung aller ging Agbadi an diesem Tag zum ersten Mal seit seinem Unfall auf seine Felder. »Ich will mir ansehen, wie die Arbeit vorankommt«, beantwortete er die Fragen der Leute.
Ona fühlte sich einsam, während er fort war. Doch sie ließ ihrem Vater mitteilen, er solle sie am nächsten Tag abholen.
In dieser letzten Nacht versuchte sie, vernünftig mit Agbadi zu reden, aber er zeigte ihr die kalte Schulter. »Na gut«, sagte sie, bereit einzulenken. »Mein Vater möchte einen Sohn haben, und du hast viele Söhne. Aber du hast noch keine Tochter. Da mein Vater keinen Brautpreis von dir annehmen wird, gehört ihm das Kind, wenn es ein Sohn wird, und dir, wenn es ein Mädchen wird. Das ist das Äußerste, was ich für jeden von euch tun kann.«
Noch vor Morgengrauen hatten sie sich wieder versöhnt und Agbadi war zärtlich und liebevoll.
Am nächsten Tag trafen die Frauen aus Obi Umunnas Hauswesen ein und brachten Geschenke für Agbadis Haus mit. Man behandelte sie sehr höflich, und Ona war erleichtert, daß ihr Vater nicht mitgekommen war. Eine weitere Auseinandersetzung zwischen den beiden Männern hätte sie nicht ertragen können, obwohl sie sich eigentlich glücklich schätzen mußte, weil zwei Männer sie besitzen wollten.
Nwokocha Agbadi besuchte sie oft in ihrer Hütte und blieb dort in vielen *Eke*-Nächten, wenn er sich nicht um seine Felder kümmern oder auf Jagd gehen mußte. Man hatte angenommen, daß er ihrer nach einer gewissen Zeit überdrüssig würde, aber das war nicht der Fall. Jeder Abschied war schmerzlich wie für ein frisch verliebtes Paar im Mondschein.

Wenn er manchmal nicht zu ihr kommen konnte, wußte sie, daß er bei seinen anderen Frauen war. Aber so war Agbadi, er sprach nicht darüber, und sie achtete ihn dafür. In einer solchen Nacht setzten ihre Wehen ein. Sie weinte leise, als sie sich allein durch die langen Stunden der Dunkelheit quälte. Erst als der Schmerz unerträglich wurde, rief sie die Frauen im Hauswesen ihres Vaters um Hilfe.

Ihre Tochter meinte es gut mit ihr. »Sie glitt einfach in die Welt«, erzählten die Frauen, die dabei waren.

Ona war benommen vor Glück. Agbadi hatte gesiegt, dachte sie, und im selben Augenblick empfand sie Mitleid mit ihrem Vater.

Agbadi kam gleich am nächsten Tag und war sichtlich überglücklich.

»Ona, das hast du gut gemacht. Eine Tochter, hm?«

Er beugte sich über das einen Tag alte Kind, das eingewickelt und warm am Feuer lag, und sagte: »Dieses Kind ist unbezahlbar. Es ist mehr wert als zwanzig Säcke Muschelgeld. Ja, ich finde, dieser Name paßt zu ihr, denn sie ist schön und gehört mir. Ja, ‹Nnu Ego›: zwanzig Säcke Muschelgeld.«

Er rief die Männer, die ihn begleitet hatten. Sie brachten Ona genügend Yamswurzeln und Getränke, denn der Brauch wollte, daß Agbadi ihr fünfundzwanzig Tage fernblieb.

Obi Umunna trat ein und die beiden Männer tranken eine Weile auf das Neugeborene und beteten für sein Glück.

»Hat Ona dir von unserem Kompromiß erzählt? Sie war einverstanden, daß eine Tochter mir gehören sollte und ein Sohn dir«, sagte Agbadi kühl.

»Das mag stimmen, mein Freund. Ich bin kein Mann, der Gespräche zwischen Verliebten in ihrem Liebesnest ernstnehmen kann. Sie war dein Gast, und du warst damals krank.«

»Was willst du damit sagen, Umunna? Daß deine Tochter ihr Versprechen brechen soll?«

»Sie ist eine Frau, warum also nicht. Doch sie ist meine Tochter, deshalb werde ich sie nicht auffordern, ihr Wort zu brechen. Ja, das Baby gehört dir, aber meine Tochter bleibt hier. Ich habe kein Geld von dir angenommen.«

»Wieviel willst du für sie? Was erwartest du noch? Was kann

sie dafür, daß du keinen Sohn hast?« Agbadi brüllte gerade so wie die wilden Tiere, die er jagte.
»Also bitte, seid ihr beide denn nicht froh, daß ich die Geburt überlebt habe? Das scheint niemanden zu interessieren. Ich habe Agbadi ein Versprechen gegeben, ja; aber, lieber Agbadi, ich bin immer noch die Tochter meines Vaters. Er hat von dir keinen Brautpreis angenommen. Fändest du es da richtig, wenn ich auf Dauer bei dir bliebe? Du weißt, daß das nach unseren Gesetzen nicht geht«, sagte Ona traurig.
Agbadi erhob sich vom Lehmboden, wo er gesessen hatte, und sagte: »Noch nie habe ich eine Frau gezwungen, zu mir zu kommen. Nie, und ich werde es auch jetzt nicht tun. Die einzigen Frauen, die ich geraubt habe, waren Sklavinnen. Alle meine Ehefrauen sind glücklich, mit mir zusammen zu leben. Du willst bei deinem Vater bleiben? Dann soll es so sein.«
Und er ging ohne sie fort.
Monatelang sah Ona Agbadi nicht. Sie hörte, daß er mehr oder weniger im dichten, sumpfigen Ude lebte, wo es reichlich Wild gab. Ona vermißte ihn, obwohl sie wußte, daß sie das in ihrer Lage einzig Richtige tat.
Ein Jahr nach Nnu Egos Geburt starb Obi Umunna, und Ona weinte tagelang um ihn, vor allem, weil er gestorben war, ohne daß sie ihm den ersehnten Sohn geschenkt hatte. Agbadi lenkte ein, als er davon hörte, denn er wußte, wie sehr Ona an ihrem Vater gehangen hatte.
Über zwei Jahre lang versuchte er hartnäckig, sie zu überreden, zu ihm zu kommen und in seinem Hauswesen zu leben. »Du bist nicht mehr an die Wünsche deines Vaters gebunden. Er ist tot. Wir aber leben. Komm für immer zu mir. Hier bei deinen zahlreichen aber entfernten Verwandten bist du ganz einsam. Bitte, Ona, laß uns nicht unser Leben damit vergeuden, Sehnsucht nach einander zu haben.«
»Du weißt, mein Vater hätte das nicht gewollt, also hör auf, so zu reden, Agbadi. Dein Reichtum und deine Stellung beeindrucken mich nicht.«
Trotzdem besuchte Agbadi Ona weiter.
Sie hüteten Nnu Ego wie ihren Augapfel. Sie war ein schönes Kind und ihre Haut war hell wie bei den Frauen von Aboh

und Itsekiri. Am Kopf hatte man bei der Geburt eine Schwellung entdeckt, die dann aber auch ganz normal dichtes, krauses, schwarzes Haar bekam. Aber eines Abends hatte Nnu Ego plötzlich merkwürdige Kopfschmerzen, die sie so verkrampften, daß sie den Kopf nicht mehr bewegen konnte. Panisch vor Angst schickte Ona nach Agbadi, der sofort mit einem *dibia* von Ogboli herbeieilte.

Der *dibia* berührte den Kopf des Kindes und hielt den Atem an, als er bemerkte, daß die Schwellung viel heißer war als der übrige Körper des Kindes. Eilig breitete er Kolanußstücke, Schneckenhäuser und Kaurimuscheln auf dem Lehmboden aus. Er geriet in Trance und sprach mit einer eigenartig unnatürlichen Stimme wie aus weiter Ferne: »Dieses Kind ist die Sklavin, die mit deiner ranghöchsten Frau Agunwa starb. Sie versprach, als Tochter wiederzukommen. Nun, hier ist sie. Deshalb hat dieses Kind die schöne Haut der Leute vom Wasser, und die schmerzhafte Schwellung am Kopf stammt von dem Schlag, den deine Männer ihr versetzten, bevor sie ins Grab fiel. Das wird ihr immer Schwierigkeiten bereiten. Führt sie ein glückliches Leben, wird sie nichts davon merken. Wenn sie aber unglücklich ist, wird sie körperlich wie seelisch zu leiden haben. Ich rate dir, alles zu unternehmen, um die Sklavin zu beschwichtigen.«

»Ona, du mußt von hier fort«, befahl Agbadi. »Du mußt das Haus deines Vaters verlassen, sonst nehme ich dir meine Tochter weg. Sie kann ihrer *chi* nicht an einem fremden Ort huldigen. Sie muß am selben Ort leben wie ihre *chi* bis alle Opfer geleistet sind.«

So mußte Ona schließlich ihre Leute verlassen, nicht weil sie ihrer Liebe zu Agbadi nachgab, sondern weil sie sich um die Sicherheit ihres Kindes sorgte. Gleich nach der Ankunft in Ogboli ging es Nnu Ego besser. Die Sklavin wurde in einem eigenen Grab beerdigt, wie es sich gehört, und Nnu Ego bekam ein Bild von ihr als Amulett.

Bald darauf wurde Ona wieder schwanger. Sie war von Anfang an so krank, daß die vorzeitigen Wehen niemanden in Agbadis Hauswesen überraschten. Nach der Geburt war Ona schwach, aber klar im Geist. Sie wußte, daß sie im Sterben lag.

»Agbadi«, rief sie heiser, »du siehst, es war mir nicht bestimmt, mit dir zu leben. Doch du bist dickköpfig, mein Vater war dickköpfig, und ich bin auch dickköpfig. Bitte trauere nicht lange um mich. Und so sehr du unsere Tochter Nnu Ego auch liebst, vergiß nicht, ihr ihr eigenes Leben zu lassen. Sie soll heiraten, wenn sie das will. Gestatte ihr, eine Frau zu sein.«
Kurz darauf starb Ona. Und ihr schwächlicher neugeborener Sohn folgte ihr nur einen Tag später. Alles, was Nwokocha Agbadi als Erinnerung an seine große Liebe zu Ona geblieben war, war ihre Tochter Nnu Ego.

Vom Mädchen zur Mutter

»Er, der wie ein Löwe brüllt.«
»Meine Söhne, ihr werdet zu Königen unter den Männern heranwachsen.«
»Er, der wie ein Löwe brüllt.«
»Meine Töchter, ihr werdet alle die Kinder eurer Kinder wiegen.«
Nnu Ego, die kniend die Abendpfeife ihres Vaters stopfte, sah auf und lächelte ihn an. »Dein Freund Obi Idayi ist gekommen, Vater. Ich höre, wie man draußen seinen Ehrennamen ruft.«
»Ich auch. Dem Stimmengewirr nach sind viele Leute da, Nnu Ego.«
»Ja, Vater, alle wollen sich hier amüsieren.«
»Es klingt, als wären vor allem junge Männer da.«
Noch einmal lächelte sie schüchtern: »Ich weiß, Vater.«
Idayi trat ein. »Mein Freund Agbadi, mit deiner Tochter muß etwas geschehen.«
»Er, der wie ein Löwe brüllt«, sagte Nnu Ego zum Gruß.
»Du wirst leben, um die Kinder deiner Kinder zu wiegen, Tochter von Agbadi und Ona. Geh, Tochter, und hol vom besten Weine deines Vaters. Und hier, stopf mir auch meine Pfeife.«
»Ja, Vater.«
»Agbadi, draußen vor deinem Haus sieht es aus wie auf einer Versammlung. Laß einen von den Männern das Mädchen heiraten. Sie ist schon längst im Heiratsalter. Du wirst doch kein zweiter Obi Umunna sein wollen.«
Die beiden Männer lachten. »Dummkopf, allein die Vorstellung ist mir unerträglich«, sagte Agbadi und zog an seiner Pfeife. »Nur ist Nnu Ego das einzige, was mir von Ona geblieben ist. Sie ist zwar nicht so anmaßend wie ihre Mutter, aber wie

sie ihren Kopf zurückwirft, wenn sie einen ansieht und ihr leichter Schritt...«

»Ich weiß«, stimmte Idayi zu und hing seinen Erinnerungen nach. »Alles erinnert dich an Ona. Hm ... Solche Frauen wie sie gibt es heute nicht mehr.«

»Ja, leider mein Freund. Sie war die Beste von allen, und ich bin froh, daß wir sie hatten.«

Nnu Ego kam mit dem Palmwein herein.

»Wo ist Idayis Pfeife, Tochter?«

»Oh, Vater, ich habe sie vergessen. Ich hole sie sofort.«

»Deine Tochter ist mit ihren Gedanken woanders. Sie träumt von einem Mann und ihrem eigenen Haushalt. Laß sie nicht vergeblich träumen. Schließlich haben die Mädchen in ihrem Alter schon ein oder zwei Babys. Weise die jungen Männer nicht mehr ab, Agbadi. Gib sie einem von ihnen zur Frau.«

»Ich habe Amatokwu versprochen, seinen Sohn in Betracht zu ziehen. Er ist auch da draußen.«

»Sie sind nicht übel, die Amatokwus. Und dieser Sohn hat seinem Vater im letzten Jahr sehr geholfen. Er wäre sicherlich ein guter Mann für Nnu Ego. Sie wäre die ranghöchste Frau.«

Nnu Ego brachte die gestopfte Pfeife und sagte: »Ich bin draußen bei meinen Freunden, Vater.«

»Agbadi, wir werden älter«, seufzte Idayi, »wir reden hier über Onas Tochter, dabei kommt es mir vor, als hätte ich erst gestern Onas Schreien gehört, als Nnu Ego gezeugt wurde.«

Die beiden Männer lachten tief und lange.

Die Bewohner von Ibuza sollten die Nacht nicht vergessen, in der die Leute von Umu-Iso kamen, um Nnu Ego abzuholen. Ihr Vater übertraf sich selbst. Er akzeptierte den üblichen Brautpreis, um zu zeigen, daß er dieser Heirat seinen Segen gab. Doch er gab seiner Tochter sieben kräftige Männer und sieben Mädchen mit auf den Weg, die Nnu Egos persönliche Habe trugen. Dazu gehörten sieben Ziegen, Mengen von Körben mit Yamswurzeln, meterweise Stoffe aus Europa, vierundzwanzig handgewebte *lappas*, Berge von Hausaschmuck und Korallenketten. Die mit Ornamenten verzierten Kochtöpfe und farbenfrohen Kalebassen waren kunstvoll um Packkörbe mit reinsten Ölen drappiert. Man hatte ein neues und noch schöneres Bild ihrer *chi*, der Sklavin, schnitzen lassen und zum Schutz gegen den bösen Blick oben auf Nnu Egos Besitz gestellt. In dieser Nacht sah man wahrhaftig Reichtum und Prunk. So etwas hatte noch keiner gesehen. Selbst heute weist man eine junge Braut, die mit ihrer Familie protzt, wirkungsvoll mit der Frage auf ihren Hochmut hin: »Sind denn deine Leute noch großzügiger als Nwokocha Agbadi?«

Agbadi platzte fast vor Stolz, als am nächsten Tag die Leute aus Amatokwus Hauswesen kamen, um ihm für seine wertvolle Tochter zu danken. Sie dankten ihm mit sechs Fässern Palmwein. Agbadi lächelte zufrieden und lud alle zum Trinken ein. »Meine Tochter war noch unberührt. Die Leute ihres Mannes sind gekommen, um uns zu danken.«

Jeder Besucher warf erst einmal einen Blick in die Palmweinfässer und rief dann aus: »Oh, die Fässer sind voll bis obenhin. Nnu Ego hat uns keine Schande gemacht. Wir wollen dafür beten, daß die Angeheirateten in weniger als zehn Monaten wieder hierherkommen und uns für die Geburt von Nnu Egos Baby danken.«

Zur Feier des Tages betranken sich Agbadi und sein alter Freund gründlich. »Nichts gereicht einem Mann mehr zur Ehre als die Nachricht, daß seine Tochter tugendhaft ist. Ich besuche ungern Familien, deren Palmweinfässer zur Hochzeit nur halb gefüllt sind und so jeder erfährt, daß die Braut jemanden zu nahe an sich herangelassen hatte«, sagte Idayi. »Wenn eine Frau tugendhaft ist, wird sie leichter schwanger. Bald kannst du ihre Kinder hier spielen sehen«, sagte Agbadi zuversichtlich.

Nnu Ego und ihr frischvermählter Mann Amatokwu waren sehr glücklich; aber als die Monate vergingen, war Nnu Ego überrascht, alle enttäuschen zu müssen: sie wurde nicht schwanger.

»Was soll ich nur machen, Amatokwu?« sagte sie weinend zu ihrem Mann nach einem weiteren Monat der Enttäuschung.

»Du mußt der Sklavin Opfer bringen und deinen Vater besuchen. Vielleicht kann er dir einen Rat geben. Bete außerdem zu Olisa, daß er uns allen beisteht. Selbst mein Vater schaut mich manchmal schon seltsam an.«

»Ich bin sicher, daß die Schuld bei mir liegt. Du machst alles richtig. Wie soll ich bloß meinem Vater unter die Augen treten und ihm beibringen, daß ich versagt habe? Ich mag schon gar nicht mehr hingehen, seine Frauen kommen jedesmal angelaufen, weil sie denken, ich wäre schwanger. Man kann die Enttäuschung in ihren Gesichtern lesen.«
»Wir können nur hoffen.«
Nach einiger Zeit gelang es Nnu Ego nicht mehr, ihrem Mann von ihren Zweifeln und Sorgen zu erzählen. Sie mußte sich allein mit den Problemen auseinandersetzen. Heimlich befragte sie einen *dibia* nach dem anderen und erhielt immer dieselbe Antwort - die Sklavin, ihre *chi*, würde ihr kein Kind geben; denn sie war einer Flußgöttin geweiht, bevor Agbadi sie geraubt und zur Sklavin gemacht hatte. Zuhause nahm Nnu Ego dann immer ein Ei, ein Fruchtbarkeitssymbol, kniete nieder und betete zu dieser Frau, doch ihre Meinung zu ändern: »Bitte hab Mitleid mit mir. Ich befürchte, die Verwandten meines Mannes sehen sich nach einer neuen Frau für ihn um. Sie können nicht ewig auf mich warten. Er ist der älteste Sohn und die Familie fordert von ihm einen Erben so schnell es geht. Bitte hilf mir.«
Alles wiederholte sich im nächsten Monat.
Sie war nicht überrascht, als Amatokwu sie eines Abends beiläufig aufforderte, in die Nachbarhütte der älteren Frauen umzuziehen, seine Familie habe eine neue Frau für ihn gefunden.
»Mein Vater ist verzweifelt. Man weiß inzwischen, daß deine *chi* von den Leuten unten am Fluß stammt. Ihre Frauen sollen übermächtig sein. Es tut mir leid, Nnu Ego, aber ich darf meine Familie nicht enttäuschen.«
Amatokwus neue Frau wurde gleich im ersten Monat schwanger. Als die Schwangerschaft nicht mehr zu übersehen war, zog Nnu Ego sich immer mehr zurück. In der Abgeschiedenheit ihrer Hütte betrachtete sie sich von oben bis unten. Ihr Körper fühlte sich jung und fest an wie bei allen anderen jungen Frauen. Sie vermißte das weiche, umhüllende Gefühl des Mutterseins. »Oh, meine *chi*, warum mußt du mich so erniedrigen? Wofür werde ich so gestraft? Ich bedaure, was mein Vater getan hat, und sicher bedauert er es auch. Versuche doch,

uns zu vergeben.« In vielen Nächten weinte sie vor Enttäuschung und Hoffnungslosigkeit.
Amatokwu redete nur noch das Nötigste mit ihr. Als sie bei der Yamsernte waren, sagte er knapp: »Du kommst heute mit mir aufs Feld und arbeitest dort. Mein Kind kommt jetzt bald zur Welt. Deine junge Mitfrau bleibt zu Hause bei meiner Mutter.«
Bei der Feldarbeit kommandierte Amatokwu sie genauso herum wie alle anderen. Sie blieb mitten auf dem Feld stehen und sagte unvermittelt: »Amatokwu, weißt du noch, wie ich bei dir einzog? Weißt du noch, wie du hier, nur unter dem Schutz des Himmels, mit mir zusammensein wolltest? Was ist mit uns geschehen, Amatokwu? Ist es meine Schuld, daß ich dir kein Kind geboren habe? Glaubst du, ich leide nicht ebenso darunter?«
»Was verlangst du von mir?« fragte Amatokwu. »Ich habe viel zu tun. Ich habe keine Zeit, meinen kostbaren Samen an eine unfruchtbare Frau zu verschwenden. Ich muß Kinder zeugen, um den Bestand meines Namens zu sichern. Wenn du die Wahrheit wissen willst: du ziehst mich nicht mehr an. Du bist vertrocknet und ruhelos. Wenn ein Mann die Nähe seiner Frau sucht, will er seine Hitze loswerden und sich nicht an einer nervösen, dürren Frau wundscheuern.«
»Als ich zu dir kam, sah ich nicht so aus«, entgegnete Nnu Ego mit schwacher Stimme. »Oh, hätte ich doch den Stolz meiner Mutter«, rief sie gequält.
»Ja, dein Vater konnte sich ein Juwel wie seine Ona leisten, er hatte ja genügend Söhne, um seinen Namen zu verewigen. Und deine Mutter ... du bist jedenfalls nicht wie sie. Ich werde meine Pflichten erfüllen. Ich werde dich in deiner Hütte besuchen, wenn meine Frau ihr Baby stillt. Doch jetzt hilf wenigstens bei der Yamsernte, wenn du schon keine Söhne gebären kannst.«
Auf dem ganzen Heimweg weinte Nnu Ego still in sich hinein. Zu Hause wurden sie mit der Nachricht begrüßt, Amatokwu sei Vater eines Sohnes geworden.
»Vater, meine Stellung als erste Frau des Hauses ist von einer jüngeren Frau eingenommen worden«, beklagte sich Nnu Ego

bei ihrem Besuch in Agbadis Hof, nachdem sie wie immer seine Pfeife gestopft hatte.
»Mach dir keine Sorgen, Tochter. Wenn du das Leben dort unerträglich findest, kannst du jederzeit zu mir zurückkommen. Du bist so dünn und saftlos. Ißt du nicht genug?«
Auf dem Rückweg von einem dieser Besuche schwor sie sich, ihren Vater nie wieder mit ihren Problemen zu belasten. »Der arme Mann leidet mehr darunter als ich. Er kann nur schwer die Unvollkommenheit eines seiner Kinder akzeptieren. Ich will auch nicht als Versagerin in sein Haus zurückkehren, es sei denn, mein Mann schickt mich weg. Ich will bei Amatokwu bleiben und darauf hoffen, eines Tages ein eigenes Kind zu haben.«
Nnu Ego hatte ein freundschaftliches Verhältnis zu den anderen Frauen in Amatokwus Hauswesen. Die jüngere Frau behielt ihren neugeborenen Sohn nicht für sich, sondern ließ Nnu Ego als erste Frau gleichberechtigt für ihn sorgen. Oft konnten die Nachbarn abends hören, wie Nnu Ego die jüngere Frau zu ihrem weinenden Baby rief. »Diese Tochter Agbadis«, sagten die älteren Frauen, »sie mag Kinder so gern, und dennoch sind sie ihr versagt geblieben.«
Die jüngere Frau blieb oft bis spät in die Nacht in Amatokwus Hütte und je länger sie blieb, desto mehr Zeit konnte Nnu Ego mit dem Baby verbringen. An einem dieser Abende weinte das Baby nach seiner Mutter und Nnu Ego wußte nicht, was sie tun sollte. »Wenn ich zu Amatokwus Hütte gehe, denkt man sicher, ich sei eifersüchtig, weil er die junge stillende Mutter vorzieht. Trotzdem verhält er sich nicht richtig, er läßt seiner neuen Frau ja nicht einmal Zeit, das Kind zu entwöhnen, bevor er sie zu sich ruft. Doch seit meine Stellung als erste Frau infrage steht, habe ich nicht einmal mehr den Mut, darauf zu bestehen, daß wenigstens unsere Gepflogenheiten eingehalten werden.«
Sie wandte sich wieder dem weinenden Kind zu. Warum sollte nicht sie es stillen? Der Mutter würde es nichts ausmachen, sie würde es nicht einmal erfahren.
Nnu Ego verschloß die Hütte, legte sich neben das Kind und ließ es an ihren jungfräulichen Brüsten saugen. Sie schloß die

Augen, als eine Woge von Zufriedenheit ihren Körper durchströmte. Die Unruhe des Babys legte sich und es nuckelte gierig, obwohl keine Milch kam. Nnu Ego hingegen erlebte etwas von jener Erfüllung, nach der sie sich sehnte. Zufrieden schliefen sie beide ein.

Die neue Frau entschuldigte sich am nächsten Morgen wortreich dafür, daß sie ihr Baby nicht wieder abgeholt hatte. »Es tut mir leid, Hauptfrau. Ich habe an deiner Tür geklopft, aber du hast wohl schon geschlafen; deshalb dachte ich, daß mit unserem Sohn alles in Ordnung ist. Du kennst ja unseren Mann, er will mich nie gehen lassen.«

»Es ist schon gut. Hier ist dein Baby.«

Dieser Vorfall wurde fast zur täglichen Gewohnheit und Nnu Ego unternahm nichts dagegen. Eines Abends entdeckte sie, wie Milch aus ihren noch immer festen Brüsten tropfte. Sie reagierten auf das regelmäßige Saugen des Kindes. Sie lief zu dem Abbild ihrer *chi* und rief wie so oft schluchzend: »Warum läßt du mich nicht eigene Kinder haben? Sieh doch, ich habe viel Milch. Ich kann nicht unfruchtbar und saftlos sein, wie mein Vater das behauptet hat. Warum spielst du mir nur so übel mit?«

Das Baby war kaum ein Jahr alt, da erwartete die junge Frau wieder ein Kind. Nnu Ego kümmerte sich jetzt ernsthaft um das Stillen des Jungen. Sie sang und scherzte mit ihm und sagte: »Warum bist du nicht zu mir gekommen? Ich habe nachts geweint und mich nach einem Kind wie dir gesehnt - warum bist du nicht zu mir gekommen?«

Nnu Ego überlegte, ob sie sich das Kind nicht einfach nehmen sollte, es hing mittlerweile sehr an ihr. Auf dem Weg zum Fluß sehnte sie sich oft danach wegzulaufen, weit weit weg von allem. Aber der Gedanke an ihren Vater hielt sie davon ab. Jemandem weh zu tun, kam ihr nicht in den Sinn. Alles, was sie wollte, war ein Kind zum Kuscheln und Liebhaben. Wenn sie das Kind nuckeln ließ, so viel es wollte, konnte sie ihren Schmerz vergessen, und wenn sie beide zufrieden waren, schmiegte es sich an sie und schlief ein.

Am Vorabend des Tages, an dem Amatokwus zweite Frau ihr zweites Baby bekam, konnte Nnu Ego den quälenden

Schmerz nicht länger ertragen. Als sie sich allein wähnte, nahm sie den Jungen mit in ihr Zimmer im Inneren des Hauses. Sie vergaß, die Tür zu schließen. Sie flehte den Jungen an, doch ihr Kind zu werden oder ihr einige seiner Freunde aus der anderen Welt zu schicken. Da sie nicht ahnte, daß sie beobachtet wurde, gab sie dem Kind die Brust. Plötzlich überraschten sie zwei Schläge von hinten. Sie erschrak fast zu Tode, als sie ihren Mann erkannte.

Man riß ihr das Kind weg und zitierte ihren Vater Agbadi herbei. Er streifte seine Tochter nur mit einem flüchtigen Blick und sagte dann: »Amatokwu, ich werfe dir nicht vor, daß du sie so heftig geschlagen hast. Wir wollen uns nicht streiten, denn wir sind durch Heirat miteinander verbunden, aber gestatte mir, daß ich sie mit nach Hause nehme, sie soll sich dort ausruhen, und ich kann mich um sie kümmern. Wer weiß, vielleicht hilft ihr der beruhigende Einfluß ihrer Familie, sich innerlich soweit zu entspannen, daß sie empfangen kann. Welche Säfte auch immer es sind, die die Kinder im Körper einer Frau entstehen lassen, bei meiner Tochter sind sie zur Zeit jedenfalls wegen ihrer Sorgen ausgetrocknet. Laß sie eine Weile bei mir bleiben.«

Nwokocha Agbadi nahm seine Tochter mit nach Hause. Die meisten seiner schon älteren Frauen waren verständnisvoll und pflegten ihre Seele wieder gesund. Sie vermittelten ihr das Gefühl, daß es im Hauswesen ihres Vaters mehr als genug Babys gab, die sie als ihre eigenen betrachten konnte, solange sie selbst noch kein Kind hatte. Ihr Vater wiederholte die kostspieligen Opfer für Nnu Egos *chi* und bat die Sklavin, ihm zu vergeben, daß er sie geraubt hatte. Durch den aufsteigenden Rauch der geschlachteten Tiere teilte er ihr mit, daß er den Sklavenhandel aufgegeben und seine eigenen Haussklaven freigelassen hatte. Er schloß sich sogar einer Gruppe von Oberhäuptern an, die ihre Sklaven zur Rückkehr in ihre Heimatorte bewegten, falls sie noch wußten, woher sie stammten. Alle, die nicht gehen wollten, machte er zu seinen Kindern; er hatte dafür gesorgt, daß diese Adoptionen auch ordnungsgemäß durchgeführt wurden. Die Sklaven wurden im Fluß untergetaucht und als Zeichen der Anerkennung mit Kreidestaub bestreut. Niemand durfte sie in Zukunft als Sklaven bezeichnen; sie waren jetzt Agbadis Kinder. Er machte alle diese Zugeständnisse für das Seelenheil seiner geliebten Tochter Nnu Ego.

Obwohl es Nnu Ego leid tat, ihrer Familie eine solche Schande zu bereiten, zog sie nichts wieder nach Umu Iso zurück. Sie stellte auch selbst fest, daß sie zusehends gesünder aussah, weil sie wieder richtig schlafen konnte. Sie war nicht mehr dürr und zerfahren, was man in ihrer Umgebung an Frauen nicht schätzte. Sie wirkte weicher und runder, entspannt und glücklich. Ihre gute Laune stellte sich wieder ein, und wenn ihr fröhliches Lachen erklang, sprang Agbadi von seinem angestammten Platz auf, weil er meinte, ihre Mutter, seine Ona, sei zu ihm zurückgekehrt.

Nnu Ego vereinte Eigenschaften von Ona wie von Agbadi. Sie war höflicher, weniger beleidigend und angriffslustig als Ona; hatte aber im Unterschied zu ihr eine unbedingte Zielstrebigkeit. Nur wenige Männer waren Ona gewachsen, geschweige denn hätten sie sie beherrschen können. Für Nnu Ego galt das nicht.

Sie wollte jedoch auf keinen Fall in Amatokwus Hauswesen zurückkehren. Agbadi bemerkte, wie sie mehr als sonst auf ihr weibliches Aussehen achtete. Das schätzten viele Männer aus Ibuza. Sie wollten Frauen, die sich ohne Männer hilflos fühlten. Nnu Ego war nicht überrascht, daß Männer heimlich bei ihrem Vater um sie warben. Dieses Mal sollte es ein Mann sein, der Geduld für sie aufbringen und sich um Verständnis bemühen würde, weil er sie schätzte. Einen Mann, der dafür sorgen würde, sie glücklich zu machen. Aus diesem Grund wies er alle schönen Männer ab, denn die, das wußte er, fanden Zärtlichkeit oft überflüssig, mochten sie auch noch so gute Liebhaber sein. Nur sensiblere Männer verstanden es, richtig zu lieben, das wußte er. Männer, die nicht vor lauter Arbeit und Sorgen um Familienunterhalt keine Zeit mehr hätten. Männer, die Zeit zum Nachdenken hätten. Diese Eigenschaft wurde immer seltener, stellte Agbadi fest, und manchmal befürchtete er, daß sie mit seiner Generation ausstürbe. Eher wollte er seine Tochter einem alten Oberhaupt mit Gefühl für

Erprobtes und Althergebrachtes geben als einem modernen jungen Mann, der sie nur wegen ihrer Herkunft begehrte. Agbadi betete darum, bald den richtigen Mann zu finden, denn er spürte Nnu Egos Unruhe und ihre Sehnsucht nach Erfüllung. Außerdem hatte er nicht vergessen, was er Ona versprochen hatte, als sie im Sterben lag und ihn gebeten hatte: »Du mußt unserer Tochter einen Mann geben, wenn sie das will, einen Mann, der ihren Kindern ein Vater ist.« Ja, jetzt gab es Anzeichen genug, daß sich Nnu Ego danach sehnte.

Agbadi verhielt sich wie die meisten Männer. Er selbst heiratete Frauen und vernachlässigte sie manchmal jahrelang; er sorgte nur dafür, daß jede eine Yamswurzel pro Tag bekam, er brachte seine Geliebten mit in den Hof und schlief mit ihnen, während seine Frauen sich grämten und aus Verlangen nach einem Wort von ihm an den Nägeln kauten. Aber bei seiner eigenen Tochter bestand er auf einem Mann, der sie hochschätzen sollte.

Wie bei allen wichtigen Familienangelegenheiten beriet er sich mit seinem alten Freund Idayi auch in der Frage eines geeigneten Bewerbers.

»Ich wünschte, Nnu Ego wäre zu unserer Zeit geboren. Als wir jung waren, war ihre Schönheit bei Männern sehr begehrt«, äußerte er in Gedanken versunken.

Idayi lächelte verständnisvoll. »Nichtsdestotrotz, mein Freund, sie ist nun einmal in einer anderen Zeit geboren. Die Zeiten haben sich sehr gewandelt. Dies ist das Zeitalter des weißen Mannes. Heutzutage will jeder junge Mann seine Lehmhütte betonieren und sie mit Wellblech statt mit Palmwedeln decken, wie wir es gewöhnt sind. Du wirst wohl einen Mann von heute akzeptieren müssen, Agbadi.«

Sie schwiegen eine Weile und genossen den würzigen Rauch ihrer Pfeifen.

Dann fragte Idayi: »Unter all den Leuten, die dich aufgesucht haben, gibt es doch sicher eine Familie, die dir besonders zusagt?«

»Ja, mein Freund, ich würde sie gerne in die Familie der Owulums verheiraten, aber der Mann, der in Frage kommt, lebt nicht in Ibuza. Er arbeitet für einen Weißen in einem Ort namens Lagos. Man behauptet, jeder Dummkopf könnte an so einem Ort reich werden. Ich mißtraue Männern, die es hier in Ibuza nicht schaffen«, sagte Agbadi. Nur faule Männer zogen an die Küste, um dort zu arbeiten, davon war er felsenfest überzeugt. Und daß nur solche Männer das Land verließen, das ihre Eltern und ihre Ururgroßeltern bearbeitet hatten und das ihnen etwas bedeutete. Daß man auch an Bord eines Schiffes, bei der Eisenbahn, beim Straßenbau arbeiten konnte, konnte er sich nicht vorstellen. »Wie kann ich denn sicher sein, daß meine Tochter an einem so weit entfernten Ort gut behandelt wird«, sagte er abschließend.

»Komisch, daß du die Owulums erwähnst, ihr ältester Sohn besuchte mich nämlich beim letzten *Eke*-Markt. Er sprach es zwar nicht aus, aber ich hatte den Eindruck, er wollte Nnu Ego haben. Doch er hat schon zwei Frauen und viele Kinder, da hielt ich es nicht für sinnvoll, dich damit zu belästigen. Aber wenn es um den Bruder geht, der nicht mehr hier lebt, sehe ich keinen Grund, warum Nnu Ego es nicht mit ihm versuchen sollte.«

Von draußen hörte man Ziegen blöken, Kinder spielen und Frauen, die ihren Babys vorsangen; doch drinnen im Hof war es lange Zeit sehr still. Agbadi kaute heftig auf seiner Unterlippe, während er überlegte, wie er über die Zukunft seiner Tochter entscheiden sollte.

»Man weiß nie«, sagte Idayi, »vielleicht gewährt ihre *chi* ihr etwas Ruhe, wenn sie aus Ibuza weggeht. Ich glaube, dem Hauswesen der Amatokwus käme es auch zugute.«

»Was hat das mit den Amatokwus zu tun?« schnauzte Agbadi. »Diese Heirat hätte nie stattfinden dürfen. Ich halte nicht viel von Leuten, die eine Frau schlecht behandeln, weil sie noch kein Kind bekommen hat.«

»Du kannst es dir leisten, so zu denken. Die Amatokwus nicht. Ich fände es gut, wenn unsere Nnu Ego von hier fortginge. Dann erfahren die Amatokwus nicht mehr so viel über sie bei der Schnüffelei und dem Getratsche hier. Das muß Nnu Ego zusetzen. Amatokwus neue Frau bekommt wieder ein Kind, da wird er die Rückerstattung von Nnu Egos Brautpreis sicher begrüßen. Er kann das Geld sicher gut für eine weitere Frau brauchen; wenn er in diesem Tempo weitermacht, bringt es seine jetzige Frau noch um.«

»Er bekommt den Brautpreis zurück. Ich glaube, du kannst die Owulums bitten, mich aufzusuchen«, sagte Agbadi schließlich. Ein paar Tage später, nachdem die Vereinbarungen getroffen waren, gab Agbadi seiner Tochter seine Entscheidung bekannt, beiläufig wie es seine Art war, wichtige Themen in seiner Familie zur Sprache zu bringen, um niemanden zu erschrecken.

»Nnu Ego, mein Liebling, weißt du schon von meiner vorläufigen Vereinbarung, daß du einen anderen Mann heiraten kannst?«

»Ja, Vater, ich habe das Kommen und Gehen bemerkt.«

»Wenn ich es nicht deiner Mutter versprochen hätte, würde ich einem weiteren Versuch nicht zustimmen. Du bist sicher, daß du einen Mann und eine eigene Familie haben willst?«

»Oh, sehr, sehr gern, Vater«, antwortete Nnu Ego und sah von ihrer Beschäftigung auf, zwischen Steinen Tabak für seine Pfeife zu zerbröseln. »Wenn man alt wird, braucht man Kinder, die sich um einen kümmern. Wenn man kein Kind hat und die Eltern gestorben sind, wer ist dann noch für einen da?«

»Du hast recht, meine Tochter. Nun, meine einzigen Bedenken sind, daß wir den Mann nicht kennen, um den es geht. Aber zu seiner Familie hier am Ort gehören nur gute, hart arbeitende Leute. Er heißt Nnaife Owulum und lebt seit fünf Jahren in Lagos. Er hat gespart und den Brautpreis geschickt, also muß er da auch fleißig gewesen sein.«

»Mir wäre es lieber, ich müßte nicht so weit weg von dir, Vater; aber wenn es dein Wunsch ist, soll es so sein.«

»Ich glaube, es ist besser. Amatokwu und seine Familie können dich dann nicht länger beobachten und über dich reden.«

»Wenn Olisa will, Vater.«

»Du verläßt uns also am nächsten *Nkwo*-Tag. Der älteste Sohn der Owulums wird dich zu seinem Bruder nach Lagos bringen. Ich möchte nicht, daß darüber geredet wird, auch nicht unter meinen Frauen. Ich bin mir darüber klar, daß man diese

Entscheidung etwas merkwürdig finden wird. Außerdem hast du ja genügend Aufsehen erregt, als du das vorige Mal das Hauswesen deines Vaters verlassen hast.«
»Also soll ich meine neue Familie hier in Ibuza nicht besuchen?«
»Nein, meine Tochter. Ich glaube, die erste Frau des ältesten Bruders - sie heißt Adankwo - weiß Bescheid, und nach allem, was ich von ihr weiß, ist sie eine gute Hauptfrau und hat Gebete für dich gesprochen. Ich möchte nicht, daß du sie jetzt schon besuchst.«
Über Nnu Egos Gesicht glitt ein schmerzlicher Schatten, doch sie tröstete sich mit der beiläufigen Bemerkung: »Vielleicht bringe ich einen Haufen Kinder mit, wenn ich das nächste Mal zurückkomme.«
»Wir werden dafür beten, und ich bin sicher, es wird so kommen«, sagte Agbadi ernst.
Stolz schickte Agbadi seinem ehemaligen Schwiegersohn die zwanzig Säcke Muschelgeld zurück, gab sogar zum Zeichen der Beleidigung noch eine lebende Ziege mit. Amatokwus Einwand, er habe Nnu Ego nicht weggeschickt, hatte er nicht abgewartet. Obwohl er von Nnu Egos Aufbruch nach Lagos erfuhr, als er seine Leute schickte, um seinen ehemaligen Verwandten zu danken, mochte er die Ziege nicht zurückweisen, sie war zu verlockend.
»Laß Nnu Ego ziehen«, tröstete er sich, »sie ist unfruchtbar wie die Wüste.«

Erste Erschütterungen für die Mutter

Vier Tage dauerte die Reise von Ibuza nach Lagos. Nnu Ego und der ältere Sohn der Owulums mußten in überfüllten kleinen Mammy-Lastern fahren, in denen sowohl die verschiedensten Lebensmittel, als auch Passagiere transportiert wurden: Menschen, lebende Hühner, Stockfisch usw., alles war darin zusammengepfercht. Der älteste Sohn der Owulums reiste ebenso ungern wie Nnu Ego, schlimmer noch: anscheinend kannte er nicht einmal die Reiseroute. Er wußte nur, daß sie auf dem Weg nach Lagos waren, aber nicht, ob das nun westlich oder östlich von Ibuza lag.

Als sie Benin erreichten und aus dem Laster aussteigen mußten, dachte der arme Schwager, sie seien angekommen. Einige Händler zogen ihn lachend auf: »Ja, hier ist Lagos - du brauchst nur dort um die Ecke zu gehen, dann bist du da.« Aber man klärte ihn bald auf. Sie stiegen nur in einen anderen Laster um. Das gleiche passierte in Oshogbo beinahe noch einmal, doch man konnte es dem Schwager nun wirklich nicht verdenken, daß er herbeisehnte, endlich am Ziel zu sein. Inzwischen waren sie wirklich erschöpft und reisemüde und schon so lange unterwegs, daß es Nnu Ego vorkam, als seien sie am Ende der Welt. Sie stiegen ein letzte Mal um, und als sie dann schließlich in Iddo in Lagos ankamen, mochte der Schwager sich auf niemanden mehr verlassen. Bevor er das glaubte, mußten ihm der Fahrer und die Passagiere versichern, daß sie das Reiseziel endlich erreicht hatten.

Mit den langsamen Bewegungen eines alten Mannes stieg er aus dem Laster, und in der Erwartung, wieder verulkt zu werden, verkrampften sich seine Arme. Doch dieses Mal hatte man ihm die Wahrheit gesagt. Er zog Nnu Ego mit sich, und sie zeigten einem Händler am Busbahnhof die Adresse, zu der sie wollten. Der erklärte ihnen den richtigen Weg nach Yaba. Das also war Nnu Egos Ankunft in Lagos. Ihr neuer Schwager

brachte sie zu einem äußerst merkwürdigen Haus. Sie mußten auf der Veranda warten. Währenddessen sagte eine Nachbarin - sie hatte sich als Cordelia, die Frau des Kochs, vorgestellt - dem zukünftigen Ehemann Nnaife, der sich gerade um die Wäsche seiner weißen Herrschaft kümmerte, Bescheid, seine Leute seien angekommen und hätten ihm anscheinend eine Frau mitgebracht.
»Eine Frau!« sagte er und tat so, als überrasche ihn schon der bloße Gedanke. »Bist du sicher?«
»Sie sieht aus wie eine Ehefrau. Auch ihrem Gepäck nach zu schließen, kommt sie auf Dauer, nicht nur auf Besuch.« Diese Vorstellung gefiel ihm. Er bügelte so hastig, daß er sich fast am Kohlenplätteisen verbrannt hätte. Er flüsterte die Neuigkeit dem Koch und dem Hausmeister zu. Sie alle waren Ibos - Nnaife kam als einziger aus dem westlichen Ibo-Gebiet - und so wußten sie, es würde am Abend ein großes Fest geben. Die Nachricht, daß jemand Neues aus der Heimat gekommen war, interessierte sie brennend, denn Lagos war so weit von zu Hause entfernt und die Reise dauerte mehrere Tage. Weil nur sehr wenige mutige Leute sich trauten, diese Tortur auf sich zu nehmen, betrachtete man jeden, der irgendeinen iboverwandten Dialekt sprach, als Bruder oder Schwester. Bis in die frühen Morgenstunden würde reichlich Palmwein fließen. Alle beeilten sich mit ihrer Arbeit, manche sangen oder pfiffen dabei. Es war wirklich eine gute Neuigkeit.
Ihr weißer Herr, Dr. Meers, arbeitete im Gerichtsmedizinischen Labor in Yaba. Er und seine Frau wunderten sich über die Aufregung, mochten aber auch nicht fragen.
Kurz danach ging Nnaife zu seiner Herrin und sagte: »Ich gehe jetzt, madam.«
»Ja«, antwortete sie in dem kultivierten, reservierten Tonfall, in den sie unweigerlich verfiel, wenn sie mit den eingeborenen Dienern redete. »Ja, Nnaife. Bis morgen früh brauche ich dich nicht mehr. Gute Nacht.«
»Gute Nacht, madam. Gute Nacht, Herr«, sagte Nnaife zu seinem Herrn, der scheinbar zu sehr in die Zeitung vertieft war, um die Vorgänge um sich herum wahrzunehmen.
Dr. Meers spähte über die Zeitung, grinste boshaft und sagte:

»Gute Nacht, Pavian.«
Mrs. Meers brach sofort in einen Wortschwall aus, zu schnell und gefühlvoll, als daß Nnaife ihm hätte folgen können. Er stand wie angewurzelt und starrte von einem zum andern und fragte sich, warum sie so ärgerlich war. Die Frau redete immer weiter, wurde sich dann aber plötzlich bewußt, daß Nnaife noch immer in der Tür stand. Mit einer Handbewegung wies sie ihn hinaus. Er hörte Dr. Meers lachen und dann wieder das Wort »Pavian«. Frauen sind alle gleich, dachte Nnaife auf dem Weg zu seiner eigenen Wohnung auf dem Grundstück und war entschlossen, jemanden zu fragen, was »Pavian« bedeutete. Nicht daß er etwas unternommen hätte, wenn er es verstanden hätte. Er hätte einfach schulterzuckend gesagt: »Wir arbeiten für sie und sie bezahlen uns. Bloß weil er mich Pavian nennt, bin ich noch lange keiner.«
Jeder intelligente Mann konnte doch seiner Frau den Mund verbieten und sie zum Schweigen bringen, statt dümmlich hinter seiner Zeitung zu grinsen. Und die weißen Männer hätten doch angeblich die Weisheit gepachtet.
Nnaife begriff nicht, daß Dr. Meers aus Bosheit gelacht hatte, durch die sich jeder erniedrigt, ganz egal, ob weiß oder schwarz, intelligent oder nicht; durch die er tiefer sinkt als die niederste Tiergattung, denn Tiere respektieren wenigstens Stimmung und Rang der anderen.
Nnu Ego und ihr Begleiter waren mittlerweile sehr müde. Die Frau des Kochs, die Nnaife von der Ankunft der beiden unterrichtet hatte, hatte sie mit gestampfter Yamswurzel und *Okazi*suppe willkommen geheißen. Solch eine Suppe kannte sie nicht, doch sie waren so müde und hungrig, daß sie nicht weiter auf den eigenartigen Geschmack achteten. Nnu Ego war gerade dabei einzunicken, als ein Mann eintrat. Sein Bauch war dick wie der einer trächtigen Kuh und schwabbelte hin und her. Er sah aus wie ein Faß. Sein Kopf war nicht rasiert wie bei den Männern zu Hause in Ibuza; seine Haare waren so lang wie die einer Frau, die um ihren Mann trauert. Seine Haut war blaß wie bei Menschen, die immer im Haus arbeiteten und selten an der frischen Luft sind. Wie mit heißen Yamswurzeln vollgestopft wirkten seine fetten Wangen, die den

Mund über den schmalen Kiefer zusammenschoben. Und erst seine Bekleidung - noch nie hatte Nnu Ego einen Mann gesehen, der so etwas anhatte: löchrige Khakishorts und ein altes, ausgeleiertes weißes Unterhemd. Sollte ihr zukünftiger Mann so aussehen, würde sie wieder zu ihrem Vater zurückkehren, dachte sie. Mit so einem Wackelpudding von Mann verheiratet zu sein wäre ja genauso, wie mit einer älteren Frau zusammen zu leben!

Aus den Augenwinkeln beobachtete sie, wie sich die beiden Männer umarmten und sich offensichtlich über das Wiedersehen freuten. Sie hörte, wie der ältere Owulum den anderen mit Nnaife ansprach, und als sie aufsah, bemerkte sie, daß der Neuankömmling tatsächlich dasselbe Stammeszeichen trug wie sein Bruder. Das durfte nicht wahr sein! Das konnte nicht der Mann sein, mit dem sie zusammenleben sollte. Wie konnten sich zwei Brüder nur so wenig gleichen? Stirn und Gesten waren ähnlich, das war alles; ansonsten waren die beiden Männer so unterschiedlich wie Wasser und Öl. Am liebsten wäre sie in Tränen ausgebrochen und hätte den älteren Owulum gebeten, sie bitte wieder mit nach Hause zu nehmen; doch sie wußte, daß selbst bei dem besten aller Väter die Geduld einmal erschöpft war. Der Mann hieß sie willkommen. Er holte ihre Holzkiste und die Bündel herein, die von den Frauen ihres Vaters so sorgfältig in ein handgefertigtes Netz eingeschlagen waren. Zuerst hatte Nnaife sie mit einem einzigen schüchternen Wort begrüßt: *»Nnua«* - Willkommen. Der ältere Owulum streifte sie mit einem flüchtigen Blick und war über ihre offensichtliche Enttäuschung ein wenig besorgt, aber sein sichtlich begeisterter Bruder ließ ihm keine Gelegenheit, sich lange zu beunruhigen. Er schob ihn mehr oder weniger von Nnu Ego weg, die ihnen hineingefolgt war und sich fröstelnd in einem Stuhl zusammengekauert hatte.

Nnaife spürte, daß er Nnu Ego nicht gefiel. Aber er konnte doch nichts für sein Aussehen, und was konnte sie denn schon dagegen unternehmen? In den fünf Jahren in Lagos hatte er schon schlimmere Situationen erlebt. Er hatte mitbekommen, wie eine Frau, die man einem Mann von Ibuza nach Lagos gebracht hatte, beim Anblick ihres zukünftigen Mannes davon-

gerannt war, so daß die Freunde dem armen Bräutigam helfen mußten, die Ausreißerin einzufangen. Das zumindest tat Nnu Ego nicht. Nur wenige Frauen waren auf Anhieb von ihren Männern angetan. Sie waren ein ständiger Anlaß für Witze, diese Frauen aus der Heimat, die nach Lagos kommen wollten, weil sie dort nicht so hart zu arbeiten brauchten und obendrein auch noch den stattlichen, wohlgebauten Mann erwarteten. Frauen waren so dumm!
Die Köche und Hausmeister und viele Leute aus Ibuza, die in dieser Gegend wohnten, kamen, um Nnaife zu gratulieren und stellten fest, man habe ihm eine »Mammy Waater« geschickt, eine außergewöhnlich schöne Frau. Nnu Ego biß die Zähne zusammen und bemühte sich tapfer, die Begrüßungen entgegenzunehmen und nicht daran zu denken, was ihr Vater wohl gesagt hätte, wenn dieser Mann persönlich um seine Tochter gebeten hätte. Sie kämpfte die Tränen der Enttäuschung nieder. Sie war große, muskulöse Bauern gewöhnt, mit rauhen, schwieligen Händen, langen, mageren Beinen und tief dunkler Haut. Dieser hier war klein, das Fleisch an seinen Oberarmen tanzte, als er freudestrahlend zwischen seinen Freunden umhersprang, und dieser vorstehende Bauch! Warum bedeckte er ihn nicht wenigstens? Sie verachtete ihn an diesem ersten Abend, besonders als die Leute sich dann viele Stunden später geräuschvoll verabschiedeten.
Er forderte seine ehelichen Rechte, als wollte er ihr keine Gelegenheit lassen, es sich noch anders zu überlegen. Sie hatte gehofft, ihr wäre zumindest in der ersten Nacht nach ihrer Ankunft noch Ruhe vergönnt, bevor sich dieser ausgehungerte Mann, ihr neuer Ehemann, auf sie stürzte. Dieses Erlebnis machte Nnu Ego klar, warum häßliche Männer Frauen vergewaltigen: sie spürten ihre Unzulänglichkeit. Dieser Mann steigerte sich in eine animalische Leidenschaft. Er hatte ganz bestimmt noch nie eine Frau gehabt. Sie ließ es über sich ergehen, entspannte sich, wie man sie gelehrt hatte und stellte sich vor, Amatokwu läge auf ihr, ihr erster geliebter Mann. Dieser Mann hier war unersättlich und sie schlief erst ein, als endlich der Morgen kam, und sie sah, daß er das Zimmer verließ, um zu seiner Arbeit bei den Weißen zu gehen. Sie hatte voll Dank-

barkeit bemerkt, wie er sich eilig anzog und mit seinem Bruder flüsterte, der dicht neben ihnen schlief. Sie fühlte sich erniedrigt, aber was sollte sie machen? Der ältere Owulum hatte sicher alles gehört und seinen Bruder von Herzen beglückwünscht. Sie aber hatte die ganze Nacht lang geweint. Sie war ihren großen Amatokwu gewöhnt, der glitt in sie hinein, wenn sie bereit war, nicht wie dieser kleine fette, untersetzte Mann, der sie mit seinem Körper fast erdrückte. Außerdem roch er nicht gut, im Unterschied zu den Männern in Ibuza, die so angenehm nach Holzfeuer und Tabak rochen. Dieser hier roch nur nach Seife, als wasche er sich zu oft. Als er fertig angezogen war, sagte er: »Die Yamswurzeln werden eine ganze Weile für uns alle reichen. Ich werde die Frauen nebenan bitten, dich mit zum Markt zu nehmen, dort kannst du Fleisch kaufen und davon Suppe kochen. Ich werde zum Abendessen zurück sein. Ich hoffe, du hast gut geschlafen.«

»Oh ja, das hat sie«, antwortete Nnaifes Bruder übereifrig. Er wollte ihr zu verstehen geben, daß er alle Ereignisse während der Nacht mitbekommen hatte. Sie mußte sich wohl mit alledem abfinden. Lieber würde sie in dieser Stadt Lagos sterben, als nach Hause gehen und sagen: »Vater, ich kann den Mann nicht leiden, den du für mich ausgesucht hast.« Doch dann überlegte sie, ob dieser Mann sie vielleicht wirklich schwängern würde, wäre das denn nicht eine unermeßliche Freude für ihre Leute?

»Oh, meine *chi*«, betete sie, als sie sich auf der Bastmatte mühsam auf die andere Seite drehte. »Oh, meine tote Mutter, bitte laß diesen Traum wahr werden, dann werde ich diesen Mann achten, ihm eine treue Frau sein und seine ungehobelte Art und sein häßliches Aussehen ertragen. Oh, bitte helft mir, ihr meine Ahnen. Wenn ich schwanger würde - hm...« Sie strich über ihren Bauch und über ihre ziemlich müden Beine. »Wenn ich je schwanger würde.« Sie betrachtete versonnen die geweißte Decke und sah eine Hauseidechse aus einer Mauerritze zu den leicht geöffneten Fenstern huschen. Sie starrte weiter vor sich hin, bis sie in leichten Schlaf fiel.

In ihrer Erschöpfung träumte sie, ihre *chi* hielte ihr am Ufer des Atakpos in Ibuza einen neugeborenen Jungen hin. Doch die Sklavin lächelte spöttisch. Als Nnu Ego durch den Fluß zu waten versuchte, um das Baby entgegenzunehmen, schien der Fluß anzuschwellen und das Gelächter der Frau erscholl durch den dichten Wald. Mehrere Male streckte Nnu Ego die Arme aus und hätte das Baby fast erreicht, doch der Fluß wurde plötzlich tiefer, und die Frau stand deshalb höher. »Bitte«, weinte Nnu Ego, »bitte gib ihn mir, bitte.«

Zunächst klang ihre Stimme bittend, aber als sich diese Quälerei dauernd wiederholte, schrie sie die Frau an: »Hast du mich nicht genug gemartert? Ich habe dich nicht umgebracht! Oh, gib mir mein Kind, gib mir mein Kind!«

Jemand schüttelte sie. Es war Nnaifes Bruder. »Neue Frau, weshalb schreist du so? Du hast schlecht geträumt. Wach auf, wach auf, es war nur ein Traum.«

Erschreckt schlug sie die Augen auf. »Meinst du, ich könnte in die Versuchung kommen, in dieser Stadt anderer Leute Babys an mich zu nehmen? Ich habe geträumt, ich hätte so etwas getan...«

»Nein, das wirst du nicht. Du bist müde und überreizt, das ist alles. Geh heute lieber nicht zum Markt; wir können ja den Fisch und die Yamswurzeln kochen, die wir mitgebracht haben.«

»Aber die Freunde deines Bruders kommen bestimmt, um das Essen der neuen Frau zu probieren - wenn sie nun merken, daß es kein Fleisch, sondern nur eine Fischsuppe ist?«

»Ich werde ihnen erzählen, daß ich nur Fischsuppe mag.« Er lächelte wohlwollend. »Du bist sehr müde und mein Bruder war sehr gierig. Du mußt ihm verzeihen. Er mochte seinem Glück nicht trauen, verstehst du? Er wollte sichergehen, daß du nicht wegläufst. Du weißt, wie schön du bist und zudem noch die Tochter eines berühmten Mannes. Bemüh dich, Nnaife Achtung entgegenzubringen. Es fällt dir vielleicht schwer, aber warte nur ab, deine Hoffnungen werden sich erfüllen. Ich werde dich wieder besuchen, wenn du richtig ›verrückt‹ bist.«

»Verrückt, Schwager, hast du verrückt gesagt?«

Bedächtig ging er zu seinem Schlafplatz hinüber. Seine Schultern bebten leicht vor Belustigung, aber sie bemerkte es nicht. So ein Mann gehörte nicht an so einen verwirrenden Ort, dachte Nnu Ego, als sie ihn beobachtete. Zu ihm paßte klares Sonnenlicht, heller Mondschein, sein Ackerland und seine Ruhehütte, dort konnte er rechtzeitig das Rascheln einer Kobra, das Vorbeihuschen eines Skorpions, das Heulen einer Hyäne hören. Das hier paßte nicht zu ihm. Nicht dieses rechteckige wie eine Opferstätte weiß getünchte Zimmer, dieser Ort, wo das Fleisch der Männer um ihre Knochen wabbelte, wo Männer Bäuche wie Hochschwangere hatten, wo Männer ihren Körper den ganzen Tag lang bekleidet hielten. Ja, er würde dahin zurückkehren, wo seine Leute seit fünf, sechs, sieben Generationen ohne jede Veränderung lebten. Wie war nur sein Bruder Nnaife auf diesen Ort verfallen? Und wenn sie in einer Stadt wie dieser verrückt würde, wo sollte sie dann einen Medizinmann finden?

»Wenn du meinst, daß ich verrückt werde, Schwager, dann möchte ich lieber mit dir zurückgehen. Aber setz mich bitte in Ogwashi ab, wo meine Großeltern herkommen. Ich möchte meinem Vater keine Schande mehr bereiten.«

Nnaifes Bruder lachte jetzt laut auf und warf seinen kahlgeschorenen Kopf in den Nacken. Gutmütig erklärte er ihr: »Neue Frau, so ein Verrücktsein habe ich nicht gemeint. Was ich meine, sieht ungefähr so aus«, er schloß seine Arme übereinander und beugte sich leicht vor, wie jemand, der ein kleines Baby im Arm wiegt - »Cootu, cootu! Ha, ha, ha! Cootu, cootu, cootu!«

Jetzt lachte Nnu Ego auch. Sie legte sich wieder auf ihre Bastmatte und versank in einen traumlosen Schlaf, denn sie hatte verstanden, was er ausdrücken wollte: Frauen gebärden sich wie Verrückte, wenn sie mit ihren Babys sprechen.

Bevor ihr Schwager einige Wochen später wieder abreiste, betete er darum, daß sie nicht versagte. Nnu Ego dankte ihm und gab ihm hunderttausend Aufträge an ihren Vater mit: ihm auszurichten, wie glücklich sie sei, wie hübsch ihr Mann sei... Sie wiederholte diese Aufträge eins ums andere Mal. Wie ein Kind, das vor dem Alleinsein Angst hat.

Der ältere Owulum versicherte ihr nach Kräften, ihr Vater werde sie niemals in seinen Gebeten vergessen. Er sagte ihr, es schiene schon alles in Ordnung zu sein, doch zu dem Zeit-

punkt begriff sie noch nicht, was er meinte.
Ihr Schwager hatte recht behalten, wie sie bald bemerkte. Sie brachte die allmähliche Veränderung ihres Körpers zunächst gar nicht mit einer Schwangerschaft in Verbindung. Als sich ihr Verdacht verstärkte, war sie sogar zu verwirrt, um es ihrem Mann zu erzählen. Vielleicht bildete sie sich das ganze nur ein, täuschte sich selbst. Sie fühlte sich ein bißchen krank und benommen. Aber sie ließ es Nnaife nicht merken. Wenn er zur Arbeit gegangen war, schloß sie die Tür, nahm ihren kleinen Spiegel und betrachtete sich. Hatte sie sich überhaupt so sehr verändert? Ihre Brüste - wie groß waren sie denn vorher? Hatten sie vorher auch so gekribbelt und gejuckt? War ihr Bauch wirklich dicker geworden? Sie wußte es nicht genau. Je sicherer sie sich wurde, desto mehr fürchtete sie sich.
Ihr Mann Nnaife stand jeden Morgen um sechs auf, nach der Uhr, die die weiße Herrschaft ihm geschenkt hatte. Er zog seine Khaki-Shorts an, schlang die Reste vom Abendessen hinunter und rannte zu Dr. Meers hinüber, um mit der Wäsche zu beginnen. Er benutzte dazu zwei riesige, graue Badewannen aus Zinn, die für drei Leute gleichzeitig gereicht hätten. Er saß auf einem Küchenhocker vor der ersten Wanne und wusch alles mögliche, Handtücher, Nachthemden und dergleichen. Am späten Vormittag wechselte er dann zur zweiten Wanne und begann mit dem Spülen. Zwischendurch mußte er immer mit einem Zinneimer in jeder Hand Wasser von der Gartenpumpe holen. Nachdem er die Wäsche zum Trocknen aufgehängt hatte, füllte er in der Wäschekammer das Plätteisen mit heißen Kohlen. Nach seinem Tagesablauf hätte man die Uhr stellen können, so gleichförmig war er. Man hatte ihm den prächtigen Titel »Nnaife, der Wäscher« verliehen. Er erledigte seine Arbeit so hervorragend, daß die Freunde seines Herrn ihn gelegentlich gegen ein kleines Entgelt ausborgten. Er hatte nur einen halben Tag pro Woche frei, und zwar am Sonntag, dann arbeitete er bis zwei Uhr nachmittags. Deshalb blieb ihm nur wenig Zeit, Nnu Ego zu beachten, was sie selbst weder erwartete noch beanspruchte. Sie hatte sich dazu durchgerungen, ihn als unvermeidliches Schicksal hinzunehmen.
Zuerst hatte sie seine Arbeit abgelehnt und ihn gefragt, warum

er keine angesehenere finden konnte.
Nnaife hatte ihr spöttisch entgegnet, die Leute in der Stadt achteten nicht darauf, wie sie ihr Geld verdienten, solange es sich um eine ehrliche Arbeit handelte. Hielte sie diese Arbeit nicht etwa auch für leichter und sicherer als die Feldarbeit? Doch jedesmal, wenn sie ihren Mann sah, wie er die Unterwäsche der weißen Frau aufhing, fuhr Nnu Ego zusammen, als habe sie Schmerzen. Dieses Gefühl verstärkte sich, wenn sie angeekelt Nnaifes überschwenglichen Erzählungen zuhörte, wie er die auserlesene Wäsche und die Seidenkleider behandelte. Sie erkannte, daß der Mann auf seine Arbeit auch noch stolz zu sein schien.
Sonntagnachmittags, wenn er frei hatte, spazierten sie von Yaba nach Ebute Metta und dann zur Lagosinsel, wo die Ibogemeinde ihren eigenen christlichen Gottesdienst abhielt. Nnu Ego verstand nicht, was es mit dem Christentum auf sich hatte, aber wie jede neuvermählte Frau, die aus der Heimat hierher geschickt worden war, schloß sie sich ihrem Mann in allen Angelegenheiten an. Zurück fuhren sie mit einem Bus, und Nnu Ego genoß diese vornehme Art, nach Hause zu kommen. An jedem ersten Sonntag im Monat nahm Nnaife sie zu dem Treffen aller Familien aus Ibuza mit, das auch auf der Lagosinsel stattfand. Die meisten von ihnen lebten im älteren Teil der Stadt in der Nähe ihres Arbeitsplatzes auf der Werft. Die wenigen, die als Hausangestellte arbeiteten, lebten bei ihren weißen Herrschaften in ruhigeren und neueren Vororten.
Schon bald nach ihrer Heirat lernte Nnu Ego, sparsam zu sein, weil Nnaife nur wenig verdiente: samstags, wenn sie auf dem Markt gewesen war, kaufte sie Sodaseife, wusch ihre gesamte Wäsche und hängte sie, nur mit einem Handtuch um den Hüften, in der Sonne auf. Dann schloß sie sich drinnen ein, und wie sehr auch die anderen Frauen auf dem Grundstück riefen, bevor die Wäsche trocken war, kam sie nicht heraus. Dann faltete sie sie zusammen, glättete sie mit dem *odo*-Griff und legte sie unter die Kopfkissen, damit sie schön weich würden, fertig für den nächsten Tag.
Eines Sonntags spielte sie mit dem Gedanken, Nnaife zu sagen, sie wolle zur Abwechslung gerne einmal zu Hause blei-

ben, denn schließlich bedeutete ihr die Kirche wenig, und es langweilte sie, jede Woche hinzugehen.
Sie stellte Nnaifes Essen auf ihren einzigen Tisch, die Fingerschale daneben, setzte sich hin und sah ihm, gegen ihre Natur und Sitten, beim Essen zu.
Nach einigen Bissen sah Nnaife auf. »Du starrst mich an, als gönnst du mir die Mahlzeit nicht, die du gekocht hast. Du weißt doch, eine Ehefrau darf das nicht.«
»Das gilt nur in Ibuza, hier nicht«, sagte Nnu Ego.
»Ob wir nun in Ibuza sind oder nicht, ich bin allemal dein Ehemann und überhaupt ein Mann. Du darfst mich nicht einfach so anstarren.«
»Ein Mann, hm? Toller Mann.«
»Was hast du gesagt? Habe ich nicht deinen Brautpreis bezahlt? Gehörst du nicht mir? Dein Getue wird langsam ziemlich langweilig. Ich weiß, daß du die Tochter von Agbadi bist. Schade, daß er dich nicht selbst geheiratet und für immer bei sich behalten hat. Als meine Frau mußt du meine Arbeit und meine Lebensweise akzeptieren. Etwas anderes dulde ich nicht. Das muß dir klar sein. Geh nach draußen und quatsch mit Cordelia und laß mich in Ruhe zu Ende essen.«
Nnu Ego stand ärgerlich auf und entgegnete: »Wenn du es gewagt hättest, zu meines Vaters Hauswesen zu kommen und um meine Hand anzuhalten, hätten meine Brüder dich hinausgeworfen. Meine Leute schickten mich zu dir, weil sie vermuteten, du seist wie dein Bruder. Wäre alles so gekommen, wie es sollte, hätte ich Amatokwus Haus nicht verlassen, um mit einem Mann zusammenzuleben, der Frauenunterwäsche wäscht. Ein echter Mann, wirklich!«
Nnaife war verletzt, aber dennoch betrachtete er Nnu Ego, als habe er sie noch nie gesehen; wie sich die Frau verändert hatte! Sie war schön, als sie herkam, aber sicherlich nicht so schön - die hohe Stirn mit dem Stammeszeichen der Tochter eines Oberhauptes, der immer noch schlanke Körper, neben dem Nnaife sich oft so wabbelig vorkam, der bewegliche Hals... Warum hielt sie nur immer den Kopf so steif? Vielleicht lag es daran, daß ihre Frisur zu fest geflochten war. Waren ihre Brüste nicht ungewöhnlich groß? Nnaife versuchte sich zu erin-

nern, wie sie bei ihrer Ankunft gewesen waren - es gelang ihm nicht; aber sicher waren sie jetzt größer. Irgendetwas ging mit ihr vor. Aber trotzdem ließ er es nicht zu, daß Nnu Ego ihn dauernd mit ihrem früheren Mann verglich.

»Bedauerlich, daß dein vergötterter Amatokwu dich beinahe zu Tode geprügelt hat, weil du ihm keinen Sohn geboren hast. Sieh dich an - du scheinst schwanger zu sein, das warst du nicht, als du hierherkamst. Was will eine Frau noch mehr? Ich biete dir ein Zuhause und, wenn alles gut geht, das Kind, das ihr, dein Vater und du, euch wünscht, und du sitzt noch immer da und starrst mich mit haßerfüllten Augen an. Wenn du noch einmal Amatokwus Namen in diesem Haus erwähnst, verprügele ich dich, daß dir Hören und Sehen vergeht. Du verwöhnte, selbstsüchtige Frau! Du warst es doch, die Amatokwus Männlichkeit infrage gestellt hat, so daß er schnell wieder heiraten und kurz nacheinander viele Kinder haben mußte. Jetzt kommst du hierher und redest diesen Unfug, obwohl ich dich nicht einmal bedrängt habe, im ersten Monat schwanger zu werden.«

»Du bist nicht nur häßlich, sondern zerstörst auch die schönsten Träume. Ich habe es mir viel schöner vorgestellt, meinem Mann zu erzählen, daß ich ein Kind erwarte...«

»Ja, vielleicht bei Mondschein oder auf deinem Ziegenfell am Feuer.«

»Ich will diesen Unsinn nicht hören«, schluchzte Nnu Ego, die sich sehr leid tat. So weit also war es gekommen.

»Wenn du schwanger bist - und glaube mir, ich hoffe bei Gott, daß du es bist - gibt es aber noch eine Schwierigkeit. Was wird man in der Kirche sagen? Wir sind nicht kirchlich getraut. Wenn wir nicht kirchlich heiraten, werden wir aus dem Kirchenbuch gestrichen, das sieht unsere Herrin gar nicht gern. Vielleicht verliere ich sogar meine Arbeit. Sprich also nicht darüber. Ubani, der Koch, mußte seine Frau in der katholischen Kirche heiraten, um seine Arbeit behalten zu können.«

Nnu Ego wurde ganz übel, als sie das hörte. So etwas Schönes sollte sie für sich behalten, bloß wegen dieser faltigen, alten Frau, deren Haut an krankes Schweinefleisch erinnerte! Hätte Nnaife Dr. Meers als Grund angeführt, hätte Nnu Ego das gerade noch widerwillig geschluckt; aber nicht wegen diesem Weib, das sie nicht einmal einem feindlichen Gott opfern würde. Bei ihrer verehrten Mutter, war das ein Mann, mit dem sie zusammenlebte? Wie konnte es angehen, daß ein Mann nicht einmal merkte, wie er durch seine Arbeit seine Männlichkeit verlor?

Blitzschnell fuhr sie herum, starrte ihn an und legte los: »Du benimmst dich wie ein Sklave! Gehst du auch zu ihr und fragst: ›Bitte, Frau Karbunkel, darf ich heute mit meiner Frau schlafen?‹ Achtest du darauf, daß ihre stinkigen Schlüpfer auch ordentlich gewaschen und gebügelt sind, bevor du hierherkommst und mich anfaßt? Mich, Nnu Ego, Tochter von Agbadi aus Ibuza. Schande über dich! Nie werde ich dich in der Kirche heiraten. Falls sie dich deswegen rausschmeißt, werde ich zu meinem Vater zurückgehen. Ich will mit einem Mann zusammenleben und nicht mit einem Waschweib.«

Nnaife entgegnete mit zynischem Lachen: »Welcher gute Vater nähme seine schwangere Tochter wieder bei sich auf, nur weil ihr die Arbeit ihres Mannes nicht paßt? Dein Vater ist bekannt für seine traditionellen Ansichten. Ich möchte gerne sein Gesicht sehen, wenn du ihm erzählst, daß du den zweiten Mann, den er für dich ausgesucht hat, nicht leiden kannst, vor allem weil deine *chi* dieser Heirat zugestimmt hat. Du bist schließlich schwanger. Wenn du nicht schwanger wärst, könnte man dich vielleicht noch verstehen. Aber nicht mehr, seit die Götter ihr Einverständnis zu unserer Heirat gegeben haben, da nicht mehr, Nnu Ego, Tochter von Agbadi! Wie ich schon sagte: Du hast zu tun, was ich will. Dein Vater kann dir jetzt nicht mehr helfen.«

»Du freust dich nicht einmal, daß ich schwanger bin - die größte Freude meines Lebens!«

»Natürlich bin ich froh zu wissen, daß ich ein Mann bin und eine Frau schwängern kann. Aber das kann jeder Mann. Was willst du denn von mir? Wieviele Babys werden in dieser Stadt täglich geboren? Dir ist jeder Anlaß recht, einen Streit vom Zaun zu brechen. Halt dich lieber an deine Freundin Cordelia und laß mich in Ruhe. Aber merk dir das: ohne mich würdest du kein Kind erwarten.«

Trotz ihrer großen Erregung sagte ihr die innere Stimme: »Ja, ohne ihn würdest du nie Mutter werden.«
Sie begann zu weinen. Bittere Tränen des Zorns und der Enttäuschung erschütterten ihren ganzen Körper. Nnaife stand mit hängenden Armen einfach da. Er wußte nicht, was er denken, wie er reagieren sollte. Ihm fiel nur ein: »Wenn ich meine Arbeit verliere, wer soll dich und das Kind dann ernähren? Und die weiteren Kinder, die du mir noch gebären wirst?« Ihr Los unterschied sich nicht von dem ihrer Ibonachbarinnen, der Frau des Kochs und des Hausmeisters. Die Mädchen aus Ibuza, die jetzt mit ihren Männern auf der Insel lebten, hatten ihr schon öfter versichert, sie habe großes Glück, nicht mit einem Mann verheiratet zu sein, der im Hafen arbeitete. Die blieben oft wochenlang fort, und ihre Frauen mußten ihre Babys allein, nur mit Unterstützung der Nachbarin, zur Welt bringen. Man hatte ihr die Geschichte des Mädchens Ngboyele erzählt, deren Mann im Hafen von Port Harcourt arbeitete: ihr erstes Baby kam nachts, und sie verblutete. Tage bevor ihr Mann Okeibuno zurückkehrte, hatte man sie und das Kind beerdigt. Der Mann hatte lange gebraucht, um sich von diesem Schock zu erholen.
Später erzählte Nnu Ego Cordelia, der Frau von Ubani, von ihrem Streit, doch die lachte nur über ihre Klagen und sagte: »Hättest du lieber einen Mann, der die Zeit hat, dich zu fragen, ob du Reis essen möchtest oder Maisbrei mit Honig? Vergiß es. Die Männer hier sind viel zu sehr Diener ihrer weißen Herren, um noch richtige Männer zu sein. Um das Haus müssen wir Frauen uns kümmern. Nicht unsere Männer. Man hat ihnen die Männlichkeit genommen. Es ist nur traurig, daß sie das nicht erkennen. Sie sehen nur Geld, den Glanz des Geldes der weißen Herren.«
»Aber«, warf Nnu Ego ein, »mein Vater hat seine Sklaven befreit, weil der weiße Mann Sklaverei für ungesetzlich erklärt hat. Doch unsere Männer behandeln sie wie Sklaven, findest du nicht auch?«
»Alle sind sie Sklaven, auch wir. Wenn ihre Herren sie schlecht behandeln, lassen sie es an uns aus. Der einzige Unterschied ist: sie bekommen etwas Geld für ihre Arbeit, statt völ-

liges Eigentum zu sein. Aber das Geld reicht auch nur eben, um so ein schäbiges Zimmer wie dieses hier zu mieten.«
»Wird das nie ein Ende nehmen?« fragte Nnu Ego.
»Ich weiß es nicht, liebe Freundin. Ich weiß es wirklich nicht. Es geht schon eine Ewigkeit so, und ich fürchte, es wird nie aufhören«, sagte Cordelia schließlich kopfschüttelnd.
Die monatlichen Treffen mit den anderen Frauen aus Ibuza auf der Insel taten Nnu Ego sehr gut. Die anderen Frauen brachten ihr bei, wie sie im Geschäftsleben Fuß fassen konnte, um sich mehr als eine einzige Ausstattung zum Anziehen kaufen zu können. Sie liehen ihr fünf Shillinge aus der Frauenkasse und rieten ihr, Zigaretten in Dosen und Streichholzschachteln zu kaufen. Eine Zigarettendose kostete zwei Shilling, und sie verkaufte dann die Zigaretten für einen Penny das Stück. Da sechsunddreißig Zigaretten in jeder Dose waren, erzielte sie einen Gewinn von einem Shilling pro Dose. Genauso hielt sie es mit den Streichholzschachteln. Sie erstand einen Karton mit zwölf Schachteln für einen Shilling Sixpence und verkaufte jede Schachtel für zwei Pence, das bedeutete einen Gewinn von einem Sixpence pro Karton. Diese Beschäftigung packte sie so sehr, daß sie gar nicht dazu kam, sich einsam zu fühlen oder sich über die erniedrigende Arbeit ihres Mannes aufzuregen oder sich von ihrem ungeborenen Kind verrückt machen zu lassen, wie erfahrenere Frauen vorhergesagt hatten.
Ja, sie war schwanger. Sie hatte nun eigenes Geld und konnte anfangen, das geliehene Geld an die Frauenkasse zurückzuzahlen. Einige Frauen boten *lappas* an, und Nnu Ego konnte sich für eine Rate von zwei Shillingen pro Monat eine Garnitur kaufen. Nach sechs Monaten in Lagos hatte sie eine weitere Garnitur mit passendem Kopfschal erstanden und den Kredit zurückgezahlt. Nnu Ego und Nnaife entfremdeten sich einander allmählich wie andere Eheleute in Lagos. Sie waren sich ja von Anfang an nicht besonders nahe gewesen. Jetzt lebten sie in verschiedenen Welten. Für Zärtlichkeiten oder Liebeserklärungen blieb keine Zeit mehr. Der Familiensinn, den ein einfacher Bauer seinen Frauen, seinem Haushalt, seinem Hauswesen entgegenbrachte, ging in Lagos in der Arbeit bei den Weißen, der Freude an teuren *lappas* und einem bißchen glänzen-

den Plunder verloren. Wenige Männer in Lagos hatten die Muße, in Ruhe die Tätowierungen ihrer Frauen zu bewundern, geschweige denn ihnen Geschichten von Tieren zu erzählen, die sich im Wald aneinanderkuscheln, wie der Mann im Dorf, der mit seiner Lieblingsfrau das Freie suchte, um mit ihr unter dem Schutz des Himmels zu schlafen, oder mit ihr gemeinsam im Fluß zu baden und sich gegenseitig den Rücken zu schrubben.

In Lagos hatte keine Frau Zeit. Sie mußte arbeiten. Die Lebensmittel wurden vom mageren Haushaltsgeld ihres Mannes bezahlt, aber für Kleidung, für jedes kleine Extra, manchmal sogar für das Schulgeld der Kinder, mußte sie aufkommen. Nnu Ego gewöhnte sich schnell an diese Lebensweise, so sehr, daß sie sogar in der Nacht, als die Wehen eintraten, erst noch ihre abendlichen Geschäfte erledigte. Ihr Mann schlief noch, als sie leise nach nebenan zu der Frau des Kochs schlich. Nnu Ego quälte sich stundenlang, doch gemeinsam gelang es ihnen, das Stöhnen während der Wehen zu unterdrücken, um die schlafenden Männer und die Herrin im Hauptgebäude nicht zu wecken. Sie weckten Nnaife erst nach der Geburt des Babys.

Nnu Ego dankte der Frau aus Owerri, die ihr bei der Geburt ihres kleinen Jungen geholfen hatte, und die Frau sagte: »Wir sind wie Schwestern auf einer Wallfahrt. Warum sollten wir uns nicht gegenseitig helfen?« Dann lachte sie und fuhr fort: »Du hast deinem Mann also einen Sohn geschenkt. Nur selten ist das erste Kind ein Sohn. Du hast sehr viel Glück.«

Nnu Ego lächelte schwach. »Ich weiß, was du meinst. Mädchen sind Kinder der Liebe. Aber erst jetzt, mit diesem Sohn, kann ich diesen Mann lieben. Er hat mich zu einer richtigen Frau gemacht - mehr möchte ich nicht sein als Frau und Mutter. Warum sollte ich ihn jetzt hassen?«

»Du hast recht«, erwiderte die Freundin.

»Ich muß jetzt die Männer wecken und ihnen Palmwein bringen, damit bei ihnen die Geburtsschmerzen anfangen.«

»Ja, mach das. Zu Hause in Ibuza wird der Mann unruhig, wenn seine Frau in den Wehen ist. Aber unsere Männer hier verschlafen alles«, bemerkte Nnu Ego.

Cordelia nickte. »Sie sind schon lange keine Männer mehr. Sie sind wie Maschinen. Aber ich liebe Ubani. Ich wurde schon mit fünf Jahren in seine Familie verheiratet. Ich wurde von seiner Mutter aufgezogen und achtete und liebte ihn schon lange, bevor er mich zur Frau nahm. Darum bekomme ich wahrscheinlich lauter Mädchen.«

»Eines Tages wirst du auch einen Jungen haben, ganz bestimmt. Ruf die Männer, sie sollen ihren Triumph genießen.«

Bis zum Morgengrauen feierten die Männer gehörig mit Palmwein und Zigaretten aus Nnu Egos Vorrat.

Die Weiße fragte die Männer am nächsten Morgen, was denn bei ihnen los sei, und sie erzählten ihr die gute Nachricht. Die Herrin kramte sofort eine Menge alter Babysachen hervor, die sie von ihrem letzten Besuch in England mitgebracht hatte. Nnu Ego war dankbar, denn die Sachen waren, wenn auch gebraucht, sauber und schön weich. Sie warf ihren Stolz über Bord und nahm sie freudig an. Sie vergaß, daß in ihrer Kultur nur Sklavinnen gebrauchte Babykleidung für ihre Neugeborenen annehmen: jedes Kind hatte ein Anrecht, in sein eigenes handgewebtes *npe*-Tuch gewickelt zu werden, nachdem es auf Bananenblättern geboren und dann gewaschen worden war.

Doch dieses neue Gefühl von weichem Stoff verlockte Nnu Ego so, daß sie sich einredete, es sei nicht so schlimm. Wer kannte sie denn schon in Lagos? Sie war nur eine von vielen tausend Müttern. Es machte nichts.

An dem Tag, als ihr Baby seinen Namen erhielt, gab Nnu Ego ihre geringen Ersparnisse aus. Nnaife kaufte ihr ein neues *abada*-Tuch, das erste, das er je mit seinem eigenen Geld bezahlte, und sie ließen auch für das Baby ein Stück anfertigen. Alle aßen und tranken so viel sie wollten, denn jeder hatte kleine Geschenke mitgebracht, um den jungen Eltern bei der Bewirtung der Gäste zu helfen.

Als Nnu Ego sich kräftiger fühlte, nahm sie ihren Kleinhandel wieder auf. Sobald Nnaife morgens zur Arbeit zu Dr. Meers aufgebrochen war, wusch sie das Baby, band es sich auf den Rücken und eilte hinaus, um die Arbeiter der Frühschicht noch auf dem Weg zur Arbeit zu erwischen. Viele kauften bei ihr Streichhölzer und Zigaretten. Dann ging sie heim, stillte

das Kind, legte es schlafen und erledigte hastig den Haushalt. Nachmittags kam ihr Mann zum Essen und danach band sie sich ihr Kind wieder auf den Rücken, um den abendlichen Rückstrom der Arbeiter abzufangen.
Ihr einziges Zimmer veränderte sich allmählich. Sie hatten inzwischen schöne Matten auf dem Boden, polierte Stühle und Vorhänge mit bunten Mustern. Nnu Ego brauchte nicht mehr zu warten, bis ihre einzige Garnitur nach der Wäsche wieder trocken war; sie besaß ja zwei zum Wechseln. Sie akzeptierte Nnaife als Vater ihres Kindes, und da es ein Sohn war, empfand sie zum ersten Mal in ihrem Leben so etwas wie Erfüllung. Wenn sie ihren kleinen Sohn badete oder für ihren Mann kochte, träumte sie vor sich hin: sie würde einen glücklichen Lebensabend verbringen und sie hinterließ nach ihrem Tod jemand, der sie »Mutter« nannte; dessen war sie gewiß.
Eines Morgens, der Morgen, an dem diese Geschichte begann, als Nnu Ego gerade ihr Baby auf den Rücken binden wollte, um sich zu ihrem Stand beim Rangierbahnhof aufzumachen und ihre Waren zu verkaufen, fand sie ihr Baby Ngozi, wo sie es erst kurz zuvor hingelegt hatte. Tot.
Sie schrie nicht; sie rief auch nicht nach ihrem Mann. Sie ging einfach behutsam rückwärts aus dem Zimmer, dann drehte sie sich plötzlich um und rannte los.

Eine gescheiterte Frau

Nwakusor hatte nachts über auf einem Schiff gearbeitet, das in Lagos am Kai lag und befand sich auf dem Heimweg. Er war ein Ibo von mittelgroßer, schmächtiger Statur. Sein Äußeres ließ nur schwerlich einen Rückschluß auf sein Alter zu, doch wenn man wußte, daß er schon seit zehn Jahren im Hafen arbeitete, konnte man sich ausrechnen, daß er zwischen fünfunddreißig und fünfundvierzig sein mußte. Er war jetzt merklich müde; seine Augen waren gerötet, sein Gang schwer. Aber eins tröstete ihn: er war auf dem Weg nach Hause, dort konnte er schlafen, bis die Abendschicht begann. Er dachte nur an Ruhe und ein erfrischendes Bad. In solche Gedanken vertieft, bestieg er sein altersschwaches schwarzes Fahrrad und strampelte mühsam den Hügel nach Ebute Metta hinauf. Er wohnte dort mit seiner Frau, die immer traurig aussah.

Mühselig quälte er sich von der Insel zum Festland. Es war feucht und dunstig, alle Umrisse waren nur verschwommen zu erkennen. Selbst die Palmen und Kokusnußpalmen, die die Ufer von Lagos wie treu ergebene Wachen umsäumten, waren nur undeutlich auszumachen. Nwakusor ließ seinen Blick über die Lagune schweifen und beobachtete, wie sich der Dunstschleier langsam von dem bläulichen Wasser trennte und mit den dahinziehenden Wolken verschmolz. In wenigen Stunden würde der gleiche Platz vor Hitze dampfen. Eine schreckliche Vorstellung! Wenn er zu Hause ankam, würde sich seine Frau Ato gerade auf den Weg zu ihrem Fischstand auf dem Oyingbo-Markt machen. Er wollte ihr zwar nicht aus dem Wege gehen, war aber auch nicht in der Stimmung, sich ihr belangloses Geschwätz anzuhören.

Die Brücke von Lagos war beidseitig mit kunstvollen eisernen Pfeilern eingefaßt, die rot gestrichen waren und speerförmige Spitzen hatten. Eine schmale geteerte Straße wand sich zwi-

schen diesem zaunartigen Eisenwerk hindurch. Bei Tabalogun verengte sich die breitere Straße zu dem schmalen Brückenteil, der die Insel mit dem Festland verband.
Plötzlich rissen Rufe und Schreie den keuchenden Mann aus seinen Gedanken an Ruhe und Schlaf.
»Wenn du sterben willst, warum hast du dann ausgerechnet mich dazu ausgewählt, dich umzubringen?«
Nwakusor schreckte auf und bemerkte, wie ein *kia-kia*-Bus gefährlich nach links auswich, um einen Zusammenstoß mit ihm zu vermeiden. Wie üblich war es morgens zu dieser Uhrzeit fast unmöglich, einen Platz in einem normalen Bus zu bekommen. Aus der übergroßen Nachfrage schlugen die Besitzer der verschiedenartigsten Privatwagen ihren Nutzen. Man hatte sie »kia-kia-Bus«, »schnell-schnell-Bus« getauft, denn sie hatten den Vorteil, daß sie, erst einmal voll besetzt, nicht mehr anhielten, bevor sie die Insel erreicht hatten. Diese Wagen schafften mehrere Fahrten hintereinander, der öffentliche Bus hingegen, der einer Gesellschaft der Weißen gehörte, schlich langsam wie eine Ente von Haltestelle zu Haltestelle, die Lagos-Brücke rauf und runter. Je schneller die Eigentümer dieser kleinen Privatbusse fuhren, desto mehr Geld konnten sie dafür kassieren, denn die Büroangestellten und Boten, die auf der Insel arbeiteten, bevorzugten dieses Transportmittel, auch wenn sechs bis zehn Mitfahrende an jedem Fenster eines vollbesetzten *kia-kia*-Busses hingen und ein weiteres Dutzend an der Tür. Einige klammerten sich sogar ans Dach. Einer dieser Busse hätte Nwakusor um ein Haar überfahren. Der Fahrer schwitzte im Morgendunst genauso wie Nwakusor. Dieser Minibus schien besonders vollgestopft zu sein. Man konnte fast meinen, er werde von der Kraft des Fahrers und nicht von einem Benzinmotor angetrieben, so atemlos japste der Mann. Sein dramatisches Ausweichmanöver hatte einige der Außenpassagiere gezwungen, loszulassen und abzuspringen, um nicht verletzt zu werden. Man hörte Schreie und quietschende Bremsen. Nwakusor begriff, daß er dem Tode nur knapp entronnen war. Wie die am Bus hängenden Fahrgäste, suchte er unbewußt festen Boden unter den Füßen. Verwirrt und atemlos stand er da. Erschrocken blickte er um sich, während er die

Gefahr zu erfassen begann, in der er sich vor einer Minute befunden hatte.
»Nun?« schrie ihn der Fahrer an und schien eine Entschuldigung zu erwarten. Zornig drohte er mit der Faust.
»Wenn du nicht weißt, was du sagen sollst, nimm wenigstens deinen Schrotthaufen von der Straße. Mir macht das Leben noch Spaß. Wenn du wieder einmal nach jemandem suchst, der dich umbringen soll, dann, bei Allah, such dir eine andere Stelle aus. Aber geh aus dem Weg.«
Nwakusor, zu erschrocken um zu protestieren, gehorchte. Halb ohnmächtig und bebend stand er auf und griff nach seinem uralten Fahrrad, das zwar verbogen, aber noch benutzbar war. »Es tut mir leid«, sagte er und überhörte geflissentlich das Gelächter der Passagiere, die sich mittlerweile von ihrem Schock erholt hatten und den rüden Ton des Fahrers beklatschten. Nwakusor hätte in der gleichen Weise gekontert, aber er war zu erschrocken, um sich einem Wortgefecht gewachsen zu fühlen.
Außerdem konnte er nicht genug Yoruba und würde nur den Kürzeren ziehen. Da war es doch besser, reumütig zu sein, denn er sah seine Schuld ein.
Außerdem war er müde. Der Fahrer bemerkte das und hörte auf zu schimpfen.
»Es tut mir leid Fahrer, ich habe die ganze Nacht gearbeitet und mein Hirn schläft schon, glaub mir.«
Der Fahrer grinste daraufhin über das ganze Gesicht. Die Fahrer wurden nicht jeden Morgen so höflich behandelt und jemanden mit spitzen Bemerkungen zum Weinen zu bringen, gehörte zu ihrem Handwerkszeug. Doch er konnte es nicht lassen, zum Spaß seiner Fahrgäste noch einmal aufzutrumpfen.
»Dein Leben gehört dir, Mann. Aber das nächste Mal, wenn du es leid bist, bleib von der Straße und geh mir aus dem Weg. Häng dich doch in deinem Zimmer auf. Das erregt zwar weniger Aufsehen, bringt aber wenigstens keinen Unschuldigen in Schwierigkeiten.«
Damit raste er um eine scharfe Kurve und jagte mit aufheulendem Motor den Bus mit den grölenden Fahrgästen zur Insel.

Nwakusor beschloß, weil ihm noch die Beine zitterten, lieber zu Fuß zu gehen, auch wenn er das Fahrrad leicht hätte richten können. Nur das Vorderrad war verbeult, und das hätte er durchaus zurechtbiegen können. Leute, die nicht wußten, was passiert war, überholten ihn und fragten sich, ob er verrückt sei, das Rad auf dem Gehweg zu schieben. Um diese Morgenstunde belebten sich allmählich die Gehwege zu beiden Seiten der Carter-Brücke. Er wußte, daß die Leute dazu neigten, vorschnell über andere zu urteilen, ohne die Gründe für deren ungewöhnliches Verhalten zu kennen, aber er hatte keine Zeit, sich dauernd zu rechtfertigen.

Solange er niemanden verletzte und sicher nach Hause kam, war ihm egal, was in anderer Leute Kopf vor sich ging. Die Sonne kam heraus, und ihre Wärme stärkte Nwakusors erschöpften Körper. Es gelang ihm sogar, das Leben an so einem Tag als Geschenk zu betrachten, und er beschloß, es zu genießen. Er fühlte sich wie ein Mensch, der den Wert einer besonderen Gabe schon lange nicht mehr gewürdigt hatte.

Erst weil es ihm beinahe genommen worden war, bemerkte er, was er hätte verlieren können. Ein Gefühl der Dankbarkeit regte sich in ihm, er behielt es für sich.

Hätte er einen Vorübereilenden angehalten und ihm davon erzählt, hätte man an seinem Verstand gezweifelt. Wie er da in seiner dreckigen Arbeitskleidung abwesend lächelnd sein altertümliches Fahrrad schob, wirkte er allerdings nicht ganz normal. Er überlegte gerade, ob er nicht doch wieder aufsteigen sollte, da sah er auf der anderen Seite der Brücke eine Menschenansammlung. Arbeiter aus der Frühschicht, Marktfrauen und -arbeiter auf dem Weg zum Ebute Ebo Markt, alle redeten aufgeregt durcheinander. Ihre Stimmen klangen angespannt und fiebrig, hatten etwas Ehrfürchtiges wie bei Zuschauern eines Menschenopfers, dachte er; er hatte so ein Opfer zwar noch nie gesehen, aber es sollte ja Leute geben, die so etwas schon miterlebt hatten. Aufgeregt standen sie um einen Menschen herum, den Nwakusor nicht erkennen konnte. War es ein Mann oder eine Frau? Er glaubte in der Person eine Frau zu erkennen. Sie war nicht alt. Ihrem geraden Rücken und dem beweglichen Körper nach zu urteilen, war sie eher ziemlich jung. Aber sie benahm sich sehr merkwürdig, als führte sie einen akrobatischen Tanz auf. Nwakusor wollte sich das aus der Nähe ansehen. Er fluchte auf den ununterbrochenen Verkehrsstrom, behielt jedoch das Geschehen im Auge. Nach dem Schrecken von eben war er besonders vorsichtig. Er wollte nicht überfahren werden, nur weil er einer Frau zusehen wollte, die entweder verrückt war oder ihrem Gott irgendeinen *juju*-Tanz darbot. Er ließ sich Zeit. Man sollte dem Tod nicht gleich zweimal am selben Morgen zu nahe kommen.

Seine innere Spannung nahm zu, als er begriff, was die Frau wirklich beabsichtigte. Sie wollte in die Lagune springen! »Mein Gott«, dachte Nwakusor, »hier stehe ich und bin froh, daß ich noch weiter leben darf, und diese dumme Frau dort will ihrem Leben ein Ende setzen, obwohl ihr Schöpfer sie noch gar nicht haben will. Wie launenhaft das Leben ist... verdammter Verkehr!« Der endlose Verkehrsstrom schien eigens dazu da, ihn zu ärgern.

Doch bald entdeckte er eine kleine Lücke und lief mit seinem Fahrrad über die Straße.

Er war schon fast auf der anderen Seite, als die Menge aufstöhnte. Die Frau warf einen Mann zu Boden. Er hatte versucht, sie davon abzuhalten, auf das Geländer zu klettern, das sie noch von dem Sprung in den Tod trennte. Es war eine Niederlage, von einem Gegner im Ringkampf zu Boden geworfen zu werden, aber von einer Frau niedergerungen zu werden, war mehr: es war eine Demütigung. Man genoß diese kostenlose Darbietung, obwohl alle darauf bedacht waren, rechtzeitig zur Arbeit zu kommen, und keiner von ihnen wollte, daß die Frau ihr selbstmörderisches Ziel erreichte, jedenfalls nicht solange sie da waren. Niemand wollte den Tag mit so einem Schatten auf der Seele beginnen. Noch ein Mann löste sich aus der Menge, um zu versuchen, sie zu retten. Diesmal warf die Frau den Mann nicht zu Boden, kämpfte aber verbissen und gewandt, bis beide keuchten. Alle befürchteten, der Mann könnte aufgeben und sagen: »Es ist schließlich ihr eigenes Leben.« Aber das ist in Nigeria nicht möglich; man darf sich nicht einfach ungestört umbringen, weil jeder für den anderen verantwortlich ist. Ausländer mögen uns für eine Nation von Wichtigtuern halten, aber bei uns gehört das Leben eines jeden Menschen der Gemeinschaft und nicht nur ihm selbst. Also darf sich keiner das Leben nehmen, wenn ein anderes Mitglied der Gemeinschaft dabei ist. Jeder muß eingreifen, um das zu verhindern.

Nwakusor beobachtete, wie die Frau ihren Gegner abwehrte und stellte fest, daß sie, deren Gesicht er immer noch nicht sehen konnte, keine Yoruba war, sondern aus seinem Dorf kam, denn dort brachte man den Frauen bei, wie Männer zu ringen, und andere Formen der Selbstverteidigung. Im Kampfe wendete sie den Kopf und Nwakusor erkannte Nnu Ego. Er konnte es kaum glauben. Er kniff sich und fuhr sich mit den Händen durch das Gesicht, um sich zu vergewissern, daß er nicht träumte. Um ganz sicher zu gehen, rief er heiser:

»Nnu Ego! Nnu Ego, Kind der Liebe Agbadis, Nnu Ego! Was machst du da? Was hast du vor?«

Sie hielt plötzlich inne. Sie sah zu den Zuschauern hoch; ihre Augen wanderten über die Köpfe, nicht über die Gesichter. Sie war erschüttert. Da war jemand, der sie kannte! Sie hatte sich darauf verlassen, Lagos sei eine so große Stadt mit Menschen so unterschiedlicher Rassen und Herkunft, daß niemand sie erkennen würde. Sie hatte erwartet, daß sich ihr die Fußgänger auf der Brücke entgegenstellen würden, aber sie hatte damit gerechnet, schon auf der Brücke zu sein, bevor sie sich belebte. Sie hatte sich geirrt. Es war zwar noch dunstig und die Feuchtigkeit der vergangenen Nacht hing noch in der Luft, doch die blendend helle Morgensonne lockte die Menschen aus ihren Schlafzimmern ins Freie.

Nwakusor nutzte die Gelegenheit, die ihm Nnu Egos Zögern bot. Er hatte sich nicht geirrt. Es war wirklich Nnaifes Frau. Ohne nachzudenken ließ er sein sonst sorgfältig gehütetes Fahrrad fallen. Beim Aufprall gab es ein kreischendes Geräusch. Mit der Behendigkeit einer Katze, die einer ahnungslosen Maus auflauert, kauerte er sich ganz eng zusammen und sprang auf Nnu Ego zu. Beide fielen auf den Beton. Nwakusor schrammte sich ein Knie auf, es fing sofort an zu bluten. Nnu Ego stand schnell auf und versuchte wie eine Verrückte sich loszureißen, doch jetzt gab es mehr bereitwillige Helfer. Der

erste Mann, der vergeblich versucht hatte, sie aufzuhalten, trat unerschrocken wieder vor und umklammerte ihr Handgelenk. Nwakusor atmete schwer und keuchte in Ibo. »Was tust du deinem Mann, deinem Vater, deinen Leuten und deinem Sohn an, der erst ein paar Wochen alt ist? Du willst dich umbringen? Wer wird sich denn um dein Baby kümmern? Du bringst Schande über dich als Frau, Schande über dich als Mutter.«
Zum ersten Mal, seit sie ihr Kind tot auf der Matte hatte liegen sehen, flossen Tränen der Erschütterung und Verzweiflung über Nnu Egos Wangen. Woher sollte sie die Kraft nehmen, aller Welt mitzuteilen, daß sie als Mutter versagt hatte? Wie sollte jemand verstehen, daß sie sich so verzweifelt danach gesehnt hatte, eine Frau wie jede andere zu sein, aber nun wieder versagt hatte? *Mein Gott, hätten sie mich doch nur sterben lassen.* Ihr Herz hämmerte vor Schmerz und Bitterkeit. Mehrmals versuchte sie zu sprechen, aber ihre Stimme versagte. Als sie Nwakusors zornige Vorwürfe hörte, blieb ihr nichts anderes, als den Kopf zu schütteln, zu zeigen, daß er sich irrte.
Eine andere Ibo mit einem großen Korb voll Yamswurzeln für den Markt fand Nwakusors Strafpredigt nicht ausreichend. Sie stellte sich vor Nnu Ego und schlug sie ins Gesicht. Dabei sagte sie: »Du hast also ein Baby zuhause und kommst trotzdem hierher und bringst Schande über den Mann, der dafür bezahlt hat, daß du in diese Stadt gekommen bist? Ich begreife wirklich nicht, was mit unseren Leuten geschieht; sobald sie an die Küste kommen, meinen sie, sie gehörten sich selbst und vergessen die Traditionen unserer Vorfahren.«
Die Frau war so zornig, daß sie alle Kraft in ihren Schlag legte. Er traf Nnu Ego mit voller Wucht und für einen Augenblick wurde ihr schwarz vor Augen.
Nnu Ego begann zu schreien, so laut wie möglich, und diesmal funktionierte ihre Stimme. Sie klang wie die eines Mannes: »Aber ich bin keine Frau mehr! Ich bin keine Mutter mehr! Das Kind ist zuhause und liegt tot auf der Matte. Meine *chi* hat es mir weggenommen. Ich will nur ins Wasser gehen und sie suchen...« Jetzt verstanden die Leute ihr merkwürdiges Verhalten. Sogar einige Männer hatten Tränen des Mitleids in den Augen. Menschen, die sie nicht kannte und nie wieder treffen

würde, gaben ihr Ratschläge und spendeten Trost. Viele nahmen sich Zeit, ihre eigene Geschichte zu erzählen. Die Frau, die Nnu Ego geschlagen hatte, erzählte, nach sechs Schwangerschaften seien nur noch zwei Kinder am Leben, dennoch lebe sie weiter. Nnu Ego sei doch noch sehr jung, und die Babys stellten sich in großer Zahl ein, wenn erstmal eins dagewesen sei.

»Sie ist also nicht verrückt«, teilte die Frau in ihrem holperigen Yoruba mit, »sie hat nur gerade ihr Kind verloren, das der Welt ihre Fruchtbarkeit beweisen sollte.« Eine kinderlose Frau hielt man einhellig für eine Versagerin. Man überließ es Nwakusor, der Nnu Egos Leben gerettet hatte, sie zu ihrem Mann nach Hause zu bringen.

Ein Mann ist niemals häßlich

Cordelia, die Frau des Kochs, wärmte gerade eine Schüssel voll Maisbrei für das Frühstück ihrer beiden kleinen Kinder. Es reichte auch für ihren Mann Ubani. Er mochte kein englisches Essen, obwohl er Gebratenes und Gebackenes aller Art für die Meers zubereitete; er behauptete, es würde ihm schlecht davon. Deshalb schlich sich Ubani trotz des guten Geruchs, der aus der Hauptküche herüberzog, für ein paar Minuten in ihr Zimmer, um etwas heißen afrikanischen Brei zu essen. Cordelia mußte sich beeilen, ihren hungrigen Kindern zu essen zu geben und für Ubani eine Portion bereitzuhalten. In ihrer Geschäftigkeit entging es ihr jedoch nicht, daß sie Nnu Ego den ganzen Vormittag nicht zu Gesicht bekommen hatte. Die gleichaltrigen Nachbarinnen, die wie alle guten Nachbarn manchmal neidisch auf etwas waren, das die andere besaß und stichelten, blieben im Grunde aber befreundet. Die beiden Familien teilten sich die Veranda, die vor ihren Zimmern zu Dr. Meers' Hof hin lag; das kleine Extragebäude, das sie bewohnten, war typisch für die Unterkünfte, die die weißen Herren ihren afrikanischen Dienern zur Verfügung stellten. Die Weißen nannten sie die »boys-quarters«. Die beiden Familien stammten aus verschiedenen Iboregionen - Nnaife aus dem Westen, Ubani und Cordelia aus dem Osten - doch die gemeinsame Sprache und Kultur festigten die Freundschaft zwischen Koch und Wäscher. Stritten sich die Frauen einmal, ergriffen die Männer natürlich die Partei ihrer eigenen Frau, doch wenn der Zorn verraucht war, behielt der gesunde Menschenverstand die Oberhand.

Freundschaftliche Kontakte brachten größere Vorteile: »Zunge und Mund vertragen sich nach jedem Streit, sie müssen ja im selben Kopf zusammenhausen.«

Nnu Ego und Cordelia stritten sich zwar ab und zu, aber die Männer achteten darauf, daß es nicht zu schlimm wurde. Mei-

stens sah das so aus, daß die beiden Frauen sich zankten und übereinander tratschten und die beiden Männer den Streit an den Zahltagen beilegten, ihren Freundschaftsschwur erneuerten und jegliche Unstimmigkeit in Palmwein ertränkten. Im großen und ganzen kamen die beiden Paare gut miteinander aus; sie besuchten sich ohne förmliche Einladung, unterhielten sich zwanglos und lebten zusammen wie eine große Familie. Cordelia lief mehrmals zwischen Küche und Wohnung hin und her und bemerkte, daß die Tür zum Zimmer der Freundin offenstand. Nnu Ego kaufte so früh doch noch keine Zigaretten ein, außerdem ging sie doch nie, ohne ihr Bescheid zu sagen. Cordelia konnte sich auch nicht erinnern, Ngozi heute schon gehört zu haben. Dabei war er ein Baby, das viel Aufmerksamkeit forderte, und sein morgendliches Schreien war unüberhörbar. Nnu Ego war sicher nicht weit weg, wenn sie ihre Tür offen gelassen hatte. Cordelia nahm sich vor, später nach ihr zu sehen, wenn sie sich um ihre eigenen Kinder gekümmert hatte. In ihrer Eile schob sie die Gedanken an ihre Freundin erst einmal beiseite. Bald jedoch schlabberten die Kinder eifrig wie Kätzchen ihren Brei, und Cordelia ging ein letztes Mal zur Küche hinüber, um Ubanis Essen zu holen. Er war noch nicht da, deshalb erlaubte sie sich, seine Schale mit heißem Essen vorsichtig vor Nnu Egos Tür abzustellen und schaute ohne sich aufzurichten in den Raum.
»Nnu Ego, wo um Himmels Willen steckst du? Einfach so dein schlafendes Baby allein zu lassen...«
Plötzlich lief es ihr kalt über den Rücken. Hier stimmte etwas nicht. Warum lag das Kind so merkwürdig da? Warum sah es so steif aus? Warum bewegte es seine Beine nicht? Sie rief noch einmal leise nach ihrer Freundin, aber Nnu Ego war nicht da. Vorsichtig betrat Cordelia das Zimmer.
Unwiderstehlich zog es sie tiefer ins Zimmer hinein. Gebückt wie in unwillkürlichem Gebet starrte sie dem Baby ins Gesicht. »Du bist tot«, flüsterte sie. »Maria, Mutter Gottes! Du bist tot, Ngozi, du bist von uns gegangen!« Sie bekreuzigte sich; Ubani und sie waren fromme Katholiken und befolgten die Regeln ihrer Kirche. Verstohlen zog sie sich zurück, als habe sie das Kind umgebracht; an der Tür stieß sie einen Schrei

aus: »Nnu Ego, wo bist du? Dein niedliches Baby ist tot!« Sie rief noch einmal, schlug sich dann aber die Hände vor den Mund. Lieber nicht zu heftig reagieren, ihre Kinder kamen schon angelaufen und wollten wissen, was los ist. Sie zitterte am ganzen Leib, dennoch gelang es ihr, die Kinder von Nnu Egos Zimmer wegzubringen. In ihrer Bestürzung stieß sie den heißen Brei vor der Tür um und verbrannte sich die nackten Füße; sie hatte keine Zeit, den Schmerz zu beachten. Eins der Kinder machte sie darauf aufmerksam, daß sie das Frühstück des Vaters umgestoßen hatte, aber sie kümmerte sich nicht darum, sondern brachte die Kinder zum Spielen woandershin. Zuerst wollte sie Nnaife Bescheid sagen, dann ihrem Mann. Wo war bloß Nnu Ego? fragte sie sich wieder, als sie zum Haus der Weißen hinüberlief. Dann blieb sie plötzlich im feuchten Gras stehen, denn nur wenige Meter von ihr entfernt stand Nnaife über seine Arbeit gebeugt, so tief in sie versunken, daß von dem Lied, das er vor sich hin pfiff, kein Ton zu hören war. Man konnte unmöglich in diese Harmonie einbrechen. Nein, sie erzählte es lieber erst ihrem Mann, der wußte bestimmt besser, wie man es Nnaife beibringen könnte. Nnaifes Gruß ruhig zu erwidern, würde ihr schwerfallen. Sie atmete tief durch, drückte ihre Hände wie zum Gebet fest aneinander, blickte an ihm vorbei und platzte, um ihm zuvorzukommen, heraus: »Es scheint ein schöner, klarer Morgen zu werden!«
»Guten Morgen, gute Frau, hast du gut geschlafen? Vermißt du schon deinen Mann?« Er lachte. »Er ist doch erst seit einer Stunde fort.«
»Er hat nur etwas von meinem Haushaltsgeld mitgenommen«, log Cordelia. Sie bemühte sich, ein Lachen zustande zu bringen, aber selbst in ihren Ohren klang es krächzend.
Nnaife wunderte sich. Cordelia klang überhaupt nicht so fröhlich wie sonst. Laut sagte er: »Na dann geh mal, aber halte ihn nicht zu lange von der Arbeit ab. Du willst doch sicher nicht, daß sich unsere Herrschaft beschwert, liebe Frau!«
Cordelia empfand Mitleid mit Nnaife. Er war so unbekümmert, großzügig und einfach. Warum mußte ausgerechnet er soviel Leid ertragen? Erst eine Frau, die ihn bis zur Geburt sei-

nes Sohnes weder achtete noch liebte. Und jetzt das.
Ubani runzelte die Stirn, als er seine Frau erblickte. Er hatte ihr schon oft verboten, ihn ohne Grund aufzusuchen. Er wischte seine Hände an der riesigen Schürze ab und stellte sich an die Küchentür. Mit einem Blick war ihm klar, daß etwas geschehen sein mußte. »Was ist los?« fragte er sie besorgt. Seine Falten vertieften sich, als er den Bericht seiner Frau hörte.
»Jesus Christus! Das ist ja furchtbar. Bist du ganz sicher? Ich meine ja nur... tut mir leid. Weiß er es schon?«
Cordelia schüttelte verneinend den Kopf.
»Dann geh wieder zurück und mach ganz leise ihre Tür zu. Und such deine Freundin. Sie hat wahrscheinlich noch gar keine Ahnung, daß das Kind tot ist. Und du hast sie den ganzen Vormittag über noch nicht gesehen? Vielleicht weiß sie es doch schon. Arme Frau. Ich hoffe nur, sie stellt nichts Dummes an. Mir gefällt das nicht, überhaupt nicht.«
»Meinst du, sie könnte sich etwas antun?«
»Vielleicht bauschen wir die Sache auch auf. Geh nur. Bleib ruhig und sieh dich unauffällig nach ihr um, ohne Alarm zu schlagen, bis ich mit Nnaife gesprochen habe. Gott, das ist wirklich eine üble Geschichte.«
»Arme Frau«, sagte sie, und ihre Gedanken wanderten zurück zu der Nacht vor einem Monat, als Nnu Ego ihr Baby zur Welt brachte: wie sie sich in der Küche unter Schmerzen gequält hatte, weil es das erste Kind war, und daß sie zu stolz gewesen war, Nnaife zu rufen... »Bitte, Maria, Mutter Gottes, warum hast du meiner Freundin das angetan?«
»Geh nach Hause, Cordelia«, hörte sie Ubani sagen. »So steht es geschrieben: Der Herr hat's gegeben, der Herr hat's genommen. Wir sind sein und er behandelt uns nach seinem Gutdünken. Vielleicht bedeutet es doch noch etwas Gutes für deine Freundin, man kann nie wissen.« Cordelia nickte stumm. Tränen rannen über ihre Wangen. Sie ging zu ihrer Wohnung zurück; sie empfand den Verlust, den ihre Freundin erlitten hatte, noch schmerzlicher, als sie das Rufen ihres Zweijährigen vernahm: »Mutter, Mutter, ich will noch Brei.«
Ubani, ein kräftiger Mann mit einem mächtigen Kopf, schaute aus dem Küchenfenster. Er sah seinen Freund arbeiten und

pfeifend ein verwaschenes Bettuch rubbeln. Er war so in seine Arbeit versunken, daß es Ubani, wie seiner Frau Cordelia kurz zuvor, fast wie eine Sünde vorkam, ihn zu stören. Aber er mußte mutig sein. Was auch geschehen war, es mußte geheimgehalten werden. Keiner von ihnen wollte gern etwas mit der Polizei zu tun haben. Der Bezirksvorsteher würde wissen wollen, woran das Kind gestorben war. Es war damals sogar illegal, jemanden zuhause sterben zu lassen: dieses Gesetz sollte die Leute davon abhalten, mit ihren kranken Kindern zu den Medizinmännern zu gehen. Deshalb versuchte man, Todesfälle möglichst geheim zu halten. Nnaife mußte man Bescheid sagen, sie mußten Nnu Ego finden und ihr beibringen, daß man unter solchen Umständen in Lagos seine Trauer nicht öffentlich zeigen durfte. Das brächte sie alle in große Schwierigkeiten.

Ubani beeilte sich mit dem Abwasch und überließ das Abtrocknen seinem jungen Neffen Dilibe, der seit zwei Monaten bei ihm in Lagos lebte. Auch er war bei Dr. Meers angestellt und hatte die ehrenvolle Stellung eines »small-boy« - Mädchen für alles. Sein geringer Lohn trug ein wenig zu seinem Unterhalt bei.

Sein Onkel bemühte sich sehr, die richtigen Leute kennenzulernen, um Dilibe zu einer guten Stellung mit Pensionsanspruch zu verhelfen, also entweder bei der Eisenbahn oder im Hafen. Der junge Mann konnte lesen und schreiben, und mit einer guten »Prise« für die richtigen Leute - einem üblichen Bestechungsgeld - würde er seinen Weg schon machen. Aber zunächst einmal mußte er das Geld für die »Prise« zusammenbekommen. Ubani wußte, daß sein Neffe umso schneller vorankommen würde, je größer die »Prise« war, und er wollte ihm helfen. Denn hatte Dilibe erst einmal eine gute Stellung, fiele ein Teil seines Geldes, wenn schon nicht an ihn selbst, zumindest an Ubanis Kinder.

»Achte darauf, daß das Besteck und alles andere trocken ist und glänzt, bevor du es in die Schubladen legst.«

»Jawohl!« antwortete der junge Mann eifrig, er war erfreut und ein wenig überrascht, daß man ihm die Verantwortung für eine so wichtige Einrichtung wie die für die Große Küche übertrug. Die Kochstelle im »boys-quarter«, wo das afrikanische Essen gekocht wurde, hieß Kleine Küche. In der Großen wurden die Mahlzeiten für die Herrschaft zubereitet, sie mußte blitzblank und aufgeräumt sein. Dilibe war sich der besonderen Verantwortung bewußt und dankbar für das Vertrauen. Er fragte nicht, warum sein Onkel die Küche schon so früh am Morgen unbedingt verlassen wollte. Wie viele Jugendliche dachte er nur an sich. Er wollte diese Gelegenheit nutzen, dem Onkel zu beweisen, daß er nicht nur die Große Küche versorgen, sondern noch mehr leisten könne, wenn man ihn nur ließe. Und hatte er nicht den Vorteil, jung zu sein?

In Dilibes Eifer verrieten sich seine Gedanken. Ubani lächelte traurig. Ohne diese unangenehme Pflicht hätte er gelacht.

Die jungen Leute gleichen sich alle: Sie konnten sich nicht vorstellen, auch einmal älter zu werden. Vor nicht allzulanger Zeit hatte er selbst so gedacht. Er hatte davon geträumt, bei den Weißen soviel Geld zu verdienen, daß er mit dreißig Jahren in seine Heimatstadt Emekuku Owerri zurückkehren konnte. Dort wollte er wie seine Großeltern als Bauer leben. In diesem Traum kam nicht vor, daß sehnlichst erwünschte Babys sterben, bevor sie überhaupt gelebt hatten. Ja, das Leben konnte manchmal grausam sein, daß man es nur mit Träumen ertragen konnte. Er blieb eine Weile stehen und sah Nnaife eine Zeitlang bei der Arbeit zu. War das wirklich zuviel verlangt: eine Stelle zu haben, die den Lebensunterhalt der Familie sichert und Spaß an der Arbeit zu finden wie dieser Mann? Aber es half nichts, er mußte es ihm sagen. Nnaife hatte den schweigenden Ubani wohl bemerkt und hatte sich entschieden, das Gespräch anzufangen.

»Es wird ein schöner Morgen. Du kennst ja das Sprichwort: ›Einem schönen Morgen folgt selten ein schlechter Tag‹.«

Nnaife redete, ohne seinen Freund anzusehen. Er spürte, daß etwas nicht stimmte, dachte jedoch nicht im geringsten daran, das könne seine eigene Familie betreffen. Erst hatte er Cordelia zu ihrem Mann hinauflaufen sehen, jetzt stand Ubani da wie eine Statue und brachte kein einziges Wort heraus. Er würde einfach so lange Banalitäten von sich geben, bis Ubani damit herausrückte. Er wollte ihn nicht drängen; Männer, die

so um das Wohl ihrer Familie besorgt waren wie Ubani, konnten in Familienangelegenheiten äußerst empfindlich sein.
Plötzlich sprach sein Freund mit rauher, brüchiger Stimme, ganz anders als sonst: »Kannst du vielleicht eine Pause machen?«
Er wich Nnaifes Blick aus.
Nnaife ließ seine Hände sinken. Er merkte Ubani an, daß er etwas zurückhielt; noch nie hatte er diesen Ibo aus dem Osten des Landes so verwirrt ins Leere starren sehen. Nnaife versuchte, Ubanis Blick auf sich zu ziehen, doch der wich ihm aus, wie der einer neuen Frau am ersten Morgen im Hause ihres Mannes. Er stand von seiner Arbeit auf. Warum um Himmelswillen sah er derart verstört aus? Um die Situation zu entschärfen, sagte er: »Ich kann jetzt nicht gleich mitkommen. Ich muß diese Laken hier aufhängen, sonst fehlt ihnen die frühe Sonne. Und die Herrin merkt es, wenn sie nicht von der Sonne gebleicht sind.«
»Oh, zum Teufel mit der Herrin! Entschuldige, mein Freund, aber der Mensch lebt nicht vom Brot allein.«
Die Dringlichkeit seines Tonfalls entging Nnaife nicht. Plötzlich dachte er an seine Familie, verscheuchte den beunruhigenden Gedanken jedoch schnell; hatte er sie denn nicht am Morgen noch gesehen, bevor er zur Arbeit ging?
Scherzend entgegnete er: »Seit wann predigst du schon freitags das Evangelium? Oder bist du Mohammedaner geworden?«
Ubani antwortete nicht. Er schlug den Weg zum »boysquarter« ein, und Nnaife folgte ihm. Er ahnte noch immer nicht, was ihn erwartete und begann vor Ungewißheit zu zittern. »Was ist los? Wieder Streit zwischen unseren Frauen?«
Ubani schüttelte den Kopf.
Die Sonne war inzwischen vollends durchgebrochen und trocknete das feuchte Gras. Unter dem Dach der Veranda zwitscherten laut die Vögel und umkreisten ihre Nester, die locker in den Zweigen der Mangobäume hingen. Nnaife sah, daß die Nüsse der Palmen, die das Grundstück begrenzten, schon reif waren: sie mußten bald heruntergeschlagen werden, denn die Vögel trieben sich schon in der Nähe herum. Ubanis Kinder saßen am Rand der betonierten Veranda und stocher-

ten im Gras und sangen unmelodisch vor sich hin. Nnaife konnte sich nicht vorstellen, daß an einem solchen Morgen, an dem alles so natürlich und normal wirkte, etwas Unerträgliches passiert sein könnte. Sicherlich machte es sein Freund dramatischer als es war. Aber wo war Nnu Ego? Sie war nirgends zu sehen. Er sah nur Cordelia, sie stand zwischen den hölzernen Stützen des Verandadachs und sah zu ihnen herüber.

»Wo mag nur meine Frau gerade sein - vielleicht verkauft sie auf dem Markt?«

Ubani sagte nichts, sondern ging mit gesenktem Kopf auf das Haus zu.

»Es macht dir sicher nichts aus, mit in unser Zimmer zu kommen«, sagte er dann. »Ich glaube, deine Frau ist nicht zuhause. Um diese Zeit rechnet sie noch nicht mit dir.«

»Gewiß, ich komme eigentlich nie zwischendurch nach Hause. Aber erkläre mir doch bitte, was dieses Versteckspielen zu bedeuten hat.«

Ubanis Zimmer wirkte an so einem hellen Morgen wie diesem noch düsterer als sonst. Auf Cordelias Wunsch stand das Bett vor dem einzigen Fenster und verdunkelte das Zimmer noch mehr, denn die Bettvorhänge sperrten einen großen Teil des Tageslichtes aus. Cordelia kauerte mit angezogenen Beinen hinter dem Vorhang, als litte sie unter starken Schmerzen.

»Du hast sie doch wohl nicht so früh am Morgen schon geschlagen, die Mutter deiner Kinder?« fragte Nnaife. Er war weitaus mehr irritiert als Cordelia, die nun nicht mehr an sich halten konnte und zu wimmern begann, obwohl sie nach wie vor ihre Gefühle zu beherrschen suchte.

Ubani schüttelte traurig den Kopf. Dann überbrachte er Nnaife die traurige Nachricht, sein Sohn, sein ganzer Stolz, läge tot auf ihrer Bastmatte. Wortreich bemühte sich Ubani, Nnaife zu trösten. Er riet seinem Freund, auf Gott zu bauen, berichtete von erheblich größerem Unglück und bat ihn schließlich, sich aufzuraffen und etwas zu unternehmen.

Nnaife saß wie angewurzelt auf dem Stuhl und starrte vor sich hin. Es war unglaublich, völlig unvorstellbar, was Ubani da erzählte. Mit ihm hatte das nur wenig zu tun, oder etwa doch?

Ubani sagte zu seiner Frau: »Bring ihm ein kleines Glas vom *ogogoro*.«
Cordelia verschwand. Kurze Zeit später spürte Nnaife ein kleines Glas selbstgebrauten Gin in seinen abgestorbenen Händen. Man zwang ihn, das brennende Zeug auf einen Satz hinunterzukippen. Ubani nahm ihm das Glas aus den zitternden Händen.
»Nnaife, mein Freund, wenn du schon so reagierst, was mag erst deine Frau tun?«
Diese Worte erweckten ihn anscheinend wieder zum Leben.
»Wo ist meine Frau, wo ist Ngozi?« fragte er, als er schließlich aus seiner Trance erwachte und wissen wollte, was davon wahr sei.
»Ngozi - seine Leiche liegt in eurem Zimmer. Laßt uns hineingehen. Aber seine Mutter - wir wissen nicht, wo sie ist. Ich wollte erst dir die traurige Nachricht überbringen, damit wir gemeinsam überlegen können, was weiter geschehen soll«, entschuldigte sich Ubani.
Nnaife ging als erster ins Zimmer und sah das tote Kind. Er hatte also doch nicht geträumt. Seine Bewegungen und Worte wirkten mechanisch.
»Ob Nnu Ego wohl vom Tod des Kindes gewußt hat?« murmelte er vor sich hin und starrte das tote Kind an, als wolle er es hypnotisieren: wenn er seine Augen nicht abwandte, würden die steifen Glieder seines Sohnes wieder so lebendig wie vor ein paar Stunden, als er seine erste Mahlzeit bekam.
Nnaife beantwortete sich seine Frage selbst: »Wahrscheinlich hat sie gesehen, daß es tot ist, und ist in tiefem Schmerz von mir fortgelaufen.«
»Wenn das stimmt, müssen wir sie suchen. Gott weiß, wozu eine Frau nach so einem Schock fähig ist«, meinte Ubani voller Sorge.
»Mein Gott! Arme Frau! Sie hält es nur wegen des Kindes bei mir aus. Sie findet mich häßlich. Sie haßt mich, sie hat mich immer gehaßt.«
»Unfug, mein Freund«, versuchte Ubani zu trösten. »Wie kann eine Frau einen Mann hassen, den ihre Familie für sie ausgesucht hat? Deine Aufgabe ist es, ihr Kinder und Essen zu

geben, ihre ist es, zu kochen, Kinder zu gebären und für dich und die Kinder zu sorgen. Was gibt es da zu hassen? Eine Frau kann häßlich sein und alt werden, ein Mann niemals. Er reift mit dem Alter und gewinnt an Würde.« Cordelia weinte aus Mitleid mit ihrer Freundin, die ihr Kind verloren hatte.
»Darf ich dir mein Beileid aussprechen, Nnaife«, sagte Ubani. »Hör endlich auf, dich wie eine Frau aufzuführen. Nicht jeder hat Glück mit dem ersten Kind. Du mußt jetzt dafür sorgen, daß Nnu Ego so schnell wie möglich wieder schwanger wird«, drängte er ihn. »Du wirst schon sehen, ihr habt es bald vergessen.«

Vaterpflicht

Nnu Ego riß sich aus ihren trüben Gedanken. Sie mußte nach Hause, aufräumen und Mittagessen kochen. Drei Monate, nachdem Nwakusor sie auf der Carter-Brücke gerettet hatte, gingen ihre Gedanken noch immer zurück statt nach vorn. Oft bedauerte sie ihre Rettung: »Hätte mich bloß dieser verdammte Bettler nicht aufgehalten, hätte ich längst unter dem Wasser von Lagos gelegen, als Nwakusor auftauchte.« Nicht nur als Mutter hatte sie versagt, sondern sie hatte es nicht einmal geschafft, sich umzubringen.
Die weite Entfernung von zuhause hatte wenigstens den Vorteil, daß die Angehörigen ihres Mannes ihre Unzufriedenheit nicht dadurch ausdrücken konnten, daß sie ihm überraschend ein Mädchen aus der Nachbarschaft schickten. Sie konnten sich auch nicht so leicht einmischen und Nnaife zu einer Entscheidung drängen, wohl wissend, daß Nnaife zauderte wie ein alter Mann. Nnu Ego ertappte sich, wie sie ihn mit Amatokwu verglich, dem urwüchsigen Mann aus Ibuza, dem Afrikaner. Amatokwu hätte laut mit ihr getrauert, er hätte sie den Frauen im Hauswesen seines Vaters anvertraut, die alten Frauen hätten sie mit Geschichten über Babys getröstet, die sie selbst verloren hatten. Sie hätten ihr soviel Selbstvertrauen gegeben, daß sie nach einigen Tagen wieder hätte seine Schlafmatte teilen können, und er hätte sie bald vergessen lassen. Ja, Amatokwu entsprach ihren Vorstellungen von einem Mann. Wie würde er reagieren, wenn die Umstände von ihm verlangten, die Wäsche einer mageren, verwelkten Frau mit kranker Haut zu waschen? Sicherlich hätte er sich geweigert. Er war ein Mann, der Achtung gebot, überlegte Nnu Ego. Aber warum dachte sie neuerdings öfter an ihn? Erschien ihr das Gras in Nachbars Garten saftiger?
Könnte sie doch diesen Schmerz loswerden, der ihr so schwer

auf der Seele lag. Wenn sie doch jemanden gekannt hätte, der ihr helfen würde. Sie sehnte sich nach ihrem Vater und seinen tröstenden Worten, aber ... Jemand rief sie. Bildete sie sich das jetzt ein oder stimmte es wirklich? Wurde sie jetzt völlig verrückt?

»Nnu Ego!«

Ihr Mann konnte es nicht sein. Der war gerade erst zur Arbeit aufgebrochen, nachdem er sich mit der gefühllosen Bemerkung verabschiedet hatte: »Das Leben muß weitergehen, das weißt du.«

Wer es auch war, man würde sie sowieso bald finden, sagte sich Nnu Ego, blieb wo sie war und starrte auf die kahle geweißte Wand.

»Um einem Kind nachzutrauern, das erst vier Wochen alt war, sind drei Monate eine lange Zeit«, hatte Nnaife am Morgen gesagt.

»Was weißt du schon über Babys«, hatte sie geantwortet. »Wenn ich ihn zuhause in Ibuza bekommen hätte, hätte ich nie in diese Stadt zu ziehen brauchen.«

Nnaife hatte diese Äußerung übergangen und bemerkt: »Manchmal glaube ich, sie haben mir absichtlich eine verrückte Frau geschickt. Manchmal sagst du Sachen - macht es dich eigentlich glücklich, andere zu verletzen? Ich habe dein Kind nicht umgebracht. Ich gab dir das Kind. Es war auch meins, oder etwa nicht?«

»Ja, deins auch. Was weißt denn du von ihm?«

Nnaife war entschlossen, den Streit zu beenden.

Er zog eilends seine Khaki-Shorts an und ging zur Arbeit. Er konnte es also nicht sein. Sie war noch nicht einmal von dem Stuhl aufgestanden, auf dem sie während des Streites gesessen hatte.

Jetzt konnte sie die Stimme deutlich hören. Es war eine Frauenstimme. Sie klang nach ihrer Jugendfreundin Ato, doch die war nach Hause zu ihren Leuten gefahren. Neugierig stand sie auf, spähte zur Tür hinaus und entdeckte die lachende Ato. Ihr Lachen kam Nnu Ego fremd und unpassend vor. Wie konnte Ato so glücklich aussehen und mit solcher Unbefangenheit lachen, wo sie doch wußte, daß ihr Ngozi vor drei Monaten gestorben war? Ato lachte noch immer, als sie mit großen Schritten durch das feuchte Gras auf Nnu Ego zukam.

»Oh, ihr Leute, die ihr bei den Weißen lebt. Ich kann nie feststellen, welches Zimmer oder Haus welchem Koch oder welchem Wäscher gehört. Also mußte ich von der Straße aus nach dir rufen. Oh, bei meiner *chi*, ich freue mich so, dich zu sehen! Ich bin wirklich sehr froh, dich zu sehen, Nnu Ego, Tochter von Agbadi. Aber schau nicht so verloren. Hast du schon mal überlegt, was die Leute dazu sagen, wenn du noch lange so herumläufst? Sie werden sagen: ›Ihr kennt doch die schöne Tochter von Agbadi, die ihm seine Geliebte geboren hat, deren *chi* die Sklavin ist, die ihrer Mitfrau das Kind stehlen wollte, die sich umbringen wollte und das absichtlich nicht geschafft hat, weil sie auf Mitleid aus war, die ist jetzt völlig verrückt geworden!‹ Du kennst unsere Leute, du wärest nicht die einzige, die darunter zu leiden hätte; dein Vater würde das niemals überleben. Kein Mann würde sich für deine vielen Schwestern interessieren, aus Angst, Wahnsinn könne in der Familie liegen. Willst du deiner Familie das zumuten?«

»Natürlich nicht«, erwiderte Nnu Ego und lächelte ein wenig.

»Dann schau nicht mehr so irr, nie wieder. Möchtest du, daß ich gehe?«

»Oh Ato, ich bin froh, daß du gekommen bist. Ich dachte, ich höre Gespenster. Ich wußte nicht, daß du schon zurück bist. ›Es kann nicht sein, Ato ist in Ibuza‹, dachte ich, als ich deine Stimme hörte. Wie geht es deinem guten Mann, meinem Retter, Nwakusor?«

»Ich habe ihn noch nicht gesehen, seit ich zurück bin. Er ist auf See.«

Nnu Ego führte sie in das Zimmer, das nicht ausgefegt war, die Gardinen waren grau, und das ganze Zimmer wirkte unordentlich. Ato wußte, wie sauber und peinlich genau ihre Freundin normalerweise war; taktvoll verkniff sie sich eine Bemerkung. Aber sie würde es nicht dulden, daß Nnu Ego sich durch den Verlust, den sie vor drei Monaten erlitten hatte, so gehenließ. Agbadi hatte sie erst vor ein paar Tagen gebeten, Nnu Ego nicht diesem Schmerz zu überlassen, sondern sie auf die drohende Gefahr hinzuweisen und ihr zu erklären, daß zwischen klarem Verstand und geistiger Umnachtung nur ein schmaler Grat verläuft.

»Mein Gott, Nnu Ego, steh nicht starr herum wie eine Hexe, du machst mir ja Angst. Freust du dich nicht über Besuch? Stimmt es wirklich, daß du dich verschließt, wenn jemand in deine Nähe kommt, wie es manche Büsche an den Seitenpfaden tun? Alles nur, weil du dein Kind verloren hast? Angeblich gehst du nicht einmal mehr zu den Treffen. Das ist sehr schlimm. Gott verhüte, daß dir etwas zustößt, aber wenn doch, wer soll dir dann helfen außer deinen Leuten! Und da besuchst du die Treffen nicht? Nnu Ego, Tochter von Agbadi, was ist nur los mit dir?«

Nnu Ego lächelte schwach und entschuldigend. »Verzeih mir, Ato. Manchmal vergesse ich mich. Ich stehe stundenlang nur da und träume vor mich hin. Es passiert mir sogar auf dem Markt, und ich fürchte, die Leute halten mich für verrückt. Selbst Nnaife nennt mich manchmal eine Irre.«

Ato lachte wieder. Nnu Ego erschrak, denn so ein Lachen hatte sie schon lange nicht mehr gehört. »Ausgerechnet der, dieser fette Pfannenkuchen von Mann. Wenn der dich nochmal irre nennt, sag ihm, er soll in den Spiegel sehen!«

Nnu Ego mußte auch lachen, fast genauso laut wie ihre Freundin. »Nein, er ist ein Mann, und Männer sind niemals häßlich, das weißt du doch.«

»Ich weiß«, bestätigte Ato. Sie wurde wieder ernst. »Laß ihn aber wieder mit dir schlafen. Bitte enttäusche deine Leute nicht.« Sie fing wieder an zu lachen. »Versuch doch, das Liebenswerte an ihm zu entdecken, auch wenn er dir mit seinem dicken Bauch als Liebhaber nicht gefällt. Viele Männer können Liebe machen und viele Kinder zeugen, aber lieben können sie nicht.«

»Ich weiß, unsere Männer tun sich schwer mit Liebe und Wärme. Aber Nnaife ist sehr liebevoll; er ahmt die Weißen nach, für die er arbeitet. Er macht's auch sonst nicht schlecht... Ich kannte ihn bloß nicht vorher - nein, das meine ich nicht, ich hätte mir nie träumen lassen, bei einem Mann wie ihm zu landen.«

»Genauso wenig habe ich davon geträumt, einen Mann zu hei-

raten, der monatelang weg ist. Es heißt, daß die Männer, die an Bord arbeiten, überall, wo sie an Land gehen, Geliebte haben.«
»Oh!« rief Nnu Ego und hielt sich den Mund zu. »Dein Mann würde so was nie tun. Niemals. Die Frauen in Übersee haben eine bleiche Haut wie Schweine - wie halten das unsere Männer nur aus? Und was finden diese Frauen an unseren Männern?«
»Das kümmert mich eigentlich nicht. Ihre Männer sind angeblich nicht so stark.«
»Das kann sein. Unser weißer Mann raucht dauernd, hustet ständig und sieht krank aus. Trotzdem, sie verwöhnen ihre Frauen. Das kann ich auch nicht leiden.« Nnu Ego unterbrach sich plötzlich. Sie war überrascht, sich beim Schwatzen und Klatschen zu ertappen. Es freute sie, und sie sagte das ihrer Freundin.
»Das merkt man. Ich habe das Gefühl, nützlich zu sein und nicht bloß über andere herzuziehen. Dein Vater wird sich freuen, daß du wieder gesund bist, und ich werde nicht eher gehen, bevor du nicht wieder dauernd so lachst wie jetzt.«
»Das wäre eine andere Art von Verrücktheit. Wie geht es meinem Vater? Ich kann es noch immer nicht glauben, daß du schon so früh von zuhause zurück bist und mich gleich besuchst.«
»Nein, ich bin nicht lange geblieben. Du weißt ja, meine Mutter war krank, aber es geht ihr jetzt besser. Die Reise dauert heutzutage nicht lange. Wir haben den Mammy-Laster und den Omnibus genommen, anstatt mit dem Schiff über Port Harcourt zu fahren. So brauchten wir nur vier Tage.«
»Ich bin auch so gereist«, sagt Nnu Ego. »Der Bus fuhr ewig, und ich dachte, wir würden nie ankommen.«
»Oh, dann weißt du ja, wovon ich rede.« Sie zog ein sorgfältig in Bananenblätter eingewickeltes Paket hervor und gab es Nnu Ego. »Ich glaube, es ist ein Stück Wild, das dein Vater extra für dich getrocknet hat. Er sagt, jetzt wissen wir wenigstens alle, daß du nicht unfruchtbar bist, und du sollst ihn wissen lassen, wenn du wieder schwanger bist. Dann kannst du nach Hause kommen, und er kann Opfer darbringen für dich und die Sicherheit deines Kindes. Aber wie kannst du ein Kind

kriegen, wenn du nicht mit deinem Mann schläfst?«
Nnu Ego wickelt eifrig das Paket mit dem Fleisch aus. Sie hielt plötzlich inne und sagte: »Woher weißt du, daß Nnaife und ich getrennt schlafen?«
»Du vergißt, daß ich genauso wie du in einem großen Hauswesen aufgewachsen bin und mein ganzes Leben lang vernachlässigte Ehefrauen gesehen habe. Deine Augen haben den gleichen Ausdruck, als suchtest du nach etwas, wüßtest aber nicht wonach.«
»Wirklich?« Nnu Ego sah nicht sehr überzeugt aus; sie wollte jedoch nicht streiten, denn das Wildschweinstück war größer, als die Verpackung vermuten ließ. »Oh, mein armer Vater. Er hat mir fast ein ganzes Schwein geschickt, das reicht für jede Menge Suppe. Wie geht es meinen Müttern, seinen Frauen, und meinen Schwestern und Brüdern? Ich vermisse alle so sehr.«
»Es geht ihnen gut. Deine Große Mutter läßt deinem Mann ausrichten, er solle sich beeilen, denn ihre Arme juckten nach einem Baby, das sie wiegen kann.«
Sie lachten beide und Nnu Ego sagte: »Oh, können diese Leute an nichts anderes denken?«
Beim Wäscheaufhängen kam Nnaife ziemlich dicht an ihrem Zimmer vorbei und hörte das Lachen. Jetzt ist sie wohl völlig verrückt geworden, dachte er. Er kam näher und vernahm Stimmen - Nnu Ego redete und lachte wirklich, unglaublich! Mit wem mochte sie um diese Zeit lachen? Er traute seinen Ohren nicht und ging hinein: erleichtert begann er zu strahlen.
»Ah... Ich hörte Stimmen, also kam ich herein. Soll ich wieder gehen?«
Ato lachte, aber Nnu Ego war überrascht. Sie schien es fast zu bedauern, so glücklich zu sein. Doch bald schwärmte sie wie eine jungverheiratete Frau: »Sieh mal, was unser Vater uns von zuhause mitgeschickt hat. Ein riesiges Stück Fleisch, er hat es selbst am Feuer getrocknet.«
»Wirklich?« Heimweh schwang in Nnaifes Stimme, als er sich erkundigte, wie es den Verwandten zuhause ging. Nach ein paar Höflichkeitsfloskeln fragte er: »Du wirst doch deine

Freundin und Altersgenossin nicht nach Hause zur Insel gehen lassen, ohne ihr etwas zu essen anzubieten?«

»Oh Nnaife, natürlich nicht. Wir hatten uns so viel zu erzählen, daß wir gar nicht an Essen gedacht haben. Wir fangen gleich an zu kochen. Vergiß nicht, zum Essen nach Hause zu kommen.«

»Nein, bestimmt nicht. Ato, ist dein Mann schon zurück?«

»Nein, sie sagen, sein Schiff wird in ein paar Tagen zurückkommen.«

Sie zuckte mit den Schultern. »Aber wenn es heißt, ein paar Tage, dann kann es auch noch ein paar Wochen dauern.«

Nnu Ego spürte das Bedauern in Atos Stimme und sagte sich: »Ich muß wahrscheinlich froh sein, Nnaife die ganze Zeit um mich zu haben.«

»Mach dich wieder an die Arbeit, Nnaife, oder willst du lieber unseren boshaften Geschichten zuhören?«

»Nein, lieber nicht, sonst höre ich noch Dinge, die nicht für Männerohren bestimmt sind.«

Als Nnu Ego Monate später in jenen Erschöpfungsschlaf fiel, wie es für Schwangere in den ersten Monaten typisch ist, träumte sie von einem ungefähr drei Monate alten Jungen, der am Fluß ausgesetzt worden war. Sie wunderte sich, warum man dieses Kind im Stich gelassen hatte. Der Junge war mit Schmutz und Rotz verschmiert. Sie schauderte als sie näherkam, um ihn aufzunehmen. Er war kohlrabenschwarz wie ihr Vater, aber dick und völlig verdreckt. Ohne lange nachzudenken, nahm sie ihn auf und wusch ihn am Fluß und wartete, daß seine Mutter käme. Die aber kam nicht, und im Traum nahm Nnu Ego das Kind auf den Rücken, als es müde wurde. Dann sah sie die Sklavin, ihre *chi*, am anderen Flußufer stehen. Sie sagte: »Nimm nur die dreckigen rundlichen Babys. Du kannst soviele haben, wie du willst. Nimm sie.«

Mit einem gespenstischen Lachen verschwand sie im Unterholz des dichten Waldes an den Flußufern.

Nnu Ego riß die Augen auf und schrie: »Oh mein Gott, nicht schon wieder!«

»Was ist?« fragte Nnaife besorgt. Nnu Ego hatte sein Essen ge-

kocht und war, während sie ihm beim Essen zusah, auf ihrem Stuhl eingeschlafen. »Was ist los, habe ich gefragt«, beschwerte sich Nnaife noch einmal zwischen zwei Bissen. »Wenn du müde bist, geh ins Bett. Du brauchst nicht hier zu sitzen und einzuschlafen wie ein Kind. Du fällst ja gleich vom Stuhl.«
Nnu Ego blickte ihren Mann so eindringlich und starr an, daß Nnaife geschworen hätte, sie spreche direkt aus ihrem Traum. »Schon gut«, flüsterte sie mit gedämpfter Stimme, »ich habe im Traum gerade wieder ein Kind am Flußufer gefunden.«
»Ja?« fragte Nnaife ungläubig. »Du meinst, du hast auf dem Stuhl gesessen und gesehen, wie du ein Kind aufhobst? Wessen Kind? Und an welchem Fluß?« Er schüttelte verwundert den Kopf. Nnu Ego starrte ihn an.
Es war schwierig zu erklären. Sie wußte, es gab ein Band zwischen ihr, ihrer *chi* und ihrem werdenden Kind. Nnaife hatte wenig damit zu tun. Er war nur der Vater. Sie trug ein Mann-Kind im Leib. Je länger sie Nnaife ansah, desto deutlicher erkannte sie, daß er das nie verstehen würde. Es fehlte ihm an Phantasie. Am meisten schmerzte sie der Gedanke, daß er sie hinter ihrem Rücken auslachte, vielleicht bei einem Fäßchen Palmwein mit seinem Freund Ubani. Sie saß da und übersah ihn einfach. Sie war hellwach, ihr Kopf war klar, obwohl sie sich körperlich schwach fühlte. Im Geist sah sie einen hübschen, jungen Mann mit schwarzer Haut wie glänzendes geschnitztes Ebenholz, groß, gerade und biegsam wie der Stamm einer Palme, ohne ein Gramm Fett. Er hielt sich stolz, und sein Kinn ragte vor wie die Ecke eines scharfen Felsens. Sie war nicht sicher, ob er Bauer war oder erfolgreicher Geschäftsmann auf dem größten Markt des Landes, dem von Otu in Onitsha. Jedenfalls war diese vollkommene Männergestalt in ihrer Phantasie keiner, der Frauensachen wusch, auch kein Werftarbeiter oder Landarbeiter, der irgendwo Gras mähte. Es war ihr Sohn. Ihr erwachsener Sohn. Sie war völlig sicher, einen Jungen zu erwarten. Sie fühlte sich wieder stärker und lebendiger. Dieser Sohn würde in ihrer Nachbarschaft leben, ganz gleich, welchen Beruf er hätte, wie es sich eben für einen guten Sohn schickte, in der Nähe seiner Eltern zu leben und für sie zu sorgen. Und sie würde sich um seine Kinder und

Frauen kümmern. Das Hauswesen in Ibuza würde ein einziges Gewusel von Tieren - Ziegen, Hühnern und Tauben - und Menschen werden: Ehefrauen, Großeltern, Verwandte und Freunde. Sie würde Geschichten erzählen und vor einem Ort wie Lagos warnen, wo Arbeit und Leben eine einzige Erniedrigung sind.

Sie lächelte vor sich hin und ihre Lippen formten ein stummes Gebet: »Bitte, Gott, laß dieses Kind bei mir bleiben und mir in der Zukunft alle erhofften Freuden erfüllen.«

Nnaife stocherte in den Zähnen. Er runzelte die Stirn über Nnu Egos Lächeln. Es war zwecklos, sie danach zu fragen: sie würde nur ausweichen. Also stand er auf, ging auf die Veranda und rief Ubani, der mittlerweile auch mit seinem Abendessen fertig war. Nnu Ego hörte sie lachen und sich den Tagesklatsch erzählen.

Sie räumte den Tisch ab und redete dabei mit sich selbst: »Das andere Baby, Ngozi, war sehr sauber und es wurde mir weggenommen. Aber dieses war dreckig, es sah aus, als sei es ausgesetzt. Hat meine *chi* mich deshalb ausgelacht, weil für mich nur ein schmuddeliges Kind übriggeblieben ist? Das ist mir egal. Dreckige kleine Jungen werden auch sauber, wenn man sie wäscht; und nach zwanzig Jahren Fürsorge und Liebe sind es Männer. Und genau das wird mein Kind werden. Ein Mann, der Achtung gebietet. Jawohl, Achtung.«

Sie schrieb an ihren Vater und berichtete, daß sie wieder ein Kind erwartete. In seiner Antwort teilte er ihr mit, das Orakel habe vorausgesagt, es würde ein Junge, der mit seiner Bildung viel Neid erregen werde. Man habe alle Opfer für ihn gebracht, um böse Blicke abzuwenden und dafür zu sorgen, daß er geliebt wurde. Agbadi schickte Nnu Ego Amulette, die sie als Schutz um den Hals tragen sollte, und eine besondere, selbstgemachte Badeseife, die zum Ritual gehörte.

Wie ihr Vater vorausgesagt hatte, verlief alles gut. Sogar die Geburt des Jungen war schmerzlos. Nnu Ego war überglücklich. Als sie Monate später den Jungen in ihren Armen betrachtete, sah sie, daß er im Gegensatz zu Ngozi mehr nach dem Vater kam, besonders das etwas dickliche Gesicht hatte er von ihm, aber bei diesem Baby war es so zart und doch fest,

daß man das Kind für ein Mädchen halten konnte. Auch hatte der Junge die sehr helle Haut seiner Mutter.
Sie bedauerte nur, daß sie sich keine solche Namensgebungsfeier wie bei Ngozi leisten konnte. Nach Ngozis Tod hatte sie ihren Kleinhandel nicht weiter betreiben wollen, und während ihrer zweiten Schwangerschaft hatte sie schreckliche Angst vor einer Frühgeburt gehabt. Deshalb erledigte sie nur die notwendigsten Pflichten und konzentrierte sich ausschließlich auf eine problemlose Geburt. Ein alter Spruch war ihr in den Sinn gekommen, der besagt, daß Geld und Kinder sich nicht vertragen: bringt man seine ganze Zeit mit Geldverdienen und Reichwerden zu, so versagen einem die Götter Kinder; will man Kinder bekommen, mußte man das Geld vergessen und sich mit der Armut zufriedengeben. Sie erinnerte sich nicht, woher diese Spruchweisheit ihrer Leute kam. Vielleicht weil in Ibuza eine stillende Mutter nicht lange auf dem Markt bleiben konnte, um etwas zu verkaufen, sondern rasch nach Hause eilen mußte, um ihr Baby zu stillen.
Außerdem waren Babys häufig krank, auch deshalb versäumte die Mutter viele Markttage. Und so erklärte Nnu Ego, stolz Mutter zu sein, ihre altmodische Kleidung mit dem Satz: »Ich kann mir keine neue leisten, denn weil ich ihn stille, kann ich natürlich nirgends hingehen, um zu verkaufen.«
Gewöhnlich antwortete man ihr: »Macht nichts, er wird bald groß sein, dich kleiden, für dich auf dem Feld arbeiten und dein Alter angenehm machen.«
Bei ein paar Palmweinfässern und Kolanuß versammelten sich einige Freunde und Nachbarn, um dem Kind den Namen zu geben. Es wurde nicht üppig gekocht, man trug auch keine besondere Festtagskleidung, aber alle feierten fröhlich bis zum Morgen.
Nnaife hatte reichlich getrunken und verkündete seinen Freunden, ihr erstes Baby sei zwar »in den Busch« geworfen worden - eine Umschreibung der Grabstätte -, dieses hier werde aber ganz bestimmt am Leben bleiben und zum Mann heranwachsen. Die meisten der anwesenden Ibos teilten seine Meinung, daß der Name Oshiaju, »der Busch hat ihn zurückgewiesen«, passend sei.

Nnaife sprach zwar nicht gut Yoruba, die in Lagos gebräuchliche Sprache, hatte aber trotzdem eine ganze Reihe Palmweinfreunde unter den Yorubas. Am Abend sagte einer von ihnen: »Ihr Ibos haltet euch für die einzigen, die solche Namen tragen. Wir haben auch solche Namen, und ich will dem Jungen denselben Namen in Yoruba geben.« Er ging auf Mutter und Kind zu, reichte ihnen zwei Shillinge und sagte: »Dein Name ist ›Igbo ko yi‹, auch das bedeutet ›der Busch hat ihn zurückgewiesen‹!«

So war Nnu Ego einige Wochen später, als sie ihren Oshia singend auf den Knien wiegte, zuversichtlicher.

Alle ihre Bekannten hatten ihr gesagt, sie habe dieses Kind verdient. Auch die Stimmen der Götter hätten das bestätigt, versicherte ihr Vater in seinen Botschaften. Zwar konnte sie kein Geld verdienen, aber lebten sie nicht in der Welt der Weißen, wo es die Pflicht des Vaters war, für seine Familie zu sorgen? In Ibuza arbeiteten auch die Frauen und trugen zum Einkommen bei, aber im städtischen Lagos waren die Männer Alleinverdiener; durch diese neuen Lebensbedingungen ging den Frauen das Wissen, nützlich zu sein, verloren. Nnu Ego sagte sich, daß ihre Lebensweise mit dem kleinen Ngozi sehr riskant gewesen war: sie hatte versucht, in einer modernen städtischen Umgebung ihrer Tradition treu zu bleiben und weil sie in einer Stadt wie Lagos wie eine Frau aus Ibuza sein wollte, hatte sie ihr Kind verloren. Dieses Mal würde sie sich an die neuen Regeln halten. Manchmal fragte sie sich, wie lange das wohl nötig wäre. War in Ibuza ein Kind abgestillt, konnte man es bei einem älteren Angehörigen lassen und wieder auf den Markt gehen. Aber in Lagos gab es keine Großeltern. Dann schimpfte sie mit sich selbst: »Nnu Ego, Tochter von Agbadi, sei nicht habgierig. Versuch, mit Nnaifes Lohn auszukommen und sorge für das Kind. Das ist deine Pflicht. Gib dich mit seinem Verdienst zufrieden. Laß ihn seine Pflicht tun.«

Die Reichen und die Armen

Es war ein Regentag im Juli 1939. Es schüttete, als wären alle Himmelsschleusen geöffnet worden. Dr. Meers' Grundstück, die Straße und die gesamte Gegend hatten sich in Windeseile in ein unendliches Netz kleiner Bäche verwandelt. Kaum zu glauben, daß die Erde noch vor wenigen Stunden vollkommen ausgetrocknet gewesen war. Das Wasser stürzte vom Himmel auf die inzwischen übersättigte Erde herab und verdunkelte die Sonne, und das Wasser schien aus der Erde fast wieder hochzuquellen. Stundenlang hatte der heulende Sturm die Bäume auf dem Grundstück gebeugt und reichlich Zweige abgebrochen. Es regnete immer noch weiter.
Nnaife mochte solches Wetter nicht. Es gab keinen Platz zum Wäsche trocknen, und er wußte, daß seine Herrin sich darüber ärgerte. Unlogisch wie alle Frauen, würde sie in den Bügelraum gestapft kommen und ihm mit ihrer unerträglichen Stimme Vorwürfe machen, als hätte er, Nnaife, den Regen bestellt. Mit beiden Händen wrang er die Wäsche, so fest er konnte, und füllte das Eisen mit Kohle. Seine Herrschaft sollte wenigstens etwas Trockenes anzuziehen haben, wenn schon die Sonne zum Bleichen fehlte. Er arbeitete konzentriert. Wahrscheinlich mußte er den Rest des Tages damit zubringen. Sollte der Regen nur weiter prasseln wie die Sintflut in der Bibel, er jedenfalls würde sein Eckchen trocken halten.
Er hörte die schlurfenden Schritte seiner Herrin: sie hat noch ihre Hausschuhe an und nicht die Straßenschuhe, deren Klipperdiklapp man überall hören kann, dachte Nnaife. Sofort hörte er auf zu pfeifen. Sie kam nicht gleich zu ihm, sondern ging erst in die Küche und redete mit dem Koch und dem »small boy«. Nnaife hörte ihr leises und gönnerhaftes Lachen, das die Einstellung der Weißen zu ihrer Dienerschaft in den Kolonien verriet. Ubani grunzte wie ein wütendes Schwein - offensichtlich mißfiel ihm, was die Herrin zu sagen hatte,

oder er verstand es nicht. Dafür gab es allerdings keinen Grund, denn die Herrin sprach Pidginenglisch, wie Nnaife ihrem Tonfall entnehmen konnte. Er war jedoch nicht nahe genug, um ihre Worte verstehen zu können. Jetzt schlurfte sie auf ihn zu - ja, er hörte es ganz genau, sie kam zu ihm.

Sein Herz schlug schneller. Er pfiff wieder, damit seine Herrin nicht merkte, daß er sie erwartete. Kaum sah er sie, stellte er sich noch aufrechter hin, seinen Hängebauch ordentlich in die Khaki-Shorts gesteckt und bügelte die Wäsche mit einer Konzentration, daß man meinen könnte, daß es nichts außer dieser Arbeit auf der Welt gäbe.

Mrs. Meers blieb an der Tür stehen. Sie spürte, der Mann spielte ihr etwas vor. Schweigend betrachtete sie Nnaife und hörte zu, wie er betont fröhlich und unbekümmert »Abide with me« pfiff, als sei es ein Siegeslied seines Stammes. Schließlich beschloß sie, ihn nicht weiter auf die Folter zu spannen; das heiße Kohlebügeleisen in seiner Hand sauste derart zischend hin und her, daß sie befürchtete, Nnaife würde noch das ganze Haus niederbrennen.

»Ehem! Naaa-fi.«

Die Frau hatte noch nie geschafft, seinen Namen richtig auszusprechen. Am Anfang hatte ihn das geärgert, später zuckte er nur mit den Schultern; schließlich gehörte sie nicht zu seinen Leuten. Insgeheim freute er sich, daß die Weißen trotz ihres Gehabes doch nicht alles konnten. Hätte ihn jemand darauf hingewiesen, auch er spreche ja den Namen Meers so aus, daß es für seine Herrschaft wie »Miaass« klang, hätte er wohl entgegnet: »Ich bin doch nur ein schwarzer Mann und kann nicht alles wissen.« Er gehörte zu den Afrikanern, die sich an die Unterstellung, dumm zu sein, derart gewöhnt hatten, daß sie sich selbst schon für minderwertig hielten.

»Naafi!« sagte Mrs. Meers gedehnt. Sie war noch relativ jung, doch die Auswirkungen der starken Hitze und der Tropensonne ließen sie älter erscheinen als sie war. Jedes Gespräch mit ihr verunsicherte Nnaife ungemein, denn er mußte nicht nur auf ihren Lippen ablesen, was sie sagte, sondern fühlte sich zudem von ihren tiefliegenden grauen Augen festgenagelt, als fixiere ihn eine Katze.

»Ja, madam!« antwortete er und verneigte sich unterwürfig.
»Wir gehen zurück nach England.«
Nnaife blickte unvermittelt zu ihr auf und starrte ihr mutig ins Gesicht. Das war nicht zum Lachen, hier durfte man nicht schüchtern sein. Was sagte sie da? Die Worte hatte er zwar vernommen, aber der Sinn war ihm unklar.
Dr. Meers und seine Frau waren erst vor einigen wenigen Monaten von ihrem jährlichen Heimaturlaub zurückgekehrt. Wollten sie schon wieder Urlaub machen? Das war für Nnaife ein Schlag, denn die Herrschaft entlohnte ihre Diener nur einen Monat im voraus. Wenn ihr Herr vorhatte, drei Monate wegzubleiben wie die meisten Weißen, mußte das Personal für sich selbst sorgen. Nnaife hatte sich noch immer nicht von den Auswirkungen des letzten Verdienstausfalls erholt. Warum gingen sie schon wieder auf Urlaub? Die Herrin redete immer noch und hatte den Schrecken auf seinem Gesicht bemerkt.
»Nicht diese Woche, Woche nach dieser«, fügte sie hinzu. Sein Herzklopfen setzte wieder ein. Er entschloß sich, eine Frage an sie zu richten. Er nahm lieber in Kauf, daß ihm das als Unverschämtheit ausgelegt würde, als später Nnu Ego gegenüberzustehen und ihr sagen zu müssen, er wisse weder warum die Meers fortgingen, noch wie lange sie in England bleiben würden.
»Wieder Urlaub?« schluckte er. Die Angst schnürte ihm die Kehle zu.
»Nein, kein Urlaub. England kämpft gegen Deutschland.« Sie lächelte wieder, als erkläre dieser Satz alles.
Nnaife unterbrach das Bügeln und stellte das glühende Kohleplätteisen auf das Gestell. Er überlegte. Schon möglich, aber was hatte das mit den Meers zu tun?
»Aber warum unser Herr?« hakte er nach. »Warum gehen nach England? Er nicht bum-bum-Mann. Warum, madam?«
Leider reichte sein Englisch nicht für die vielen Fragen, die sich ihm aufdrängten. Damit hatte Mrs. Meers gerechnet, sie hatte keine Lust, so viele Fragen zu beantworten. Jetzt, da sie wußte, daß sie die westafrikanische Küste für immer verließen, wünschte sie, ihre Diener mögen sie in guter Erinnerung behalten. Der gesellschaftliche Anstand mußte allerdings hin-

ter einem nichtssagenden Lächeln gewahrt bleiben. Um sich noch einmal zu vergewissern, wiederholte sie mit einem Unterton von Endgültigkeit und einem Anflug von Mitleid: »Nicht diese Woche, aber Woche nach nächster. Laß die Bettücher, du brauchst dich nicht mehr damit abzumühen, sie zu plätten. Du und deine missus sie behalten können.«
Diesmal schlurfte sie nicht, sondern eilte davon, wie jemand, der eine unliebsame Pflicht erledigt hatte. Zu Ubani, dem sie auf dem Weg zu ihrer Wohnung noch einmal begegnete, sagte sie nichts mehr.
Als sie verschwunden war, sahen sich Ubani und Nnaife sprachlos an. Beide dachten dasselbe: »Was sollen wir nun tun?«
Es regnete immer noch. Man konnte meinen, der Himmel vergieße alle Tränen, die die beiden Männer unterdrücken mußten.

Dr. Meers zahlte sie aus. Bevor er nach England zurückging, um sein Vaterland zu verteidigen, versprach er den verwirrten Dienern, sie dürften solange in den »boys-quarters« wohnen, bis ein neuer Herr käme.
Nnaife erhielt ein großzügiges Zeugnis: er sei ein ergebener Diener, der Bettücher zu bleichen und das Wäscheblau für die Hemden zu dosieren wisse und der niemals die Khaki-Shorts seines Herrn zu steif gestärkt habe. Man versicherte Nnaife, das Stück Papier werde ihm zu einer neuen Arbeit verhelfen.
»Aber Nnaife, das Papier allein gibt dir noch keine Arbeit«, sagte Nnu Ego. »Erst einmal mußt du einen neuen Herrn finden. Überall in Lagos sieht man Soldaten verschiedenster Rassen - die einen weiß mit runden Gesichtern, die anderen mit tiefliegenden Augen. Sind das die neuen Herren? Warum sind sie alle hier in Lagos?«
»Irgendwo ist Krieg. Das habe ich dir doch erzählt. Vielleicht hat der neue Herr etwas mit dem Militär zu tun. Ich hoffe nur, er kommt bald, denn unser Geld geht langsam zuende.«
»Ich hoffte eigentlich, Oshia nach Weihnachten zur Schule schicken zu können. Und jetzt können wir kaum die Lebensmittel bezahlen«, sagte Nnu Ego verzweifelt.

Nnaife lächelte wie im Traum. Er starrte die Wand an und mied den Blick seiner Frau. »Da siehst du es, Nnu Ego, Tochter von Agbadi: Ich habe die Unterwäsche der weißen Frau gewaschen, das hat unseren Lebensunterhalt gesichert. Vielleicht weißt du jetzt, was diese Arbeit wert war.«
»Weshalb fängst du davon an? Nur weil ich Oshias Schule erwähnt habe? Alle Frauen, die in diese Stadt kommen, sind zunächst unzufrieden. Warum hänselst du mich also damit? Bei meiner Ankunft hast du auch nicht gerade eine gute Figur abgegeben.«
Nnaife lachte noch immer. Nnu Ego konnte seinem freudlosen Lachen nie entnehmen, ob er sie an- oder auslachte. Der Mann war einfach nicht zu durchschauen, sie hatte es aufgegeben. Manchmal war er schlau, doch häufig verhielt er sich bei wichtigen Angelegenheiten derart dumm, als sei er nicht in der Lage, eine schwierige Situation anders zu bewältigen. Sie mußte etwas in dieser verzwickten Lage unternehmen. Nnaife würde es nicht tun, soviel war ihr klar. Er würde selbstzufrieden auf einen neuen Herren hoffen und warten, obwohl absolut nichts dafür sprach, daß er je käme.
»Nnaife, wir wissen ja nicht, wann der neue Herr hier eintrifft. Erlaubst du mir denn, von einem Teil des restlichen Geldes einen Vorrat an Zigaretten und Streichhölzern zu kaufen und wieder mit meinem kleinen Handel anzufangen?« fragte sie. »Wir haben ja nichts dabei zu verlieren, und ich hätte etwas zu tun.«
»Und Oshia? Willst du ihn verlieren wie Ngozi, während du hinter dem Geld her bist? Wer soll sich um ihn kümmern, wenn du dein Zeug verkaufst?«
»Hör mal, Nnaife, manchmal weiß ich wirklich nicht, was ich von dir halten soll...«
»Das hast du schon oft genug gesagt, das kannst du dir sparen. Ich bin kein idealer Ehemann. Ich bin nicht wie dein Vater, ich bin auch nicht wie dein früherer Mann. Ich weiß das genau. Aber als Frau hast du dich gefälligst um dein Kind zu kümmern. Das ist schließlich Frauensache.«
»Ngozi war erst vier Wochen alt, als er starb. Oshia ist schon alt genug, um zu sagen, was er braucht. Ich würde auch euer

Frühstück fertigmachen, bevor ich aus dem Haus gehe. Du brauchst nur auf ihn aufzupassen.«
»Was aber, wenn der neue Herr nun morgen kommt?«
»Wenn er kommt, werden wir uns was anderes überlegen. Aber bis jetzt ist er ja noch nicht da.«
»Aber Ubani und Cordelia warten auch einfach auf ihn. Sie und ihre Kinder kommen ganz gut zurecht«, sagte Nnaife herausfordernd.
»Cordelia ist eine gute Frau, aber ich bin nicht Cordelia. Ich weiß nicht, wie sie zurechtkommen. Vergiß nicht, Ubanis junger Verwandter Dilibe unterstützt sie mit seinem Lohn. Und vielleicht sieht sich Ubani auch schon nach neuer Arbeit um.«
»Glaub ich nicht.«
»Woher willst da das wissen? Man erzählt sich schließlich nicht alles. Morgen früh fang ich an, Nnaife. Ich mach dir schon keinen Ärger, wart nur ab.«
Die Wochen gingen ins Land und keiner übernahm Dr. Meers' Haus. Nnu Ego hatte inzwischen wieder einen Marktstand. An manchen Nachmittagen nahm sie Oshia mit, morgens blieb er meistens bei seinem Vater. Nnaife gefiel das ganz und gar nicht, er konnte aber nichts dagegen machen. Das Leben in Lagos hatte ihm nicht nur die Männlichkeit genommen und ihn gezwungen, eine völlig anspruchslose Arbeit anzunehmen, jetzt war er auch noch arbeitslos und auf die Unterstützung seiner Frau angewiesen. Er nutzte jede Kleinigkeit, um mit Nnu Ego Streit anzufangen. Als sie sich eines Abends wieder stritten, klopfte es an der Tür.
»Komm rein, die Tür ist offen«, rief Nnu Ego müde.
»Ah, du bist es, Ubani«, sagte Nnaife.
»Das klingt, als sollte ich lieber nicht hereinkommen, mein Freund.«
»Setz dich doch.«
Nnu Ego nahm ihr Kochgeschirr und ließ die Männer allein; sie war froh, daß Ubanis Besuch den großen Krach zunächst abgewendet hatte.
In der Küche, die sie mit Cordelia teilte, fiel ihr auf, daß ihre Nachbarin zu packen schien. Nnu Ego wollte nicht zu neugierig sein, in letzter Zeit hatte es nämlich reichlich Streitigkeiten

zwischen beiden Familien gegeben. Daß die beiden Männer arbeitslos waren, machte das Verhältnis nicht besser. Plötzlich räusperte sich Cordelia und fragte:
»Mutter Oshias, weißt du schon, daß wir in zwei Tagen von hier wegziehen?«
»Was? Was sagst du da? Wohin denn? Wollt ihr nicht warten, bis der neue Herr kommt?«
»Nein, meine Freundin. Ich wollte es dir schon vor ein paar Tagen sagen, aber du warst mir immer noch böse wegen unserer letzten Kabbelei, und ich wußte nicht so recht, wie ich das Gespräch darauf bringen sollte.«
»Das ist doch egal. Wir haben uns doch immer gezankt. Das ist normal unter Freundinnen«, Nnu Ego lächelte schwach. »Ich möchte wetten, unsere Männer beten darum, daß wir uns häufig streiten, weil sie dann unseren Streit mit Palmwein begießen können. Meinem Nnaife kommt jede Gelegenheit recht, welchen zu kaufen.«
»Und Ubani läßt sich gern einladen. Aber wir können so nicht weiterleben. Ubani hat jetzt bei der Eisenbahn Arbeit gefunden. Wieder als Koch.«
»Hast du ein Glück, Cordelia. Nnaife glaubt nämlich steif und fest, daß ihm das Zeugnis von Dr. Meers nützen wird, obwohl der uns sicher schon längst vergessen hat. Außerdem steht es in den Sternen, ob überhaupt jemand sein Haus hier übernehmen wird.«
»Ich glaube, Ubani hat sich deshalb so schnell entschieden, weil ich als Händlerin nicht so begabt bin wie du. Nnaife weiß, daß er sich immer auf dich verlassen kann. Daran liegt es, glaube ich.«
»Meinst du? Ich fürchte, er nimmt es mir übel, daß ich überhaupt aus dem Haus gehe. Ich weiß wirklich nicht, was ich mit diesem Mann anfangen soll.«
»Du kannst nichts daran ändern. So ist er eben. Er regt sich erst auf, wenn ihm das Wasser bis zum Hals steht.«
»Ich wünsche dir alles Gute. Zieht ihr in die Eisenbahnerwohnungen nur ein paar Meilen von hier?«
»Ja, es ist nicht weit. Wir werden uns sicher auf dem Zabo-Markt treffen.«

»Es ist auch nah genug, daß ich dich besuchen und dir sagen kann, wann der allgewaltige neue Herr kommt«, witzelte Nnu Ego sarkastisch.
Beide lachten und brachten dann das Abendessen zu ihren Familien. Nnaife wirkte bedrückt. Ubani hatte ihm offensichtlich von seiner neuen Arbeit erzählt, doch Nnu Ego vermied aus gutem Grund, das Thema anzuschneiden.
Ein paar Tage nach dem Umzug der Ubanis sagte Nnaife:
»Nnu Ego, ich könnte eine gute Stellung beim Militär bekommen!«
Nnu Ego räumte hastig die Schüsseln ab. Es hatte ein Abendessen ohne Fleisch gegeben - mehr konnten sie sich von den geringen Einkünften aus ihrem Kleinhandel nicht leisten.
»Wirklich?« fragte sie. »Weißt du nicht mehr, daß auf eine anständige Frau aus Ibuza ein Fluch fällt, wenn sie sich mit einem Soldaten einläßt? Hast du die Bräuche unseres Volkes schon ganz vergessen, Nnaife? Erst hast du Frauensachen gewaschen, jetzt willst du dich Männern anschließen, die töten, vergewaltigen und nur, weil sie das Geld der Weißen haben wollen? Nein, Nnaife, solches Geld will ich nicht. Warum suchst du nicht nach einer anständigen Arbeit? Du bemühst dich ja gar nicht darum.«
»Was meinst du wohl, worüber ich Tag und Nacht nachdenke! Bitte reize mich nicht. Ich hab schon genug von dir einstecken müssen.«
Nnu Ego ließ wohlweislich das Thema fallen. Nnaife war langes Nachdenken nicht gewohnt. Es mußte ihn viel Kraft gekostet haben, den Entschluß zu fassen, zum Militär zu gehen. Sie sollte sich damit zufrieden geben, daß er überhaupt über ihre Lage nachgedacht hatte.
Inzwischen wohnten nur noch sie auf dem Grundstück. Das hohe Gras überwucherte schon fast die Zimmer der Diener. Die Gärtner und die »small-boys« waren nach und nach weggezogen, sie waren beim Militär, arbeiteten in der Fabrik oder waren in ihre Dörfer zurückgekehrt. Ein neuer Herr war immer noch nicht in Sicht. In dieser Nacht klammerten sich Nnaife und Nnu Ego aus Verzweiflung eng aneinander. Sie hatte diesen Mann nie achten können, doch plötzlich schien er

ihr Kraft zu verleihen. Seit fünf Jahren lebte sie nun bei ihm und hatte sich an ihn gewöhnt. Wenn sie im Dunkeln seinem Schnarchen zuhörte, schämte sie sich sehr, daß sie früher so übel von ihm gedacht hatte. Ihr neuer christlicher Glaube lehrte sie, ihr Kreuz ungebeugt zu tragen. Sie mußte eben so lange für den Unterhalt der Familie sorgen, bis ihr Mann neue Arbeit gefunden hatte. In der Zeit durfte sie nicht die Nerven verlieren. Schon der Gedanke, aus dem Zimmer auszuziehen und Miete zahlen zu müssen, versetzte sie in Angst und Schrecken. Als der Morgen dämmerte, drehte sie sich auf der Strohmatratze um und flüsterte Nnaife zu:

»Ich will heute früh zur Insel. Gestern abend ist ein Schiff eingelaufen, ich will mal sehen, ob ich nicht auf dem Schwarzmarkt von den Seeleuten ein paar Stangen Zigaretten bekommen kann.«

Nnaife war jetzt hellwach und starrte an die Decke ihres Einzimmerhauses. Die Pläne seiner Frau waren illegal und konnten sie in Schwierigkeiten bringen, wenn sie erwischt wurde. Aber was sollte er tun? Sie bitten hierzubleiben? Und wie sollten sie das Essen bezahlen? Den Rest des Geldes von Dr. Meers hatte er einem Angestellten im Hafen gegeben, der versuchen sollte, Nnaife eine Stelle als Wäscher zu besorgen oder sonst eine Arbeit auf den Schiffen und sei sie noch so niedrig. Bisher hatte der Angestellte allerdings keinen Erfolg gehabt. Nnaife konnte unmöglich nach Ibuza zurück und sein Scheitern eingestehen. Er war an das Leben in Lagos gewöhnt, viele seiner Leute waren arbeitslos, manche schon seit etlichen Jahren. Aber Schwarzhandel mit Zigaretten, die die Seeleute auf ihren Schiffen gestohlen hatten... Aber das war keine Frage der Moral mehr, er wußte einfach keinen anderen Ausweg. Entweder das oder Verhungern.

»Sei nur vorsichtig. Ich traue diesen Seeleuten nicht«, flüsterte er. Sie sprachen leise, denn Oshia begleitete seine Mutter gern zur Insel, er würde bestimmt eine Szene machen, wenn er mitbekam, daß sie zum Kai wollte. Nnu Ego machte sich deshalb fertig, bevor er aufwachte.

»Wenn alles gut geht, bin ich noch vor Mittag zurück«, versprach sie.

Sie ging zu Fuß, um Geld zu sparen, nahm sich aber vor, auf dem Rückweg den Bus zu nehmen, wenn ihr Plan glückte. An diesem Morgen hatte sie kein Glück am Kai. Sie hatte schon fast alle Hoffnung aufgegeben, als ihr ein Seemann auffiel, ein schlaksiger junger Mann mit einem seltsamen Gang. Sie hatte hier schon öfter Seeleute gesehen, die sich ähnlich benahmen, und wußte, er würde sie, ohne daß sie ein Wort wechseln mußten, verstehen. Mit einem Kopfnicken forderte er sie auf, ihm nach unten in die Kabine zu folgen, dort zeigte er ihr, was er zu verkaufen hatte: jede Menge Kartons, ein Großteil davon allerdings völlig durchweicht. Es würde lange dauern, sie zu trocknen. Aber immerhin besser, als mit leeren Händen nach Hause zu gehen, zumal der junge Seemann nur ein Zehntel des Preises verlangte.

Nnu Ego machte sich eilends mit ihrem Einkauf davon. Schwindelig vor Freude erreichte sie schließlich die Bushaltestelle. Sie überschlug rasch, daß sie mit dem Verdienst einen ganzen Monat lang auskommen könnten. In Gedanken rechnete sie hin und her; als sie endlich zuhause ankam, war ihr sterbenselend.

»Willkommen, willkommen«, rief Oshia, als er sie durch das hohe Gras zur Tür stapfen sah. Sie brachte nur ein schwaches Lächeln zustande.

»Sieh mal, Mutter, was wir im großen Haus gefunden haben. Sie geht sogar noch! Sieh mal!«

Benommen betrachtete sie die alte Gitarre, die offenbar bessere Zeiten gesehen hatte. Nnaife klimperte auf dem alten Ding herum und tat so, als habe er ihre Rückkehr nicht bemerkt.

»Wo hast du die her, Nnaife?«

»Dein Sohn hat es doch schon erzählt. Mir fiel nichts mehr ein, um ihn bei Laune zu halten, also haben wir das große Haus untersucht, ob es etwas Interessantes zu bieten hat. Und dann haben wir die Gitarre gefunden. Den ganzen Tag hatten wir zu tun, sie sauber zu machen. Jetzt habe ich wenigstens etwas, was Oshia Freude macht.«

»Und dir auch. Es wird dich hoffentlich nicht davon abhalten, Arbeit zu suchen, Nnaife, Sohn des Owulum, es wird langsam dringend nötig, daß du eine Stelle findest.«

»Wie ich sehe, hast du einen Haufen Zigaretten. Die können uns doch eine ganze Weile über Wasser halten.«
»Ja, sicher, aber nicht ewig. Mir geht es nicht gut, ich kann mich nicht einmal um das Trocknen kümmern. Ich bin wieder schwanger, Nnaife, und fühle mich nicht wohl. Also mußt du dir bald etwas einfallen lassen. Du brauchst immer einen Anstoß, damit du etwas unternimmst. Hier ist er: wir bekommen wieder ein Kind.«
»Was hast du nur für eine *chi*? Als du dich verzweifelt nach Kindern gesehnt hast, hat sie dir keine gegönnt, jetzt können wir uns keine leisten, und sie gibt dir eins nach dem anderen«, beschwerte er sich. Sein großer Kopf hing ganz schief. Seit er sein Haar kurz geschnitten trug, um die Friseurkosten zu sparen, wirkte sein Kopf viel kleiner.
»Also, was schlägst du vor? Willst du mich verlassen und zu deinem Vater zurückkehren?«
»Du weißt ganz genau, daß das nicht geht. Muß ich dir das erst noch lang und breit auseinandersetzen? Raff dich endlich auf und such Arbeit. Nur weiter so! Mach nur weiter so! Soll ich dir verraten, was ich wirklich denke?«
»Hör sofort auf hier herumzukeifen, sonst rutscht mir noch die Hand aus! Madam würde es nicht - «
»Daß ich nicht lache. Madam ist in ihr Heimatland abgereist. Sie werden nie mehr zurückkommen, steh auf.«
Nnaife verlor die Geduld und knallte ihr die Gitarre an den Kopf. Nnu Ego beschimpfte ihn wütend: »Du dummer gefühlloser Kerl! Daß du dich nicht schämst! Wenn du mich noch einmal schlägst, schreie ich nach den Soldaten auf der Straße.«
Nur Oshias Angstschreie hielten Nnaife davon ab, noch einmal auf Nnu Ego loszugehen. Er wandte sich dem verängstigten Kind zu; Nnu Ego nutzte den kurzen Moment, um ihm den Besen auf die Schulter zu schlagen. Sie rannte an ihm vorbei und zog den heulenden Oshia hinter sich her.
»Such dir endlich Arbeit! Wer bist du eigentlich, daß du es wagst, mich zu schlagen, nur weil wir so weit weg von allen wohnen?«
Nnaife verfolgte sie nicht. Er sank auf einen Stuhl und rieb sich die Schulter. »Wenn ich noch länger mit dieser verrückten

Frau leben muß, bringe ich sie um«, murmelte er vor sich hin. Er kramte seine Arbeitskleidung hinter dem Bettvorhang hervor - die Khaki-Shorts, die er schon so lange nicht mehr getragen hatte und das extra angefertigte dazu passende Khaki-Hemd, das er allerdings nur selten anzog, weil es so warm war. So ausstaffiert brüllte er in die Richtung, in die Nnu Ego mit Oshia verschwunden war:
»Ich komme nicht zurück, ehe ich Arbeit habe; wenn ich keine finde, melde ich mich zum Militär. Wenn ihr mich nicht wiederseht, bin ich gestorben. Und eins schwör ich dir, mein *chi* wird dir und deinem gottverlassenen Vater keine Ruhe gönnen!«
»Hau ab und such dir Arbeit«, brüllte Nnu Ego zurück. »Mehr verlange ich gar nicht von dir.«
Nnaife hatte schon eine vage Vorstellung, wohin er sich wenden mußte, mit dem Militär hatte er nur geblufft; er hoffte, Nnu Ego damit ein wenig einschüchtern zu können. Die Vorstellung, wie sie sich jetzt ängstigte, ließ ihn vor Genugtuung lächeln.
Er hatte gehört, auf der Insel im Stadtteil Ikoyi gäbe es eine Menge Villen von Europäern. Dahin machte er sich jetzt auf in der Hoffnung, Arbeit finden zu können. Es hätte ihm auch nichts ausgemacht, jeweils nur tageweise eingestellt zu werden, solange er nur etwas Geld nach Hause bringen könnte; jedenfalls solange, bis der Angestellte, der die »Prise« von fünf Pfund erhalten hatte, sein Versprechen einlöste und ihm Arbeit besorgte. Ubani hatte Glück gehabt, so schnell nach Dr. Meers' Abreise eine neue Stelle zu finden. Für Nnaife war es nur ein schwacher Trost, daß er jetzt wenigstens das Haus verließ wie die anderen Männer, die sich von ihren Frauen mit dem Satz verabschiedeten: »Ich gehe jetzt zur Arbeit!« Das hatte er bislang nie sagen können, denn sein Arbeitsplatz hatte sich am gleichen Ort befunden wie seine Wohnung. Im Moment fühlte er sich den anderen ebenbürtig, auch wenn es jetzt schon ein Uhr mittags war und die meisten schon die Hälfte ihres Arbeitstages hinter sich hatten. Trotzdem: er fühlte sich besser, zumal er wußte, daß das Essen, das er stehengelassen hatte, seine Familie am Abend satt machen würde: er würde

darauf sehen, daß er spät nach Hause kam, zu spät für jede Mahlzeit. Den penny in seiner Tasche ließ er sich in vier Viertelpenny wechseln. Einen davon gab er für eine Kolanuß aus und kaute gedankenverloren darauf herum. Die Strecke nach Ikoyi ermüdete ihn; die Entfernung betrug fast zehn Meilen von seiner Wohnung in Yaba aus.
An vielen Türen klopfte er erfolglos an. Anfangs fragte er die Diener, meist Ibos wie er, ob es auf dem Besitz ihres Herrn Arbeit gäbe. Sie hatten keine Ahnung, doch er vermutete, daß sie ihm selbst dann die Auskunft verweigert hätten, wenn ihnen etwas bekannt gewesen wäre. Er wollte aber nicht nach Hause zu Frau und Kind zurück, ohne etwas in der Hand zu haben. Inzwischen war er erschöpft und hungrig, sicher merkte man das seinem schleppenden Schritt an. Zum Glück fand er eine reife Mangofrucht; bislang hatte er nur grüne entdeckt. Komisch, daß ihm ausgerechnet jetzt eine reife in die Hände fiel, die noch keiner vor ihm gepflückt hatte! Er freute sich, der Saft löschte seinen Durst, und das weiche Fruchtfleisch stillte seinen Hunger ein wenig. Er lutschte an der Frucht wie ein Schuljunge. Ein paar Weiße fielen ihm auf, sie waren offensichtlich auf dem Weg in den Onikanpark zum Golfspielen. Noch immer mit seiner Mango beschäftigt, folgte er ihnen in angemessener Entfernung. Einer der Männer nahm nach einer Weile von ihm Notiz. Er drehte sich um, sagte etwas zu den anderen und alle lachten. Aber Nnaife ließ sich nicht abschrecken. Er wollte mit ihnen sprechen und ließ sich durch keine noch so höhnische Bemerkung einschüchtern.
Eine Zeitlang beachteten sie ihn nicht. Im Onikanpark ließ sich Nnaife auf dem kühlen Gras nieder. Seine müden Beine brauchten Ruhe. Ohne daß man ihn darum gebeten hätte, half er den Weißen, die Bälle aufzusammeln. Ein paar Jungen aus der nahegelegenen St. Gregory Schule wollten auch Bälle aufsammeln, aber Nnaifes blutunterlaufene Augen verscheuchten sie wie erschreckte Mäuse. Aus gebührender Entfernung lästerten sie und verhöhnten ihn als »Opa Ballaufsammler«.
Der Mann, der sich vorher schon nach Nnaife umgedreht hatte, kam jetzt auf Nnaife zu und fragte ihn:
»Können wir etwas für dich tun? Sonst verschwinde, aber ein

bißchen plötzlich, bevor wir die Polizei verständigen.«
Die anderen brachen in schallendes Gelächter aus. Einer sagte: »Tolle Idee, jemandem mit der Polizei von Lagos zu drohen, wenn schon ein Pfund an der richtigen Stelle ihn sofort wieder auf freien Fuß setzt.«
Wieder lachten sie.
»Nein, nein, Herr! Nicht Polizei, Herr! Ich keine Arbeit. Ich bin Wäscher, Herr! Seht!« Nnaife zeigte dem Mann das Empfehlungsschreiben von Dr. Meers. Er tat dem Mann sichtlich leid.
»Ich ahnte schon, daß du etwas von uns wolltest, so wie du hinter uns hergeschlichen bist«, sagte er gedämpft - Nnaife hätte jedoch sowieso den Privatschulakzent der englischen Oberschicht nicht entschlüsseln können, und selbst wenn er den Mann verstanden hätte, hätte er nichts gesagt.
Was bleibt Bettlern auch anderes übrig?
»Hör mal zu, alter Junge«, rief der Mann einem seiner Freunde zu. Nnaife schnappte das Wort »boy« auf und dachte, er sei gemeint: »Ja, Herr!«
Der Mann fand das ausgesprochen lustig und lachte so, daß seine Mütze in den Nacken rutschte. »Nein, nicht du. Ganz bestimmt nicht.« Der Freund schlug noch einen Ball, bevor er sich gemächlich umdrehte und nachfragte, was eigentlich los sei.
»Dieser Mann ist, hiernach zu urteilen«, sagte der andere und schwenkte das Stück Papier in der Luft, »der beste Wäscher im ganzen Land und, alter Junge, er sucht eine Anstellung.«
»So? Und warum sollen ausgerechnet wir seine Arbeitgeber werden?« Er musterte Nnaife sorgfältig von oben bis unten. »Er sieht nicht besonders gut aus, finde ich.«
»Er ist hungrig, mehr nicht«, urteilte der Mann mit dem Empfehlungsschreiben in der Hand.
»Was? Hungrig soll er sein, bei dem Bauch?«
»Das macht der Palmwein, dem hat er wohl gut zugesprochen«, warf ein hagerer Dritter ein, der sich neugierig zu seinen Freunden gesellt hatte. »Wahrscheinlich hat er Familie, sonst könnten wir ihn morgen nach Fernando Po mitnehmen.«

»Hm«, machte der Mann, der als erster mit Nnaife gesprochen hatte. »Das klingt gar nicht so dumm. Wir können ihn ja fragen, ob er mitkommen will.«

»Ja, aber das mußt du übernehmen. Ich beherrsche dieses Englisch nicht, dieses, wie heißt es noch gleich, ach ja, ›Kanarienvogelenglisch‹.«

»Taubenenglisch, Pidginenglisch, alter Junge.«

Der zweite Mann redete mit Nnaife und machte mit ihm aus, ihn am nächsten Tag am Kai zu treffen. Nnaife teilte ihnen mit, er habe zwar Frau und Kind, doch die freuten sich bestimmt, wenn er endlich wieder Arbeit hätte. Ja, stimmte er zu, er sei ein Ibo. Das hörten die Engländer gern, denn die Ibos galten gemeinhin als gute Diener. Nnaife dankte ihnen überschwenglich. Aus seinem Ton schloß der erste Mann, daß Nnaife wahrscheinlich kein Geld hatte und sicher gern seiner Familie etwas dalassen würde, bevor er nach Fernando Po aufbrach. Er rief die anderen zusammen und sagte: »Dieser Mann hat den ganzen Abend für uns Bälle aufgehoben. Er hat sich ein wenig Geld verdient und, bei Gott, er scheint's auch zu brauchen.« Alle drei kramten in ihren Taschen, legten reichlich Geld beiseite, weil sie auf dem Rückweg noch im Island Club einkehren wollten und gaben Nnaife dann zwei Dollar (so nannte man damals vier Shillinge), eine Riesensumme.

Nnaifes Herz hüpfte vor Freude. Er machte sich schnell davon; mit der Summe konnte er sich sogar den Bus nach Hause leisten. Als er am Loco-Markt vorbeikam, kaufte er einen kleinen Sack Reis, eine große Dose mit Heringen und etwas Obst; alles zusammen für noch nicht einmal einen Shilling.

Nnu Ego fühlte sich inzwischen so krank, daß Oshia zum Abendessen nur etwas *garri* bekommen hatte, das vom Mittag übrig geblieben war. Sie war froh, daß Nnaife wieder da war. Aber wie sollte sie nur zurechtkommen, wenn er am nächsten Morgen wegfuhr? Sie kamen schließlich beide zu der Überzeugung, es sei wohl besser, er ginge, statt hierzubleiben und die letzten Vorräte aufzuessen.

»Wenigstens nehme ich meinen Bauch mit«, stellte Nnaife fest, »und du brauchst auch keine Seife zu kaufen, um meine Sachen zu waschen.«

»Du nimmst aber auch die Unterstützung mit, die du für uns bedeutest«, sagte Nnu Ego müde.
Das waren ja ganz ungewohnte Töne; es klang fast wie eine Auszeichnung. Also war er Nnu Ego doch eine Stütze? In den letzten Tagen hatte er sich mehr wie ein Klotz an ihrem Bein gefühlt. Sie hatte noch nie zugegeben, ihn zu brauchen. Nicht, daß ihn das über Gebühr beunruhigt hatte, schließlich war er ein Mann: wenn er der Frau gefiel, nun gut; wenn nicht, gab es andere, die ihn mochten. Doch es war natürlich angemessener, ordentlicher, wenn die Frau, die ihn mochte, seine Mutter oder seine Ehefrau war. Nnu Ego tat ihm schon leid, denn bisher hatte sie wirklich nur Pech gehabt; wenn er sie allerdings so nah neben Oshia sitzen sah, wurde ihm klar, daß sie immer ihren Sohn wählen würde, wenn man sie zu einer Entscheidung zwang. Nun ja, er ließ ihnen vier Shillinge da; wenn die ausgegeben waren, so hoffte er, würde es ihr sicher wieder so gut gehen, daß sie die Zigaretten verkaufen könnte, die sie so billig eingekauft hatte.
An diesem Abend aßen sie gut und reichlich, obwohl Nnu Ego gar nicht nach einem üppigen Mahl war. Nnaife kochte einen großen Topf Suppe, die tagelang reichen würde, wenn Nnu Ego aufstehen konnte, um sie zu wärmen. Er nahm ihr das Versprechen ab, sich zu schonen und die anderen Leute aus Ibuza zu besuchen, sowohl die auf der Insel als auch die wenigen, die in Yaba wohnten. Vorsichtig erkundigte sich Nnu Ego, wann er etwa zurückkommen würde, aber Nnaife konnte es ihr nicht sagen. Er wußte nur, daß man Arbeit für ihn hatte. Er war froh, nicht um seinen Lohn feilschen zu müssen. Er verließ sich einfach darauf, von den Männern Geld zu erhalten, denn sie gefielen ihm: Sie stammten offensichtlich aus gutem Hause. Sie alle, besonders der Mann, der ihn als erster angesprochen hatte, erschienen Nnaife absolut vertrauenswürdig, viel mehr als Dr. Meers. Diese Männer sahen ihm in die Augen und wichen dem Blick nicht aus. Für Nnaife war ihre Ehrenhaftigkeit damit ausreichend bewiesen; sicher entlohnten sie ihn angemessen und betrogen ihn nicht.
Nnu Ego sorgte sich die ganze Nacht lang um ihn, versuchte aber gleichzeitig, sich nichts anmerken zu lassen. Sie hatte in

der Nacht kaum ein Auge zugetan und fiel erst dann in einen unruhigen Schlaf, als schon das erste Krähen der Hähne auf dem Grundstück den Tagesanbruch verkündete.
Die ersten Sonnenstrahlen schienen durch die kleine Fensteröffnung, quer über ihr Bett und wärmten ihr Gesicht. Langsam schlug sie die Augen auf und fragte sich, wo sie denn wäre und warum sie noch nicht fort war, um ihre Waren zu verkaufen. Dann fiel ihr ein, daß Nnaife zur Arbeit gegangen war, aber es dauerte eine Weile, bis sie sich erinnerte, daß er nicht hier auf dem Grundstück Wäsche wusch, sondern nach Fernando Po aufgebrochen war. Wo lag nur diese Stadt mit dem seltsamen Namen? In ihm lag Musik, aber wie seltsam er klang. »Bitte, Fernando Po, meine es gut mit ihm«, betete sie.

Eines Abends, Nnu Ego wärmte gerade in der Küche Bohnen auf, kam Oshia mit tellerrunden Augen hereingerannt.
»Mutter, Mutter, da sind Soldaten auf dem Grundstück. Mit großen Lastwagen.«
»Soldaten? Ich wußte es: irgendwann mußte es ja so kommen, ausgerechnet, wenn Nnaife nicht da ist und Ubani weit weg wohnt. Was sie wohl hier wollen?«
Sie wollte gerade durch das Küchenfenster spähen, als ein kleiner Europäer zur offenen Tür hereinplatzte. Unmittelbar hinter ihm drängten sich zwei bedrohliche Hunde herein, die Oshia wütend anbellten. Oshia versteckte sich eilends hinter seiner Mutter. Nnu Ego bat den Mann in unsicherem Pidginenglisch, doch bitte die Hunde davon abzuhalten, ihren »Kleinen« zu erschrecken.
Der Mann verstand und kläffte genau so wie die Hunde: »Platz! Benehmt euch!«
Mutter und Kind waren überwältigt. Vor Bewunderung über diesen Mann, der so böse Hunde zum Gehorsam zwingen konnte, vergaßen sie alles andere.
Dann herrschte er Nnu Ego an: »Dein Mann - Vater des Kindes?«
Nnu Ego verstand nicht, was er wollte und antwortete ihm in ihrer eigenen Sprache. Der Mann trat nach draußen und rief einen anderen Mann als Dolmetscher zu Hilfe, einen Schwar-

zen, der aber auch Uniform trug; er redete in einem seltsamen Ibibiodialekt mit Nnu Ego. Man gab ihr zu verstehen, daß die in diesem Teil von Lagos stationierten Offiziere der britischen Armee solche Häuser wie das ihre brauchten. Sie sollte ihre Sachen packen und ausziehen. Ihren Mann würden sie zu ihr schicken, wenn sie ihre neue Adresse daließe. Der Mann brüllte Nnu Ego und Oshia an, als wären sie taub.

Nnu Ego bebte vor Angst und Zorn. Oshia zerrte an ihrer *lappa*, als wollte er sie ihr wegreißen. Die Soldaten zogen bald mit ihren fürchterlichen Hunden ab.

»Sie sind jetzt weg, Oshia, laß meine *lappa* los. Wir müssen von hier wegziehen, Gott steh uns bei.«

»Das Haus gehört uns, Mutter. Vater wird uns nicht finden, wenn er kommt. Müssen wir jetzt wie die Hausabettler auf der Straße leben?«

»Nein, bestimmt nicht. Wir suchen uns ein Zimmer, wo wir bleiben können, und wenn wir nichts finden, ziehen wir zu unseren Freunden, bis dein Vater wieder da ist.«

Sie hatte keine Lust, noch eine Nacht hier zu verbringen, an einem Ort, wo Leute kläfften wie Hunde. Weiß Gott, was sie alles mit einer Frau anstellen würden. Und diese knurrenden Hunde... nein, sie wollte keine Nacht mehr hier schlafen.

Schilder mit der Aufschrift »Zimmer zu vermieten - Näheres im Haus« waren zu der Zeit überall zu sehen, sogar Nnu Ego, die weder lesen noch schreiben konnte, verstand deren Bedeutung. In der Little Road fand sie ein kleines Zimmer für vier Shillinge im Monat - die Miete mußte im voraus entrichtet werden.

Ihr Vermieter, ein Yoruba, fragte nach ihrem Mann. Er war nicht sonderlich darauf erpicht, eine ledige Ibofrau in seinem Haus wohnen zu lassen, die sich vielleicht mit schlechten Ibomännern einließ. Nnu Ego mußte ihm ihr Mißgeschick erzählen. Der Mann traute zwar eigentlich keinem Ibo, glaubte Nnu Ego aber, denn bei der Nigerianischen Eisenbahnverwaltung, für die er arbeitete, war ähnliches passiert: Viele der kleinen Angestellten waren arbeitslos geworden, weil ihre Herren als Soldaten nach England zurückgegangen waren.

Nnu Ego ließ Oshia bei den anderen Mietern auf dem neuen

Grundstück und eilte zum Bahnhof, um Cordelia um Hilfe beim Umzug zu bitten. Ubani mußte noch arbeiten und konnte deshalb nicht mitkommen. Aber er ermahnte sie:
»Nnu Ego, sei vorsichtig. Du weißt ja, du mußt in deinem Zustand aufpassen.«
»Danke. Ich denke daran. Ich werde froh sein, wenn ich erstmal aus dem Haus ausgezogen bin. Es ist nicht mehr so wie früher. Alles hat sich verändert, und die Leute von der Armee haben das Faß zum Überlaufen gebracht.«
Die beiden Frauen liefen in den Abend hinaus, um die wenigen Möbelstücke aus dem Zimmer zu räumen, in dem sie seit über fünf Jahren gelebt hatten. Nach drei Touren hatte Ubani Feierabend und schloß sich ihnen an. Er half ihnen, die schweren Stücke zu tragen, zu dritt schafften sie das Bett, die Stühle, die Kochtöpfe und die Matratze hinüber. Ganz zum Schluß die gackernden Hühner und die frischgelegten Eier. Nnu Ego kochte ein paar Eier für sich und ihre Freunde. Sie erholten sich vor der Veranda des neuen Hauses und redeten über gemeinsame Erinnerungen bei Dr. Meers.
»Ich freue mich darauf, wieder unter Leuten zu sein«, sagte Nnu Ego zu ihren Freunden.
»Ich weiß, was du meinst«, sagte Cordelia. »Manchmal ist das Leben in den Häusern der Weißen recht einsam. Man hat niemanden zum Reden und darf keinen Lärm machen. Für uns ist es jetzt gar nicht so schlimm, weil die Köche und Hausmeister auf dem Eisenbahngrundstück zusammenwohnen.«
»Rings um mich herum wohnen Leute. Fast wie in Ibuza.«
»Du und dein Ibuza«, lachte Ubani. »Ein Leben wie dort kann man hier nicht führen. Aber deine neuen Nachbarn sehen freundlich aus. Es sind keine Yorubas, wenn ich mich nicht irre.«
»Der Vermieter ist Yoruba, aber die Mieter kommen aus anderen Gebieten des Landes.«
»Wenigstens einsam wirst du hier nicht sein. Die Yoruba sind auch nett. Sie halten nur nicht viel von uns Ibos.«
»Vor allem, wenn man ihre Sprache nicht versteht«, sagte Cordelia.
»Ich weiß...«

Die Zeit verging und ihr wurde klar, daß sie ihr nächstes Baby wohl ohne Nnaifes Hilfe bekommen mußte. Sein Schiff würde nicht rechtzeitig zurück sein. Ato, deren Mann Nwakusor auf einem anderen Schiff angeheuert worden war, hatte ihr beim letzten Ibuza-Treffen erzählt, daß angeblich die Japaner und die Deutschen gegen die Briten kämpften. Deshalb könnten Nnaife und viele andere, die auf Schiffen arbeiteten, nicht nach Hause kommen.

»Auf wessen Seite stehen wir, Ato? Ergreifen wir Partei für die Deutschen oder die Japaner, oder sind wir für die Briten?«

»Ich glaube, wir unterstützen die Briten. Ihnen gehört Nigeria, weißt du.«

»Auch Ibuza?« fragte Nnu Ego, die ihr kein Wort glaubte.

»Das weiß ich nicht genau«, gab Ato zu.

Nnu Ego, deren Bauch immer runder wurde, ruhte sich in ihrem einzigen Zimmer aus, als Oshia vor Zorn und Enttäuschung weinend hereinplatzte. Der Junge war gekränkt. Sein Hemd aus Segeltuch, das sie ihm vor einigen Monaten gekauft hatte, war an beiden Seiten zerrissen, so daß der dicke Bauch über den staksigen Beinen herausguckte. Als er mit dem Kopf gegen die Tür hämmerte, dachte sie: aus mehr scheint er nicht zu bestehen, nur Kopf und dieser krankhaft dicke Bauch. Aber was sollte sie denn noch tun? Das Kind bekam regelmäßig zu essen. Der Hinweis, daß tagaus, tagein, morgens, mittags und abends *garri* für ein schnell wachsendes Kind nicht ausreichte, hätte sie getroffen. Sie kannte keine andere Art, ein Kind zu ernähren, und das Traurige war, daß Oshia von Glück reden konnte, wenn es wenigstens genügend *garri* gab.

Sicher hatte jemand ihren Sohn geärgert. Nnu Ego blieb nichts anderes übrig, als zuzusehen, wie er seine Gefühle austobte. Sie konnte nicht hinausgehen und nachsehen, wer Oshia so geärgert hatte: sie war nicht nur zu müde dazu, sondern sie hatte auch gerade ihre einzige gute Garnitur gewaschen und mußte warten, auf dem einzigen Stuhl, den sie besaßen, bis sie trocken war. Ihre andere Garnitur war zu bunt, um sie täglich zu tragen; sie behielt sie jedoch, um sie notfalls an die fliegenden Händler vom Stamm der Fulani zu verkaufen. Sie klopften regelmäßig an die Haustüren und fragten nach alten Sachen.

»Was ist los?« fragte sie schließlich, als Oshias Wut nachließ. »Erzähl es doch deiner Mutter, Sohn. Erzähl...«
Er kam nicht zu ihr, sondern hob nur seine verweinten Augen und wischte sich die Tränen ab; er merkte nicht, daß er sein ohnehin schmuddeliges Gesicht dadurch erst recht verschmierte. Der Schweiß lief ihm von der Stirn und zeichnete zu den Tränenspuren noch zwei Schlängellinien in sein Gesicht.
»Sie haben mich weggeschickt«, brach es aus ihm hervor.
»Wer hat dich weggeschickt?«
»Die!« Er zeigte zur Tür. «Sie wollten mich nicht mitessen lassen.«
»Die Familie unseres Vermieters? Ich dachte, der kleine Folorunsho ist dein Freund?«
»Jetzt nicht mehr. Sie haben mich weggeschickt.«
»Oshia, du kannst die Leute nicht dazu zwingen, dich zu ihrer *sarah* einzuladen.« Sie seufzte. Die *sarahs* waren zwanglose Zusammenkünfte, bei denen alle Gäste umsonst essen konnten, vor allem die Kinder; meistens wurden sie von Frauen veranstaltet, die sich Babys wünschten. Die eingeborenen Ärzte behaupteten ausnahmslos, sie bekämen nur dann eigene Kinder, wenn sie anderen Kindern etwas zu essen gäben. Nnu Ego konnte sich gut vorstellen, was geschehen war. Die anderen Kinder trugen wahrscheinlich ihre besten Kleider, hatten sorgfältig geschnittene Haare und machten sicher einen kerngesunden und sauberen Eindruck; ihr Oshia sah im Vergleich zu ihnen wie ein Landstreicher aus. Ihr schwerverdientes Geld reichte nicht einmal für die Seife, um sein Hemd zu waschen. Sie konnte sich ausmalen, wie angesichts der aufgehäuften Speisen - gekochter Reis, *Akara* und Ziegenfleisch - ihm das Wasser im Mund zusammengelaufen war. Bestimmt hatte er sich erwartungsvoll zu den anderen Kindern gesetzt...
»Ich wollte gerade mit den Händen in die Reisschüssel greifen, als Folorunshos Mutter kam und mich hochzerrte. Ich solle aufstehen, hat sie gesagt. Ich hasse die Yoruba. Sie sagte, ich sei nicht eingeladen.«
»Vielleicht ist alles ein Mißverständnis«, sagte Nnu Ego. Sie spürte Oshias aufmerksamen Blick. Seinetwegen gab sie sich

gelassen. »Mach dir nichts draus. Wenn wir Geld haben, darfst du zur Schule gehen wie die anderen Kinder. Alle Leute aus Ibuza, die in Lagos leben, schicken ihre Söhne zur Schule. Warum solltest du eine Ausnahme bleiben? Weißt du eigentlich, daß du der hübscheste Junge von allen bist? Du siehst ein bißchen wie ein Araber oder Fulani aus, und das können dir diese gräßlichen Leute nicht nehmen. Wenn wir erst mal genug Geld haben und schöne Kleider für dich kaufen können, wirst du schon sehen, was ich meine. Vergiß nie, mein Sohn, daß du ein hübscher Junge bist.«
Oshias Tränen versiegten, er hörte seiner Mutter aufmerksam zu. Ihre aufmunternden Worte wirkten während der ganzen langen Zeit, die sie auf Nnaifes Rückkehr aus Fernando Po warten mußten. Wenn seine Mutter meinte, er sei hübsch, dachte Oshia, dann stimmte das auch.

Die Investition einer Mutter

Das Licht war gelöscht in dem Zimmer, das Oshia und seiner Mutter als Schlaf-, Spiel- und Wohnraum diente. Die Nacht war heiß. Oshia rutschte von der Matte, die seine Mutter sorgfältig für ihn ausgebreitet hatte, auf den kühlen Zementboden. Er spürte die Kühle auf der bloßen Haut und wäre mit diesem angenehmen Gefühl wieder eingeschlafen, wenn ihn nicht eine Ameise überraschend in den Oberschenkel gebissen hätte. Der Biß brannte wie Feuer und er schrie vor Schmerz laut auf. Normalerweise wäre seine Mutter davon aufgewacht. Sie wußte, was in so einem Fall zu tun war. Oshia schrie noch einmal und rubbelte wie wild auf der Bißstelle herum und fühlte, wie sie leicht anschwoll. In der Dunkelheit konnte er nicht sehen, wie sich die Ameise schnell in eine Ecke rettete. Er wußte nur, sie mußte in der Nähe sein und schlug vor Wut und Schmerz um sich. Aber seine Mutter reagierte nicht. Er stand auf, um bei ihr im Bett hinter dem Vorhang Zuflucht zu suchen, wobei er sich immer noch den brennenden Oberschenkel rieb. Aber ihre Bettücher waren zerwühlt wie nach einem Kampf, und sie war nirgends zu sehen.

Er schrie so laut er konnte: »Mutter!« Gellend schrie er immer wieder. Wie konnte sie ihn nur in so einer Nacht allein lassen? Oshia zerfloß vor Selbstmitleid. Niemals seit Menschengedenken war jemand so schlecht behandelt worden. Er hörte auf zu jammern, als er Stimmen und Schritte hörte, die den betonierten Flur entlang auf ihr Zimmer zukamen. Die Tür öffnete sich, und eine Gestalt mit einem Windlicht trat ein. Oshia seufzte vor Erleichterung, als er Iyawo erkannte, die Frau eines Mannes aus Itsekiri. Sie wohnten nebenan. Iyawo, das hieß in Yoruba »neue Frau«, so nannte man eine Frau ohne Kinder. Sie war groß und dünn, hatte ganz kurzes Haar und Stammeszeichen in den Augenwinkeln. Iyawo Itsekiri und ihr

Mann, ein hübscher, wild aussehender Urhobo, der irgendwo in Apapa arbeitete, hatten zwei Räume, ein Wohn- und Eßzimmer und ein Schlafzimmer. Oshia half Iyawo oft, Maniokwurzeln zu einem tapiokaähnlichen Mehl, *kpokpo garri genannt, zu verarbeiten. Zum Dank gab ihm Iyawo eine große* Schüssel davon mit, und jedesmal, wenn ihr Mann nach Hause kam, schenkte sie Oshia und seiner Mutter Schweineschwänze und manchmal Schweinehaxen, denn Iyawos Mann arbeitete in einer Schlachterei, wo täglich Schweine geschlachtet wurden. Manchmal träumte Oshia von einem solchen Arbeitsplatz, damit sie kein Fleisch mehr zu kaufen brauchten, sondern einfach drauflos essen konnten.

Iyawo lächelte ein bißchen. Warum lächelte sie, wo er doch solche Angst hatte?

»Meine Mutter ist nicht da - wo ist sie?« fragte er und erstickte fast vor Wut.

Statt einer Antwort grinste Iyawo weiter und stellte die Lampe auf den Tisch neben ihn. Endlich erzählte sie ihm mit einer Stimme wie beim Beten, seine Mutter sei beim Feuer in der Küche eingeschlafen, weil sie müde war, er, Oshia, habe nämlich gerade ein Brüderchen bekommen.

»Einen Bruder!« staunte er ungläubig. Wo kamen Brüder denn überhaupt her? War dieser Bruder schuld, daß seine Mutter nicht bei ihm war und die Stelle rieb, wo ihn die Ameise gebissen hatte? Egal, wenigstens hätte er morgen jemanden zum Spielen. Aber jetzt sollte seine Mutter kommen.

Iyawo sagte ihm, es würde noch eine ganze Weile dauern, bis er mit seinem Bruder spielen könne. Er solle jetzt schlafen gehen, denn seine Mutter müsse sich noch etwas ausruhen. Iyawo erlaubte ihm nicht einmal, sie zu sehen und vertröstete ihn auf den nächsten Morgen. Oshia war das Streiten leid und sah ein, daß sie ihren Willen durchsetzen würde. Grollend gestattete er ihr, den Biß mit Kokosöl einzureiben und legte sich schlafen. Er fühlte sich schlecht behandelt. Er träumte, wie er und sein Bruder mit Schwächlingen wie Folorunsho kämpften und sie besiegten, wie sie die größte Reuse bauten und alle Krebse in ganz Yaba fingen, daß sie schöne Sachen anhatten und die beste Schule besuchten. Und die ganze Zeit würde sein

Bruder alles tun, was er sagte, weil er laut Iyawo viel kleiner als Oshia war.

Aber daß sein kleiner Bruder so winzig war, hatte Iyawo nicht erzählt! Er konnte noch nicht einmal sprechen, hatte keinen einzigen Zahn und die Hautfarbe eines Schweins. Nnu Ego widmete ihm ihre ganze Aufmerksamkeit und mahnte Oshia ständig, er sei jetzt der große Bruder und solle sich entsprechend benehmen. Das »große Bruder«-Gerede haßte er am meisten, auch daß seine Mutter und ihre Freundinnen sich ständig um seinen winzigen Bruder kümmerten. Oshia fühlte sich vernachlässigt und geriet bei jeder Kleinigkeit in Wut. Wenn er schrie, schimpfte man ihn aus, er solle sich nicht so kindisch benehmen, aber wenn der kleine Bruder schrie, und das tat er ständig, fing jedesmal ein Gesäusel und Getue um ihn an, und seine Mutter gab ihm die Brust. Manchmal schrie Oshia durchdringend, um Aufmerksamkeit zu erregen, aber auch, weil es die Erwachsenen so aufregte.

Ihre Armut wurde immer offensichtlicher, und Oshia war ständig hungrig. Er konnte froh sein, wenn er eine gute Mahlzeit am Tag bekam. Seine Mutter hatte seit der Geburt seines Bruders nicht mehr zum Abendmarkt gehen können, deshalb hatte sie vor dem Haus einen Stand mit Zigaretten, Streichhölzern und Petroleum aufgebaut und Oshia beauftragt, darauf aufzupassen. Wenn Kunden kamen, rief er einen Erwachsenen, der das komplizierte Geldwechseln übernahm. Er hatte schon lange unter dem Avocadobaum gesessen und viele Leute vorbeigehen sehen, während sich seine Mutter um den kleinen Bruder kümmerte, da wurde er mit einem Mal so müde, daß er die Augen nicht mehr offen halten konnte. In seinem Tagtraum stellte er sich vor, er wäre beim Krebsefangen in den Abwassergräben. Er lächelte in seinem Nachmittagsschlaf, aber sein wunderbarer Traum wurde durch eine Nachbarin gestört; sie hieß Mama Abby und trug leidenschaftlich gern rote Kleider.

»Wach auf Oshia, du hast Fieber. Wo ist deine Mutter? Mama Oshia!« Sie rief Nnu Ego und benutzte dabei die Anrede, die für Mütter von Söhnen üblich war. »Dein Sohn spricht am hellen Nachmittag im Schlaf. Komm doch mal her.«

Es überraschte Oshia ein bißchen, als er sah, daß seine Mutter sich sofort den kleinen Bruder auf den Rücken band und herbeieilte. Er sah sie weinen, als sie ihn in die Kühle ihres Zimmers brachten. Er hörte sie verzweifelt sagen:
»Hoffentlich ist es nicht *iba*.«
Iyawo Itsekiri stand an der Tür, das Kinn in die Hand gestützt und beobachtete Nnu Ego, die wegen ihres Sohnes aufgeregt herumrannte. Sie vermutete, daß die Krankheit des Jungen mit seiner Ernährung zusammenhing, aber wer fragte sie schon nach ihrer Meinung.
Jedenfalls konnte Nnu Ego Oshia nur *kpokpo garri* vom Tag zuvor geben. Die Wahrheit war: *kpokpo garri* hing ihm zum Hals raus. Gestern und vorgestern hatte es das schon gegeben. Er habe Appetit auf Pfeffersuppe, sagte er zu seiner Mutter. Nnu Ego nahm ihre letzten Pennys, rannte zum Zabo-Markt und kaufte ein kleines Stückchen Kalbfleisch, um ihm eine Pfeffersuppe zu kochen. Da Oshia einen solchen Luxus schon lange nicht mehr gewöhnt war, streikte sein Magen. Er übergab sich immer wieder, und als er am dritten Tag noch keinen Appetit hatte, glaubte Nnu Ego, daß ihr Sohn sterben müsse. Was auch immer man ihr riet, sie folgte sofort jedem Rat. Sie verkaufte alle ihre Kleider zu einem Bruchteil ihres Wertes an die fliegenden Händler vom Stamm der Fulani; sie sagte sich, ihre Söhne wären, wenn sie nur am Leben blieben und erwachsen würden, der beste Ersatz für alle Kleidung, die sie je brauchen würde.
»Oshia, willst du sterben und mich verlassen?« rief sie ihn sanft.
Der arme Junge schüttelte den Kopf.
»Dann werde gesund. Ich kann dir nichts mehr geben. Bitte, bleib bei mir und sei meine Freude, sei mein Vater und mein Bruder und mein Mann - nein, ich habe ja einen Mann, obwohl ich nicht mal weiß, ob er lebt oder tot ist. Bitte, stirb nicht, verlaß nicht auch du mich noch.«
Jedesmal, wenn seine Mutter zu weinen anfing, gab Oshia sich größte Mühe, mit fester Stimme zu sprechen; er hatte bemerkt, daß sie jeden seiner Wünsche für ein Zeichen der Genesung hielt, deshalb bat er sie oft:

»Mutter, gib mir bitte etwas Wasser, ich habe Durst.«
Nnu Ego holte es jedesmal erfreut, aber kaum hatte er es getrunken, kam es oben oder unten wieder heraus. Er konnte nichts bei sich behalten. Oshia glich immer mehr einem Skelett, das in ein Stück vergilbte, getrocknete Haut gehüllt war; auch Nnu Ego sah mittlerweile krank aus.
Am nächsten Tag kochte Iyawo Itsekiri einen leckeren Yamswurzeleintopf. Sie hantierte allein in der Küche und dachte an die sympathische Ibofrau mit ihren zwei Söhnen, von denen einer am Rande des Todes schwebte. Auch die Mutter befand sich in Lebensgefahr, denn das neue Baby saugte ihr das letzte bißchen Kraft aus der Brust. Iyawo kochte eine Riesenmenge Eintopf und hoffte, sie könnte sowohl Nnu Ego als auch Oshia zum Essen bewegen, denn sie glaubte nach wie vor, daß der Junge unterernährt sei und nicht Malaria hatte. Was sonst hatte seinen Bauch so aufgetrieben und seine schwarzen Haare gebleicht, so daß sie dunkelbraun aussahen?
Mit einem strahlenden Lächeln, das ihre gesunden Zähne blitzen ließ, trug Iyawo Itsekiri den Yamseintopf ins Zimmer, in den sie noch Schweinefleisch, viel Palmöl und frische Zwiebeln getan hatte, so viel, daß das Gemüsearoma dem kranken Kind schon in die Nase stieg, bevor sie das Zimmer betreten hatte. Sie stellte das Essen auf ein Bambustablett, wie es in Lagos gebräuchlich war. Sie war innerlich aufgeregt, nicht weil Mutter und Kind vielleicht ablehnen könnten, sondern weil sie ihnen nicht das Gefühl vermitteln wollte, sie würden durchgefüttert oder indirekt belehrt, daß sie sich falsch ernähren würden. Nnu Ego klagte ja nie, aber Iyawo vermutete trotzdem, daß ihre Nachbarin kaum oder gar kein Geld für Lebensmittel übrig hatte, wenn die Monatsmiete an den Vermieter bezahlt war. Beging man den Fehler, sie zu bemitleiden, brüstete sie sich damit, wozu ihre beiden Söhne es noch bringen würden, wenn sie erst einmal erwachsen wären; jeder, der keine »zwei Söhne« hatte, nur Töchter oder gar keine Kinder wie Iyawo Itsekiri, hielt lieber den Mund. Die ständigen Prügel ihres Ehemannes hatten Iyawo teilnahmslos gemacht, sie war überempfindlich und ständig auf der Hut.
»Ich geh noch mal rüber und hole Löffel«, sagte sie. Das wollte

sie wirklich, aber gleichzeitig wollte sie Nnu Ego auch Zeit zum Nachdenken lassen, ob sie und ihr Sohn das Essen annehmen sollten oder nicht.
Iyawo Itsekiris Befürchtungen stellten sich als unbegründet heraus. Oshia wartete eine Aufforderung gar nicht erst ab. Er kroch von der Matte, auf der er lag, seine Anstrengungen, an die Schüssel mit Suppe zu gelangen, trieben seiner Mutter die Tränen in die Augen - er sah wie ein wandelndes Skelett aus. Aber er lehnte ihre Hilfe ab und war gerade bei dem hölzernen Tablett angelangt, als Iyawo mit den Löffeln hereinkam. Bis auf das Baby, das friedlich auf dem Bett schlief, stürzten sich alle auf den Eintopf. Nnu Ego schwor, noch nie habe sie etwas so Köstliches gegessen.
»Selbst als es uns gut ging, in der Zeit bei den Weißen, haben wir nie so gute Yamswurzeln wie die hier bekommen. Sie schmecken wirklich phantastisch. Hab Dank, Iyawo. Hoffentlich erhört Gott deine Gebete und schenkt dir eigene Kinder.«
»Amen«, antwortete Iyawo. Dann brach sie in Lachen aus, als der offensichtlich geheilte Oshia sich auf seine Matte rollte und einschlief.
»Es war also doch der Hunger, der mir meinen Sohn wegnehmen wollte!« rief Nnu Ego. Sie betrachtete ihn lange nachdenklich. Iyawo bemerkte, daß auch Nnu Ego langsam einnickte: »Ich lasse dich jetzt allein. Mein Mann kommt um vier nach Hause, und ich muß noch für ihn kochen.«
»Danke, du Gottgesandte. Du bist der beste Arzt, der mir je begegnet ist. Durch Nachdenken hast du unsere Krankheit erkannt und uns ohne große Aufregung das richtige Heilmittel gegeben. Und in weniger als einer Stunde sind wir gesund.«
»Gott wirkt durch jeden von uns. Den restlichen Eintopf kannst du behalten. Gib ihm aber heute nichts mehr davon. Wärme ihn lieber morgen auf.«
Nnu Ego nickte. »Wir müssen aufpassen, daß wir uns nicht statt der Ruhr oder was immer er hatte, eine Magenverstimmung einhandeln. Noch einmal vielen Dank.«
Als ihr Baby sie weckte, faßte sie Oshia an und fühlte, daß er am Leben bleiben würde. Wenn es ihm besser ginge, wollte sie mit ihren zwei Kindern nach Ibuza zurück. Im Hause ihres

Vaters würde sie niemals Mangel leiden. Wenn Nnaife zurückkam, würden ihm ihre freundlichen Nachbarinnen sagen, wo sie war. Am nächsten Tag wußte jeder, daß sie nicht mehr brauchten als Essen und ein bißchen Freundlichkeit, und alle gaben, was sie konnten. Die größte Hilfe kam vom Vermieter, der ihr die Miete für diesen Monat erließ. Damit sparte sie volle vier Shillinge! Sie könnte ihren Handel wieder aufnehmen, wenn Oshia erst ganz gesund war.
Mama Abby sagte zu Oshia: »Wenn es dir besser geht, machen wir einen Tagesausflug auf die Insel. Also mußt du schnell gesund werden.«
Nachdem das Schlimmste vorüber war, kam Oshia schnell wieder zu Kräften. Bald war nichts mehr von jenem Bündel aus Haut und Knochen zu erkennen, das die Leute vor kaum vierzehn Tagen schon fast aufgegeben hatten. An dem Tag, als er und Mama Abby den Ausflug geplant hatten, sollte er seine besten Sachen anziehen. Nnu Ego bürstete den mittlerweile zu klein gewordenen Anzug aus und entsann sich, wie Nnaife sie die unvernünftigste aller Frauen genannt hatte: »Sieh uns an, sieh uns einfach nur an - wir haben kaum Geld für Essen und noch weniger Hoffnung auf neue Arbeit«, hatte er gesagt, »und das bißchen Gewinn, das du aus deinem Kleinhandel schlägst, verplemperst du für teuren Stoff, um einen Anzug für ein vierjähriges Kind zu nähen, das weder etwas vom Leben weiß und auch nicht zu seinem Unterhalt beiträgt.«
Seufzend strich sie den zerknitterten Anzug glatt. Sie hatte jetzt nicht genug Zeit, ihn zu bügeln, denn Oshia drängte sie, sich zu beeilen, sonst könnte Mama Abby womöglich ihre Meinung ändern und ihn nicht mit zur Insel nehmen. Nnu Ego lächelte über seine Ungeduld. Oshia redete unaufhörlich beim Anziehen, und seine Mutter sagte zu allem ja, bis er ganz plötzlich still wurde und unzufrieden die Ärmel seiner Jacke betrachtete.
»Die sind zu kurz, sie reichen kaum über die Ellenbogen«, schmollte er.
Seine Mutter wußte nicht, was von seinem neuen Selbstvertrauen zu halten war, das allmählich zum Vorschein kam.
»Ich habe dir doch erzählt, daß du langsam groß und richtig

erwachsen wirst«, sagte sie leichthin, »ein großer, stattlicher Mann, wie ein Araber...«
»Ein großer Araber.« Sein Gesicht erhellte sich, von der guten Laune seiner Mutter angesteckt. »Und wenn mein Vater zurückkommt, kriege ich einen neuen Anzug - einen großen, bei dem die Ärmel so lang sind, daß wir sie sogar umschlagen müssen.«
Nnu Ego lachte mit Tränen in den Augen. Sie hoffte inbrünstig, die Weissagungen der Medizinmänner mögen in Erfüllung gehen. Es tat ihr jedesmal weh, diesen begeisterten kleinen Kerl enttäuschen zu müssen.
Mama Abbys braune Augen leuchteten, als sie den aufgeregten Oshia sah, seine Begeisterung war ansteckend. Ihr eigener Sohn Abby war schon sechzehn und besuchte eine gute Schule in Lagos. Ihr anderes Kind, ein Mädchen namens Bena, mußte sehr früh heiraten, und man verzieh ihr nie, daß sie solche Schmach über die Familie gebracht hatte; deshalb hatte Mama Abby kein kleines Enkelkind, das sie versorgen konnte. Beharrlich nannte sie Oshia »unser Sohn«.
»Unser Sohn scheint ja schon fertig zu sein«, stellte sie freudestrahlend fest. »Was für ein hübscher Anzug!« Sie musterte ihn etwas zu eingehend.
Nnu Ego legte das Baby an die Brust und bedankte sich: »Ich danke dir, daß du dich so viel um ihn kümmerst, Mama Abby.«
Die ältere Frau lachte. »Du weißt ja, daß ich nicht besser dran bin als du, aber wenigstens bezahlt ein Mann meine Miete.« Ihr Mann, der Vater von Abby, war ein Europäer, der in der Nigerianischen Kolonialverwaltung angestellt war; er war nach Abbys Geburt nach Hause zurückgekehrt, hatte aber ziemlich gut für Mama Abbys Lebensunterhalt vorgesorgt. Die kluge Frau hatte das ganze Geld gespart, um die Ausbildung ihres Sohnes zu sichern. Sie hatte selbst weißes Blut in sich; sie stammte aus der Gegend von Brass, dem Flußgebiet von Nigeria, dessen Einwohner schon früher in Kontakt mit Fremden gekommen waren als die Leute im Landesinneren: an manchen Stellen gab es so viele hellhäutige Menschen, daß man sich in einer Welt glaubte, wo Weiße und Schwarze gehei-

ratet hätten und ein neues Mischlingsvolk entstanden war. Mittlerweile war Mama Abby über das gebärfähige Alter hinaus, aber eher wäre sie gestorben, als das zuzugeben. Sie hatte die schlanke Figur eines jungen Mädchens und wirkte von Kopf bis Fuß wie eine Dame. Sie bewegte sich noch immer in den gehobenen Kreisen der Gesellschaft, zog es aber vor, in einer ziemlich billigen Mietwohnung zu wohnen und den größeren Teil ihres Geldes für den hochbegabten Sohn auszugeben, weil ihr das ein glückliches Alter garantierte. Damals fragten die Kinder ihre Eltern noch nicht: »Warum habt ihr mich in die Welt gesetzt, wenn ihr wußtet, daß ihr euch keine Kinder leisten konntet?«

Viele selbstgerechte Männer mochten Abbys Mama nicht und sahen es gar nicht gern, wenn ihre Frauen mit ihr Kontakt hatten. Ihre Ehrbarkeit war nur mit dem Aufstieg ihres Sohnes erkauft, der einer der zukünftigen Führer des neuen Nigeria werden sollte. Nnu Ego konnte niemand vorschreiben, mit wem sie reden durfte und mit wem nicht, ihr Mann war ja nicht da. Sie mußte etwas zu essen bekommen, und sie brauchte dringend Freunde. Es ging ihr wie einem Bettler, und hat ein Bettler etwa eine Wahl? Außerdem war Mama Abby nett, zwar auf ihre etwas schroffe und gezwungene Art; aber nichtsdestotrotz nett und zuverlässig.

»Wiedersehen, wiedersehen, bis bald!« rief Oshia und ergriff zutraulich die Hand von Mama Abby, die sie ihm bereitwillig entgegenstreckte. Sie waren schon fast an der Tür, als Oshia sich losriß, noch einmal aufgeregt hinter den Vorhang stürzte und mit seinem Hut wieder auftauchte. »Den hätte ich fast vergessen«, japste er und biß sich verlegen auf die Zunge.

Nnu Ego hörte, wie er auf dem Weg zur Bushaltestelle allen »Auf Wiedersehen« zurief.

Sie wollte diesen Tag ohne Oshia gut nutzen, wenn das Baby gestillt war; es sollte vor der Rückkehr ihres Mannes noch keinen Namen erhalten, auch Nnu Egos Vater sollte nichts von seiner Geburt erfahren, damit nicht etwa aus Ibuza ein Name käme, bevor Nnaife seinen Sohn gesehen hatte. Aber - soviel war ihr klar - ewig konnte sie auch nicht warten; das Kind war jetzt schon sechs Wochen alt, und alle nannten es schlichtweg

»Baby«. Sie wusch ihn und machte sich mit dem Geld, das ihr von der Miete übriggeblieben war, auf, um auf dem Schwarzen Markt günstig Zigaretten einzukaufen. Sie war überrascht, wie viel sich in dem einen Jahr verändert hatte, seit sie das letzte Mal genug Geld für eine Stange Zigaretten hatte. So angestrengt sie auch Ausschau hielt, sah sie jetzt nur Soldaten in Khaki-Uniformen den Kai entlangschlendern. Keine freundlichen Matrosen mehr, die ihr überschüssige Waren vom Schiff anboten. Ungläubig bestieg sie eine Fähre und setzte zum Kai von Apapa über, aber da bot sich das gleiche Bild. Zigaretten waren knapp. Sie mußte nach Hause zurück, machte nur bei einem John-Holt-Geschäft halt und kaufte einen kleinen Karton zum offiziellen Preis. Sie würde sich wohl etwas anderes einfallen lassen müssen. Das Gute an diesem Handel bestand darin, daß sie die Zigarretten schon zum halben offiziellen Preis bekommen konnte und mit dem Verkauf einen großen Gewinn erzielte, von dem sie ihre Familie ernährte. Sie verfiel in Selbstmitleid. Wie sollte sie jetzt zurande kommen? Wenn das so weiterging, mußte sie nach Ibuza zurück, ehe die Miete fällig war.

Nach diesem Entschluß ging sie voller Selbstvertrauen weiter und trug ihre Einkäufe auf dem Kopf. Sie strahlte, als sie Abbys Mutter und Iyawo Itsekiri sah; die beiden kicherten verschwörerisch ohne ersichtlichen Grund. Nnu Ego war beunruhigt. Hatte Oshia sich heute vielleicht schlecht benommen? Laut fragte sie Mama Abby: »Wie war es denn - der Ausflug, meine ich?«

»Oh, der«, antwortete Mama Abby gedehnt, als sei das völlig unwichtig. »Der war eigentlich sehr nett.«

Sie vermutete, daß ihre beiden Freundinnen etwas vor ihr zu verbergen suchten, irgendeine Überraschung. Die Art ihres Lächelns deutete darauf hin, daß es sich um eine erfreuliche Nachricht handelte.

»Geh doch rein«, sagte Iyawo Itsekiri. Sie stützte wie üblich das Kinn in die hohle Hand und wies mit der anderen zum Haus. »Dein Sohn fühlt sich wie ein König. Geh nur hinein.«

»Tausend Dank. Ich gehe hinein, muß erstmal den Kleinen stillen. Dann komme ich wieder raus, und wir können uns unterhalten. Oh, seht mal da«, sagte sie, als sie sich den flachen Stufen zu ihrer eigenen Veranda näherte. »Er hat selbst die Lichter angemacht. Du mußt heute wirklich viel für ihn getan haben.«

Aber Oshia war nicht allein im Zimmer. Sie hörte Geklimper auf der alten Gitarre, die sie mehr aus sentimentalen Gründen und nicht, weil sie es sonderlich mochte oder weil Nnaife wirklich gut spielen konnte, mitgenommen hatte. Sie blickte sich nach den Frauen um, die ihr in den letzten Monaten so geholfen hatten und verstand, was ihre Gesichter ausdrückten: Sie freuten sich für sie. Nnaife lebte und war zurück! Er hatte besser Gitarre spielen gelernt, vielleicht hatte er sich damit unterhalten, während er auf dem Schiff arbeitete. Er mußte es sein!

Ihr Herz raste vor Aufregung, als sie ihr Zimmer betrat, um ihrem Mann »*Nnua*, Willkommen zu Hause« zu wünschen und ihm zu sagen: »Sieh nur, ich habe noch einen Sohn für dich geboren, während du auf der weiten See unterwegs warst.«

Ein Mann braucht mehrere Frauen

Der Mensch neigt dazu, die unangenehmsten Erlebnisse zu vergessen, und auch Nnu Ego und ihre Söhne vergaßen, was sie während Nnaifes Abwesenheit hatten ertragen müssen. Zunächst mußten sie jedoch die Feier ausrichten, bei der ihr jüngstes Kind seinen Namen erhalten sollte. Alle Leute aus Ibuza, die in Yaba, Ebute Metta und auf der Lagosinsel wohnten, waren zu dem Fest eingeladen. Der Palmwein floß so üppig wie im Frühling das Wasser der Flüsse Ibuzas. Man sang und tanzte, bis alle müde waren. Der Clou des Abends war jedoch, daß Nnaife literweise *ogogoro* auftischte, schwarz gebrannten Alkohol. Er hatte ihn unauffällig in Flaschen mit dem Etikett »Scotch Whisky« umgefüllt. Er versicherte Nnu Ego, die Weißen, für die er auf dem Schiff gearbeitet hatte, hätten genau diesen Whisky getrunken. Nnu Ego hatte sich gewundert: »Warum ist denn unser *ogogoro* verboten? Viele Freunde meines Vaters sind ins Gefängnis gekommen, weil sie ihn getrunken haben.«
Nnaife lachte, und es war das bittere Lachen eines sehr zynisch gewordenen Mannes, der erkannt hat, daß es auf dieser Welt keinen Menschen ohne Makel gibt. In den letzten Monaten hatte er entdeckt, daß er sich ein falsches Bild von den Menschen gemacht hatte und daß die Menschen alle gleich sind, ob sie nun weiße oder schwarze Haut haben. »Wenn sie uns erlaubten, unseren eigenen Gin zu brauen, wer würde dann ihren kaufen?« entgegnete er.
Nnu Egos langer Aufenthalt in Lagos und ihre regelmäßige Teilnahme am wöchentlichen Gottesdienst in der Ibokirche St. Jude's hatten ihre Wirkung hinterlassen. Argwöhnisch erkundigte sie sich: »Ist unser eigener Gin denn genauso rein wie ihrer?«
»Er ist sogar stärker und reiner - genau richtig. Sie haben ihn auch auf den Schiffen in Fernando Po getrunken.«

So setzte Nnaife seinen Gästen an dem Tag, als sein kleiner Sohn seinen Namen bekam, *ogogoro* in Hülle und Fülle vor. Seine Gäste staunten, wieviel er springen ließ, denn sie dachten, der Schnaps, den sie tranken, käme von weither aus Schottland. Sie kamen überhaupt nicht darauf, ihm zu mißtrauen, denn die Seeleute brachten oft die abenteuerlichsten Sachen mit. Die Herren konnten ihre Arbeitskräfte zwar nicht mehr mit Haut und Haaren kaufen, ließen sie allerdings wie Sklaven schuften und erlaubten ihnen allenfalls, unnützen Kram mitzunehmen, den sie nicht mehr gebrauchen konnten. Man bezahlte sie - sie waren Lohnsklaven - aber der Lohn war so lächerlich, daß so mancher christliche Weiße, der noch einen Funken Gewissen besaß, sich fragte, ob es sich eigentlich lohne, dafür Frau und Kinder zu verlassen und über ein Jahr auf See zu bleiben. Aber Nnaife hatte es gefallen. Er hoffte sogar, noch einmal eine solche Fahrt machen zu können. Schon am Tag der Namensgebung verpraßte er einen großen Teil seines Verdienstes. Er und seine Familie hatten sich so lange nichts mehr leisten können, daß sie den Gedanken ans Sparen erst einmal verdrängten.
Die sparsame Nnu Ego warf alle Vorsicht über Bord und beschloß, sich diesmal zu amüsieren. Im U.A.C.-Laden erstand sie vier verschiedene Gewänder, alle aus Baumwolle. Eins war für den Morgen, ein zweites für den Nachmittag, an dem ihr Kind den Namen Adim erhalten würde. Adimabua bedeutete »jetzt bin ich zwei«: Nnaife wollte dadurch mitteilen, er habe jetzt zwei Söhne und sich somit gleich zweifach verewigt, also war er ein sehr bedeutender Mann. Ein weiteres Gewand war für den späten Nachmittag und ein sehr teures aus Samt für den Abend. Es war so schön, daß es sogar den Neid der Frauen erregte, die ihr in Notzeiten geholfen hatten. Aber das war ihr egal; sie genoß das Fest in vollen Zügen. Um nicht hintanzustehen, zogen sich Oshia und sein Vater genauso oft um wie Nnu Ego. Der Tag gehörte zu den glücklichsten ihres Lebens.

Einen Monat später durfte Oshia auf die Missionsschule ihres Stadtteils, die Methodistenschule von Yaba. Er war sehr stolz darauf und wurde nicht müde, seine mit rosa Litzen verzierte

Khakischuluniform vorzuführen. Nnu Ego verkaufte in den nächsten Monaten alles, was ihr Mann auf dem Schiff erbeutet hatte: deshalb ging es ihnen recht gut.
Nnaife und seine ramponierte Gitarre waren unzertrennlich. Er sang und klimperte auf dem alten Ding, besuchte alle seine Freunde und dachte überhaupt nicht daran, sich nach neuer Arbeit umzusehen.
»Sie haben versprochen, mich zu holen«, sagte er. »Sobald sie wieder losfahren, wollen sie mir sofort Bescheid sagen.«
Nnu Ego fiel auch noch etwas anderes an ihm auf. Seit seiner Rückkehr hatte Nnaife plötzlich die Rolle des Herrn und Meisters eingenommen. Sein Selbstvertrauen war so sehr gewachsen, daß er es oft nicht einmal für nötig hielt, ihr zu antworten. Er hatte sich auf der Fahrt nach Fernando Po von ihr weg entwickelt. Sie wußte nicht genau, ob ihr diese Veränderung gefiel oder nicht. Es stimmte schon: er hatte ihr ausreichend Haushaltsgeld gegeben und genügend Kapital in Form der Dinge, die er aus Fernando mitgebracht hatte. Aber sie mochte noch immer keine Männer, die den ganzen Tag zuhause herumlungerten.
»Warum gehst du nicht nach Ikoyi und fragst deine Europäer, ob sie vielleicht im Haus eine Arbeit für dich haben? Wenn sie wieder los wollen, kannst du ja gleich wieder mitsegeln.«
»Hör zu, Frau, elf Monate habe ich Tag und Nacht gearbeitet. Kannst du mir nicht ein wenig Erholung gönnen? Ich habe sie wirklich verdient!«
»Ein wenig Erholung? Drei Monate müßten doch wohl reichen! Du kannst dich doch nach etwas anderem umsehen, solange du auf sie wartest.«
Wenn Nnu Ego noch stärker darauf bestand, verbrachte er den Rest des Tages einfach außer Haus oder widmete sich seiner neuen Leidenschaft, dem Geklimper auf Dr. Meers' alter Gitarre. Sie entschloß sich, ihn eine Weile in Ruhe zu lassen. Schließlich langte das Geld immer noch für die Miete. Oshias Schulgeld für das nächste Trimester war auch beiseitegelegt. Nnu Ego war jetzt in der Lage, sich einen eigenen Marktstand am Verschiebebahnhof zu leisten und brauchte ihre Waren nicht mehr auf dem Pflaster davor auszubreiten. Und Oshia

war inzwischen auch eine Hilfe. Nach der Schule beaufsichtigte er den Stand seiner Mutter vor ihrem Haus und verkaufte Zigaretten, Paraffin, Brennholz und Wäscheblau. Wenn seine Mutter die Wäsche und den täglichen Abwasch in der Küche erledigt hatte, erlaubte sie ihm, draußen mit seinen Freunden zu spielen.

Eines Abends saß Nnu Ego mit ihren Nachbarinnen vor dem Haus unter der Straßenlaterne, die den Umkreis des Hauses auf mehrere Meter erhellte. Adim, der kleine Bruder Oshias, war nun vier Monate alt. Er saß aufrecht im Sand, den die Frauen eigens zusammengestampft hatten, um seinen Rücken zu stützen. Zur Belustigung aller kippte er immer wieder nach vorn wie ein locker geschnürtes Lumpenbündel. Nnu Ego saß neben dem Stand mit ihren Waren, und Iyawo Itsekiri verkaufte neuerdings Schweinefleisch aus einer Glasvitrine. Eine andere Frau vom nächsten Hof hatte ein großes Brett mit Broten dabei, so daß es abends vor dem Haus in der Adam Street aussah wie auf einem kleinen Markt. Die Frauen gingen zufrieden ihrer Beschäftigung nach, als sie die Gitarre hörten, die Nnaifes Heimkehr verkündete. Sie waren überrascht, denn war er einmal weggegangen, kehrte er meistens sehr spät zurück, manchmal sogar erst in den frühen Morgenstunden.

»Sieh doch«, sagte Iyawo Itsekiri zu Nnu Ego, die ihren Ohren nicht ganz traute, »sieh mal, dein Mann kommt heute aber früh nach Hause. Ob etwas vorgefallen ist?«

»Vielleicht will er heute zur Abwechslung einmal sein Haus benutzen. Und er hat auch noch eine Menge Freunde mitgebracht. Wollen sie denn ein Fest feiern? Sogar unser alter Freund Ubani ist dabei. Den habe ich schon lange nicht mehr gesehen.« Mit diesen Worten eilte Nnu Ego voller Freude auf die Gruppe zu, um ihre Freunde zu begrüßen; die Mängel ihres Mannes hatte sie in diesem Moment völlig vergessen. Ihre Freunde freuten sich ebenfalls, Nnu Ego zu sehen. Nnaife spielte auch während der ganzen Begrüßung auf seiner Gitarre. Nnu Ego führte ihre Kinder vor; Ubani fand, Oshia sei wirklich schon sehr groß und meinte zu Nnu Ego, seine Frau Cordelia wäre sicher sehr froh zu hören, daß es ihnen allen so gut ginge.

»Hast du ihr denn nicht gesagt, daß du uns heute abend besuchst?«
»Nur wenige Männer sagen ihren Frauen, wohin sie gehen«, warf Nnaife um einen Scherz bemüht ein.
»Ich konnte Cordelia nicht Bescheid sagen, daß ich euch besuche, weil ich deinen Mann zufällig in der Akinwunmi Street getroffen habe, wo er sich mit einigen Freunden vergnügte. Wir haben dann alle beschlossen hierherzukommen.«
Auf den Gesichtern ihrer Besucher zeigte sich Befangenheit. Nnaife schien das nicht zu bemerken, aber Nnu Ego war unbehaglich zumute. Trotzdem sagte sie leichthin: »Kommt doch bitte herein, kommt nur herein. Oshia, kümmer du dich um den Stand. Ich bin bald zurück.«
Nnu Ego stellte fest, daß Ubani sich als einziger bemühte, ein Gespräch anzuknüpfen. All die anderen Männer aus Ibuza, die in der Gegend von Yaba lebten, Nwakusor, Adigwe und Ijeh, wirkten sehr ernst. Viel konnte sie nicht zur Aufheiterung beitragen, obwohl sie ihr Bestes versuchte. Sie bot ihnen Kolanuß an und stellte Zigaretten und Streichhölzer hin. Nnaife schenkte den unvermeidlichen *ogogoro* ein, und in Kürze entwickelte sich die Versammlung zu einer Party. Nach dem Gebet gab Nwakusor erst Nnaife, dann Nnu Ego einen kleinen Schluck *ogogoro*. Als er sie drängte, ihn zu trinken, spürte Nnu Ego, daß etwas sehr Ernstes vorgefallen sein mußte. Die Männer waren gekommen, um eine schlechte Nachricht zu überbringen. Als gute Frau mußte sie jedoch tun, was man ihr sagte und durfte ihren Mann nicht vor all seinen Freunden fragen. Sie dachte sofort an ihren Vater, der jetzt schnell alterte, und ihr Herz hämmerte vor Angst. Sie zitterte, leerte aber in einem Zug das Glas mit selbstgebranntem Alkohol. Sie mußte husten. Die Männer sahen ihr zu und lächelten. Nnu Ego war eine gute Ehefrau, die sich mit ihrem Schicksal zufrieden gab.
Nwakusor räusperte sich und legte seine sonst glatte Stirn in Falten. Für Nnaife verwendete er die förmliche Anrede Owulum, den Namen seines Vaters. Er erinnerte daran, daß ein Mann an dem Tag, an dem er in eine Familie geboren wird, alle Verantwortung für diese Familie übernimmt. Einige Männer hätten das Glück, einen älteren Bruder zu haben, auf des-

sen Schultern der größte Teil der Verantwortung ruhte. Die Zuhörer stimmten ihm mit stummem Kopfnicken zu. Das war eine unbestrittene Tatsache.

»Du, Nnaife, gehörtest bis zur letzten Woche zu diesen Glücklichen. Jetzt aber ist dein großer Bruder nicht mehr am Leben...«

Nnaife hielt die ganze Zeit die alte Gitarre auf den Knien und wartete ungeduldig auf das Ende von Nwakusors Vortrag, um endlich einige Lieder zum besten geben zu können, die er bei seinem kurzen Aufenthalt in Fernando Po gelernt hatte. Jetzt warf er das Instrument auf den Betonboden. Alle Augen folgten wie hypnotisiert der fallenden Gitarre. Sie gab beim Aufprall einen kläglichen Ton von sich. Dem folgte erst unerträgliche Stille und dann ein lauter Klageruf Nnaifes, der damit die Blicke wieder auf sich zog.

Danach herrschte Schweigen. Nnaife starrte durch seine Freunde hindurch. Als Nnu Ego sich von ihrem Schrecken erholt hatte, den die laute Gitarre verursacht hatte, fing sie langsam an zu begreifen. Das war es also. Nnaife war jetzt das Oberhaupt seiner Familie.

»Nnaife, wie wirst du das nur schaffen? Die vielen Kinder und die vielen Frauen.« Sie hielt inne, als ihr die volle Bedeutung schlagartig klar wurde. Fast wäre sie zusammengebrochen. Nnaifes Bruder, der Mann, der die Verhandlungen um sie geführt hatte, hatte schon drei Frauen, als sie noch in Ibuza war. Man würde doch sicher nicht erwarten, daß Nnaife sie alle übernahm? Sie blickte wieder auf und konnte den verschlossenen Gesichtern der sitzenden Männer entnehmen, daß sie auch daran gedacht hatten und ihrem Freund und Verwandten helfen wollten, dieses schwierige Problem zu lösen. Für kurze Zeit vergaß Nnu Ego den freundlichen Mann, der vor kurzem gestorben war; sie konnte nur an ihren Sohn denken, der gerade erst mit der Schule begonnen hatte. Woher sollte Nnaife nur das Geld nehmen? Oh mein Gott... Sie ließ ihr Baby auf dem Bett liegen und rannte nach draußen.

Dort stieß sie auf Mama Abby, die sich wie viele andere Frauen draußen wunderte, was der Lärm und das Schreien wohl zu bedeuten habe. Nnu Ego platzte mit dem erstbesten Gedan-

ken heraus: »Nnaife wird vielleicht bald fünf Frauen mehr haben.«
Nnu Ego sah, wie gespannt ihre Freundinnen waren und fügte hinzu: »Sein Bruder ist gestorben und hinterläßt mehrere Frauen und Gott weiß wieviele Kinder.«
»Aber seid ihr denn verpflichtet, sie alle aufzunehmen?« fragte Mama Abby, die sich nur wenig mit Ibogebräuchen auskannte. »Du mußt an deine eigenen Kinder denken - die Leute wissen doch sicher, daß Nnaife keine feste Arbeit hat?«
»Vielleicht bitten sie ihn auch, nach Hause zu kommen und sich um das Ackerland zu kümmern«, vermutete eine neugierige Frau.
Alle redeten durcheinander und gaben Nnu Ego Ratschläge, was sie tun oder lassen sollte. Nnu Ego dankte den Frauen und entzog sich dem schrillen Stimmengewirr, indem sie wieder zu den Männern hineinging. Ihr Mann wurde gerade von seinen Freunden mit einem weiteren Glas *ogogoro* getröstet. Man bat Nnu Ego, noch mehr Zigaretten von ihrem Verkaufsstand zu holen, mit dem leeren Versprechen, jemand werde schon dafür bezahlen. Viele Nachbarn und Freunde kamen noch hinzu, und man hielt eine kleine Totenwache für Nnaifes Bruder.
Ubani verabschiedete sich als erster. Vorher jedoch bat er Nnu Ego und Nnaife nach draußen. Ihr einziges Zimmer quoll über vor Menschen, die der trauernden Familie ihr Beileid ausdrücken wollten und dann auf ein Glas Gin oder Whisky und ein paar Zigaretten geblieben waren. Draußen war die Luft frisch. Am samtschwarzen Himmel funkelten hier und da ein paar Sterne, und der Mond war teilweise verdeckt. Ubani meinte, er könne Nnaife bei der Eisenbahn Arbeit verschaffen. Nnaife könnte das Gras mähen, das an den Eisenbahnschienen emporschoß. Falls Nnaife nicht nach Ibuza zurückkehren wollte, dann, so schlug Ubani vor, sollte Nnaife sich schon am nächsten Tag melden.
Nnaife dankte ihm von Herzen. Nein, er wollte nicht zurück nach Ibuza. Er war nun schon so lange aus der Landwirtschaft heraus, er wollte lieber in Lagos versuchen, die Probleme zu bewältigen. Zuhause würde seine Familie endlose Anforderungen an ihn stellen. Sicher hatte er mehr Aussicht auf ein langes

Leben, wenn er sich von diesem Familiengetümmel fernhielt. Natürlich würde er den Owulumfrauen Geld schicken und darauf achten, daß ihre Söhne weiterhin im kleinen Landwirtschaft betrieben. Aber er wäre ihnen bestimmt eine größere Hilfe, wenn er hier in Lagos bliebe. Er würde am nächsten Tag Ubani begleiten, um die erwähnte Arbeit zu übernehmen, wenn er sie bekäme.

Ubani versicherte ihm, daß es Arbeit für ihn gäbe; er selbst kochte jetzt für den Generaldirektor der Nigerianischen Eisenbahnverwaltung, und das war eine feste Stelle. Die Eisenbahnverwaltung und nicht der Direktor hatte seinen Vertrag ausgestellt, er konnte also jederzeit zu einem anderen Dienstherrn wechseln, wenn er das wollte. Ubani lachte bitter: »Ich rede schon wie ein alter Sklave, dankbar, mir überhaupt den Lebensunterhalt verdienen zu können.«

»Sind wir denn nicht alle Sklaven der Weißen?« fragte Nnu Ego mit gepreßter Stimme. »Wir essen, wenn sie es uns erlauben. Wenn nicht, wo bekommen wir dann unsere Nahrung her? Ubani, du kannst dich glücklich schätzen, und ich freue mich für dich. Du verdienst zwar wenig und mußt Sklavenarbeit tun, aber wenigstens kann deine Frau ruhig schlafen, mit der Gewißheit, daß am Ende des Monats Geld genug da ist, um dich und die Kinder zu ernähren. Was will eine Frau mehr?«

»Bis morgen, mein Freund. Nimm dich vor den Hausasoldaten in acht, die auf den Straßen herummarschieren.«

Nnaife bekam beim Eisenbahnbetriebshof Arbeit als Grasschnitter. Man gab ihm eine gute Sichel. In zerlumpten Sachen mähte er Gras, von morgens bis abends, bei Sonnenschein und bei Regen. Nnaife gefiel diese ermüdende Arbeit nicht besonders, vor allem dann nicht, wenn er viele seiner eigenen Leute sah, die jeden Morgen in das Werk gingen. Wie Ubani war er bei der Eisenbahnverwaltung angestellt und nicht bei einem Weißen persönlich. Er hatte vor, das als Sprungbrett in die Werkstatt zu nutzen.

Eins war jedoch sicher: er erwarb sich die Achtung seiner Frau Nnu Ego, manchmal bekam sie sogar Angst vor ihm. Er konnte es sich jetzt sogar leisten, sie zu schlagen, wenn sie weiter ging, als es ihm paßte. Das Haushaltsgeld, das er ihr zugestand, reichte knapp für einen Sack *garri* im Monat und einige Yamswurzeln; alles weitere mußte sie mit den Erträgen ihres Handels bestreiten. Darüber hinaus bezahlte er das Schulgeld für Oshia, der nun schnell heranwuchs und der ganze Stolz seiner Mutter war. Die jüngste Frau seines Bruders, Adaku, sollte zu ihnen nach Lagos ziehen; vielleicht würde später auch noch die älteste der drei Frauen herkommen, Adankwo; sie stillte jetzt noch ihr vier Monate altes Baby. Die mittlere Frau, Egobi, kehrte nach dem Tod von Nnaifes Bruder Owulum zu ihrer eigenen Familie zurück. Die Owulums beschwerten sich, sie sei eine anmaßende Person, sie selbst behauptete, man habe sie nach dem Tod ihres Mannes so schlecht behandelt, daß sie lieber zu ihren eigenen Leuten zurückginge. Wie dem auch sei, man vermißte sie nicht. Sie hatte keine Kinder, aber ein beleidigendes Benehmen. Adaku hingegen hatte eine Tochter, war von angenehmem Äußeren und äußerst ehrgeizig, wie Nnu Ego bald herausfinden sollte. Sie sorgte dafür, daß sie von Nnaife übernommen wurde.

Nnu Ego mochte ihren Augen nicht trauen, als sie eines Nachmittags vom Markt nach Hause kam und diese junge Frau vor ihrer Haustür vorfand. Auf ihren Knien schlief ein vierjähriges Mädchen. Nnu Ego erschien sie beneidenswert attraktiv, jung und wohlgerundet, so wie es einer Frau gut stand. Sie strahlte Ruhe und Zufriedenheit aus, und dies hatte offensichtlich einen wohltuenden Einfluß auf das ebenfalls rundliche Kind. Dunkel war sie, diese Frau, mit leuchtend schwarzer Haut und nicht zu groß. Ihr Haar trug sie nach der neuesten Mode geflochten, und als sie sich lächelnd als »eure neue Frau« vorstellte, wirkte die Bescheidenheit nicht ganz überzeugend. Nnu Ego hatte das Gefühl, sie müßte sich vor dieser vollkommenen Gestalt verneigen - und dabei hatte man sie doch einst als die schönste Frau gepriesen, die es je gab. Was war mit ihr geschehen? Warum war sie jetzt so schmal, so kantig, so verbraucht, im Gegensatz zu der da, die ungetrübt wirkte, wie ein noch nie aufgewühlter Teich? Eifersucht, Angst und Zorn tobten abwechselnd in Nnu Ego. Sie haßte solche Frauen, die einem Mann schmeicheln, von ihm abhängig sind, ihn brauchen.

Ja, Nnaife würde das gefallen. Ihre eigene Unabhängigkeit hatte unwillkürlich sein Mißfallen erregt, auch wenn er sich allmählich daran gewöhnt hatte. Aber jetzt stand diese neue Bedrohung ins Haus.

»Laß nur, erste Frau, ich trage dir die Sachen vom Markt hinein. Setz dich und kümmere dich um die Babys. Zeig mir nur die Kochstelle, dann mache ich dein Essen fertig.«

Nnu Ego starrte sie an. Sie hatte schon so sehr den Kontakt zu ihren Leuten verloren, daß sie sich nicht nur alt vorkam, als diese Person sie »erste Frau« nannte, sondern auch völlig isoliert, wie eine Ausgestoßene. Sie ärgerte sich. In Ibuza war das etwas ganz anderes, so angesprochen zu werden; dort gewann man mit dem höheren Rang an Ansehen. Das galt zwar auch in Lagos, aber in anderem Maße. Sie hatte sich daran gewöhnt, die einzige Frau im Hause zu sein, Nnaife ganz für sich zu haben, mit ihm gemeinsam zu überlegen, wofür sie seinen geringen Verdienst verwenden sollten; seit seiner Rückkehr aus Fernando Po wich er allerdings häufiger aus - ein Ergebnis langer Isolierung, wie Nnu Ego meinte. Aber jetzt diese neue Bedrohung... Was sollte sie nur tun? Solange es nur in Aussicht stand, hatte es ihr nichts ausgemacht. Da sie von Zuhause nichts Genaues hörte, hatte sie sich eingeredet, die Frauen des älteren Owulum hätten sich vielleicht doch gegen Lagos entschieden. Sie hatte nämlich Nnaifes Leute in Ibuza wissen lassen, die Lage in Lagos sei recht schwierig, man bekäme hier nichts geschenkt. Außerdem sei Nnaifes Arbeitsplatz recht unsicher, und sie müsse mit ihrem eigenen mageren Verdienst zum Lebensunterhalt beitragen. Sie konnte sich lebhaft vorstellen, wie diese Person das alles anhörte und in sich hineinlachte: »Wenn es so schlecht steht, warum ist sie dann noch dort? Will sie nicht, daß ich nach Lagos ziehe?« Es war schon richtig: Nnu Ego wollte nicht, daß sie kam. Was wollte Nnaife denn mehr? Sie hatte ihm zwei Söhne geboren, und wenn Adim entwöhnt war, konnte sie nichts davon abhalten, so viele Kinder in die Welt zu setzen, wie sie wollten. Sie kannte solche Frauen: in ihrem Ehrgeiz stellten sie sich vor, sie bekämen hier in Lagos nur noch Braten vorgesetzt.

Nnu Ego wußte, daß ihr Vater ihr nicht helfen konnte. Er

würde erklären: »Meine Tochter, ich habe selber sieben Frauen. Drei von ihnen habe ich geheiratet, vier nach dem Tod von Verwandten geerbt. Deine Mutter war nur meine Geliebte. Sie hat sich geweigert, mich zu heiraten. Warum verstellst du deinem Mann den Weg? Bring nicht noch einmal Schande über die Familie. Gibt es denn eine größere Ehre für eine Frau, als Mutter zu sein? Jetzt bist du Mutter - nicht von Töchtern, die heiraten und dich verlassen werden, sondern von gutaussehenden, gesunden Söhnen. Sie sind die ersten Söhne deines Mannes und du bist seine erste und ranghöchste Frau. Warum führst du dich auf wie eine Frau aus armem Hause?« Und diese ganze Aufregung wegen eines Mannes, den sie anfangs gar nicht haben wollte! Ein Mann, bei dem sie die Augen geschlossen hielt, als er in der ersten Nacht zu ihr kam, der bis vor kurzem kein Selbstvertrauen besessen hatte, der noch vor wenigen Monaten vor lauter Nichtstun dick und fett war. Jetzt hatte Nnaife abgenommen, weil er so schwer im Freien arbeitete wie die Männer in Ibuza, und wirkte jünger als er war. Nnu Ego hingegen sah alt aus und fühlte sich auch so, obwohl sie erst drei Kinder geboren hatte. Das Leben war so ungerecht. Verzweifelt versuchte sie, ihre Gefühle zu beherrschen, ein freundliches Gesicht aufzusetzen und als die erfahrene Frau aus Ibuza eine neue Frau in ihrem Haus willkommen zu heißen; aber es gelang ihr nicht. Sie haßte die sogenannte europäische Art; diese Menschen, die sich Christen nannten und verkündeten, ein Mann soll nur eine Frau haben. Nnaife hingegen hatte schon zwei und vielleicht hätte er schon bald drei oder vier Frauen. Doch sie konnte sich schon vorstellen, wie er seine Abkehr von der Monogamie ihr gegenüber rechtfertigen würde. Er würde sagen: »Ich arbeite nicht mehr für Dr. Meers. Ich arbeite als Grasschnitter für die Nigerianische Eisenbahnverwaltung; dort sind viele Moslems und sogar Heiden beschäftigt.« Er hat sich nur so lange als guter Christ verhalten, als seine Anstellung bei Dr. Meers davon abhing. Bei seiner Arbeit damals hatten sie sich täglich von morgens bis abends gesehen, und genau das hatte sie so abhängig von Nnaife gemacht. Seit über sieben Jahren war sie nun in Lagos; man konnte so langjährige Gewohnheiten nicht in zwei Minuten ablegen. Es war schon erniedrigend genug zu spüren, daß diese Frau, die gerade aus Ibuza angekommen war, sie genau beobachtete und ihr all die inneren Kämpfe und Überlegungen vom Gesicht ablas. Adaku gelang es jedoch, ihre etwaige Abneigung hinter einem verhaltenen Lächeln zu verbergen.

Wie jemand, der plötzlich aus tiefem Schlaf erwacht, rannte Nnu Ego an ihr vorbei, blieb an ihrer Haustür stehen, den Schlüssel in der ausgestreckten Hand, und forderte sie heiser auf: »Komm herein und nimm dein Kind mit.«

Adaku, müde von der langen Reise, biß sich so kräftig auf die Unterlippe, daß sie fast zu bluten begann. Wortlos brachte sie das schlafende Kind in das dunkle Zimmer und kam wieder auf die Veranda zurück, um ihre Habseligkeiten und, wie es von ihr erwartet wurde, Nnu Egos Einkauf hineinzutragen. Sie hatte sich auf eine widerwillige Begrüßung wie diese eingestellt; was blieb ihr auch anderes übrig? Nach neun Monaten Trauer um ihren Mann, hatte sie erst einmal für eine Weile genug von Ibuza. Man hatte sie vor den Schwierigkeiten gewarnt, die das Zusammenleben mit einer Frau wie Nnu Ego aufwerfen würde; aber entweder akzeptierte sie Nnaife oder sie verbrachte ihr weiteres Leben am Rande der Not. Man hatte ihr in Ibuza zwar alle guten Wünsche mit auf die Reise nach Lagos gegeben, aber diese Tochter von Agbadi lehnte sie mit einem ungeheuren Groll ab. Nnu Ego hatte Glück, daß niemand aus Ibuza ihr ibofremdes Benehmen mitbekommen konnte; so mancher hätte seinen Augen nicht getraut. Adaku war das egal; sie wollte nur für ihre Tochter und ihre zukünftigen Kinder ein Dach über dem Kopf. Sie wollte nicht mehrere Heimstätten haben, wie manche Frauen, die sich außerhalb der Familien ihrer gestorbenen Männer wiederverheirateten. Es war schon eine Demütigung wert, seine Kinder in ein und derselben Familie zu bekommen und versorgt zu sehen. Um ihrer eigenen Kinder willen würde sie diese eifersüchtige Katze einfach ignorieren. Vielleicht mochte Nnaife sie ja sogar leiden. Sie mußte einfach abwarten.

Nnaife war über sein Glück hocherfreut. Er strahlte wie ein Kind, dem man ein neues Spielzeug geschenkt hat, und führte Adaku als neue Frau im Hof vor. Er zeigte ihr dieses und jenes und kaufte etwas Palmwein, um auf ihre glückliche Ankunft zu trinken. Er nahm ihre Tochter wie seine eigene auf und gelobte seinem toten Bruder, er wolle sich um dessen Familie kümmern wie um seine eigene. Er rief Oshia und stellte ihm Dumbi, das kleine Mädchen, als seine Schwester vor. Oshia, der vermutete, daß seine Mutter die neue Schwester und deren Mutter nicht leiden konnte, fragte: »Wann gehen sie wieder dahin zurück, woher sie gekommen sind, Vater?«

Nnaife tadelte ihn heftig und nannte ihn einen selbstsüchtigen Jungen. Er warnte Oshia, er solle sich vorsehen, sonst würde er sich zu einem selbstsüchtigen Mann entwickeln, dem in der Not niemand helfen würde. Nnaife versetzte Oshia mit einer Geschichte einen Höllenschrecken, die sich angeblich auf dem Schiff ereignet hatte. Sie handelte von einem Weißen, der einsam sterben mußte, weil er sich immer nur um sich selbst gekümmert hatte.

Nnu Ego war während dieser Schimpfkanonade damit beschäftigt, Suppe auszuteilen. Sie kannte diese Geschichte und wußte, daß sie nur halb wahr war. Sie fand Nnaifes Benehmen albern; wie ein kleiner Junge versuchte er, seine neue Frau mit seiner großen Erfahrung zu beeindrucken. Dabei ärgerte Nnu Ego sich besonders, weil die Neue so ermunternde Laute von sich gab, als berichtete Nnaife von einer erfolgreichen Mondreise.

»Also wirklich, Nnaife, was ist denn sonst noch alles auf dem Schiff geschehen, auf dem du vor so langer Zeit gefahren bist?« Sie erwartete, daß die anderen lachten, aber ihr Sohn Oshia war so gefesselt von den Geschichten seines Vaters, daß er die Unterbrechung sehr mißbilligte und entrüstet protestierte:

»Aber das war so, Mutter!«

»Es geschehen schon seltsame Dinge auf diesen Schiffen, die die großen Meere befahren, und die Männer bekommen allerhand Merkwürdiges zu sehen. Das weiß man sogar in Ibuza«, meldete sich Adaku zu Wort, ohne gefragt zu sein.

Nnu Ego hielt inne. Wenn sie nicht aufpaßte, geriet sie noch in die Situation, daß sie mit Adaku um Nnaifes Gunst wetteifern würde. Seltsam, wie Nnaife in weniger als fünf Stunden zu etwas Begehrenswertem geworden war. Sie überging Ada-

kus Bemerkung, weil sie nichts zu entgegnen wußte und fuhr dafür ihren Sohn an:
»Gehört sich das etwa für einen Sohn, seiner Mutter solche Antworten zu geben? Ein guter Sohn sollte seine Mutter immer achten; an einem Ort wie hier gehören die Söhne beiden Eltern, nicht nur dem Vater!«
Nnaife lachte nur und ermahnte Oshia, nicht so frech zu seiner Mutter zu sein. Er fügte ein bißchen ironisch hinzu: »Söhne geraten oft nach der Mutter.«
Und wieder ertönte diese kühle, tiefe Stimme. Nnu Ego hatte sich den ganzen Tag bemüht, sie als Bestandteil ihres Lebens zu akzeptieren und sich gleichzeitig eingeredet, die Eigentümerin dieser Stimme gehöre nicht oder wenigstens nur vorübergehend hierher. Adaku, der diese aufreizende Stimme gehörte, schien jedoch gleich von Anfang an entschlossen, hierher zu gehören: »In Ibuza helfen die Söhne mehr ihrem Vater als ihrer Mutter. Das Glück der Frau besteht darin, Mutter genannt zu werden. Sie sorgt für sie und kümmert sich um sie, solange sie klein sind; aber als Hilfe auf den Feldern und Bewahrer des Familiennamens gehören sie allein ihrem Vater...«
Nnu Ego beendete Adakus Erklärung, als sie die dampfende Suppe hereinbrachte, die sie hinter dem Vorhang in die Schüsseln gefüllt hatte. Spöttisch rümpfte sie die Nase, stellte eine Schüssel auf Nnaifes Tisch und fragte: »Warum erklärst du der Frau deines Bruders nicht, daß wir uns hier in Lagos und nicht in Ibuza befinden, und daß du für Oshia auf dem Eisenbahngelände, wo du das Gras mähst, kein Ackerland hast?«
Das Essen verlief in Schweigen. Nnu Ego, Adaku und die beiden Kinder Oshia und Dumbi aßen gestoßene Yamswurzeln und Suppe aus einer Schüssel. Nnu Ego war mit ihren Gedanken nicht beim Essen und löffelte mechanisch. Sie hatte Angst um ihre starke Stellung in Nnaifes Haushalt. Bei jeder Gelegenheit sagte sie sich, daß sie schließlich die Mutter der Söhne in dieser Familie war. Selbst als sie das Fleisch unter den beiden Kindern aufteilte, die Pflicht der Frau des Hauses, wies sie Dumbi darauf hin, sie müsse Oshia Achtung entgegenbringen, da er der Erbe und zukünftige Herr der Familie sei. Das wenige, was sie besaßen - das Eisenbett mit vier Pfosten, das Nnaife

vom Erlös seiner Reise nach Fernando Po gekauft hatte, und die großen Wandspiegel - bedeuteten Nnu Ego außerordentlich viel. Auch wenn ihr Sohn später nie auf dem Lande arbeiten würde, dann sollte wenigstens alles, was da war, ihm gehören. Wieder war ihr klar, daß sie sich lächerlich machte, weil sie von niemand herausgefordert wurde; was sie verteidigte, war selbstverständlich. Doch es drängte sie, solche Selbstverständlichkeiten auszusprechen, um sich von ihrer inneren Unruhe zu entlasten.

Nach dem Essen sah Nnaife sie nachdenklich an und sagte: »Das Essen hat sehr gut geschmeckt; vielen Dank, älteste Frau und Mutter meiner Söhne.«

Jetzt war es an Nnu Ego, überrascht zu sein. Ihr Mann hatte ihr noch nie für eine Mahlzeit gedankt, geschweige denn ihre Rolle als Mutter seiner beiden Söhne hervorgehoben. Was geschah nur mit ihnen allen?

Nnaife beobachtete sie noch immer von seinem Stuhl aus; die anderen saßen auf dem Fußboden und aßen dort.

»Der Tod meines Bruders bringt Veränderungen für uns alle mit sich. Ich bin jetzt das Oberhaupt, und du bist die Frau des Oberhaupts. Und wie für alle Frauen von Familienoberhäuptern in Ibuza gilt auch für dich, daß es Dinge gibt, über die zu reden oder sie überhaupt zur Kenntnis zu nehmen, dir schaden kann. Andernfalls forderst du dazu heraus, daß man über dich lacht und Gerüchte über dich in die Welt setzt. Niemand hat den Tod meines Bruders gewünscht. Du kanntest ihn ja: Hätte er dich und Oshia etwa betteln gehen lassen, wenn mir etwas zugestoßen wäre?«

Nnu Ego fiel keine passende Erwiderung ein. Sie war etwas in Verlegenheit geraten. Nnaifes philosophischen Höhenflügen nachzueifern, verleitete sie vielleicht dazu, in Alltäglichem tiefe Bedeutung zu sehen. Trotzdem war sie ihm von ganzem Herzen dankbar für die ungewöhnliche Anstrengung.

Sie war entschlossen, sich dieser schweren Prüfung geduldig zu stellen. Sie war nicht nur Mutter ihrer Söhne, sondern auch geistige und angestammte Mutter dieses Haushalts, dementsprechend mußte sie sich verhalten. Sie hatte gar nicht gemerkt, daß sie die Teller vom Abendessen übereinandergestellt

und zum Abwasch in die Küche bringen wollte.
»Das ist eigentlich meine Aufgabe«, flötete Adaku ihr hinterher.
Nnu Ego atmete tief durch und bezwang das Zittern ihrer Hände. Dann sagte sie in einem Ton, der sie selbst überraschte: »Aber, meine Tochter, du mußt doch deinen Mann erst einmal kennenlernen. Geh zu ihm, gewiß kann er dir viele Geschichten erzählen.«
Adaku erlaubte sich zum erstenmal seit ihrer Ankunft am Morgen, aus vollem Halse zu lachen. Ihr beredtes Gelächter sollte Nnu Ego mitteilen, daß sie sich den Ehemann wie gute Schwestern teilen würden. Immer noch lachend ging sie in die Küche, als Mama Abby eintrat.
»Deine neue Frau ist sehr nett. Sie lacht schon am Tag ihrer Ankunft so vertrauensvoll und glücklich.«
»Eine glückliche erste Frau ist Voraussetzung für einen glücklichen Haushalt«, stieß Nnu Ego hervor. Sie nahm an, daß inzwischen alle wußten, wie wenig ihr Adakus Anwesenheit paßte und wollte diesen Eindruck nicht auch noch verstärken. Schließlich war Mama Abby noch nie in die Verlegenheit geraten, als erste Frau zu leben oder gar eine jüngere Frau in ihrer Familie zu begrüßen. Um nichts mehr sagen zu müssen, fügte Nnu Ego hinzu: »Ich muß mich um unsere Gäste kümmern.«
Sie eilte hinein und - um sich abzulenken - beschäftigte sich mit der Bewirtung der Gäste, die den ganzen Abend lang kamen, um sich die neue Frau anzusehen.
Nnu Ego schluckte die Tränen hinunter, als sie ihr eigenes Bett für Nnaife und Adaku zurecht machte. Gut, daß sie sich entschlossen hatte, die Rolle der reifen ältesten Frau zu spielen; sie würde auf keinen Fall ihren Kummer zulassen, wenn Adaku dann in dem Bett schlief. Sie würde sich etwas Stoff in die Ohren stopfen und dafür sorgen, daß ihr jüngster Sohn an ihren Brustwarzen nuckelte, wenn sich alle schlafen legten.
Lange bevor der letzte Gast ging, schickte Nnaife Oshia ins Bett, weil es schon spät sei.
»Aber wir bleiben doch sonst länger auf, Vater.«
»Widersprich deinem Vater nicht. Leg deine Matte hin und schlaf; du auch, Dumbi, unsere neue Tochter.«

Die Nachbarn, die gekommen waren, um die neue Frau willkommen zu heißen, verstanden den Wink und verabschiedeten sich. Mußte Nnaife denn wirklich so taktlos sein, fragte sich Nnu Ego. Man hätte denken können, Adaku würde nach dieser Nacht wieder abreisen.

»Versuch auch zu schlafen, erste Frau«, sagte er zu ihr, und jetzt war sie sich sicher, daß er sich über sie lustig machte. Er konnte es kaum abwarten, bis sie sich hingelegt hatte, da zog er auch schon Adaku auf das einzige Bett.

Gut, daß sie sich vorher darauf eingestellt hatte. Adaku erwies sich als eine dieser schamlosen modernen Frauen, die Nnu Ego nicht leiden konnte. Was dachte sie sich eigentlich? Verwechselte sie denn Nnaife, ihren Ehemann, mit einem Geliebten, daß sie ihre Lust so offen zeigte? Nnu Ego versuchte sich die Ohren zuzuhalten, aber Adakus übertriebenes Getue drang dennoch zu ihr durch. Nnu Ego wälzte sich die ganze Zeit voll Qual und Zorn herum und malte sich in Gedanken aus, was hinter den Bettvorhängen geschah. Nicht, daß es dazu großer Phantasie bedurfte, denn selbst wenn sie nicht hinhören wollte - Adaku ließ das nicht zu. Sie kicherte, quiekte, schrie und lachte durcheinander, bis Nnu Ego völlig überzeugt war, daß sie das alles nur für sie veranstaltete. Einmal saß Nnu Ego kerzengerade im Bett und sah Nnaifes und Adakus Schatten. Nein, sie brauchte sich nichts vorzustellen; Adaku sorgte schon dafür, daß Nnu Ego nichts entging.

Als Nnu Ego es nicht länger aushalten konnte, schnauzte sie Oshia an, der erstaunlicherweise trotz allem fest schlief:

»Oshia, hör auf zu schnarchen!«

Im Bett war es plötzlich still, dann erscholl lautes Gelächter. Nnu Ego hätte sich am liebsten die Zunge abgebissen; am meisten verletzte sie Nnaifes Bemerkung:

»Meine erste Frau kann nicht einschlafen. Du mußt lernen, deine Lust leise zu genießen, meine neue Frau Adaku. Deine Hauptfrau ist wie eine weiße Dame: sie mag keinen Lärm.«

Nnu Ego biß in das Nachtzeug ihres Babys, um nicht laut loszuschreien.

Zwei Frauen teilen sich einen Mann

Um 1941 war den meisten Menschen im Land klar, daß irgendwo Krieg herrschte. Viele wußten nicht, warum. Aber die besser Informierten wußten, daß er etwas mit den damaligen Herren Nigerias, den Briten, zu tun hatte.

Auf dem Markt bekamen die Frauen Salz nicht mehr so billig wie früher. Solche Waren waren in den Dörfern des Landesinneren so knapp, daß Salz in Kuchenform als Zahlungsmittel benutzt wurde. In der Schule blieb es den Kindern - auch Oshia - nicht erspart, Bilder vom Krieg zu sehen. Die Schulwände waren mit Abbildungen von Flugzeugen verschiedener Bauarten geschmückt; manche sahen aus wie Vögel, manche wie Fische im Meer.

Für den einfachen Mann auf der Straße waren die Auswirkungen nicht so schlimm, wenn man einmal davon absah, daß es keinen billigen Fisch, etwa Stockfisch, zu kaufen gab und auch die meisten der früher importierten Nahrungsmittel nicht mehr erhältlich waren. Aber viele wurden empfindlich getroffen: Menschen wie Nnaife und seine Familie, Familien, die ihr Dorf verlassen hatten, um in den Städten ihren Lebensunterhalt zu verdienen. Das war verhältnismäßig einfach, solange kein Krieg war; als Hausangestellter konnte man jederzeit arbeiten. Jetzt im Krieg aber waren die Herren an der Front. Geld war knapp, Arbeit war knapp. Und in Nnaifes Familie kamen noch einige hungrige Mäuler dazu.

Nnu Ego und Adaku, die neue Frau, wurden fast gleichzeitig schwanger. Bei Nnu Ego setzten die Wehen zuerst ein. Sie gebar Zwillinge; zwei Mädchen.

»Deine ersten Mädchen, erste Frau«, gratulierte ihr Adaku.

»Ja, das stimmt, aber ich bezweifle, ob unser Mann sich besonders darüber freut. In solch einer Stadt kann man sich kaum ein Mädchen leisten, geschweige denn zwei.«

»Erste Frau, manchmal übertriffst du die Leute von Ibuza

noch an Traditionsbewußtsein. Du machst dir zuviel Gedanken, wie du deinem Mann gefallen kannst.«
Nnu Ego lächelte schwach; sie sah der jüngeren Frau zu, wie sie die Neugeborenen wusch. »Das liegt wahrscheinlich an dem Einfluß meines Vaters. Ich sehe ihn vor mir, wie er Vor- und Nachteile abwägt und schließlich lacht und seinen Freund Idayi fragt, ob es mit rechten Dingen zugeht, wenn meine *chi* mir gleich zwei Mädchen schenkt.«
Beide lachten. »Wir leben in einer Männerwelt. Aber, erste Frau, die Mädchen könnten dich später bei der Versorgung deiner Söhne unterstützen, wenn sie erst einmal erwachsen sind. Und ihr Brautpreis kann dem Schulgeld für die Jungen zugute kommen.«
Nachdenklich betrachtete Nnu Ego Adaku. »Diese Frau weiß gut Bescheid«, dachte sie. Sie war so unabhängig in ihrem Denken. Lag das vielleicht daran, daß Adaku aus einer niedriger stehenden Familie stammte, in der man es nicht stets allen anderen recht machen mußte, wie sie ihrem Vater, dem Würdenträger Agbadi? Sie seufzte und sagte laut: »Du hast Recht. Aber es fällt mir schwer, mich zu ändern.«
Als Nnaife am Abend nach Hause kam und erfuhr, seine Frau Nnu Ego habe ihm gleich zwei Mädchen geboren, lachte er laut. Das tat er immer, wenn er sich mit einer unmöglichen Situation konfrontiert sah. »Nnu Ego, was soll das denn? Mußte das sein? Wo sollen wir alle schlafen? Wo sollen wir nur das Essen hernehmen?«
»Wenn in zwölf Jahren ihr Brautpreis fällig wird, wirst du ganz andere Töne anschlagen«, warf Adaku ein. Sie lachte breit, als wollte sie niemanden verletzen.
Nnaife mochte die Dreistigkeit dieser Frau nicht, aber er schwieg dazu. Er wusch sich und ging dann aus, um mit seinen Freunden zu trinken.
»Hat er nicht einmal Namen für die beiden vorgeschlagen?« stöhnte Nnu Ego.
»Zwillinge verdienen keine besonderen Namen. Die hier wurde als erste geboren, also heißt sie Taiwo und die hier nennen wir Kehinde - ›die, die als zweite geboren wurde‹.«
Die Geburt von Adakus Baby einige Wochen später stimmte

Nnaife glücklicher, denn die neue Frau schenkte ihm einen Sohn. Alle empfanden es als schlimmen Schicksalsschlag, daß der kleine Junge nur ein paar Wochen lebte. Er starb an Krämpfen. Adaku war über den Tod ihres Babys zutiefst niedergeschlagen. Es war kaum noch mit ihr auszukommen. Sie schob allen und jedem die Schuld für den Verlust zu.

Nnu Ego versuchte, vernünftig mit ihr zu reden: »Du bist noch jung und wirst schnell wieder schwanger. Laß dich doch durch diesen Rückschlag nicht unterkriegen.«

»Du hast gut reden. Erinnerst du dich noch, wie traurig du warst, erste Frau, als du die beiden Mädchen geboren hast? Über Jungen wärest du glücklicher gewesen. Ich hatte einen Jungen, meinen einzigen Sohn, und er ist nicht am Leben geblieben. Oh mein Gott, warum hast du nicht eines von den Mädchen zu dir genommen und mir meinen Jungen gelassen? Meinen einzigen Sohn.«

»Aber du hast doch noch Dumbi«, bemerkte Oshia unaufgefordert.

»Du bist mehr wert als zehn Dumbis«, fuhr Adaku den Jungen an.

»Geh spielen, Oshia; das Geschwätz von uns Frauen ist nichts für dich.«

Oshia hatte genug mitbekommen, um zu begreifen, daß er und sein Bruder Adim etwas Kostbares waren. Und er als der Ältere ganz besonders. Und hatte ihm seine Mutter nicht vor einiger Zeit versichert, er sei ein sehr hübscher Junge? Daran hatte er jedoch so seine Zweifel, seit es noch andere Kinder in der Familie gab. Er vermißte die ungeteilte Aufmerksamkeit, die ganz allein ihm, dem einzigen Kind, gegolten hatte. Ganz plötzlich, in wenigen Jahren nur, war er in den Hintergrund gedrängt worden. Wenn er etwas haben wollte, ermahnte man ihn jetzt, nicht kindisch zu sein. Seine Mutter predigte ihm ständig, er solle sich seinem Alter entsprechend verhalten. »Weißt du nicht, daß du der Ältere bist? Du solltest dich zusammennehmen und den anderen ein gutes Beispiel geben.«

Als Adaku eines Abends mit Kochen an der Reihe war, ließ sie widerstrebend von ihrer Trauer ab. »Oshia! Dumbi! Geht und holt mir von der Pumpe etwas Wasser für das Abendessen.«

Dumbi holte gehorsam ihren Eimer. Oshia aber ignorierte Adaku.
»Oshia, hast du nicht gehört? Hol etwas Wasser«, rief Adaku noch einmal. »Dumbi ist schon losgegangen.«
»Ich will nicht. Ich bin ein Junge. Warum soll ich beim Kochen helfen? Das ist Frauenarbeit«, rief Oshia zurück und spielte weiter mit seinen Freunden.
Alle, die ums Haus herum saßen, lachten. »Ein richtiger Junge«, raunten sie sich belustigt zu.
Diese kindische Bemerkung brachte Adaku in Rage. Von neuem weinte sie um ihr totes Baby. Sie war überzeugt, daß die Leute sich über sie lustig machten, weil sie keinen Sohn hatte.
»Oshia, komm sofort her!« rief Nnu Ego. »Warum bist du so unverschämt zur Frau deines Vaters? Merkst du denn nicht, daß sie wie eine Mutter zu dir ist?« Sie schlug ihren achtjährigen Sohn, der wütend zurückbrüllte:
»Ich kann sie nicht leiden. Ihretwegen bekomme ich fürchterliche Kopfschmerzen. Letzte Nacht ist sie mir im Traum erschienen. Sie hat versucht, mich in einen Graben zu stoßen. Ich kann sie nicht leiden!«
»Was war das für ein Traum?« fragte Nnu Ego, und in ihrer Stimme lag Angst. Schon länger war ihr aufgefallen, daß Adaku sich nicht nur über den Verlust ihres Sohnes beklagte, sondern auch darüber, daß Nnu Ego schon zwei Söhne hatte; immer wieder hörte man von jüngeren Frauen, die den Söhnen der ranghöheren Frauen ein Leid antaten.
»Warum hast du mir das nicht gleich erzählt? Warum erst jetzt, wo du zurechtgewiesen wirst?« fragte Nnu Ego leise, damit Adaku es nicht hören konnte.
»Du hättest mir ja doch nicht geglaubt«, beschwerte sich Oshia. »Immer gibst du ihr recht, und mich vergißt du ganz in deiner dauernden Sorge um Adim und die Zwillinge. Du hättest mir nicht geglaubt.«
Nnu Ego eilte mit Oshia zum Medizinmann, der sich die Geschichte von Oshia erzählen ließ. Er sagte nicht, daß der Junge sich das Ganze nur einbilde oder lüge; schließlich mußte er ja auch leben. Stattdessen tanzte der *dibia*, plapperte, spuckte aus und wand sich in Krämpfen. Dann verkündete er mit seltsa-

mer Stimme: »Das Kind hat recht. Du mußt deine Söhne vor der Mißgunst der jüngeren Frau in Schutz nehmen. Für zwei Hühner und ein yard weißes Tuch werde ich für deine Söhne ein Amulett machen. Tragen sie es, wird ihnen keine Mißgunst mehr etwas anhaben können.«

Oshia war begeistert. Ihm gefiel der Ausflug zum Medizinmann, und er genoß die Aufmerksamkeit, die ihm das einbrachte, zumal seine Mutter ihm auf dem Rückweg noch eine große geröstete Banane kaufte. Später gab man ihm und Adim Wurzelsäfte zu trinken und rieb schwarze Asche auf ihre Adern.

»Wird uns das vor Adaku schützen?« flüsterte Oshia. Seine Mutter nickte, legte ihm einen Finger auf die Lippen und warnte ihn eindringlich: »Erzähl es aber niemandem.«

Der Junge nickte zufrieden, weil wieder zur Kenntnis genommen wurde, wie wichtig er war.

Adaku aber hörte nicht auf, über alles zu stöhnen und zu jammern. Eines Abends sah sie Nnu Ego dabei zu, wie sie auf der Veranda die Pennies zählte und ihren Handel für den nächsten Tag plante, Nnu Egos allabendliches Ritual vor dem Schlafengehen. Sie nutzte dazu die kühle Abendluft aus, bevor sie sich nach drinnen zu den stickigen Schlafplätzen zurückzog. Ihr Zimmer war mit Schlafmatten und anderen Sachen vollgestopft. Für Nnu Ego war zwar ein weiteres Bett aus Holz angeschafft worden, damit sie sich etwas zurückziehen konnte, aber zwischen den Betten war nur wenig Platz.

»Ich weiß wirklich nicht, warum unser Mann den ganzen Abend mit seiner verdammten Gitarre wegbleibt und überall in der Gegend herumtrinkt«, sagte Adaku.

»Die Männer wollen sich doch immer nur amüsieren«, antwortete Nnu Ego zerstreut und vertiefte sich sofort wieder in ihre Zählerei. Wenn es nach ihr ginge, könnte Nnaife so lange wegbleiben, wie er wollte. Wo sollte er sich denn hinsetzen? Hier auf die Veranda zu ihnen?

»Weißt du eigentlich, daß man böse Geister auf sich und seinen Hausstand zieht, wenn man mitten in der Nacht Musik macht?«

»Was hast du da gesagt?« Zum erstenmal, seit Adaku diese völ-

lig überflüssige Unterhaltung angefangen hatte, sah Nnu Ego sie an.
Adaku wiederholte, was sie gesagt hatte; Nnu Ego seufzte und fragte sich, ob Adaku etwa andeuten wollte, Nnaifes Geklimper habe zum Tod ihres Sohnes beigetragen. *Bitte, lieber Gott, schenk dieser Frau wieder einen Sohn, damit wir endlich alle etwas Ruhe finden.*
»Ich weiß, daß man in Ibuza sagt, mitten in der Nacht zu singen bringe Unglück; wohl deshalb, weil Schlangen von Musik angelockt werden. Ich finde das merkwürdig, denn Musik ist doch etwas Schönes. Ich weiß wirklich nicht, warum so gefährliche Tiere wie Schlangen Musik so anzieht. Das gilt wohl für Ibuza. Hier in Lagos gibt es nur wenige Schlangen, und die Schlangen in Ibuza haben noch nie einen Gitarrespieler gesehen.« Nnu Ego kicherte. Sie versuchte, den Ernst der Unterhaltung etwas abzuschwächen. »Die Musik, die unser Mann spielt - ich glaube, die erschreckt eher alles Lebendige, zumindest fühlt es sich durch sie bestimmt nicht angezogen.«
Adaku lachte jedoch nicht. Stattdessen stocherte sie weiter aufgeregt in ihren Zähnen und zuckte mit den Zehen. »Ungerecht ist das alles. Sieh doch mal uns an. Wir versuchen, mit dem Geld über die Runden zu kommen, und er versäuft es. Außerdem spielt er bis in die frühen Morgenstunden Gitarre und weckt damit sogar Tote auf. Diese Stadt ist ein völliges Rätsel, sie ist nicht so überschaubar wie unser Ibuza. Eines Tages wird er einen bösen Geist ins Haus locken«, prophezeite sie boshaft.
»Nein, nein, nicht in sein eigenes Haus. Was ist denn so schlimm daran, wenn ein Mann sich mit seinen Freunden amüsiert? Ich werde ihn darauf hinweisen, daß es gefährlich ist, so spät zu kommen. Aber Gott wird nicht zulassen, daß ein böser Geist in unser Haus kommt«, erklärte Nnu Ego entschieden und beendete damit die Unterhaltung. Sie stapelte die Münzen, die sie gezählt hatte und steckte sie dann ordentlich in ihren Geldgürtel.
Pflichtgemäß warnte sie ihren Mann vor der Gefahr. Nnaife brummte, ihr Haus sei für ihn kein rechtes Zuhause. Adaku stöhne dauernd, die Babys würden über ihn wegklettern, und

sie, Nnu Ego, beschwere sich ständig über die Lebensmittelpreise. Er ginge einfach weg, um sich abzulenken.

»Wenn du nicht beißen kannst, fletsch nicht die Zähne, heißt bei uns ein Sprichwort. Du hast sie aufgenommen -.« Sie redete nicht weiter. Sie wußte ja, daß Nnaife es nach wie vor für seine Pflicht hielt, die Witwen seines Bruders zu übernehmen.

»Meinst du, die anderen Frauen wären nicht auch alle hier bei uns, wenn ich Platz genug hätte? Also, erinnere mich nicht immer an meine Pflichten, Frau. Ich kenne sie sehr gut. Ich komme, wann es mir paßt.«

Der nächste Tag war ein Samstag. Ihr Freund Nwakusor gab an diesem Tag seinem Kind den Namen. Nnu Ego, Adaku und die Kinder waren den ganzen Tag bei Nwakusor, kochten, aßen und tanzten. Den Kindern machte das ungeheuer viel Spaß, besonders, wenn ihre Mutter »Agbalani« tanzte, einen komplizierten Tanz aus der westlichen Iboregion. Die Kinder tobten zwischen den Tänzern herum und machten so viel Lärm, wie sie nur konnten. Keiner war besonders festlich angezogen. Oshia trug seine Schulhose aus Khaki und eine *lappa* von seiner Mutter mit Schmetterlingsmuster, im Nacken zu einem sauberen Knoten gebunden; die meisten anderen Jungen waren ähnlich gekleidet. Aber alle amüsierten sich wie nie zuvor! Nnu Ego gab man ein paar Schüsseln mit Reis für zuhause mit, und Adaku nahm etwas *chin-chin* mit. Als die Übermüdung der Kinder nicht mehr zu übersehen war, machten sie sich auf den Heimweg und überließen den Männern das Feld.

Bald waren die Kinder eingeschlafen. Nnu Ego ließ sich dankbar in ihr verhängtes, hölzernes Bett sinken, ihre Oase der Ruhe. Die Gitarre ihres Mannes fiel ihr ins Auge und sie lächelte. Nnaife wollte heute sicher lange ausbleiben und sich gut amüsieren, also hatte er die Gitarre dagelassen. Er und nicht abergläubisch! Mit einem Lächeln auf den Lippen sah sie noch einmal nach, ob bei den Kindern auf den Matten auch alles in Ordnung war und legte sich dann selber schlafen. Auch Adaku wünschte sie eine gute Nacht.

Sie wußte nicht genau, wie lange sie geschlafen hatten, als sie vom Lärm der Gitarre aufwachte. Brummelnd und mit verquollenen Augen ging sie zur Tür, um Nnaife aufzumachen. Aber Nnaife stand nicht davor! Mühsam erinnerte sie sich: er hatte ja die Gitarre gar nicht mitgenommen. Wer also spielte dann auf der Gitarre? Sie weckte Adaku, und beide Frauen lauschten ängstlich. Sie trauten sich nicht, etwas anzurühren. Bald danach kam Nnaife betrunken nach Hause. Sie erzählten ihm, was passiert war und Nnaife riß, ohne zu zögern, die Gitarre von der Wand und lief, so schnell er konnte, nach draußen. Er zerschmetterte sie außerhalb ihres Hofes. Er murmelte, er wolle auf den Rat seiner Frauen hören und nie wieder ein so gespenstisches Instrument anrühren.

Am nächsten Morgen hatte die Geschichte von der sich selbst spielenden Gitarre bei ihren Freunden soviel an Glaubwürdigkeit gewonnen, daß alle überzeugt waren, Geister wären Nnaife schon früher auf dem Nachhauseweg gefolgt und hätten es nun übelgenommen, daß er sie nicht zur Namensgebungsfeier für Nwakusors Sohn mitgenommen hatte.

Der Medizinmann, den man um Rat fragte, sagte, sie müßten die Geister, die Nnaife gestört hatte, durch Opfer wieder besänftigen. Nnaife schlachtete eine Ziege. Der Rücken der Ziege wurde dem Medizinmann geschickt, damit er den Geistern das Opfer bringen konnte. Viele Freunde kamen vorbei; man tanzte und betete für das Wohlergehen von Nnaifes Familie. Oshia wußte nicht so recht, was er davon halten sollte. Es war eines der Ereignisse, die ihm sehr früh einen Einblick in das Seelenleben seines Volkes verschafften. Vielleicht konnten einige Medizinmänner tatsächlich die Zukunft vorhersagen, aber dieser Mann aus Abeokuta, den sie in Yaba aufsuchten, schien es mit der Wahrheit nicht sehr genau zu nehmen. Oshia kannte nämlich den wahren Sachverhalt: am Tage vorher hatte er ein paar Mäuse gefangen, und während er noch darüber nachdachte, wo er die neuen Haustiere am besten verstecken konnte, war seine Mutter ins Zimmer gekommen. Er wußte, daß er die Mäuse sofort wegschaffen müßte, wenn seine Mutter sie erst einmal gesehen hätte. So hatte er sie schnell in die Gitarre an der Wand gesteckt.

»Wir sind heute zur Namensgebungsfeier eingeladen«, hatte Nnu Ego verkündet. »Geh zur Pumpe und hol Wasser, damit du noch baden kannst. Und beeil dich. Wir wollen ihnen noch beim Kochen helfen, damit sie nicht glauben, wir wären nur zum Essen gekommen und wollten uns vor der Arbeit drücken.«

Oshia tat, was Nnu Ego ihm aufgetragen hatte. Den Rest des Tages verbrachten sie auf Nwakusors Fest und kehrten dann erst spät und sehr müde wieder nach Hause zurück. Obwohl er die in der Gitarre versteckten Mäuse für die Musikanten hielt, gefielen ihm das Ziegenopfer und die Feier, die damit verbunden war. Er wagte nicht, seinen Eltern die Wahrheit zu erzählen, war doch die Geschichte nun schon so oft wiederholt worden, daß man Nnaife schon fast für einen Helden hielt. Man versicherte ihm, die Geister seien ihm nach Hause gefolgt, weil die Musik so schön gewesen sei. Nnaife behauptete sogar, jemand sei ihm gefolgt, als er das letzte Mal mit seiner Gitarre unterwegs war. Später fügte er noch hinzu, an dem betreffenden Tag sei er am Beisetzungsplatz von Igbobi vorbeigekommen. Und da wuchs die Achtung der Leute noch mehr. Oshia musterte seinen Vater neugierig und fragte sich, ob so etwas wohl dazugehörte, wenn man zum Mann wurde. Bald hatte er den Vorfall jedoch vergessen. Wenn später noch einmal die Rede darauf kam, war er nicht mehr sicher, ob er sich nicht doch geirrt hatte. Nnaife hingegen erwarb sich den Ruf eines erstklassigen Musikanten, dessen Musik sogar die Geister zu rühren vermochte.

Falls Nnu Ego Zweifel hatte, galten sie nicht ihrem Sohn. Sie verdächtigte Adaku, die Hilfe des Medizinmannes in Anspruch genommen zu haben, den sie wegen ihrer Rückenschmerzen aufsuchte, und der habe die Geister aus ihrem Grab heraufbeschworen, um Nnaife einen Schrecken einzujagen, damit er sein Gitarrenspiel aufgab und mehr zuhause blieb. Diese Vermutung stärkte ihren Vorsatz, sich im Umgang mit dieser Frau vorzusehen. Adaku hatte außer ihrem Mädchen nichts zu verlieren; bei Nnu Ego aber stand alles auf dem Spiel.

Ihr Vater ließ ihr immer wieder ausrichten, sie möge ihn doch besuchen, denn er fühle den Tod nahen. Obwohl Nnu Ego von seiner Krankheit erfahren hatte, konnte sie sich nicht überwinden, einfach zu fahren und ihre Jungen in Lagos allein zu lassen, die ja zur Schule mußten. Sie bildete sich fest ein, Adaku würde ihnen Schaden zufügen, wenn sie erst einmal weg wäre. Sie konnte ihrer Familie in Ibuza nicht mehr versprechen, als in den Ferien mit den Jungen nach Hause zu kommen, damit ihr Vater sie kennenlernen könnte. Sie schickte ihm jedoch verschiedene europäische Arzneien und riet ihm, sie auszuprobieren.

Sie hatte versprochen, mit Nnaife auch die anderen Probleme zu besprechen, die Adaku ein Dorn im Auge waren, aber Adaku beharrte darauf, das einzige Mittel ihm klarzumachen, daß sie mehr Haushaltsgeld brauchten, sei, nicht mehr für ihn zu kochen. Nnu Ego starrte Adaku nach diesem Vorschlag eine ganze Weile nur an und fragte dann:

»Was hast du vor? Du hast recht, das Haushaltsgeld reicht nicht. Ich bin überzeugt, er gibt mehr Geld fürs Trinken aus, als wir für den Haushalt bekommen.«

So gaben Adaku und Nnu Ego eines Tages, kurz nach dem Vorfall mit der Gitarre, ihren Kindern heimlich zu essen. Als Nnaife müde und hungrig von der Arbeit kam, fand er zu seinem Entsetzen in der sorgfältig zugedeckten Schüssel kein Essen, sondern drei Einpfundnoten, die die Frauen stattdessen hineingelegt hatten - das noch unangebrochene Essensgeld für den Monat, das er ihnen am Tag zuvor gegeben hatte.

»Was hat das zu bedeuten?« fragte er in bitterem Zorn. Seine Stimme zitterte und er starrte Nnu Ego mißbilligend an, die vor seinem Blick zurückschreckte. Könnte sie ihm doch klar machen, daß sie nur um ihrer Kinder willen so handelte. Sie wich seinen Augen aus und zog mit zitternden Händen Perlen auf eine Schnur, die als Fesselschmuck für die Zwillinge gedacht war.

»Das Essensgeld reicht einfach nicht. Nwakusor und die anderen Männer geben ihren Frauen doppelt so viel wie du uns. Auf dem Markt müssen wir jedesmal von Stand zu Stand laufen, um die günstigsten Preise herauszufinden, weil wir uns nichts leisten können«, stieß Adaku atemlos hervor.

»Könnt ihr mir das nicht anders mitteilen? Nwakusor! Nwakusor! Was verdient er denn? Wißt ihr denn nicht, daß er dreimal soviel verdient wie ich? Er arbeitet schließlich in einem

anerkannten Beruf, ich bin aber nur Grasschnitter. Du übst einen schlechten Einfluß in diesem Hause aus, Adaku. Seit dein Kind gestorben ist, wird es immer schlimmer - überall verbreitest du Bitterkeit. Schlafe ich denn nicht mit dir? Was willst du denn noch?«
Er wandte sich an Nnu Ego. »Und du, meine sogenannte erste Frau, du läßt es zu, daß dir diese Frau die Zügel aus der Hand nimmt?«
»Wenn es um Einschränkungen geht, erinnert man mich daran, daß ich die älteste Frau bin. Wenn aber etwas zu haben ist, soll ich den Mund halten, denn der Wunsch nach etwas Schönem schickt sich nicht in meiner Lage. Ich weiß sehr wohl, daß ranghöchste Frau zu sein in Ibuza von besonderer Bedeutung ist; aber nicht hier, Nnaife. Hier bedeutet es überhaupt nichts. Alles ist teuer geworden. Bist du denn der einzige, der nicht mitgekriegt hat, daß Krieg ist, und wie schwierig es ist, überhaupt etwas auf dem Markt zu bekommen? Adaku hat mich nicht angestiftet - wir brauchen mehr Geld!«
»Wo soll ich es denn hernehmen?«
»Was ist denn mit deiner Trinkerei? Was du für ein Fäßchen Palmwein ausgibst, würde für eine ganze Mahlzeit für uns alle reichen.«
»Wärest du nicht die Mutter meiner Söhne, würde ich dir heute abend eine Lektion erteilen. Treib es nur nicht zu weit, sonst garantiere ich für nichts. Wer zahlt die Miete für dieses Zimmer? Wer hat dich hierhergeholt? Wie kommst du eigentlich dazu, hier einen Aufstand zu machen, nur weil du ein paar armselige Zigaretten verkaufst? Ich habe den Krieg nicht angefangen, was habe ich also damit zu schaffen?«
»Ich habe zu deinen beleidigenden Worten nichts zu sagen, Nnaife. Du bist hungrig; man sagt, ein hungriger Mann ist ein zorniger Mann. Ich sage jetzt nichts mehr, ich erinnere dich nur daran, daß wir von dem Geld, um das wir dich bitten, keine *lappas* für uns, sondern Lebensmittel für die Kinder kaufen wollen.«
Nnaife ärgerte sich dermaßen, daß er mit seiner Serviette nach Nnu Ego warf. Sie wich aus und lief hinaus. Auf der Veranda erwartete sie Oshia mit vorwurfsvollem Gesicht.

»Warum hast du nicht für Vater gekocht? Warum hast du mit dem Geld nicht eingekauft? Es ist doch nur Papier. Wenn es nicht reicht, kannst du es doch durchreißen, dann haben wir mehr Geld.«

»Du verstehst nicht, worum es geht, Sohn; und man kann die Scheine nicht einfach zerreißen. Wir brauchen mehr Geld, damit wir mehr Lebensmittel kaufen können.«

»Aber wir hatten doch heute genug zu essen. Es sind immer noch reichlich Bohnen da für Vater; warum gibst du sie ihm nicht?«

»Ach, halt den Mund! Du bist ein verzogenes Kind und stellst zuviele Fragen.«

Plötzlich hörte man Adaku drinnen aufschreien. »Hilfe! Hilfe! Er bringt mich um - dieser Verrückte!«

»Geschieht ihr recht«, grinste Oshia boshaft und lief davon.

»Hoffentlich wirst du nicht wie dein Vater, Oshia«, rief Nnu Ego ihm nach. Selbst hier draußen waren Nnaifes Schläge zu hören. Was sollte sie nur machen? Nnu Ego hämmerte gegen die Tür, die Nnaife fest verschlossen hatte, und beschwor ihn aufzumachen.

»Laß die arme Frau in Ruhe. Willst du denn das Kind in ihrem Bauch umbringen? Mach die Tür auf!«

Als Nnaife endlich aufmachte, griff Nnu Ego sich den *odo*-Stampfer und schwang ihn drohend über Nnaifes Kopf. Allerdings brüllte sie mehr, als daß sie ihn tatsächlich angriff.

»Weißt du denn nicht, daß Adaku schwanger ist?« schrie sie. »Weißt du das wirklich nicht?«

Es gelang Nnaife, die beiden kreischenden Frauen abzuschütteln. Inzwischen waren die Nachbarn zusammengelaufen und verfolgten neugierig, wie der Ehemann von seinen widerspenstigen Ehefrauen gejagt und beschimpft wurde.

»Von mir kriegt ihr keinen Penny mehr«, erklärte er unerbittlich. »Meinetwegen könnt ihr verhungern.« Mit diesen Worten ging er in Richtung der Palmweinstände bei Suru Lere.

Als alles ruhig war, die Frauen im Bett lagen, jede ihrem Kummer nachhängend, und zwischendurch ab und zu einnickten, bemerkte keine, wie Oshia aufstand. Er schlich sich zu der Schüssel, in der das Geld aufbewahrt wurde, hockte sich davor und zerriß im Dunkeln die Scheine sorgfältig in kleine Fetzen. Er war noch damit beschäftigt, als Nnaife betrunken hereintorkelte.

»Wo ist diese gottver... gottverdamm Kerze?« rülpste er. »Oshia, was machst du denn da?« Während er nach Kerzen tastete, stellten sich die Frauen schlafend. Endlich hatte er eine Kerze angezündet und sie hörten ihn in hemmungsloses Lachen ausbrechen.

»Deinen Müttern wird das ausgezeichnet gefallen, Oshia. Ha, ha, ha!«

»Was ist denn, Nnaife? Was hat Oshia angestellt?« fragte Nnu Ego. Die Geschwindigkeit, mit der sie aus dem Bett war, verriet, daß sie nicht geschlafen hatte.

»Na, sieh dir deinen Sohn an, Nnu Ego.«

»Mein Gott, Oshia, was hast du da nur gemacht? Du hast ja das Geld in kleine Schnipselchen zerrissen! Jetzt werden wir überhaupt nichts mehr zu essen haben. Ach, Oshia, was sollen wir denn jetzt machen?«

»Ich wollte doch nur mehr Geld machen. Jetzt haben wir so viel, daß ihr euch nicht mehr streiten müßt«, rechtfertigte sich Oshia. Bislang hatte er immer nur Münzen in der Hand gehabt und wußte, daß ein Penny länger reichte, wenn man ihn in vier Viertelpennies umwechselte.

Nnaife lachte laut. »Jetzt müßt ihr euren Streik bis zum bitteren Ende fortsetzen. Von mir bekommt ihr keinen Penny, denn ich habe keinen. Ich gehe ins Bett. Gute Nacht.«

Adaku und Nnu Ego bildeten sich ein, Nnaife würde nachgeben. Aber nach ein paar Tagen war Nnu Ego klar, daß er dasnicht vorhatte.

»Gib uns nur, was du erübrigen kannst; wir werden dann schon hinkommen«, bettelte Nnu Ego.

»Wie wollt ihr denn mit weniger auskommen, wenn ihr schon bei drei Pfund in den Streik getreten seid? Macht ruhig so weiter, wir ihr es euch vorgestellt habt. Es ist eure Pflicht, eure Kinder so gut zu ernähren, wie ihr irgend könnt. Macht euch um mich keine Sorgen. Ich werde für mich selbst sorgen.«

»Ich habe aber keine Lebensmittel mehr, Nnaife. Willst du uns vielleicht verhungern lassen?«

»Verkauf doch deine *lappas.* Du bist schließlich die ranghöchste Frau: laß dir was einfallen. Schließlich hast du mir ja gesagt, du wüßtest genau was du tust, wenn du nicht mehr für mich kochst. Mein *chi* hat dir eine Lektion erteilt: laß den Magen eines Mannes aus dem Spiel. Nicht ich habe das Geld zerrissen, es war dein Sohn.«

Nnu Ego bettelte bis zum Morgen. Als Nnaife zur Arbeit ging, lief sie hinter ihm her und versuchte noch einmal, ihn zu erweichen. Sie hatte vier Kinder und erwartete das nächste; sie brauchte einfach Gewißheit. Adaku brauchte sich nur um sich und Dumbi zu kümmern.

»Bitte hilf uns, Nnaife, bitte!«

»Gut, ich will mal sehen, was ich erübrigen kann, wenn ich heute abend zurückkomme. Du hast deinen Fehler eingesehen, erste Frau.«

Auf dem Weg ins Zimmer zurück begriff Nnu Ego plötzlich, daß sie eine Gefangene war. Sie war gebunden durch die Liebe zu ihren Kindern und die Rolle als ranghöchste Frau. Sie durfte nicht einmal mehr Geld für ihre Familie fordern; schon das war unter der Würde einer Frau in ihrer Stellung. Es war ungerecht von den Männern, das Verantwortungsgefühl einer Frau geschickt auszunutzen, um sie zu versklaven. Sie wußten, daß eine Frau, die wie sie mit traditionellen Wertvorstellungen aufgewachsen war, um nichts in der Welt ihre Kinder verlassen würde. Nnu Ego versuchte, sich den Gesichtsausdruck ihres Vaters vorzustellen, sollte sie zu ihm zurückkehren und darüber klagen, wie schlecht Nnaife sie behandelte; er würde sie mit Schimpf und Schande wieder zu ihren Pflichten zurückschicken. In Ibuza würde ihr eine eigene Hütte gehören und man würde ihr wenigstens ihrer Stellung entsprechend begegnen. Aber hier in Lagos war der Alltag hart und sie mußte mit einem Hungerlohn auskommen. Durfte ihr Mann ihr da ihre Verantwortung vorhalten? Anscheinend war es nur die Pflicht, die ihr als einziges Erbe aus ihrer bäuerlichen Welt geblieben war, aber kein Lohn. Nun gut, sie hatte zwar eingelenkt und ihre Niederlage eingestanden, aber sie nahm sich vor, mit Nnaife noch am selben Abend über ihre Gedanken zu reden, wenn er von der Arbeit kam. Mit diesem Entschluß

kehrte auch ihre Zuversicht wieder, mit der Kraft einer plötzlich aufschießenden Fontäne, deren Wasser ihre trostlosen Gedanken mit klarem, sprudelndem Strahl hinwegspülte.
In dieser Stimmung gab sie ihre letzten paar Shillinge für die Zutaten zu Nnaifes Lieblingsgericht aus, ein dickflüssiges würziges Stew aus Corned-beef mit Tomaten und Paprika. Sie setzte es ihren Kindern vor, als sei Weihnachten. Nach Oshias Streich konnte sie es sich nicht leisten, den Streik weiter fortzusetzen. Sie war zur Versöhnung bereit.
Adaku wunderte sich über das schön angerichtete Essen. War Nnu Ego denn verrückt geworden, mit dem Gewinn aus ihrem Handel so verschwenderisch umzugehen? Was war denn in sie gefahren? Ihre neue Schwangerschaft war doch wirklich kein Grund zum Feiern; schließlich bedeutete das doch nur, es war ein hungriger Mund mehr zu stopfen. Vielleicht hatte Nnu Ego hinter ihrem Rücken von Nnaife Geld angenommen. Dieses gerissene Weibsstück! Bestimmt heute morgen, als sie so früh nach draußen gegangen war.
»Erste Frau, hat unser Mann dir Geld für Lebensmittel gegeben?«
»Nein, das hat er nicht. Er hat mir versprochen, uns heute abend etwas zu geben; deswegen habe ich ihm sein Leibgericht gekocht, um ihn bei guter Laune zu halten.«
»Mir tut überhaupt nicht leid, was wir getan haben«, sagte Adaku.
»Ich will damit auch nicht sagen, daß es mir leid tut. Ich meine nur, daß wir nicht so weitermachen können und die Kinder verhungern lassen.«
»Er würde uns schon nicht verhungern lassen. Er hätte irgendwann schon nachgegeben.«
»Da bin ich mir nicht so sicher. Aber ich spiele nicht Streik auf Kosten meiner hungernden Kinder.«
»Jedenfalls ist es nicht recht von euch beiden, wenn ihr euch hinter meinem Rücken einigt und mich im Ungewissen laßt. Wenn ein Mann eine seiner Frauen bevorzugt, fordert er den Ärger geradezu heraus. Ich werde hier auf ihn warten und den Streit heute abend mit ihm austragen.«
Sie saß auf der Veranda, trällerte Liedfetzen vor sich hin und

wartete auf Nnaife. Sie wollte unbedingt eine Antwort von ihm erzwingen. Schon öfter war ihr der Gedanke gekommen, er würde Nnu Ego bevorzugen, aber sie hatte bislang gezögert, das Thema zur Sprache zu bringen. Sie teilten sich das Haushaltsgeld, das er ihnen zur Verfügung stellte. Beide kochten an gleich vielen Tagen. An sich war es üblich, daß der Mann mit der Frau das Bett teilte, die an diesem Tag kochte, es sei denn, sie wäre krank, schwanger oder stillte noch. Wie viele andere Männer verletzte Nnaife jedoch diese Regel, wann immer es ihm gefiel. Adaku wurde jedesmal zornig, wenn sie Nnaife in Nnu Egos Bett hörte, obwohl er eigentlich hätte bei ihr liegen müssen. Erst jetzt aber kam ihr in den Sinn, Nnu Ego habe ihn vielleicht hinter ihrem Rücken mit leckeren Speisen bestochen und zu diesem Zweck sein Geld mit ihrem eigenen aufgestockt.

»Die schamlose Närrin«, sagte Adaku leise. Kein Wunder, daß sie schon so bald nach der Geburt der Zwillinge wieder schwanger war. Sie verstand es anscheinend, sich heimlich an Nnaife heranzumachen und sich einzuschmeicheln. »Warte nur, bis der Kerl wieder zurück ist! Der kriegt was von mir zu hören.«

Aber Nnaife war zur gewohnten Zeit noch nicht zurück. Sie warteten, Adaku sang alle Lieder, die sie kannte, und entschloß sich bei Eintreten der Dämmerung, ihr Haar auszukämmen und kleine Zöpfe zu flechten. Als sie damit fertig war - sie hatte dabei einen kleinen Handspiegel zwischen ihre Knie geklemmt und sang immer noch wütend vor sich hin - war es fast dunkel und von Nnaife noch immer keine Spur.

Nnu Ego wanderte zwischen Veranda und Zimmer hin und her und führte in ihrer Ungeduld einen verrückten Tanz auf. Wo blieb Nnaife nur? Was hatte ihn aufgehalten, gerade heute - wo sie kein Haushaltsgeld hatten, wo sie, die ranghöchste Frau, mehr Geld ausgegeben hatte, als der gesunde Menschenverstand erlaubte, wo sie wußte, daß sie ein weiteres Kind erwartete und wo sie sich vorgenommen hatte, ihrem Mann zu sagen, daß sie Verantwortung nicht ohne Gegenleistung tragen wollte. Ihre Euphorie vom Tage verflog langsam. Sie hatte das Essen schon so oft wieder aufgewärmt, daß sie es jetzt um

sechs Uhr lieber bleiben ließ, es sollte nicht gänzlich den Geschmack verlieren.
Adaku schwieg, beobachtete sie aber voller Schadenfreude. Das geschah Nnu Ego recht, dieser guten Ehefrau. Nnaife war wahrscheinlich mit seinen Freunden auf Sauftour und hatte sich gar nicht erst die Mühe gemacht, zum Essen nach Hause zu kommen. Als Adaku zum Herumsitzen keine Lust mehr hatte, stand sie auf und fragte mit gespielter Höflichkeit:
»Soll ich sein Essen ins Zimmer bringen? Jetzt in der Dunkelheit kann er ja wohl nicht mehr hier draußen auf der Veranda essen.«
»Ja, bring es bitte hinein.« Nnu Ego wanderte weiter auf und ab und zeigte ausnahmsweise einmal offen ihre Sorge und Aufregung. »Unser Mann ist heute abend sehr spät dran«, sagte sie leise. »Wo mag er nur sein? Grasschnitter machen keine Überstunden.«
»Vielleicht ist er gleich nach der Arbeit zu den Palmweinständen gegangen, um uns nicht begegnen zu müssen.«
»In den ganzen zehn Jahren, die ich mit ihm zusammenlebe, hat er so etwas noch nie gemacht«, widersprach Nnu Ego Adakus Unterstellung.
»Wirklich? Aber du mußt doch zugeben, daß er ein ziemlich selbstsüchtiger Mann ist.«
»Alle Männer sind selbstsüchtig. Es sind ja schließlich Männer.«
Adaku sang nun wieder und trug das kalte Stew und den Reis nach drinnen. Aber als es auf sieben Uhr zuging, wurde auch sie besorgt.
»Vielleicht sollten wir doch Oshia einmal zu den Nwakusors schicken. Vielleicht ist unser Mann ja bei ihnen.«
Oshia berichtete, Nnaife sei nicht dort, und man habe ihn auch nicht bei den Palmweinständen gesehen. Binnen kurzer Zeit kamen außer Nwakusor noch viele andere Freunde und Nachbarn zusammen, die sich auch Sorgen machten und sich wunderten, wo Nnaife wohl geblieben war.
»Er hat mir versprochen, er würde uns heute abend Geld geben«, wiederholte Nnu Ego gegenüber allen, die kamen, um mit nach Nnaife zu suchen.

Schließlich rieten Ubani und Nwakusor den beiden Frauen, ins Bett zu gehen. »Es ist nun schon fast Mitternacht, ihr Frauen, und ihr seid beide schwanger. Wir werden aufbleiben und auf euren Mann warten. Soweit sollte ein Mann den Zorn auf seine Familie nicht treiben. Geht schlafen.«

Die Männer blieben auf der Veranda zurück und rauchten eine Zigarette nach der anderen.

Adaku vergaß drinnen ihre kleinliche Eifersucht und sagte leise mit tränenerstickter Stimme zu Nnu Ego: »Wenn Nnaife stirbt, werde ich ganz weit wegrennen und niemand wird mich je wieder zu Gesicht bekommen. In meinem Alter zwei Männer zu verlieren... das muß ein böser Fluch sein!«

»Schscht...«, flüsterte Nnu Ego von ihrem Bett her, das jedesmal knarrte, wenn sie sich vor innerer Unruhe hin- und herwälzte. »Sei still. Er ist nicht tot. Sag nicht sowas.« Aber ihre Stimme klang gar nicht so sicher: auch sie war den Tränen nahe. Auch sie hatte Angst, aber ihre Erziehung verbot ihr, ihrer Angst nachzugeben. Sie, die ranghöchste Frau, mußte stark sein, eher wie ein Mann als wie eine Frau handeln. Da man den Männern nicht gestattete, ihre Trauer offen zum Ausdruck zu bringen, mußte auch sie sie zu verbergen suchen.

Sie hörte Adaku weinen und beneidete sie, weil sie sich gehen lassen durfte.

Männer im Krieg

Anfang der vierziger Jahre war es für Männer ohne Berufsausbildung schwer, Arbeit zu finden. In wachsender Zahl verließen sie ihre Dörfer und suchten in Lagos Arbeit; dadurch verloren viele Gebiete ihre kräftigsten Männer. Die, die wegzogen, meinten, es sei besser, für einen Herrn oder einen Betrieb zu arbeiten, als auf dem eigenen Hof zu bleiben, wo die Höhe der Erträge von der eigenen Körperkraft und den Launen des Wetters abhing. Auf dem Lande übernahmen die Söhne selbstverständlich die Bewirtschaftung des Familienlands, wenn die Väter alt wurden; und die Töchter, ganz egal, wohin sie verheiratet worden waren, lieferten hin und wieder kleine Beiträge ab, etwas Tabak und Seife oder Holzbündel, um die Feuerstelle warm zu halten (weil in den Dörfern im Landesinnern vor allem während der *Harmattan*zeit die Temperaturen sehr stark absinken, manchmal bis zu zwölf Grad Celsius oder darunter, es also sehr kalt für alte Leute wird, die an Temperaturen über zwanzig Grad gewöhnt sind). Aber die jüngere Generation wie Nnu Ego und ihre Freunde entfernten sich von dieser Lebensweise. Die Yorubas lebten schon ziemlich lange in Lagos, seit dem Zerfall des großen Benin-Reiches, die Ibos hingegen waren als einer der letzten Stämme dieser Bewegung gefolgt. Zwar vermißten sie das Zusammengehörigkeitsgefühl ihrer Dorfgemeinschaft, aber die Arbeit in den Städten brachte den großen Vorteil regelmäßiger Einkünfte; die Bezahlung mochte mager sein, aber sie lernten bald, ihre Bedürfnisse ihren Mitteln anzupassen.

Selten nahmen sie die Arbeit auf die leichte Schulter. Das konnten sie sich nicht erlauben. Nnaife gehörte zu den wenigen Glücklichen, die bei der Regierung Arbeit fanden. Aus einer solchen Anstellung konnte man kaum entlassen werden. Man konnte ziemlich sicher sein, daß einem nicht eines Morgens gesagt wurde, aus, das war's, es gibt keine Arbeit. War man lange genug bei der Regierung angestellt, stand einem obendrein eine kleine Pension zu - für die meisten Ibos etwas ganz Neues.

Nicht viele genossen solche Vorzüge, und es waren meist Leute aus den wenigen privilegierten Familien, die schon früh mit den Europäern in Kontakt gekommen waren, instinktiv die neueren Entwicklungen bemerkt hatten und bereit waren, sich anzupassen. In Orten wie Asaba und Ibuza, Ibostädten in Westnigeria, reagierten die Einwohner so feindselig auf die Ankunft der Europäer, daß die wenigen weißen Ankömmlinge um ihr Leben liefen. Davon künden die Gräber vieler Missionare und Forscher in den Wäldern.

Nnaife jedenfalls war gewillt, sich auf dieses neue Wagnis einzulassen. Es störte ihn nicht, Grasschnitter zu sein; er vertraute einfach auf die Zukunft: irgendwann ein ordentlicher Händedruck mit dem richtigen Angestellten, der dann seine Papiere ins Büro schleusen würde, und schon könnte er vom Grasschnitter zu einer Beschäftigung in den Werkstätten aufsteigen. Das war einer der Gründe, warum er noch ab und an die Kirche besuchte, denn die meisten Prediger und Laienpriester waren Angestellte der Eisenbahn. Einer von ihnen, Okafor, hatte sogar versprochen, sich um Nnaifes Papiere zu kümmern, nachdem Nnaife ihm die angemessene »Prise« von fünf Pfund zugesteckt hatte. Nnaife traf Okafor gelegentlich und rief ihm »Guten Morgen, mein Herr!« zu. Die Antwort bestand in einem Grunzen; niemand erwartete, daß ein »großer Herr« mit einfachen Arbeitern und Grasschnittern allzu vertraut tat.

Nnaifes Gruppe bestand aus etwa zwölf Arbeitern. Sie hatten sich eine Methode ausgedacht, wie sie einträchtig miteinander arbeiten konnten. Abwechselnd spielte einer den Aufpasser, der melden mußte, wann der Vorarbeiter auftauchte. Die anderen mähten derweil in gemächlichem Tempo das Gras, denn sie richteten sich nach der Devise: *»Na government work, ino dey finish«*, wir arbeiten für die Regierung, diese Arbeit geht nie zu Ende. Sie rechtfertigten ihr langsames Arbeiten mit den Worten: »Wenn wir die ganze Arbeit erledigen, was bleibt dann unseren Kindern? Lassen wir uns doch lieber Zeit.« Die Grasschnitter auf dem Eisenbahngelände von Yaba in Lagos brauchten sich um die Arbeit am nächsten Tag keine Sorgen zu machen, denn das Gras war nach kaum einer Woche schon wieder so hoch, daß es gemäht werden mußte. Mit der Zeit gewöhnte man sich an diese Arbeitsweise. Nnaife gewöhnte sich nicht nur an den Trott, er wäre gerne bei diesem Arbeitsstil geblieben, hätte es nicht gelegentlich an Geld gemangelt. Er schätzte die Arbeit im Freien mittlerweile so sehr, daß ihm davor graute, sich fast nackt der sengenden Hitze in der Gießerei aussetzen zu müssen, wie er es bei einigen Freunden gesehen hatte.

Am Morgen nach der Auseinandersetzung mit seinen Frauen hockte er mit seinen Kollegen unter dem Cashewbaum, und keiner von ihnen hatte es eilig, mit der Arbeit anzufangen. Nnaife hatte kein Frühstück dabei, und die anderen wußten weshalb.

»Streiken deine Frauen immer noch?« fragte ein magerer Mann namens Ibekwe.

Die anderen lachten. Nnaife stimmte ein und nahm sich von Ibekwes *garri* und dem Stockfisch eines anderen Kollegen: sie teilten sich immer das Essen und so störten sie sich nicht daran, daß er sich von ihrem Proviant bediente.

»Nein«, sagte Nnaife zwischen zwei Bissen. »Die Betriebsrätin hat mich gerade auf der Straße angesprochen, um mir zu sagen, daß sie voller Reue ist und zugibt, daß sie im Unrecht war.«

Die anderen lachten wieder. »Du meinst, sie haben so schnell aufgegeben?«

Nnaife schüttelte den Kopf. »Die andere noch nicht, glaube ich. Die Ältere treibt Handel und weiß, daß die Familie - außer mir natürlich - letztendlich von ihrem Gewinn lebt, wenn sie nicht nachgibt.«

»Genau deshalb ist es gut, wenn man die Frauen ermutigt, Handel zu treiben, dann lernen sie den Wert des Geldes einzuschätzen. Was hast du zu ihr gesagt?«

»Nicht viel. Ich vermute, daß sie wieder ein Kind erwartet, sie benimmt sich so. An sich ist sie eine sehr gute Frau. Sie stammt aus einem großen Haushalt.«

»Schade, daß sie ihren Haushalt nicht herbringen kann, um dir

beim Grasmähen zu helfen«, warf ein anderer Arbeiter ein und stand auf, um nach dem Vorarbeiter Ausschau zu halten. Mit einem Zeichen meldete er dessen Nahen, woraufhin die anderen ihre Sicheln nahmen und sie durch die Luft schwingen ließen. Das halbaufgegessene Frühstück blieb unter dem Baum zurück. Sie fingen an, bei der Arbeit zu singen. Einer räusperte sich und stimmte ein Lied an, die anderen antworteten dem Vorsänger im Chor nach dem typischen Muster afrikanischer Musik. Zum Gesang des Vorsängers schwangen die Sicheln in der Luft und zischten am Ende des Refrains durch das Gras. Es war ein Vergnügen für sich, ihnen bei der Arbeit, dem Auf und Ab der Sicheln zuzusehen. Bisweilen unterbrach ein besonders begeisterter Arbeiter das Mähen für einige Augenblicke, um ein Solo zu tanzen, dann arbeitete er wieder weiter. War der Vorarbeiter wieder gegangen, gönnten sie sich natürlich bald eine Verschnaufpause.
Am Nachmittag fiel ihnen auf, daß Militärlaster auf das Gelände fuhren. Sie wunderten sich darüber, konnten aber ihre Arbeit nicht lange unterbrechen, um hinzustarren. Sie erkannten europäische Offiziere mit beachtlichen Schnurrbärten, die stark und böse aussahen; und hochgewachsene Hausasoldaten mit Gummiknüppeln, die in der Gegend als *Korofos*, Militärpolizisten, bekannt waren. Letztere waren sehr gefürchtet. Ihre Methoden bei der Suche nach Deserteuren waren hinlänglich bekannt. Viele junge Nigerianer glaubten, vielleicht sei es ja beim Militär ganz lustig, besonders wenn sie sich tagein, tagaus beim Arbeitsamt vergeblich um eine Stelle bemüht hatten. Manche erkannten zu spät, daß ihnen das rauhe Soldatenleben gar nicht gefiel und liefen nach Hause zu ihren Müttern. Die Militärpolizisten ließen keinen Stein auf dem anderen, um die Deserteure ausfindig zu machen. Die Angst vor ihnen lag zum Teil vielleicht auch darin begründet, daß nur wenige Südnigerianer ihre Sprache verstanden, manche hielten ihre Sprache für Hausa, andere für »Munshi«. Wie auch immer, diese *Korofos* waren meist einen Meter neunzig groß, manche noch länger, und überragten damit die Leute aus dem Süden beträchtlich. An diesem Tag marschierten die *Korofos* auf dem Eisenbahngelände auf und ab, als suchten sie etwas bestimmtes. Sie

beobachteten die Grasschnitter beim Singen, zeigten aber keine Reaktion. Die europäischen Offiziere sahen durch sie hindurch, als wären sie Luft, ähnlich wie Erwachsene manchmal auf Kinder herabsehen, mit den Schultern zucken und sagen: »Laß sie ihren Spaß haben.«
Als die Sirene ertönte und es Zeit war, sich zu waschen und heimzugehen, setzte das übliche Gerenne ein. Einige hatten sich beeilt und waren schon auf der Brücke über die Eisenbahnschienen. Nnaife wünschte seinen Freunden einen schönen Abend und wollte sich gerade der Menge anschließen, die soeben die Brücke erreichte, als sich von allen Seiten die *Korofos* mit schwingenden Gummiknüppeln auf sie stürzten. Ein europäischer Offizier stand hinter ihnen und sagte etwas zu den *Korofos*. Es war nicht klar, was da vor sich ging, aber gut sah es nicht aus. Viele Arbeiter liefen in die Werkhallen zurück, andere rannten hinaus auf die Straße.
Die Knüppel schnellten hoch und die *Korofos* gaben Befehle: »Von hier bis hier! Glos, glos auf den Laster - Glos, glos!«
Manche Männer kreischten wie Frauen, als sie eingefangen wurden. Nnaife war einer davon. Man stieß ihn auf einen mit einer Plane abgedeckten Militärlaster.
»Wieso? Wieso?« fragten die Arbeiter sich gegenseitig. Keiner wußte eine Antwort.
Nnaife sah, wie ein paar Männer zu fliehen versuchten, aber sie fingen sich nur schwere Knüppelhiebe auf die Schultern ein und ihre Schmerzensschreie waren eine Warnung für die anderen, sich ruhig zu verhalten und gute »boys« zu sein.
»Bei uns gibt es doch keine Sklaverei mehr, wie kommt es, daß erwachsene Männer am hellichten Tag gefangengenommen werden?« wunderte sich Nnaife. Er war zu verblüfft, um an seine Familie denken zu können; das einzige, was ihm in den Sinn kam, war die Ungerechtigkeit des ganzen. Er war zu sehr mit diesem Gedanken beschäftigt, um darauf achten zu können, ob sie nun zu den Kasernen auf der Insel fuhren oder zu denen in Apapa oder gar zu denen, die er oft in Igbobi in Yaba gesehen hatte. Er war hungrig, empört und wütend. Wie sollte man sich auch gegen Männer wehren, die mit schweren Stöcken und Gewehren bewaffnet waren?

Sie wurden auf ein offenes Feld geführt, und man nahm ihre Namen auf. Man sagte ihnen, sie bekämen etwas zu essen, und ein Offizier würde kommen und ihnen alles erklären. Nnaife war zunächst widerwillig, aber als er die anderen essen sah, nahm er auch etwas zu sich und sagte sich, somit sei zumindest das Problem des Hungers gelöst, und er hätte genug Kraft für den Heimweg, wenn man sie gehen ließ. Richtig Angst bekam er erst, als nach dem Essen ein Arzt auftauchte, um sie der Reihe nach zu untersuchen. In dem Moment begriff Nnaife, daß er keine Chance hatte. Er schaute sich um und bemerkte seinen Arbeitskollegen Ibekwe, der offensichtlich genauso fassungslos war wie er selbst. Sie verständigten sich mit Blicken; es blieb ihnen nichts anderes übrig als abzuwarten. Der Arzt, ein Inder, klopfte Nnaifes Brust ab, schaute ihm in Hals und Ohren, und Nnaife hörte, daß er ihn als »tauglich« bezeichnete. Tauglich wofür? Er war drauf und dran, sich umzudrehen und zu fragen, aber ein *Korofo* schubste ihn weiter, um für den nächsten Platz zu machen, der ebenfalls mit nacktem Oberkörper hereinkam.
Man hatte ihnen befohlen, im Korridor zu warten. Die meisten waren in Schweigen verfallen, aber in ihren Köpfen arbeitete es wie in einem Uhrwerk und ihre Augen waren wachsam.
Die ärztliche Untersuchung war bald vorbei. Einige Leute wurden aufgerufen, und Nnaife sah sie nie wieder. Er, Ibekwe und etwa dreißig andere blieben übrig; es waren ungefähr sechzig Männer gewesen, die man auf den Laster verfrachtet hatte. In einem anderen Raum erfuhren sie endlich, warum man sie auf diese Weise eingezogen hatte. Sie sollten zur Armee.
»Armee!«
Ein paar Männer hatten den Mut loszuschimpfen, andere stimmten ein, der Offizier mit Schnurrbart ließ sie sich austoben. Nach einer Weile bat er sich Ruhe aus. Einigen Männern rannen die Tränen übers Gesicht, und sie schämten sich nicht. Später sagte man ihnen, ihre Frauen und Verwandten würden gut versorgt werden. Auf die Frage nach seinen nächsten Angehörigen gab Nnaife Nnu Egos Namen an. Er erfuhr, man werde ihr die stattliche Summe von zwanzig Pfund auszahlen

und von Zeit zu Zeit ähnliche Beträge schicken. Nachdem Nnaife sich von dem ersten Schock erholt hatte, daß seine Frau und Familie reich würden, weil er für die Weißen in den Krieg zog, wollte er wissen, wie oft denn diese Zahlungen erfolgen würden. Etwa zwei- bis viermal im Jahr, lautete die Antwort. Man versicherte allen, sie müßten nicht länger als ein Jahr dienen, denn der Feind sei schon fast besiegt. Vor allem würden sie nach ihrer Rückkehr alle befördert werden. Nnaife zum Beispiel könnte in der Werkstatt ein besser bezahltes Handwerk erlernen.

Nach all diesen Versprechungen überlegten die Männer sehr sorgfältig. Hier bot sich eine Gelegenheit, ihre Familien aus den bisherigen Lebensumständen herauszubringen; sie hatten ihre Armut nie so bewußt wahrgenommen. Warum auch, lebten denn nicht die meisten Menschen genauso wie sie? Jedenfalls trug der Eintritt in die Armee dazu bei, ihren Lebensstandard zu heben. Nnaife rechnete sich aus, daß seine Söhne Oshia und Adim eine gute Ausbildung erhalten könnten, wenn er diesen entscheidenden Schritt machte. Die drei Söhne seines Bruders zu Hause in Ibuza könnten ebenso davon profitieren. Nnaife entschied sich, es zu riskieren. Man stellte ihnen Stift und Papier zur Verfügung, um ihren Angehörigen zu schreiben, wie das Geld am besten verwendet werden sollte; und weil viele der Männer nicht schreiben konnten, hatte man eigens schwarze Offiziere eingestellt, die das für sie erledigten. Später traf Nnaife Ibekwe mit rasiertem Kopf und einer neuen Uniform. Er erzählte Nnaife, er habe seine Frau (er hatte nur eine) aufgefordert, in ihr Dorf zurückzugehen und dort auf ihn zu warten. Die Verwaltung des Soldes hatte er seinen Eltern übertragen. Seine Kinder waren noch klein und kämen erst zur Schule, wenn ihr Vater zurückkehrte. Und schließlich würden sie ja nur für ein Jahr bleiben. Nnaife sagte, Ibekwe habe die richtige Entscheidung getroffen. Nnaife hingegen hielt es für besser, wenn Nnu Ego in Lagos blieb, ihren Handel weiterführte und sich so gut sie konnte, um den Haushalt kümmerte. Er bestimmte, sie solle zwei Pfund nach Ibuza schicken, um für ein Jahr das Schulgeld für die Söhne des älteren Owulum zu bezahlen, die dort eine katholische Schule besuchten. Sie kostete vier Shillinge pro Trimester, der Betrag reichte also. Sie sollte es genauso halten, wenn sie die nächste Zahlung erhielt. Aber er mahnte sie, jede Zahlung als die letzte zu betrachten; er wüßte nicht, wo es hinginge, noch ob er lebend zurückkäme. Nnu Egos Mitfrau Adaku sollte fünf Pfund als Grundlage zum Handeltreiben erhalten. Der Rest des Geldes sei für das Essen der Kinder und die Miete bestimmt. Nnu Ego solle darauf achten, das Schulgeld für Oshia und Adim rechtzeitig zu bezahlen.

Er redete sich ein, richtig gehandelt zu haben. Er hatte sowieso keine Wahl. Sein Lohn als Grasschnitter betrug nur fünf Pfund pro Monat. Davon gab er seinen Frauen drei Pfund für Lebensmittel, zehn Shillinge schickte er seinen Verwandten nach Hause und zehn weitere zahlte er in den *esusu* ein, eine Art Sparfond unter Freunden, dessen Beiträge von den Gruppenmitgliedern immer abwechselnd kassiert wurden. Den Rest gab Nnaife dann für sich selbst aus. Das Leben war damals billig; für nur einen Sixpence konnten sich mehrere Männer mit einem Fäßchen Palmwein betrinken. Ein Schultrimester von Oshia und seinem Bruder kostete acht Shillinge. Bis zu dieser Umwälzung waren sie alles in allem mit scinem kleinen Gehalt ganz zufrieden gewesen. Er hoffte zuversichtlich, seine Frau Nnu Ego werde schon zurechtkommen.

Am nächsten Morgen wurden Nnu Ego und Adaku von Ubani geweckt. Er sah betrübt aus und Nnu Ego war überzeugt, daß etwas Schreckliches passiert war.

»Ist Nnaife tot?« fragte sie und machte sich auf das Schlimmste gefaßt.

»Nein, er ist nicht tot. Er lebt, aber sie haben ihn in die Armee gepreßt.«

»In die Armee?« wiederholten die beiden Frauen. Sie trauten ihren Ohren nicht.

»Wie können sie jemanden zum Militärdienst zwingen?« fragte Nnu Ego ungläubig. »Er ist doch Grasschnitter. Oh, mein Gott, was sollen wir machen, Ubani? Ich soll mit einem Soldaten verheiratet sein, einem Plünderer und Kindermörder... Ach, Ubani, können wir denn gar nichts tun?«

Adaku war erschüttert und begann zu jammern und zu schreien. »Ich weiß nicht, ob sterben nicht besser wäre als das! Armer Nnaife, warum er, warum ausgerechnet er?«
»Da kann man nichts machen. Wir gehören den Briten wie wir Gott gehören, und es steht in ihrer wie in Gottes Macht, jeden von uns zu holen, wenn es ihnen gefällt.« Damals war es den Nigerianern unmöglich, sich in der Öffentlichkeit Gehör zu verschaffen. Keine Zeitung berichtete über solche Vorfälle und selbst wenn: wieviele der Betroffenen konnten denn lesen oder sich überhaupt eine Zeitung leisten?
Nnu Ego überließ sich ihren bislang unterdrückten Gefühlen. »Wie werden wir jetzt zurechtkommen?« fragte sie Ubani, der ein guter Freund geworden war, obwohl er aus dem Osten stammte. »Was sollen wir mit all den Kindern hier machen? Ich schaffe es nicht, uns zu ernähren und auch noch Miete zu zahlen.«
»Deine Leute aus Ibuza treffen sich heute abend, um die Angelegenheit zu besprechen. Du wirst diesen Aberglauben über Soldaten einfach vergessen müssen. Heutzutage ist der Dienst in der Armee ein Beruf wie jeder andere. Wenn alles gutgeht, ist mein Freund nach seiner Rückkehr finanziell sogar besser gestellt. Er wird nicht mehr als Grasschnitter arbeiten müssen; das hat mir mein Boss heute morgen erzählt. Gib bitte nicht die Hoffnung auf. Du wirst bald von ihm hören. Ich muß jetzt jedenfalls gehen. Ich habe eine Tüte mit *Scones* für die Kinder mitgebracht - süße europäische Rosinenbrötchen. Hoffentlich mögen sie sie.« Damit verließ sie Ubani.
Ihr Zimmer und die Veranda füllten sich schnell mit Anteilnehmenden. Sogar der Vermieter, ein Yoruba, den Nnaife nicht mochte, klagte:
»Was für ein Leben ist das denn, wenn ein Mann, der eine große Familie hat, am hellichten Tag gewaltsam entführt werden kann.«
»Es ist unglaublich«, sagte Mama Abby. »Von anderen Leuten habe ich schon ähnliches erfahren, aber daß es einen meiner Bekannten treffen könnte, hätte ich nie gedacht. Warum können sie ihren Krieg nicht allein führen? Wieso müssen sie uns unschuldige Afrikaner hineinziehen?«

»Wir haben keine Wahl«, stellte der Vermieter abschließend fest.
Der Abend brachte noch mehr Schrecken, denn Nwakusor berichtete, daß neu rekrutierte Soldaten gewöhnlich binnen vierundzwanzig Stunden außer Landes gebracht wurden. Er versuchte, die Frauen zu beruhigen: »Mancher junge Bauer verläßt heutzutage Ibuza und geht zum Militär, weil es ihm einen gesicherten Lebensunterhalt bietet, und er ein Handwerk erlernt, das ihm im späteren Leben etwas nützt. Nnaife wird euch Geld schicken. Die Entscheidung, was ihr tun wollt, liegt also bei euch. Seid ihr zwei dem Leben in der Stadt gewachsen?«
»Ich kann auf jeden Fall den Handel wiederaufnehmen, wenn das Geld kommt. Ich habe im Augenblick nur ein Kind, ich werde es wohl schaffen. Nach der Geburt des nächsten kann ich dann weitermachen. Aber ich weiß nicht, ob meine erste Frau es auch so halten kann.«
»Nnu Ego, du bist in Ibuza besser aufgehoben«, war die einhellige Meinung.
»Ja, ich glaube, das wäre das beste. Man hat mir ausrichten lassen, daß mein Vater krank ist. Er ist jetzt sehr alt und würde gerne dic Jungen sehen.«
Die Nachricht von Nnaifes Entführung hatte schnell Ibuza erreicht. Agbadi drängte darauf, seine Tochter solle nach Hause kommen. Er befürchtete, sie müsse leiden, wenn sie in Lagos bliebe, außerdem läge er im Sterben.
»Aber woher soll ich das Geld für die Reise nehmen, Adaku? Weißt du, was mich auch noch beunruhigt? Wir wissen nicht einmal, wo unser Mann sich aufhält, ob er lebt oder tot ist. Ich wüßte nicht, wie mir zumute wäre, wenn ich Menschen töten müßte, die mich nicht angegriffen haben. Armer Nnaife. Kennst du sonst jemanden, der derart vom Pech verfolgt wird?« Adaku schüttelte den Kopf.
Schließlich traf Nnaifes Brief ein, und Nnu Ego ließ ihn sich von Mama Abby vorlesen. Dann eilte sie zu ihrem Zimmer zurück, um Adaku die guten Neuigkeiten zu überbringen.
»Nnaife lebt, und es geht ihm gut! Er ist unterwegs zu einem Land, das Indien heißt, er weiß aber nicht, wo das liegt. Er hat

uns Geld geschickt; ich kann es bei der Post abholen. Dein Anteil beträgt fünf Pfund, so daß du nach der Geburt des Kindes einen Stand auf dem Zabo-Markt mieten und mit dem Handel anfangen kannst. Ich selber werde das nicht können. Zu viele Kinder und die schlechte Gesundheit meines Vaters. Mama Abby hat mir geraten, einen Teil meines Anteils für die Zukunft auf der Post aufzubewahren.«

»Wer wird dort darauf achtgeben?« wollte Adaku wissen.

»Die Regierung. Mama Abby sagt, das Geld wird sogar ein paar Zinsen abwerfen, die für die Ausbildung der Jungen reichen müßten. Nnaife hat zwanzig Pfund geschickt; zwei Pfund sind für Adankwo, unsere älteste Frau in Ibuza, und abgesehen von deinem Anteil gehört der Rest mir.«

»Oh, älteste Frau, du bist reich. Wenn er nochmal so viel schickt, bist du wirklich sehr reich.«

»Hast du vergessen, daß ich meine vielen Kinder versorgen muß? Und er warnt in seinem Brief, daß wir nicht mit weiterem Geld rechnen dürften. Er will uns zwar noch etwas schicken, wenn es geht, aber er rät uns, aus dem was wir haben, das beste zu machen, denn das Leben sei unberechenbar.«

Mama Abby ließ ihre Hausarbeit liegen und begleitete Nnu Ego zur Post. Dort wollte ein Angestellter unendlich viele Formulare unterzeichnet haben, aber nach dreistündiger Wartezeit lag das Geld schließlich tatsächlich in Nnu Egos Händen, und Mama Abby hatte ihr dabei geholfen, ein Sparkonto zu eröffnen.

Als Adaku es endlich geschafft hatte, sich mit Hilfe ihres Anteils von Nnaifes Geld auf dem Zabo Markt niederzulassen, gab es für Nnu Ego keinen Grund mehr, ihre Reise nach Hause zu verschieben.

»Jüngere Frau, sollte unser Mann noch Geld schicken, gib es bitte jemandem mit, der nach Ibuza fährt. Wir werden es schon erhalten. Mein Vater ist sehr krank, und ich muß mich beeilen. Ich möchte nicht, daß er geht, ohne mich und seine Enkelkinder gesehen zu haben.«

Eine gute Tochter

Die Reise nach Ibuza war weit und umständlich. Oshia war zwar erst neun Jahre alt, aber für sein Alter sehr findig, und übernahm unterwegs die Fürsorge für die Familie. Nnu Egos Zustand und Nnaifes Stellung bei der Bahn verhalfen ihnen zu einer Zugreise nach Oshogbo. Zusätzlich war Nnu Ego sogar die zweite Klasse bewilligt worden, da Nnaife irgendwo in Indien dem König von England diente. Aber weshalb Nnaife in Indien kämpfte, wenn England sich angeblich gegen eine Invasion sogenannter »Germanis« verteidigte, verstand sie nicht. Sie nahm sich vor, dafür zu sorgen, daß für ihren unglücklichen Mann ordentliche Opfer dargebracht würden, wenn sie erstmal zuhause war. Das Problem war, daß Nnaife an gar nichts mehr glaubte. Sie würde auf jeden Fall einen richtigen Schrein für ihn anfertigen lassen. Schließlich war er jetzt das Familienoberhaupt der Owulums.

Nnu Ego war froh, schon am frühen Nachmittag beim Abu ano Markt in Ogwashi Ukwu anzukommen. Junge Mädchen aus Ibuza gingen dorthin, um geröstete Erdnüsse zu verkaufen, und eines dieser Mädchen war die fünfzehnjährige Tochter der ältesten Witwe von Owulum. Als sie Nnu Ego erkannte, kam sie auf den Busbahnhof gestürzt, umarmte jedes der Kinder und sagte, sie würde sofort nach Hause eilen und junge Männer holen, die helfen sollten. Als sie bemerkte, daß Nnu Ego schwanger war, sagte sie ihr, sie solle sich nicht von der Stelle rühren, bis die Männer da seien. Sie ließ die Schüssel mit Erdnüssen für die Kinder da, rannte zum Markt, um ihnen etwas gesalzenen *ukwa*-Bohnenkuchen zu holen, den die Kinder mit großem Vergnügen aßen. Er war saftig und weich, ganz anders als die, die sie kannten. Die waren meistens sehr trocken, weil sie so lange von Ibuza unterwegs waren.

»Der ist besser als in Lagos«, urteilte Oshia. »Seht mal, selbst die Zwillinge mögen ihn. In Lagos essen die keinen *ukwa*.«

»Ich bin gleich zurück«, versprach das junge Mädchen Ozili.
»Ist es weit nach Ibuza?« wollte Oshia wissen.
»Nein, gar nicht. Nur fünf Meilen«, antwortete Ozili und lief, noch ehe Oshia sie fragen konnte, ob er mitgehen dürfe auf den Pfad, der ein Loch in das dichte Waldesgrün schnitt. Bald verschwand sie, als hätten die Bäume und Pflanzen sie verschluckt.
Jedermann auf dem Markt rief ihnen Willkommensgrüße zu. Nnu Ego hatte sich aus Kleidern ein Polster gemacht, ließ sich unter einem schattigen Baum bequem darauf nieder und sprach und lachte mit einigen Frauen, die Oshia noch nie gesehen hatte. Dann wusch seine Mutter mit Hilfe der anderen Frauen die Zwillinge und Adim. Oshia wurde zum Baden an einen nahegelegenen Fluß gebracht und sprang begeistert ins Wasser. Die Zwillinge schliefen schnell ein.
Nnaifes Verwandte kamen als erste. Die Babys wurden den Erwachsenen auf den Rücken gebunden und sogar Oshia mit seinen neun Jahren wurde die ganze Strecke getragen. Ihr Gepäck wurde in handliche Bündel gepackt, so daß jeder der jungen Männer ein Bündel auf dem Kopf oder auf der Schulter tragen konnte.
Als sie sich nach einem Marsch von zwei Meilen einer kleinen Ansiedlung namens Aboh näherten, kamen die jungen Männer aus Agbadis Hausstand hinzu, eine große, fröhlich lärmende Gruppe. Aber Nnu Ego erfuhr, ihr Vater könne seit fünf Tagen nicht mehr sprechen und warte nur noch auf sie, bevor er sich dem Tod überließ.
In Ibuza gingen sie zunächst zu Owulums Hauswesen. Die älteste Frau, Adankwo, war außer sich vor Freude.
»Willkommen, meine Tochter, willkommen. Oh, Oshia, aus dir ist ja ein Mann geworden. Und die Zwillinge - wie hübsch sie sind. Bald schon werden junge Männer bei uns anklopfen. Erinnern sie euch nicht an Ona?« schwärmte sie allen vor.
»Ich muß zu meinem Vater, der im Sterben liegt - «, setzte Nnu Ego an.
»Ja, das stimmt, gute Tochter. Allerdings liegt er nicht mehr im Sterben. Er starb schon vor fünf Tagen, aber er hält das Leben noch fest, bis er dich gesehen hat. Also leidet er stumm.

Ich bin froh, daß du hier bist«, fuhr Adankwo fort. »Aber erstmal mußt du etwas essen, dann begleiten wir dich. Du mußt die großen Kinder mitnehmen. Dein Vater wird sie berühren wollen. Er liegt einfach so da, vor der gleichen Feuerstelle, wo du gezeugt worden sein sollst, und seine Augen starren ins Leere.«

Aber sobald Nnu Ego Nwokocha Agbadis Hofplatz betrat, und das Mondlicht auf sie und ihre beiden ziemlich verängstigten Jungen fiel, sagte ihr Vater:

»Ona, Ona, Ona, hör auf, die Hände zu ringen; unsere Tochter ist da.«

Nnu Ego ließ ihre Söhne los und vergaß ihre Müdigkeit. Sie stürzte zu ihrem Vater, der edel und gleichzeitig überirdisch und zerbrechlich wirkte mit seinen schlohweißen Haaren und seinem ausgezehrten Körper. Aber seine Augen, diese lebhaften, wachsamen Augen strahlten ungebrochen, und seine Wangenknochen traten kräftig hervor, als wollten sie jede Krankheit leugnen.

»Oh, Vater, das habe ich mir nicht so vorgestellt... Warum bin ich nicht schon eher gekommen? Aber sieh nur, sieh dir meine Kinder an, Vater. Ich habe Söhne und Töchter... die Kinder - oh, Vater, Vater.«

Agbadi rollte sich auf die Seite des Ziegenfells und ließ wieder jenes tiefe, boshafte Lachen vernehmen, das seinen Freunden so vertraut war, auch wenn es jetzt gespenstisch klang.

»Tochter, ich wollte nicht davongehen, ehe ich dich gesehen habe. Ich weiß von deinem Zustand. Steh auf und laß dich ansehen. Ja ... großartig. Eine richtige Frau mit vielen Kindern. Es ist gut. Ona, ich habe dir ja gesagt, daß es gut enden würde...«

Die Leute sahen sich furchtsam um, sie merkten, daß er halluzinierte. Ona, Nnu Egos Mutter, vielleicht die einzige Frau, die Agbadi je geliebt hatte, war vor langer Zeit gestorben, und dennoch sprach er zu ihr, als wäre sie auf dem Hofplatz.

Seine älteste Frau, ebenfalls alt geworden und müde von der langen Nachtwache, die sie alle gehalten hatten, führte die beiden Jungen weg und machte ihnen einen Schlafplatz auf dem Lehmbett in der Nähe ihrer Mutter zurecht. Nach den Aufre-

gungen des Tages sanken sie bald in tiefen Schlaf.
Zweimal wachte Agbadi in der Nacht auf, erzählte Nnu Ego Bruchstücke von Geschichten aus ihrer Kindheit und schlief dann wieder ein. Nnu Ego lag neben ihm; das Baby in ihrem Bauch stieß wild, so daß sie ziemlich sicher war, es werde vor der Zeit zur Welt kommen. Als das Strampeln zu heftig wurde, stand sie auf; ein heller Schimmer am Horizont kündigte das Morgengrauen an. Sie wandte sich ihrem Vater zu. Seine Augen waren geschlossen, aber er schien ihr Aufstehen bemerkt zu haben, denn er sagte lächelnd:
»Ich komme wieder in dein Haus, aber dann bringe ich deine Mutter mit.« Er hob seine Hand und legte sie auf den kugelrunden Bauch seiner Tochter. Sie wagte nicht zu fragen, was das bedeuten sollte.
Er fuhr fort: »Ich muß mich beeilen. Die meisten meines Alters sind schon drüben und warten auf mich. Sogar du, Idayi. Ich wollte nur noch Onas Tochter Auf Wiedersehen sagen...«
Seine Hand in der ihren wurde langsam steif. Sie begriff, daß ihr Vater gestorben war.
»Lebwohl, Vater, du letzter der großen Jäger. Komm wieder, komm wieder zu mir und tröste mich über diesen Verlust. Lebwohl, Vater.«
Dann stieß sie einen lauten Schrei aus, um aller Welt mitzuteilen, daß ihr Vater, einer der tapfersten Jäger der Welt, der großartigste Liebhaber, der edelste und freundlichste aller Väter, gestorben war.
Die Leute erwachten und stürzten herein, Männer, die in den kleinen Hütten um das Grundstück Wache gehalten hatten. Agbadis Söhne und ihre Frauen, Agbadis Witwen, alle nahmen den Schrei auf. Geschütze, schon seit Wochen vorbereitet, wurden abgefeuert. Bald wußte ganz Ibuza und ebenso die Nachbarstädte, daß ein bedeutender Mann diese Erde verlassen hatte, um zu seinen Ahnen zu gehen.
Die Trauergesänge, die Tänze und die Totenwache dauerten tagelang. Nnu Ego hätte nicht sagen können, wie viele Ziegen geschlachtet worden waren; bis zur Beerdigung eines *Obis* mußte jeden Tag eine Ziege geschlachtet werden, und keinem von Agbadis Söhnen wäre es eingefallen, ihn vor dem fünften

Tag beerdigen zu lassen. Seine anderen Töchter kamen und halfen Nnu Ego, den Witwen die Köpfe kahl zu scheren und ihnen Trauerkleidung anzulegen. Nnu Ego war heiter, und merkwürdigerweise beunruhigte sie, seit ihr Vater gestorben war, auch das Kind in ihrem Leib nicht mehr, und etwas sagte ihr, sie werde einen Jungen bekommen.

Mit unzähligen Tänzen und anderen Feierlichkeiten wurde Nwokocha Agbadi auf seinen *Obi*sessel gehoben und saß aufrecht in dem Grab, das auf seinem Hofplatz ausgehoben worden war. Der Sarg, ein Sarg für Sitzende, war sehr groß, denn er war für einen großen Mann bestimmt. Agbadi trug seine *chief*-Insignien, seine Kappe und seine Elefantenstoßzähne lagen auf seinen Knien, ebenso seine Jagdwaffen, sein Schild, sein Eisenspeer und seine Buschmesser. Er saß da, als würde er jeden Moment aufstehen und sprechen. Nnu Ego war sehr zufrieden. Ihr Vater wurde sitzend beerdigt, so als hielte er Wache über seinen Haushalt.

Nach dem ersten Begräbnis, dem körperlichen, mußte Nnu Ego in das Haus der Verwandten ihres Mannes ziehen. Da sie die erste und geliebteste Tochter war, entschied sie, in Ibuza zu bleiben, bis das zweite Begräbnis stattgefunden hatte, das ihren Vater endgültig zu seinen Ahnen schicken würde. Danach konnten die Witwen von irgendjemand in der Familie geerbt werden, dem sie gefielen. Einige sehr alte Frauen mußten sich nicht an neue Männer gewöhnen, weil ihre Söhne und Töchter für sie sorgen konnten.

Einige Wochen später setzte bei Nnu Ego die Geburt ein. Im Morgengrauen gebar sie einen Jungen, genau zur gleichen Stunde, in der ihr Vater gestorben war. Sie wollte das Kind gerne nach ihm benennen, aber sie wußte nicht, wie sie das Nnaifes Verwandten beibringen sollte; sie fürchtete, man könnte sie für eine zu moderne Frau halten, die die Namen ihrer Kinder selbst aussucht, bloß weil ihr Mann gerade im Krieg war. Sie hätte sich nicht zu sorgen brauchen. Adankwo, die älteste Frau der Owulums, die bei der Geburt geholfen hatte, warf nur einen Blick auf das große Kind mit der trockenen Haut auf dem Bananenblatt und rief:

»Es ist Agbadi! Er ist zurückgekommen!«

Der Lärm weckte alle, genau wie erst vor kurzem bei Agbadis Tod in Ogboli. Die Leute kamen herbeigelaufen, um »Willkommen, Vater« zu wünschen.

Nnu Egos ältester Halbbruder kam herein und rief aus: »Nnamdio!«, das bedeutet: »Das ist mein Vater!«

»Und das soll sein Name sein«, sagte Adankwo. »Nnamdio.«

Sie tanzten ausgelassen bis zum frühen Morgen, bis es Zeit wurde, auf die Felder zu gehen.

Am Tage von Agbadis zweitem Begräbnis war Nnu Ego von Verwandten aus beiden Familien, der Owulums und der Agbadis, umgeben. Ein Medizinmann, der sie durch die ganze Zeremonie begleitet hatte, sagte:

»Ich sehe deinen Vater jetzt im Land der Toten, wie er sich vor seinen Freunden mächtig damit rühmt, was für eine gute Tochter du bist.«

Nur wenige Frauen haben jemals solche Ehre und Erfüllung empfunden wie Nnu Ego in diesem Moment. Sie sah so glücklich aus, daß einige scherzten: »Du scheinst aber deinen Mann nicht sehr zu vermissen.«

Aber sie vermißte ihn. Sie überlegte sich ständig, wie es wohl ihm und ihrer Mitfrau Adaku gehen mochte, die selten Nachrichten übermitteln ließ. Nnu Ego hatte aber gehört, daß sie noch eine Tochter geboren hatte.

Nnu Ego wußte, daß man bald sagen würde: »Du hast bereits bewiesen, daß du eine gute Tochter bist, aber eine gute Tochter muß auch eine gute Ehefrau sein.«

Frauen allein

Sieben Monate nach Nwokocha Agbadis Tod fragten sich die Leute, wann Nnu Ego eigentlich nach Lagos zurückreisen wollte. Von angeheirateten Verwandten, ihrer eigenen Familie und der engen Gemeinschaft umgeben, wußte Nnu Ego, wie schwer es ihr fallen würde, Ibuza wieder zu verlassen. Sie wußte aber auch, daß sie nicht viel länger bleiben konnte. Nicht, daß sie nicht gern dagewesen wäre und in Lagos auf ihren Mann gewartet hätte, sie wollte einfach nicht gern wieder in die Stadt zurückkehren, die ihr so viel abverlangte. Das Leben in Ibuza mochte einfach und das Geld knapp sein, dennoch kannte sie hier kaum Sorgen.

An einem klaren Abend saß Nnu Ego zufrieden vor der Hütte, die ihr ganz allein gehörte, und genoß die Kühle. Ihre Kinder hatten mit den anderen Kindern des Hauswesens gegessen. Hin und wieder drang der Lärm ihrer Spiele im Mondschein bis zu ihr. Ihr Baby Nnamdio wußte sie bei der hilfsbereiten Adankwo gut aufgehoben, einer kräftigen Frau in den frühen Vierzigern - sie war eine jener zähen, verläßlichen Frauen, auf die man immer zählen kann. Aus der Nähe wirkte sie ein wenig hart; trocken wie dürres Holz. Sie redete wenig, lachte dafür umso mehr und entblößte dabei ihre schönen Zähne, die in der Mitte eine aufreizende Zahnlücke hatten.

Nnu Ego hörte, wie Adankwo auf sie zukam, den kleinen Nnamdio auf der Hüfte, in der anderen Hand einen Hocker. Adankwo übergab den Jungen seiner Mutter und sagte:

»Er hat den ganzen Abend an meiner Brust gekaut; ich glaube, er könnte jetzt etwas richtige Milch brauchen.«

»Aber Mutter«, sprach Nnu Ego sie an, wie es der ältesten Frau der Familie Owulum gebührte, »du bist doch wirklich noch nicht alt und ohne Milch. Laß ihn nur etwas kräftiger saugen, dann wirst auch du sicher Milch für ihn haben. Ich möchte einfach hier so im Sand liegen bleiben und den Mond betrachten.«

»Die Zeiten, in denen ich stillen konnte, sind vorbei, Tochter. Steh auf und still deinen Sohn; er ist sehr hungrig. Und ich möchte auch mit dir reden. Steh auf.« Ihre Stimme klang dringlich und verlangte Gehorsam.

»Hoffentlich ist im Hauswesen alles in Ordnung«, sagte Nnu Ego besorgt und schaukelte Nnamdio sanft, bevor sie ihm die Brust gab.

Adankwo fing erst an zu sprechen, als Nnamdio behaglich an der Brust seiner Mutter lag. Sie wandte ihren Kopf ein wenig zur Seite, als ob sie befürchtete, ein Feind könne sie belauschen. Sie begann recht unvermittelt und ganz anders als Nnu Ego erwartet hatte.

»Woher weißt du, daß die Toten nicht unter uns sind? Woher weißt du, daß sie uns nicht sehen können? Ein guter Mensch, der gestorben ist, kommt irgendwann einmal wieder; er geht in eine andere Welt, und vielleicht entscheidet er sich, zurückzukommen und sein Leben noch einmal zu leben. Aber muß man nicht in dieser Welt gut gewesen sein, damit man dazu überhaupt die Möglichkeit erhält?«

Nnamdio gluckste laut, streckte einen seiner pummeligen Füße in die Luft und griff gierig nach Nnu Egos anderer Brust, als gehöre sie ihm. Der Abend war zwar recht hell, doch zu Nnu Egos Erleichterung nicht so hell, daß man die Bestürzung in ihrem Gesicht sehen konnte. Ihr Herz schlug schneller. Meinte die Frau damit, daß Nnaife tot wäre? Hatte sie etwas davon gehört? Sie ermahnte sich, nicht albern zu sein. Schlechte Nachrichten überbrachte man nicht auf diese Weise, das würde man theatralischer tun. Ihre Gedanken machten sie schuldbewußt; es sah ja fast so aus, als wünschte sie, daß ihr Mann tot wäre; dabei hatte sie doch Angst, ihm könnte etwas zustoßen!

Wäre Adankwo etwas redegewandter gewesen, hätte sie Nnu Egos Angst schnell zerstreuen können. Aber sie war nicht nur eine schweigsame Frau, sondern besaß auch noch die unglückliche Angewohnheit, beim Reden lange Pausen zu machen.

»Du hast meine Fragen noch nicht beantwortet«, sagte sie nach einer Weile.

»Ich würde dir ja gerne antworten, aber ich weiß nicht, worauf du hinaus willst«, sagte Nnu Ego.

»Ich meinte damit deinen Vater.« Wieder schwieg Adankwo. Dann redete sie hastig weiter, als hätte sie die Sätze einstudiert: »Erinnerst du dich noch an die Nacht, in der dein Vater starb, als er sagte, er sehe deine Mutter? Erinnerst du dich, daß er Ona, die schon lange tot ist, erzählte, du seist aus Lagos gekommen? Dein Vater war ein wirklich guter Mann. Er sah deine Mutter und war auf dem Weg zu der Frau, die er liebte und all die Jahre nach ihrem Tod vermißt hatte. Aber wir alle wußten, daß dein Vater im eigentlichen Sinne schon fünf Tage vor deiner Ankunft gestorben war.«

»Das hat man mir schon oft erzählt, aber wie ist das möglich?«

»Normalerweise sterben die Menschen langsam, oder so sollte es jedenfalls sein. Sie machen sich mit den geliebten Menschen auf der anderen Seite langsam wieder vertraut. Dein Vater aber kam immer wieder zurück, er wartete auf dich. Er fragte uns immer wieder: ›Was soll ich meiner Ona nur sagen, wenn sie mich fragt, wie es unserer einzigen Tochter geht? Hätte ich ihr vielleicht sagen sollen, ich habe unser Kind seit zehn Jahren nicht gesehen? Nein, ich muß sie noch sehen. Ich muß noch so lange aushalten.‹ Und er lag da und litt schweigend. Hältst du es für richtig, einen solchen Vater zu kränken?«

»Ihn kränken? Aber wodurch?«

»Ich sage dir nur eines: Du wirst ihm nicht gerecht, wenn du dich der Verantwortung entziehest, die er dir übertragen hat. Er wußte, daß du hier sehr verwurzelt bist. Darum hat er auch versprochen, zu dir zurückzukommen - ja, ich war auch da im Schatten des Hofes. Wir alle haben jedes Wort verstanden.«

»Aber welche Pflicht habe ich denn vernachlässigt?«

»Ist dir das nicht klar, Nnu Ego, Tochter von Agbadi? Siehst du nicht, daß du von dem Platz wegläufst, den dir deine *chi* bestimmt hat, daß du ihn einer Frau überläßt, die dein Mann von seinem Bruder übernommen hat, einer Frau, die wir alle als sehr ehrgeizig kennen, und die dieser Familie noch nicht einmal einen Sohn geboren hat? Und du, du schlägst hier Wurzeln... Was bildest du dir eigentlich ein? Du willst dich mit dem Lande verbinden. Aber das kannst du nicht. Du hast deine Wurzeln in der Familie Owulum geschlagen. Du bist die erste und ranghöchste Frau deines Mannes; du bist eine Art Freund für ihn. Dein Platz ist an seiner Seite, und du sollst die jüngere Frau beaufsichtigen. Hast du je gehört, daß eine vollwertige Frau ohne ihren Mann lebt? Du hast die Pflicht an deinem Vater erfüllt, der ein Mann von unbeschreiblich edler Gesinnung war. Jetzt mußt du zu deinem Mann zurück.«

»Aber«, protestierte Nnu Ego, »er ist immer noch im Krieg. Also kann ich ihn nicht vernachlässigt haben.«

»Wenn er aber nun zwischendurch nach Hause gekommen ist, um seinen neuen Sohn zu sehen, den du ihm geboren hast - und er hat nur Adaku, ihre Launen und ihren Ehrgeiz angetroffen? Glaubst du denn, dieses raffinierte Biest würde ein gutes Wort für dich einlegen? Nnaife würde glauben, du seist, kaum daß er fort war, zu deiner Familie gegangen.«

»Ich bin aber nicht bei meiner Familie geblieben, das weiß doch jeder. Ich wohne hier bei seiner Familie.«

»Das ist richtig, meine Tochter, aber bist du denn an Ort und Stelle, es ihm sagen zu können? Und wenn Adaku alle Geschenke, die er aus Übersee mitgebracht hat, und das Geld an sich genommen hätte? Vergiß nicht, daß sie verzweifelt auf einen Sohn hofft und du schon drei hast. Du solltest in Lagos sein und aufpassen, damit nichts verschwendet wird von dem, was er mitbringt. Du bist die Mutter seiner Jungen; sie erst haben aus ihm einen Mann gemacht. Sollte Adaku heute sterben, dann werden ihre Leute kommen, um die Leiche zu holen, nicht die ihres Mannes. Bei dir ist das anders.«

»Was soll ich denn mit Oshia machen? Er hat sich so gut hier eingelebt, er kann auf dem Land arbeiten und zur Schule gehen. Er liebt das Leben hier.«

»Das ist richtig«, antwortete Adankwo nachdenklich. »Aber etwas Neues kommt in unser Land. Hast du das schon bemerkt? Eine Familie muß nicht mehr am selben Ort leben und aufwachsen. Laß ihn in Lagos lernen, wo er geboren wurde. Später kann er dann sein Wissen zu uns bringen und unsere Leben reicher machen. In ein paar Jahren kann er auch schon

für dich sorgen. Oshia ist jetzt zehn. Meine Söhne haben mit fünfzehn die ersten eigenen Yamswurzeln geerntet. Du brauchst also nicht mehr lange zu warten.« Sie machte eine Pause, als wollte sie ihre Gedanken erst ordnen. »Aber ich hätte als Mutter versagt, wäre ich nicht hier gewesen, um ihnen ihr Land zu sichern, denn wo hätten sonst meine Söhne ihre Hütten bauen können? Du hast deinen Vater vor sieben Monaten begraben? Es ist genug Zeit vergangen. Du mußt nach Lagos zurück und dich um das Erbe deiner Kinder kümmern.«
»In Lagos gehört uns nicht viel. Immerzu mußten wir da und dort etwas zusammenkratzen und uns behelfen. Selbst das Zimmer, in dem wir leben, ist nur gemietet.«
»Woher willst du denn wissen, was die Zukunft dir noch alles beschert? Und was Nnaife aus dem Krieg alles mitbringt? Mit ihm wird alles gut, denn ich habe mehrfach Opfer bringen lassen, damit ihm nichts widerfährt. Ich möchte nicht, daß Adaku, jung und ehrgeizig wie sie ist, alles bekommt. Ich kenne sie gut: sie war schließlich die Frau, die mein Mann als letzte geheiratet hat... Mach dich gleich morgen an die Reisevorbereitungen. Und wenn du jemals mit dem Schulgeld für die Jungen in Schwierigkeiten kommst, dann denk daran, daß Mädchen sehr schnell heranwachsen; der Brautpreis der Zwillinge wird dir eine Hilfe sein. Aber bis dahin ist Nnaife bestimmt wieder da. Geh und schütze das Erbe deiner Söhne.«

In Lagos angekommen, mochte Nnu Ego ihren Augen nicht trauen. Es kam ihr vor, als wäre sie neun Jahre und nicht nur neun Monate fortgewesen. Alles war jetzt doppelt so teuer, das empörte sie sehr. Die Miete war um sieben Shillinge pro Monat gestiegen, ein Maß *garri* kostete doppelt so viel wie vorher, einige ganz gewöhnliche Lebensmittel bekam man überhaupt nicht mehr. Und zu ihrer Bestürzung mußte sie feststellen, daß Adankwo mit ihren Äußerungen über Adaku recht gehabt hatte. Nnaife war erst vor drei Wochen zu einem kurzen Besuch zuhause gewesen.
»Aber warum hast du mir keine Nachricht geschickt?« fragte Nnu Ego betroffen. »Wir wären so schnell wie möglich hier-

hergereist, um ihn zu sehen. Ich hätte ihm gerne seinen jüngsten Sohn gezeigt.«

»Er ist nicht lange geblieben, erste Frau. Er war sehr froh, daß du in Ibuza warst, weil er dadurch Geld sparen konnte. Er hat fünf Pfund für dich dagelassen. Ich wollte sie dir schicken, sobald irgendjemand nach Ibuza gefahren wäre, aber wie du siehst, habe ich viel zu tun.«

»Ja, du hast dich sehr darum bemüht, Geld zu verdienen, das sehe ich. Man braucht sich nur deine Stände und die Waren anzusehen. Sicher hast du Nnaifes Geld dazu benutzt, deinen Handel aufzubauen.«

»Das ist nicht wahr, erste Frau. Ich habe dich schließlich nicht überredet, nach Hause zu reisen. Du hast darauf bestanden. Also mach nicht mich dafür verantwortlich, wenn du in Lagos erst wieder Fuß fassen mußt. Hier sind die fünf Pfund. Ich habe sie nicht in mein Geschäft gesteckt, wie du offenbar denkst.«

»Ich merke schon, daß du dich über mich lustig machst, Adaku. Du kannst es dir leisten, dich über mich lustig zu machen. Du scheinst anzunehmen, du hättest besonders klug gehandelt, aber ich sage dir, du irrst dich. Du hast dich für Geld und feine Kleider entschieden, ich mich für meine Kinder; aber vergiß nicht, daß meine Familie immer reich war. Nur in Lagos bin ich arm. Geh nach Ibuza, und du wirst sehen, wie reich ich an Menschen bin - Freunden, Verwandten, angeheirateten Verwandten.«

»Was willst du eigentlich von mir, erste Frau? Warum machst du nicht deine Stände vor dem Haus auf, deine Zigarettenstände...«, sagte Adaku; sie unterdrückte ein Kichern, denn sie wußte genau, daß Nachbarinnen Nnu Egos Abwesenheit ausgenutzt und ihr die Geschäfte verdorben hatten.

Vier andere Holzstände gab es jetzt noch, wo es früher nur den von Nnu Ego gegeben hatte. Eine der Frauen des Hauseigentümers verkaufte sogar direkt vor dem Haus. Gegen diese Konkurrenz anzutreten, war völlig aussichtslos. Nnu Ego war mit ihrer Weisheit am Ende. Es war ausgeschlossen, einen Marktstand zu bekommen; ein solcher Stand kostete inzwischen so viel, daß sie kein Geld für die Anschaffung von Waren übrig behalten hätte. So begann sie, Feuerholz zu verkau-

fen. Dafür benötigte sie nicht viel Kapital; nur sehr viel Kraft. Man mußte das Holz vom Strand nach Hause tragen, es mit einer Axt zerhacken und dann die Scheite zum Verkauf bündeln. Vielen Frauen war das zu anstrengend.
Nnu Ego hatte anfangs versucht, wieder wie früher gemeinsam mit ihren Kindern, Adaku und ihren beiden Töchtern zu essen, mußte aber bald einsehen, daß es unmöglich war. Adaku war inzwischen reich. Sie brauchte nur für zwei Töchter zu sorgen; sie redete sogar davon, sie zum Privatunterricht anzumelden, damit sie das ABC lernten. Allerdings hatte sie das bisher noch nicht wahrgemacht, und zur Schule gingen sie auch nicht. Auf Adakus Stand auf dem Zabo-Markt gab es Bohnen, Paprika, Stockfisch, *egusi* und gewürzte Lebensmittel im Überfluß. Meist blieb sie den ganzen Tag auf dem Markt und kam erst spät abends nach Hause. Es war sinnlos aufzubleiben, und Adaku wollte auch gar kein Essen, wenn sie zurückkam. Wahrscheinlich aß sie mit ihren Kindern auf dem Markt.
Mit diesem Lebensstil kam Nnu Ego überhaupt nicht zurecht. Ihr kam es so vor, als wäre sie auf offener See, hilflos dem Strom und den Wellen ausgeliefert. Ihre Freunde konnten ihr nicht helfen, weil sie selber viel zu beschäftigt waren, Geld zu verdienen. Und Nnamdio und die Zwillinge fesselten sie ständig ans Haus. Besuche machte sie selten, weil man nicht denken sollte, sie käme nur wegen des Essens. Sie ging auch nicht mehr zu den Familientreffen; man mußte schon wie die anderen mit der Mode gehen, sonst verlor man gänzlich den Kontakt. Adaku besuchte die Versammlungen und berichtete ihr davon. Nnu Ego akzeptierte ihr Los und tröstete sich damit, daß aus ihren Söhnen eines Tages Männer würden. Aber sie litt doch sehr darunter, daß sie fast schon so etwas wie eine Magd der rangniedrigeren Frau geworden war und dazu noch der einer nur übernommenen.
Als Nnaife damals nach Fernando Po aufgebrochen war, war sie wenigstens allein gewesen. Armut war schlimm genug; wenn es andere sahen, war das viel schlimmer. Wenn Adaku doch nur irgendwoanders hingezogen wäre! Und Nnu Ego konnte ja auch nicht zurück nach Ibuza, nicht nach Adankwos

eindringlichen Worten. Sie würde nicht nur ihr Gesicht verlieren, sondern zudem für undankbar gehalten werden, weil sie den ganz persönlichen Rat von Adankwo, die für ihre Schweigsamkeit bekannt war, einfach ignorierte. Nein, sie mußte die Zähne aufeinanderbeißen und so tapfer wie möglich durchhalten; waren die Kinder erst einmal größer, würde sich alles zum besten wenden.
Es ging Nnu Ego so wie manchen etwas einfältigen Christen, die angesichts der Verheißung des Himmelreichs annehmen, es stehe unmittelbar bevor, und Jesus Christus sei am nächsten Morgen zu erwarten. Viele von ihnen taten fast nichts für diese irdische Welt, weil sie sich sagten: »Was soll's? Jesus kommt doch bald.« Damit isolierten sie sich völlig und wollten mit gewöhnlichen Menschen, die ihrer täglichen Arbeit nachgingen, nichts zu tun haben. Sie bedauerten diese Menschen oder verachteten sie sogar: ihnen stand ja das Himmelreich nicht offen. Vielleicht schützten sie sich mit dieser Einstellung vor einer Realität, die bewußt zu ertragen zu schmerzlich war.
Mit der Zeit nahm auch Nnu Ego diese Haltung an. Sie schürte mit allen Mitteln Adakus Eifersucht auf ihre Söhne. Wann immer sich eine Gelegenheit bot, benutzte sie den vollen Namen ihrer Kinder und meinte, Adaku damit eins auswischen zu können. Es gab ständig kleine Reibereien, die Ubani, Nwakusor und andere Freunde schlichten mußten.
Im Juni regnete es heftig. An solch heftige Regengüsse zu dieser Jahreszeit mußte man sich erst gewöhnen. Eines Tages brach der Regen so überraschend los, daß Nnu Ego ärgerlich wurde. Zwar hatten schwere Wolken den Regen angekündigt, aber so spät, daß es schon in Strömen goß, ehe sie ihre Pläne für den späteren Nachmittag ändern konnte. Sie war schon früh aufgestanden. Brennholz hatte sie genug für den Rest der Woche; nach ihrer Rechnung hatte sie genug Holz zum Kochen, und vom Rest konnte sie noch so viel verkaufen, daß es für Bohnen zum Frühstück für die Kinder reichte. Nnu Ego saß meist mit den Babys an ihrem Stand vor dem Haus, an dem sie Brot und Lebensmittel verkaufte; Oshia sollte Seife, Zigaretten, Streichhölzer und Kerzen feilbieten, während Adim die gerösteten Erdnüsse verkaufen sollte, die sie gerade

zubereitete. Sie kam gerade mit den dampfenden Erdnüssen aus der Küche, als der Regen losprasselte. Was sollte sie jetzt nur machen? Morgen wären die Erdnüsse nicht mehr knusprig, und bei diesem Wetter konnte sie Oshia unter keinen Umständen rausschicken. Leute, die wußten, daß sie Feuerholz verkaufte, würden wohl bei ihr vorbeikommen, aber sicher würde sie bei dem Regen einen großen Teil ihres Gewinns einbüßen. In ihrer verzweifelten finanziellen Lage konnte sie es sich nicht leisten, den Gewinn eines halben Tages zu verlieren. Aufgeregt lief sie den schmalen Gang zwischen den beiden Betten auf und ab. Sie konnte draußen das ausgelassene Juchzen der Kinder hören, die in den Regen hinaus- und dann schnell wieder zurückrannten und nach der drückenden Schwüle die Kühle genossen. »Was soll ich nur machen?« murmelte sie, den Tränen nahe. »Ich habe nur noch die fünf Pfund, die ich auf Mama Abbys Rat hin vor zwei Jahren gespart habe. Wenn ich die jetzt anbreche, wovon soll ich dann Oshias Schulgeld bezahlen, und was wird aus Adim? Auch der kleine Nnamdio wächst und wächst. Oh, dieser Krieg, dieser Krieg... von niemandem kann man erfahren, was wirklich los ist. Keiner weiß, wo Nnaife ist. Vielleicht in Indien, vielleicht im Himmel, vielleicht auch im Norden von Nigeria, woher soll ich das wissen?«
»Mutter, Mutter!« rief Taiwo, eines der beiden Zwillingsmädchen. »Es ist Besuch da. Komm, Mutter. Sie möchte hereinkommen.«
Besuch bei diesem Wetter? Das Kind mußte das falsch verstanden haben. Welcher auch nur halbwegs vernünftige Mensch würde sie denn jetzt besuchen wollen? Dennoch sollte sie lieber selbst nachsehen. Vor der Tür stand eine Frau aus Ibuza, Igbonobas Frau. Sie war eine Verwandte von Adaku, und auch ihre Geschäfte liefen sehr gut. Zudem hatte diese Frau das Glück gehabt, mit einem älteren Mann verheiratet zu sein, den man wegen seines Alters nicht eingezogen hatte. Und er gehörte zu den wohlhabenden Einwohnern von Ibuza. Anders als Adaku hatte diese Frau viele Kinder, nicht nur Mädchen, sondern auch Jungen - kurz gesagt, sie hatte alles, was eine Frau sich wünschen konnte. *Sieh sie dir an,* dachte Nnu Ego

ärgerlich, *diese teuren Schuhe, dieses Kopftuch, sogar eine Goldkette hat sie - und dabei besucht sie nur Adaku, ihre Verwandte, und dann bei diesem Regen! Mein Gott, was allein das Kopftuch gekostet hat! Von dem Geld könnten ich und die Kinder einen ganzen Monat leben. Und sie ist die Tochter eines Niemands. Und ich, die Tochter eines bekannten Oberhaupts, bin so heruntergekommen...*

»Es regnet sehr stark, willst du mich nicht hereinbitten? Auf deiner Veranda kann man sich vor lauter Feuerholz ja nicht rühren«, beschwerte sich Igbonobas Frau, halb im Scherz, halb zornig. Sie ließ Nnu Ego nicht aus den Augen und konnte deren Gedanken zu einem guten Teil erraten. Adaku hatte ihr versprochen, sie käme heute früh nach Hause. Vielleicht hatte der Regen sie aufgehalten. Igbonobas Frau wollte hier auf sie warten.

Nnu Ego starrte sie mit glasigen Augen an. Es gab also noch Leute, die weiterhin in solchem Prunk lebten. Ja, auf dem Markt hatte sie schon solche bunten Regenschirme gesehen, aber sie hatte sich nicht vorstellen können, daß so etwas für Frauen aus Ibuza erschwinglich wäre. Womit hatte sie nur eine solche Strafe verdient? Sie hielt das nicht aus, nein! Am liebsten hätte sie losgeschrieen, aber sie hielt sich den Mund zu.

»Falls du vorhast, noch länger herumzustehen und mich anzustarren, gehe ich eben auf deine Veranda und warte dort auf meine Kusine Adaku.« Die Frau stieg die beiden Zementstufen hinauf und sah sich nach einem Stuhl um. Es war keiner da. Sie schüttelte die Tropfen von ihren teuren Kleidern. Nnu Ego beobachtete sie, die Hand immer noch vor dem Mund, und zitterte am ganzen Körper.

Die Frau sah sie an und fragte: »Geht es dir auch wirklich gut, Nnaifes Frau? Warum starrst du mich so an? Wir sind doch nicht verfeindet? Warum siehst du mich so abweisend und wenig gastfreundlich an? Ich komme aus Obalende, von der anderen Seite der Lagosinsel, und du hast mich noch nicht einmal begrüßt - «

»Halt den Mund! Halt doch den Mund und hau ab! Du kannst da nicht stehenbleiben. Mein Baby weint - hau ab!« Nnu Egos

Stimme war noch lauter als das Getrommel des Regens. »Kommt rein, Kinder, es regnet.« Die Kleinen kamen ins Zimmer, und Nnu Ego knallte die Tür hinter sich zu.
Igbonobas Frau schnappte völlig verblüfft nach Luft. Niemals in ihrem ganzen Leben hatte sie ein derart unsoziales Verhalten erlebt. Nie zuvor war sie so beleidigt worden. Was war nur mit der Frau los? Ihre Nerven schienen zum Zerreißen gespannt zu sein. Zurückschreien wäre sinnlos: der Regen würde ihre Stimme übertönen. Wenn ihr Mann Igbonoba davon erführe, würde es mächtigen Ärger geben. Langsam erholte sie sich von diesem Schock und hörte, wie Nnu Ego und die Kinder mit aufgesetzter Fröhlichkeit sangen. *Gottseidank habe ich selber Kinder, sonst müßte ich zu dem Schluß kommen, daß sie diese rührende Familienszene nur veranstaltet, um mich eifersüchtig zu machen*, dachte sie. Sie blieb dort stehen und wartete ab, daß der Regen nachließ und daß Adaku kam, die sich ihretwegen bestimmt Sorgen machen würde. Adaku war es mittlerweile leid, auf das Ende des Regens zu warten; denn es sah so aus, als ginge es noch den ganzen Nachmittag weiter. Sie und die beiden Mädchen entschlossen sich, dem Wetter zu trotzen; eine alte Militärplane über dem Kopf, die sie auf dem Markt aufgegabelt hatten, rannten sie schnell nach Hause.
Igbonobas Frau blickte noch immer auf die zugeknallte Tür, als sie die Schritte Adakus und ihrer beiden lachenden Töchter hörte. Sie waren naß bis auf die Haut, die Plane hatte nicht einmal ihre Köpfe ganz bedeckt.
»Ich wußte ja, daß du hier auf mich warten würdest«, keuchte Adaku, als sie und ihre Kinder auf die Veranda sprangen. »Darum haben wir unseren ganzen Mut zusammen genommen. Der Regen ist so heftig, man bekommt richtig Kopfschmerzen davon.«
»Ich weiß«, antwortete ihre Kusine. »Manche Tropfen sind so schwer wie kleine Kieselsteine; und wie der Regen plötzlich losgeplatzt ist! Ich hatte gedacht, er hört bald wieder auf, weil es so unvermittelt losging.«
»Na, wir sind ja alle gesund und munter angekommen«, sagte Adaku. »Sei herzlich willkommen. Wie ich sehe, bist du auch erst gerade gekommen. Mir vorzustellen, daß du lange hast

warten müssen, wäre mir unerträglich. Wie dem auch sei, meine Hauptfrau ist drinnen - hörst du sie singen? Sie hängt so an ihren Kindern.« Adaku zwinkerte verschwörerisch mit den Augen.

Adaku öffnete die Tür, und alle quetschten sich in den kleinen Raum hinein. Nnu Ego begrüßte sie milde, und Igbonobas Frau bemerkte, daß Nnu Ego sich benahm, als sei alles völlig in Ordnung. Sollte sie nun Adaku erzählen, was passiert war, oder nicht? Sie ließ es lieber bleiben. Es würde nur Ärger geben, und sie mußte dann auch wohl als Zeugin auftreten. Dieser Gedanke gefiel ihr nicht.

Es gibt kaum etwas Schlimmeres als ein schlechtes Gewissen. Nnu Ego lief geschäftig um den Besuch herum, tat so, als habe sie sie noch nie getroffen und holte etwas Kolanuß, die sie ihr vorsetzte. Adaku wunderte sich ein wenig über sie, denn normalerweise interessierte sich ihre Mitfrau nur sehr wenig für ihre Gäste. Offenbar ist Igbonobas Frau ihr sympathisch, dachte Adaku. Nnu Ego hielt das Gesicht abgewandt, aber Igbonobas Frau verstand, daß Nnu Ego sie mit all ihren Bemühungen um Vergebung bat. Nnu Ego tat ihr leid. Daß eine Hauptfrau sich so erniedrigte. Aber sie sagte nichts. Nnu Ego wußte, daß sie nach gesellschaftlichen Maßstäben zu weit gegangen war: sie konnte nur hoffen, daß es diese Frau nicht weitererzählen würde.

Doch drei Tage später wußte Adaku alles, nicht von Igbonobas Frau, auch nicht von Nnu Ego, sondern von dem kleinen Adim. Adaku war zu erbost, um auch nur ein Wort mit Nnu Ego zu wechseln; sie rannte einfach hinaus und holte ihren Verwandten Nwakusor; er hatte Nnu Ego vor vielen Jahren vor dem Tode bewahrt. Sie bat auch ihren guten Freund Ubani dazu. Sie trug ihnen den Vorfall vor; statt aber Nnu Ego die Schuld zu geben, ließen die beiden Adaku spüren, daß sie kein Recht habe, sich über Nnu Egos Benehmen zu beschweren, wo sie doch der Familie noch keinen Sohn geschenkt habe.

»Wessen Tochter du auch sein magst, Adaku, weißt du denn nicht, daß du dich nach den Bräuchen unseres Volkes einer unverzeihlichen Sünde schuldig machst?« sagte Nwakusor. »Unser Leben beginnt in der Unsterblichkeit und endet in ihr.

Wenn Nnaife nur mit dir verheiratet wäre, dann hättest du sein Leben bei seinem diesmaligen Verweilen auf der Erde beendet! Ich weiß, du hast Kinder, aber alle sind Mädchen. In ein paar Jahren werden sie zur Unsterblichkeit eines anderen Mannes beitragen. Mit deinen feinen Kleidern und deinen gutgehenden Geschäften machst du die einzige Frau, die deinem Mann zur Unsterblichkeit verhilft, unglücklich. Ich an deiner Stelle würde lieber nach Hause reise und meine *chi* befragen, warum du keine männlichen Nachkommen bekommst. Stattdessen regst du dich hier wegen deinem Besuch auf. Warum mußte sie sich überhaupt so herausputzen, und das noch an einem Werktag?«
Obwohl die Männer aus Ibuza eine fleißige und reiche Frau sehr zu schätzen wußten, war ihr Leben doch nichts wert, wenn nach ihrem Tode keine Söhne vom eigenen Fleisch und Blut ihren Reichtum erbten. Wozu sollte man Reichtum anhäufen, wenn niemand ihn erben konnte? Nwakusor ermahnte allerdings auch Nnu Ego. Sie sollte mehr auf ihren Ruf achten. Es war ja schön, daß sie Kinder hatte, aber die könnten nur dann Freude an ihren Eltern haben und stolz auf sie sein, wenn diese einen guten, unbefleckten Namen hinterließen. Sie dürfe es nie so weit treiben, daß man ihr, Tochter Nwokocha Agbadis und seiner ewigen Geliebten Ona, nachsagte, sie wüßte Besuch nicht höflich zu empfangen.
»Weißt du denn nicht, daß du die Hausherrin bist? Warum begrüßt du dann eine Besucherin, die zudem noch aus Ibuza stammt, so unwillig?« fragte Nwakusor.
Nnu Ego mochte nicht zugeben, daß sie nur wegen des wohlhabenden Auftretens der Frau so gehandelt hatte und weil Adaku seit Nnu Egos Rückkehr aus Ibuza ihren Reichtum so ostentativ zur Schau gestellt hatte. So redete sie darüber nicht und sagte nur leise: »Diese Stadt läßt mich manchmal meinen Rang vergessen. Es wird nicht wieder vorkommen, das verspreche ich.«
»Zur Strafe kaufe uns ein Fäßchen Palmwein und eine Dose Zigaretten.«
Adaku stand daneben und bemerkte, daß man sie völlig übersah. Sie forderten Nnu Ego nicht einmal auf, sich bei ihr zu

entschuldigen und eine Weile schien es, als hätten sie sogar vergessen, daß sie ja schließlich die Männer aufgefordert hatte, den Vorfall zu schlichten. Ganz deutlich drückten sie damit aus: sie war nur Untermieterin, sie erkannten ihre Stellung im Haushalt von Nnaife Owulum nicht an. Auch das viele Geld, das sie erwirtschaftet hatte, nahm die Männer nicht gerade für sie ein. Sie hatte verstanden.

Sobald die Männer gegangen waren, kroch Nnu Ego ins Bett. Sie hatte es mit handgewebten Matten bedeckt, weil sie kein Geld für Bettlaken hatte. Sie lag mit gemischten Gefühlen da, den Tränen nah, wußte aber nicht warum. Adaku tat ihr leid, weil die Männer sie so sehr verletzt hatten, aber würde Adaku es verstehen, wenn sie ihr das sagte? Sie war erleichtert, denn sie war ja nur knapp dem gleichen Schicksal wie Adaku entgangen. Und nur weil sie Mutter von drei Söhnen war, erwartete man von ihr, glücklich zu sein in ihrer Armut, mit allen ihren Sorgen, die ihr auf den Nägeln brannten, ihrem knurrenden Magen, in ihren Lumpen, ihrem vollgestopften Zimmer... Diese Welt war schon verwirrend.

Als ihr der leere Magen schmerzte, bewegte sie sich ein wenig, in der Hoffnung, damit ihren Heißhunger etwas beschwichtigen zu können. Seit heute morgen hatte sie kaum etwas gegessen. Die Friedensstifter hatten ihr ein paar Pennys gegeben - ein Bruchteil dessen, was die Strafe, der Palmwein und die Zigaretten, kosteten. Mit dem Geld wollte sie lieber für ein gutes Frühstück für die Jungen sorgen, bevor sie am nächsten Morgen zur Schule mußten. Sie hörte, wie Adaku schluchzte. Die Betten standen so nahe beieinander, daß man trotz der Trennvorhänge den anderen atmen hören konnte. Nnu Ego empfand Mitleid mit Adaku, aber wie sollte sie es ihr sagen? Die Männer hatten sie ungerecht behandelt. Schließlich war ja sie, Nnu Ego, die ganze Zeit im Unrecht gewesen. Aber die Männer hatten so getan, als wäre sie unschuldig, nur weil sie Mutter von drei Söhnen war. Männer waren wirklich schlau. Sie hatten sie ermahnt, sich ihrem Status als ranghöchste Frau entsprechend zu verhalten. Ihre Stellung sollte ihr absolut beneidenswert erscheinen, um die zu kämpfen sich für jede Frau lohnte. Ihr bedeutete das nichts. Sie sprach Adaku an.

»Es tut mir leid. Vielleicht hättest du die Männer doch lieber nicht rufen sollen.«

Einen Augenblick herrschte Schweigen, dann sagte Adaku: »Ich bin sehr froh, daß ich es getan habe. Es geschieht mir recht, ich habe es ja nicht anders gewollt. Sie haben ausgesprochen, was du mir seit deiner Rückkehr aus Ibuza sagen wolltest. Ich bin ihnen dankbar, daß sie es getan haben.«

»Und was willst du jetzt machen, Adaku?«

»Was du schon immer von mir wolltest: ich verlasse dieses stinkende Loch. Warum sollte ich es hier noch länger aushalten? Nnaife mag mich nicht, seine Leute mögen mich nicht, warum sollte ich hierbleiben? Als er Urlaub hatte, war er böse auf mich, weil du nach Hause gefahren warst, um deinen Vater zu beerdigen. Er war verletzt, weil er glaubte, du würdest deinen Vater mehr schätzen als ihn; und mir warf er vor, ich hätte dich nicht zurückgehalten. So war mein Bett für ihn nur zweite Wahl. Das machte mir nichts aus, weil ich von ihm nur einen Sohn wollte. Aber ich wurde nicht schwanger. Und nur ein paar Tage später kamst du mit seinen vielen Kindern wieder zurück. Ich konnte es kaum ertragen. Und heute abend kommen diese Männer, um mir das alles unter dic Nase zu reiben, als ob ich es nicht schon selber wüßte.«

Sie seufzte. »Alle werfen mir vor, ich würde ständig nur Geld verdienen. Aber was soll ich denn sonst tun? Mit meinem Geld werde ich meinen Mädchen einen guten Start im Leben verschaffen. Sie werden mich nicht mehr auf den Markt begleiten. Ich werde sie in einer guten Schule anmelden. Ich denke, das wird ihnen später etwas nützen. Viele reiche Yorubafamilien schicken jetzt ihre Töchter zur Schule; meine sollen auch dahin. Sie sollen nicht von Nnaife an irgendeinen Mann verschachert werden, ehe sie fertig sind. Dafür werde ich sorgen! Morgen verlasse ich dieses stickige Zimmer, erste Frau.«

»Willst du deiner *chi* huldigen?«

»Meine *chi* sei verflucht! Ich werde Prostituierte. Verflucht sei meine *chi*!« wiederholte sie erbittert.

Nnu Ego mochte ihren Ohren nicht trauen. »Weißt du, was du da sagst, Adaku? Deine *chi*, deine persönliche Gottheit, die dir das Leben geschenkt hat ...«

»Ich mache mir nichts aus diesem Leben, das sie oder er mir geschenkt hat. Ich ziehe morgen mit meinen Töchtern aus. Ich will nicht nach Ibuza zurück. Ich will bei den Frauen in der Montgomery Road leben. Ja, ich werde eine von ihnen, um unsere Männer glücklich zu machen, wenn sie aus dem Krieg zurückkommen.«

»Hör auf! Hör auf!« schrie Nnu Ego. »Vergiß nicht, daß in unserem Zimmer auch junge Mädchen schlafen. Wage ja nicht, mich zu beleidigen, indem du so etwas in meiner Gegenwart äußerst. Von welchen Frauen redest du? Du willst doch sicher nicht wirklich eine von ihnen werden...? Das kannst du nicht. Was soll denn aus deinen Töchtern werden? Kein Mann aus Ibuza wird ein Mädchen heiraten, das von einer Prostituierten aufgezogen wurde.«

»Es tut mir leid, daß ich dich gekränkt habe, aber schließlich hast du mich ja gefragt, oder nicht? Meine Töchter werden ihren eigenen Weg in dieser Welt finden müssen. Ich bin nicht bereit, hierzubleiben und langsam verrückt zu werden, nur weil ich keine Söhne habe. Die Männer taten ja so, als wüßte ich, wo Söhne herkommen und hätte versäumt, für meinen Mann einen mitzubringen. Als ob ich nicht schon einen gehabt habe. Das vergessen sie ganz. Wenn meine Töchter mir nicht verzeihen können, wenn sie erwachsen sind, kann ich es nicht ändern. Mich wirft man sowieso weg, wenn ich tot bin. Du aber, erste Frau, bist eine, die, wie man sagt, Wurzeln geschlagen hat: dich wird man in Nnaifes Hauswesen beerdigen.«

Nnu Ego schwieg. Hatte sie sich etwas vorzuwerfen? Hatte sie Adaku zu diesem Schritt getrieben? Nein, wahrscheinlich war diese Entwicklung schon immer in ihr angelegt. Selbst Adankwo hatte in Ibuza vor Adakus Ehrgeiz gewarnt. Wenn sie wollte, konnte sie hierbleiben, bis Nnaife zurück war.

Nnu Ego seufzte traurig. »Ich glaube, du machst einen Fehler, Adaku. Und vielleicht bekommst du ja auch einen Sohn, wenn unser Mann zurück ist.«

»Vielleicht hast du mal wieder recht, ältere Frau. Je mehr ich darüber nachdenke, desto klarer wird mir, daß wir Frauen uns unmögliche Maßstäbe setzen. Und uns das Leben zur Hölle machen. Ich kann nicht nach deinen Maßstäben leben, erste Frau. Ich muß mir eigene setzen.«

»Möge deine *chi* dich leiten, Adaku«, flüsterte Nnu Ego kaum hörbar und kroch noch tiefer in die urinfleckigen Matten auf ihrem verwanzten Bett und genoß die Gewißheit, Mutter zu sein.

Der Vater als Soldat

Die Nachricht, Adaku habe sich ihrer Verantwortung entzogen und sei Prostituierte geworden, verbreitete sich in Lagos wie ein Lauffeuer. Die Männer aus Ibuza brüsteten sich angesichts der Treulosigkeit der Frauen: »Laß sie nur zehn Minuten aus den Augen, und plötzlich sind sie ganz was anderes.« Viele gaben Lagos die Schuld; die Stadt sei so hektisch, dadurch würden auch die unschuldigsten Mädchen verdorben. Den Frauen schauderte schon beim Gedanken an eine solch scheußliche Möglichkeit. Sie besuchten Nnu Ego, um sich alles haarklein erzählen zu lassen. Die meisten waren überrascht zu hören, es habe keinen Streit gegeben, Adaku habe sich einfach entschlossen auszuziehen.

»Also weißt du«, sagte eine von den Frauen aus Ibuza, die zu Besuch kamen, »ich könnte ja verstehen, wenn du Nnaife verließest und ihm alle seine Kinder dalließest, aber bei Adaku verstehe ich das nicht. Ihr Gott hat sie hier in dieser Stadt doch wirklich gesegnet. Ich weiß wirklich nicht, was sie sonst noch will.«

Nnu Ego stimmte ihnen zu, aber innerlich überlegte sie immer noch, ob sie nicht doch etwas unternehmen könnte. Je länger sie es vor sich herschob, desto unmöglicher würde es. Mehrmals versuchte sie, Adaku auf das Gerede der Leute aufmerksam zu machen, jedoch vergeblich.

Beim letzten Besuch an ihrem Marktstand hatte sie noch einmal auf sie eingeredet, obwohl sie gleich bemerkte, wie aussichtslos das war. Gerade an diesem Tag wurde Adaku ihrem Namen gerecht: »Tochter des Reichtums«. Sie erzählte Nnu Ego, sie wolle den Bohnen- und Paprikahandel aufgeben und einen größeren Marktstand kaufen, an dem sie *abada*-Tuch für *lappas* verkaufen wolle. Sie lächelte, als sie Staunen und Überraschung auf Nnu Egos Gesicht sah. Sie hätte ihren jetzigen Stand auch gern an Nnu Ego weitergegeben, sagte sie, aber sie wolle ihn doch lieber an jemand verpachten, der ihr einmal im Jahr Pacht zahlen würde.

»Das reicht mindestens für die Miete, wenn nicht für mehr«, sagte sie schließlich und lachte.

»Heißt das, du wirst gar nicht von irgendwelchen Männerbekanntschaften abhängig sein?«

»Nein«, antwortete sie. »Ich will als anständige alleinstehende Frau leben. Ich will arbeiten, um für die Ausbildung meiner Töchter sorgen zu können; das geht allerdings nicht ganz ohne männliche Beteiligung.« Sie lachte wieder. »Sie sind manchmal schon ganz nützlich.«

Nnu Ego fiel auf, daß Adaku besser gekleidet war - nicht, daß sie irgendetwas Neues anhatte, aber sie trug ihre guten Kleider sogar an gewöhnlichen Markttagen. Sie lachte jetzt sehr viel; Nnu Ego hatte gar nicht gewußt, daß sie soviel Humor besaß. Adaku erzählte, sie habe jetzt ein eigenes Zimmer für sich allein; es sei viel größer als das, was sie alle zusammen bewohnt hätten. Nnu Ego hätte es sich gar zu gern angesehen; sie mußte ihren ganzen Willen aufbieten, nur nicht zu sagen: »Ich würde dich gern besuchen.« Was sollten denn die Leute sagen?

Danach besuchte sie Adaku nicht mehr, wenn sie auf den Markt ging, nahm ihr aber noch vorher alle Lebensmittel vom alten Stand ab. Den Stockfisch kaufte sie ihr günstig ab, so daß sie über einen Monat gut zu essen hatten. Warum sollte sie sich denn etwas vormachen? Der Frau ging es jetzt besser als vorher; bloß wurde sie gesellschaftlich geschnitten. Nnu Ego sagte sich: »Mich schneidet man zwar nicht, aber halte ich durch? Ich habe kein Geld mehr, um Lebensmittel zu kaufen, von *abadas*, die ich zu den Treffen und dem Kirchgang anziehen könnte, ganz zu schweigen.«

Nnu Ego hatte alles zusammengekratzt und genug gespart, um Oshias und Adims Schulgeld für die letzten zwei Trimester bezahlen zu können und beglückwünschte sich selbst, sich so gut durchgeschlagen zu haben, als Gerüchte aufkamen, der Krieg sei vorbei und der Feind, wer auch immer das war, habe sich selbst getötet. Dann würde Nnaife ja nun bald zurückkommen, dachte sie voller Freude. Sie ging diesmal allein zum Postamt, denn sie wollte Mama Abby, die inzwischen mit ihrem Sohn in eine geräumigere und großzügigere Wohnung umgezogen war, nicht unnötig zur Last fallen. Sie hob drei der fünf Pfund vom Sparbuch ab. Man teilte ihr mit, die Zinsen betrügen ein ganzes Pfund. Das Geld war zwar nicht mehr so viel wert wie vor Jahren, als sie es eingezahlt hatte: trotzdem fühlte sie sich, als habe sie ein Vermögen geerbt. Sie lief schnell auf den Markt und kaufte richtiges Fleisch, um sich und den Kindern ein kräftiges Essen zu kochen. Oshia freute sich so überschwenglich, daß er löffelweise Reis in die leeren Tomatenmarkdosen füllte, die seine Mutter zum Kochen gebraucht hatte, und sie großspurig seinen Freunden zeigte. »Fast wie Weihnachten«, prahlte er damit am nächsten Tag bei seinen Schulfreunden. »Wir haben nämlich den Krieg gewonnen. Mein Vater und all die anderen Soldaten haben den Feind getötet. Der hieß Hitler.«

Es stimmte, der Krieg war vorbei, und es lief das Gerücht um, die Soldaten, die noch am Leben waren, würden zurückkommen. Man wußte nicht genau, wann das sein würde, und Nnu Ego konnte auch nicht in Erfahrung bringen, ob Nnaife noch lebte oder nicht. Sie verließ sich ganz auf ihren Instinkt. Sie freute sich auf Nnaifes Rückkehr; die Aufgabe, allein für seine große Familie zu sorgen, erschöpfte sie zusehends. In letzter Zeit war sie oft krank, seien es nun kleinere Malariaanfälle oder einfach Erschöpfung, eine Folge der Unterernährung, wie sie inzwischen wußte. Sie gab die Hälfte ihrer Ersparnisse für Essen, Kleidung und Schulgeld aus, so sicher war sie sich, daß ihr Mann lebte und bald eintreffen würde. In den nächsten beiden Wochen fühlte sie sich richtig beschwingt. Dann machte sie sich langsam Sorgen. Wenn Nnaife nun nicht zurückkam, bevor das Schulgeld der Jungen wieder fällig war? Sie wußte, daß die Methodistenmission in ein, zwei Wochen wieder Geld verlangen würde. Sie war schon einmal im Rückstand gewesen, so daß... Wenn doch Nnaife ihr wenigstens in einem Brief mitteilen würde, was los wäre. Aber das war ein frommer Wunsch; zwar hatte er sich von einem Arbeiter in Fernando Po rudimentäre Kenntnisse im Lesen und Schreiben beibringen lassen, aber man konnte ihn keinesfalls gebildet nennen. Zweifellos konnten viele Soldaten beim Heer lesen und schreiben, aber Nnaife kam sicher in seiner Unsicherheit nicht auf die Idee, seine Kameraden darum zu bitten, für ihn zu schreiben; er hielt sich lieber zurück und setzte sich lachend darüber hinweg oder klimperte auf der Gitarre, ohne die er längere Zeit nicht auskommen konnte. Nnu Ego kannte andere Familien, die ab und zu von ihren Männern hörten; aber von Nnaife kam keine Nachricht. Ihm fiel nie ein, seine Familie könne sich um ihn Sorgen machen; er wußte, sie kam auch ohne ihn durch. Das Leben war schließlich ein Glücksspiel: vom ersten Lebenstag an mußte man sein Glück versuchen. Er hatte ein Formular unterschrieben, wodurch er einen Teil seines Solds Nnu Ego zukommen ließ, und als er damals auf Urlaub in Lagos war, hatte er dafür gesorgt, daß das Geld nicht in Adakus Hände geriet. Woher hätte er auch wissen sollen, wie sehr die ganzen Verhältnisse seitdem durcheinander geraten waren. Nnu Ego war jetzt mit den Kindern in Lagos und hatte kein Geld. Adaku, die er damit hatte strafen wollen, hatte der Familie den Rücken gekehrt und sich erfolgreich selbständig gemacht. Nnu Ego blieben nur schwindende Hoffnungen und anspruchsvolle Kinder.

Eines Morgens rief sie Oshia, der sich gerade für die Schule anzog. Es war einer der Tage, an denen sie nicht mehr die Kraft hatte, den Schein zu wahren. Der Junge war jetzt zehn, fast elf Jahre alt. In Ibuza hätte er schon die Initiationszeremonien durchlaufen und wäre ein Mann. War er denn in Ibuza seinen jungen Vettern nicht eine zuverlässige Stütze gewesen, wenn er nachmittags nach der Schule auf den Feldern geholfen hatte? Zwar konnte er noch nicht richtig lesen, wohl aber seinen Namen schreiben, und das war schließlich mehr als sein Vater im gleichen Alter konnte. Selbst wenn er jetzt für immer mit der Schule aufhören müßte, wären seine Lebensaussichten besser als die seines Vaters. Man brauchte sich nur einmal anzusehen, was Nnaife ohne Ausbildung erreicht hatte: er hatte diese vielen Kinder, er war der einzige lebende Sohn der Owulums, und er war Oberhaupt seiner eigenen Familie und der seines Bruders, dachte sie grimmig. Hätte jemand gefragt, wie Nnaife diese Menschen je finanziell unterstützt habe, hätte sie einfach erwidert: »Sie tragen seinen Namen und werden ihn unsterblich machen. Er hat diese Kinder gezeugt, und das ist die Aufgabe eines Mannes. Daß er sie nicht ernähren konnte, war nicht seine Schuld; er zog in den Krieg. Und schließlich haben sie ja eine Mutter!«

»Oshiaju«, rief sie sanft.

Er sah sie an und war von ihrem Gesichtsausdruck überrascht. Beiläufig fragte er: »Soll ich dir etwas bringen?«

Sie lächelte. »Nein, Sohn, ich brauche nichts. Aber ich habe kein Geld mehr. Dein Vater, der Soldat, ist noch nicht zurück und ich weiß auch nicht, wann er kommt. Also streng dich an und lern in der Schule, soviel du kannst. Wenn sie das nächste Mal Schulgeld haben wollen, kann ich es wahrscheinlich nicht mehr bezahlen.«

Oshia war vollkommen niedergeschlagen und protestierte: »Aber ich gehe doch so gern zur Schule, Mutter. Alle meine Freunde gehen hin. Warum muß ich so oft aussetzen? Bei Folorunsho und den anderen ist das nicht so.«

»Wir sind hier in Lagos, Oshia, wir sind hier nur zugezogen. Bei Folorunsho ist das anders. Dies ist ihr Gebiet. Lagos gehört ihnen. Aber mach dir keine Sorgen, Sohn, dein Vater wird nicht ewig im Krieg bleiben. Eines Tages kommt er wieder nach Hause und dann kannst du alles nachholen. Erinnerst du dich, daß ich dir einmal gesagt habe, wie hübsch du bist? Und nicht nur das, du bist auch klug, das weiß ich jetzt. Das hast du mir in Ibuza bewiesen. Auf den Feldern hast du geschickt mitgearbeitet, und als du wieder hier in Lagos warst, hast du in der Schule gleich weitermachen können, als hättest du nicht einen Tag gefehlt. Du wirst es schon schaffen.«

»Was ist mit Adim? Kann er denn weiter zur Schule gehen?« fragte Oshia weiter, scheinbar ohne Zusammenhang.

»Nein, er muß auch abgehen und wie du auf die Heimkehr deines Vaters warten. Ihr werdet beide Privatstunden bekommen. Das ist billiger; es kostet nur einen Shilling pro Monat.«

»Aber die Mädchen bekommen Privatunterricht. Und sie lernen überhaupt nichts.«

»Die Zwillinge müssen leider aufhören und mir im Haus und beim Handel helfen. Wenn alles gut geht, können sie auch zur Schule gehen, wenn euer Vater zurück ist. Sie brauchen ja

nicht lange zur Schule zu gehen - nur ein oder zwei Jahre.«
Zu Beginn des nächsten Trimesters wechselten Oshia und sein Bruder Adim zu einer privaten Unterrichtsgruppe in der Adam Street. Der Lehrer brachte ihnen saubere Handschrift und etwas Rechnen bei. Die restlichen schwierigeren Fächer fielen unter den Tisch. Oshia war klar, daß sich diese Regelung nicht mit einer »richtigen Schule« vergleichen ließ, aber was sollte er machen. Er lief mit düsterer Miene umher.
Nnu Ego handelte immer noch mit Feuerholz, *garri* und anderen Lebensmitteln. Jeden Morgen konnten die Nachbarn sie rufen hören: »Oshia, Adim, Zwillinge, wacht auf. Wir wollen zum Strand!« Dort erstand sie das Feuerholz, das sie den Tag über verkaufen wollte, und alle zusammen trugen es nach Hause. Nnamdio ließ sie meistens bei Iyawo Itsekiri. Wenn sie ihre Kinder sah, wie sie mit kleinen Feuerholzbündeln vor ihr herliefen, dachte sie insgeheim: »Ich danke dir, meine *chi*, daß meine Kinder gesund und kräftig sind. Eines Tages werden sie erwachsen sein.«
Nach dem Mittagessen saß sie dann zuhause an ihrem Stand; die Mädchen liefen mit Lebensmitteln durch die Straßen, auf der Suche nach Käufern, Adim und Oshia gingen zum Privatunterricht. Abends zählte sie dann ihr Geld, legte den geringen Gewinn beiseite, um die Lebensmittel am nächsten Tag bezahlen zu können, und ging dann schlafen. Jeder Tag verlief nach dem gleichen Muster.
Kehinde, die ruhigere und nachdenklichere der Zwillinge, trug eines Morgens die Frühstücksschalen zum Abwasch und erzählte ihrer Mutter, es werde heute wieder sengend heiß.
»Und was ist daran so wichtig?» erkundigte sich Oshia.
»Du kennst doch Kehinde, sie ist sehr still und beobachtet genau. Sie wird schon wissen, warum sie das sagt.«
»Unser *ugu*-Gemüse wird vertrocknen, Mutter«, hörte man Kehinde von draußen sagen.
»Siehst du«, sagte Nnu Ego zu Oshia.
Alle liefen nach draußen. Es wäre ein schwerer Schlag, wenn ihr *ugu* vertrocknete, denn Nnu Ego kaufte kein Gemüse. Sie baute es selbst an, und gerade *ugu* mit seinen großen grünen Blättern war ein gutes Alltagsgericht.

»Wir müssen schnell etwas davon verkaufen, bevor es gelb wird«, schlug Kehinde vor.
»Das ist ein guter Vorschlag. Aber du und deine Schwester müssen es dann tagsüber gießen.«
»Die Jungen können doch auch helfen«, maulte Taiwo, das andere Zwillingsmädchen. Sie galt in der Familie als Nörglerin.
»Sie müssen zum Unterricht, Taiwo; hör auf, zu maulen. Du bist schließlich ein Mädchen.«
»Das weiß ich, Mutter. Du erinnerst uns ja immer wieder daran.«
Kehinde lachte nur und wusch weiter ab.
»Ja, wir müssen ein paar verkaufen«, sagte Nnu Ego mehr zu sich selbst.
Iyawo Itsekiri kam gerade vorbei und lachte. »Ihr Ibos, gibt es eigentlich irgendwas auf dieser Erde, das ihr nicht zu Geld macht? Ihr würdet selbst eure Kinder verkaufen, wenn das möglich wäre.«
»Es ist aber nicht möglich, und ich habe es auch nicht vor. Mir wäre es aber durchaus recht, wenn die Mädchen irgendwo ein Handwerk lernen würden und ich dafür etwas Geld bekäme.«
»So schlecht kann es dir doch nicht gehen, Nnu Ego. Sie sind doch noch Babys.«
»Aber sie sind gute Straßenhändlerinnen«, sagte Nnu Ego lachend. »Das Geld, das sie mir einbrächten, könnte ich gut für die anderen brauchen. Kinder, die man weggibt, lernen eigentlich immer irgendetwas und richtig zu verkaufen sowieso. Und sie wären dann sicher für später gut gerüstet, wenn sie für sich selber sorgen müssen.«
»Hör auf, Nnu Ego. Wie man überlebt, lernen sie von dir schon zur Genüge. Sie könnten gar keinen besseren Lehrer haben.«
Vielleicht hatte Iyawo Itsekiri recht, dachte sich Nnu Ego und streichelte indessen ihr kostbares Gemüse, redete ihm zu und flehte es an, nicht zu vertrocknen. Sie war so in Gedanken versunken, daß Kehinde mehrere Male »Mutter! Mutter!« rufen mußte, bevor sie sich umdrehte.
»Was ist denn jetzt schon wieder, Kehinde? Hast du eine noch heißere Sonne entdeckt?«

Das kleine Mädchen lief auf sie zu und fuchtelte ihr mit einem gelben Briefumschlag vor der Nase herum, doch Nnu Ego reagierte nicht. Langsam nur wachte sie auf und sah, wie ein Postbote ein klappriges Fahrrad bestieg und von ihrem Haus wegradelte.
»Oje«, rief sie aus. »Das Fahrrad erinnert mich an Nwakusors.« In Gedanken war sie bei dem Tag auf der Brücke, als Nwakusor ihr das Leben gerettet hatte, aber ihr kleines Mädchen ließ das nicht zu.
»Mutter, ein Brief, Mutter!«
»Ja, ja, Brief, Bri...« Er könnte von Nnaife sein. Ja, das wäre durchaus möglich. Sie kannte diese Sorte Umschläge; er sah genau so aus wie der vor vier Jahren, als er ihnen das erste Geld geschickt hatte. Nnaife, Nnaife... Geld...
Aber wer sollte ihr den Brief vorlesen? Mama Abby war umgezogen. Sie konnte ihn auch niemandem aus Ibuza geben; diese Leute waren zu vertraut. Hatten sich die Verwandten erst einmal daran gewöhnt, daß man arm war, so vertrugen es nur die abgeklärtesten, daß man aus seinem Elend wieder herauskam. Spontan lief sie zur Vorderseite des Hauses, zu Mr. Barber, ihrem Vermieter, der in der Eisenbahnverwaltung arbeitete. Seine Familie hatte sie freundlich behandelt, auf eine distanzierte, nicht zu vertrauliche gutnachbarliche Art. Auf halbem Wege änderte sie ihre Meinung; wenn es viel Geld wäre, würden sie sicher die Miete erhöhen, und die Frauen würden neidisch werden. Sie sollte lieber nichts überstürzen, den Kindern ihre Aufgaben für den Tag zuteilen und dann auf die Suche nach ihrer alten, verläßlichen Freundin gehen, der Mutter von Abby.
Es war schon fast Mittag, als sie endlich fortkonnte. Sie trug Oshia auf, beim Stand zu bleiben; worauf Taiwo unbedingt wissen wollte, warum denn Oshia nicht zum Strand zu gehen brauchte, während sie Apfelsinen verkaufen mußte.
»Es ist wirklich nur für heute nachmittag«, versicherte ihr Nnu Ego. »Morgen geht Oshia wieder. Wir haben für heute auch genug Feuerholz. Bevor der Unterricht beginnt, bin ich wieder zurück.«
Taiwo schmollte. »Die Jungen haben abends frei, um zu ihrem

blöden Unterricht gehen zu können und brauchen nicht einmal das Holz zu holen, das wir verkaufen müssen, um etwas zu essen zu haben.«
In ihrer Verzweiflung fuhr Nnu Ego die Mädchen an, die erstaunt die Augen aufrissen: »Aber ihr seid Mädchen! Sie sind Jungen. Ihr müßt verkaufen, damit sie eine gute Stellung bekommen; dann können sie die Familie versorgen. Wenn eure Männer euch einmal gehässig behandeln, werden eure Brüder euch zur Hilfe kommen.«
»Männer! Gehässig!« Sie kicherten los.
Als Nnu Ego bei Mama Abby ankam, schrie sie fast: »Ich habe einen Brief bekommen! Mama Abby, ich glaube, er ist vom Vater der Kinder. Ja, bestimmt.«
Mama Abby war älter geworden. Sie war aber immer noch sehr elegant und gut gekleidet und wirkte äußerst zufrieden, ganz anders als früher. Nnu Ego war überrascht, als sie Mama Abbys Wohnung sah. Überall hingen Spiegel, sie hatte ein extra Schlafzimmer, mußte also nicht mehr mit einem Zimmer auskommen. Ihr Sohn Abby hatte wirklich dafür gesorgt, daß seine Mutter wohlhabend lebte. Nnu Ego biß sich auf die Lippen. Gott, wenn doch nur ein paar ihrer Kinder so würden, damit sie wenigstens im Alter nicht so leiden müßte wie jetzt. Mama Abby setzte eine Lesebrille auf, das war früher nie nötig gewesen; Nnu Ego schoß es durch den Kopf, ihre Freundin zu fragen, ob sie blind werde. Sie hielt sich aber zurück. Wahrscheinlich war das nur ein weiteres Zeichen von Wohlstand.
»Es ist eine Nachricht aus den Kasernen in Yaba. Sie wollen wissen, ob du noch in deiner Wohnung oder in Ibuza wohnst. Wenn du hier lebst, und das tust du ja, scheint mir - « Mama Abby wollte einen Scherz machen, redete aber schnell weiter, denn der Frau vor ihr war sichtlich nicht nach Scherzen zumute - »wenn du hier lebst und tatsächlich Nnu Ego Owulum bist, dann sollst du in die Kaserne kommen und dort ein Päckchen abholen.«
»Päckchen? Was für ein Päckchen sollte Nnaife uns wohl schicken, und von wo - wo war er, als er das schrieb?«
»Er hat nicht selbst geschrieben«, antwortete Mama Abby. »Der Brief ist vom Amt hier in Lagos. Sie schreiben nicht, wo

er ist. Sie wollen nur wissen, ob du in Lagos bist, und wenn du hier bist, sollst du zur Kaserne gehen. Weißt du, wo? Es ist nicht weit.«
Nnu Ego hatte plötzlich Angst. Vielleicht war Nnaife schon lange tot, von einer Bombe getroffen, sein Fleisch verstreut über viele Meere. Nicht einmal ein anständiges Grab. *Oh, Nnaife, was ist dir nur zugestoßen?* Laut fragte sie:
»Sag mir bitte, Mama Abby, lebt er noch? Sieh dir den Brief noch einmal genau an. Ist er tot?«
Als sie begriff, was Nnu Ego durch den Kopf ging, fragte sich Mama Abby, was sie denn nun tun sollte. Hätten sie so einen Brief geschickt, wenn der Mann tot wäre? Sie wußte es nicht. Sie kannte sich mit den Gepflogenheiten bei der Armee nicht aus. Wenn Nnu Ego allein zur Kaserne ging und die Nachricht schlecht ausfiele... Nnu Ego war ein sehr gefühlvoller Mensch. Sollte Mama Abby ihr raten, ihre Leute herzuholen, damit sie sie begleiteten? Aber das würde eine Ewigkeit dauern, und kaum einer der Männer aus Ibuza könnte einfach seinen Arbeitsplatz verlassen. Obwohl sie ungern ihre Nase in Nnu Egos Angelegenheiten stecken wollte, wäre es das beste, sie würde Nnu Ego selbst begleiten. Wenn die Nachricht wirklich schlecht ausfiel, könnte sie wenigstens verhindern, daß Nnu Ego sich etwas antat. Und sollten es gute Nachrichten sein, die Nnu Ego lieber für sich behalten wollte - hatte sie denn damals nicht auch von Nnu Egos Ersparnissen gewußt?
»Laß uns zusammen gehen. Abby kommt heute nachmittag nicht vor drei zurück. Wenn wir uns beeilen, sind wir bald wieder da.«
Sie brauchten nicht lange zu warten, obwohl viele Familien da waren. Man übergab ihnen einen Umschlag mit mehreren fremdartigen Briefmarken.
»Wo ist das Päckchen?« wollte Nnu Ego wissen, als sie ihren Daumen zur Bestätigung auf das Formular drückte. »Hatten sie in dem Brief nicht von einem Päckchen geschrieben?«
»Das ist das Päckchen«, bellte der Beamte hinter dem Tresen.
»Soll ich ihn hier aufmachen?« fragte Mama Abby vorsichtig.
»Es ist wohl besser, ihn zuhause zu lesen.«
»Nein, bitte laß mich das Schlimmste gleich erfahren. Als ich

heute früh diesen Brief bekam, wollte ich unbedingt wissen, was er mir geschrieben hat, und ob er uns etwas geschickt hat, von dem wir leben könnten. Jetzt will ich nur noch wissen, ob er noch am Leben ist. Ich spüre, daß er noch lebt, aber ich muß Gewißheit haben«, bat sie verzweifelt.
Mama Abby setzte sich wieder ihre moderne Brille auf, blinzelte dann über den Rand hinweg auf der Suche nach einer ruhigen Ecke, wo sie in aller Ruhe die kindliche Schrift desjenigen entziffern konnte, den Nnaife überredet hatte, für ihn zu schreiben. Beim Lesen begannen ihre Augen allmählich zu leuchten; als sie am Ende des Briefes angelangt war, lächelte sie so strahlend, daß Nnu Ego wußte: sie durfte hoffen, daß in Zukunft sich alles bessern würde. Was immer kommen würde, jetzt konnte sie in Ruhe abwarten.
Mama Abby gab ihr lächelnd ein grünliches Papier, das sie mit einem Daumenabdruck versehen sollte. Dann fragte sie: »Weißt du, was das ist?«
Nnu Ego kicherte. »Es sieht genauso aus wie das, was er das erste Mal geschickt hat - Geld. Wie geht es ihm?«
Während sie in einer weiteren Schlange warteten, bis sie an der Reihe waren, erzählte Mama Abby ihr den Inhalt des Briefes. Nnaife war krank. Ihn hatten Wasserschlangen gebissen. Sie hatten die Soldaten in ein Land, das Burma hieß, verlegt. Er fragte, wie es den Kindern und ihr selbst ginge. Er sagte, Gerüchten zufolge sei der Krieg nun bald vorbei. Jetzt habe er Hoffnung, daß sie sich wiedersehen würden. Anfangs sei er sehr verzweifelt gewesen, vor allem als er krank war.
Es waren insgesamt drei Briefe und in allen dreien stand nahezu das gleiche. Nnu Ego fragte den Beamten hinter dem Tresen, warum man ihr die Briefe nicht zugestellt hätte, der erste sei doch schon vor über einem Jahr geschrieben worden. Der Beamte geriet vor Wut ins Stottern:
»Bist du denn nicht froh, die Riesensumme von sechzig Pfund ausgezahlt zu bekommen, den Sold eines einfachen Soldaten für drei Jahre?« sagte er. »Und da stehst du rum und regst dich auf, daß das Geld nicht rechtzeitig gekommen ist. Weißt du, wieviel Blut dein Mann hat vergießen müssen, um dieses Geld hier zu verdienen? Frauen! Da sind einige unserer Männer

wirklich so blöd, ihren ungebildeten Frauen so viel Geld auszuhändigen.«
Der hohe Betrag verschlug Nnu Ego die Sprache. Also hatte Nnaife doch Geld geschickt. Sie konnte nur vermuten, was schief gegangen war: ihr Mann hatte ihnen wahrscheinlich gesagt, sie sei in Ibuza. Natürlich hatte die Behörde hier in Lagos sich nicht darum gekümmert, nachzuprüfen, ob sie schon zurück war oder nicht; und sie konnte nicht kontrollieren, ob Geld eingegangen war. Nnu Ego traten Tränen der Erleichterung in die Augen. Sie nahm sich vor, daß alle ihre Kinder, ob Mädchen oder Jungen, eine gute Schulbildung bekommen sollten. Hätte sie selbst eine gehabt, wäre sie in der Lage gewesen, bei der Behörde nach dem Geld zu fragen. Zumindest hätte sie Kontakt mit Nnaife aufnehmen können und er mit ihr. Sie und ihr Mann waren nur schlecht auf ein Leben wie hier vorbereitet, wo nur der Stift und nicht der Mund reden konnte. Ihre Kinder mußten lernen.
Mama Abby, die Frau aus Brass, und Nnu Ego gingen schweigend nach Hause. An der Haustür wollte Nnu Ego ihre Freundin bitten, niemandem davon zu erzählen, aber das war wahrscheinlich sinnlos. Selbst wenn Mama Abby es weitererzählen würde, würde sie es abstreiten. Der Beamte in der Kaserne hatte gesagt, es sei Nnaifes Blutgeld, und sie wollte das Geld zum Ruhme Nnaifes verwenden. Sie bedankte sich bei Mama Abby und wollte sie zu etwas Kolanuß einladen, aber die wollte schnell nach Hause, um Essen für Abby zu bereiten, der bald heimkommen mußte.
Durch bittere Erfahrungen hatte Nnu Ego gelernt. Sie erzählte den Kindern nichts. Etwa sechs Pfund waren für die Owulum-Ehefrau in Ibuza. Das Geld würde sie hinschicken; dann wollte sie vierzig Pfund auf das Konto beim Postamt tun, und auch das wollte sie nicht auf morgen verschieben. Aufgeregt, als ob ihr jemand das Geld entreißen könnte, machte sie den Kindern schnell ihr *garri* zurecht und schickte sie nach draußen zum Spielen; sie sei müde, erklärte sie. Dann zählte sie den Betrag ab, sagte Oshia, er könnte heute nicht zum Unterricht, weil er auf den Stand aufpassen müsse.
Die Kinder sperrten Mund und Nase auf, als sie ihnen am

nächsten Morgen erzählte, sie könnten nach so langer Pause jetzt wieder zur Schule gehen.
Der Direktor der Schule wollte sie anfangs eigentlich nicht wieder aufnehmen, weil er annahm, sie könne wie auch schon früher einmal dann doch nicht bezahlen; aber sie beruhigte ihn. Die Kinder strahlten vor Freude, und aus Dankbarkeit lernten sie in der Schule besonders eisern.
Sie erzählte keinem etwas, doch entweder merkten die Leute es selber oder Mama Abby hatte geschwatzt. Nnu Ego kaufte sich einen Stand auf einem der größeren Märkte in Oyingbo und verkaufte nun auch *abada*-Stoffe. Obwohl er weit von ihrer Wohnung in Yaba entfernt war, machte ihr das nichts aus, weil sie nur alle fünf Tage dorthin mußte. Sie behielt ihren hölzernen Stand weiter; sie brauchte ihn, um mehr Zeit bei ihrer Familie verbringen zu können. Sie hörte auf, Feuerholz zu verkaufen. Das hatte ihrem Rücken doch sehr geschadet. Zum ersten Mal brauchte sie sich nicht mehr zu sorgen, woher sie das Essen nehmen sollte. Sie redete den Mädchen gut zu, ihren Straßenhandel weiter zu betreiben, auch wenn sie zur Schule gingen. Also verkauften sie nach Schulschluß weiter Apfelsinen, denn ihre Mutter Nnu Ego pflegte zu sagen: »Ein Mädchen muß einen Handel treiben können, das zahlt sich später aus.« Den Jungen dagegen redete sie zu, sie sollten mehr Zeit für ihre Schularbeiten verwenden.
»Mutter, in der Schule sagen sie immer wieder, der Krieg wäre vorbei, und dieser Feind Hitler sei tot. Aber wann kommt Vater zurück?« fragte Taiwo eines Abends, als sie alle draußen vor dem Haus bei ihrem Stand saßen.
»Auf dem Markt haben sie das auch schon so oft gesagt, daß ich jede Hoffnung aufgegeben habe. Ich weiß nur eins, meine Tochter: wenn dein Vater da ist, ist er da. Wir wissen ja nicht einmal, wo er seinen Krieg eigentlich kämpft«, antwortete Nnu Ego.
»Das war nicht nur so dahingesagt, Mutter. Einige von uns sollen zum Kai hinunter und heimkehrende Soldaten willkommen heißen. Hoffentlich gehöre ich auch dazu und darf mit und sehe meinen Vater unter ihnen. Ich werde dauernd winken, winken, winken«, malte Oshia sich die Situation aus.

»Kannst du denn nicht einfach auf ihn zulaufen und sagen ›Sei gegrüßt, Vater, ich bin dein Sohn‹? So würde ich das machen.«
»Du kennst dich ja, Kehinde. Du bist viel zu schlau für dein Alter und viel zu spontan. Du bist noch nicht lange genug in der Schule. Denn sonst müßtest du eigentlich wissen, daß man nicht einfach tun kann, was einem so einfällt.«
Später stritten die Kinder sich über die Vor- und Nachteile des Krieges. Andere Kinder vom nächsten Haus mischten sich ein und fast kam es zu einer Schlägerei. Sie hatten völlig vergessen, wer das Thema überhaupt angeschnitten hatte.
»Und das, nur weil dein Mann Soldat ist«, sagte Iyawo Itsekiri und lachte. Ihr Stand war neben Nnu Egos.
»Ich weiß noch nicht einmal, wann der Mann nach Hause kommt. Sein letzter Brief ist von vor über einem Jahr; und da schrieb er, er käme bald nach Hause. Wie gesagt, das war vor einem Jahr. Auf den Straßen kann man immer noch Militärlaster und -motorroller sehen, und alles ist noch so teuer wie vorher.«
»Es dauert sicher eine Weile, bis alles wieder beim alten ist.«
»Ich möchte nur genau wissen, ob er lebt und ob es ihm gut geht. Eine richtige Ehe haben wir eigentlich nie geführt. Er war mal hier mal dort.«
»Bald ist alles vorbei. Du wirst schon sehen«, versicherte Iyawo Itsekiri ihrer Freundin.
Obwohl Nnu Ego Nnaife jeden Augenblick erwartete, wollte sie nicht immer nur an seine Heimkehr denken. Ihr Geschäft entwickelte sich wegen ihres hohen Kapitals sehr gut, aber oft hätte sie sich lieber ausgeruht, wäre zuhause geblieben und hätte sich um die Kinder gekümmert.
»Man hat mich heute ausgewählt, die Soldaten zu begrüßen, Mutter, weil meine Schuluniform immer so ordentlich ist«, prahlte Oshia ein paar Wochen später.
»Lügner! Du lügst«, höhnte Taiwo.
Adim und Kehinde lachten nur. Sie wagten es nicht, Oshia so offen zu widersprechen.
»Warum ist er denn dann ausgesucht worden?« wollte Nnu Ego wissen.
»Weil seine ganze Klasse gehen soll«, sagte Taiwo.

An dem Tag, als sie zum Hafen hinuntergingen, trugen die meisten Kinder aus Lagos ihre schneidige Schuluniform, um die Kriegshelden zu begrüßen. Oshia sprach tagelang von nichts anderem.

»Sie sahen wirklich toll aus, Mutter. Sie warfen beim Marschieren immer die Beine in die Luft und winkten uns zu. Es waren Tausende und Abertausende.«

»Hast du deinen Vater gesehen?« fragten sie alle.

»Nein, es waren zu viele. Ich konnte meinen Vater zwischen den anderen nicht herausfinden.«

Ich hoffe nur, daß der Mann nicht tot ist, betete Nnu Ego still. Noch immer voller böser Ahnungen zählte sie ihre Tageseinnahmen. Da hörte sie wie die Frauen ihres Vermieters, die noch draußen saßen, jemanden lauthals begrüßten.

»Ein herzliches Willkommen unseren Helden!« riefen sie. Die Kinder rannten neugierig nach draußen. Nnamdio stand ihnen im Weg und Nnu Ego mahnte: »Paßt doch auf. Ihr stoßt ja euren kleinen Bruder um.«

»Es ist Vater, Mutter! Unser Vater - er ist wieder da!«

Nnu Ego ließ ihr Geld liegen und lief nach draußen. Und tatsächlich, es war Nnaife. Beide lachten verlegen, und keiner zeigte in der Öffentlichkeit seine Gefühle.

Nnaife lachte und fragte gleichzeitig: »Und wie geht es unserer ersten Frau?«

»Warum hast du mich nicht wissen lassen, daß du heute kommst«, war alles, was Nnu Ego in dem ganzen Durcheinander herausbrachte.

Alle stürmten auf die Veranda, und natürlich machten die Palmweinverkäufer in der Gegend ein gutes Geschäft. Sie hatten ihren Ibokunden all die Jahre sehr vermißt.

Das Fest dauerte mehrere Tage. Nnaife gab eine Menge Geld aus, so daß Nnu Ego ihn an die Kinder erinnern mußte, die Essen und Schulgeld brauchten.

»Bist du denn überhaupt nicht froh, daß ich wieder zurück bin? Ich war mir gar nicht sicher, ob ich zurückkommen würde. Siehst du denn nicht, daß es mir gar nicht gut geht? Schau dir doch nur meine geschwollenen Füße an. Die sind in den

Sümpfen von Burma verfault. Und du fängst schon wieder mit deiner Nörgelei an. Laß mich in Ruhe.«
Nnaife war tatsächlich krank. Seine Haut war gelblich und sah alles andere als gesund aus. Er schien wieder runder geworden zu sein, war schneller aus der Fassung zu bringen und redete häufig in einem unangenehmen Flüsterton. Gerade hatte er noch laut gelacht und plötzlich flüsterte er wie ein Kind. In einem hatte sich Nnaife allerdings nicht verändert, und das war seine Unvernunft. Jetzt hatte er Geld, also mußte es auch ausgegeben werden.
Er war glücklich über seine Kinder, stolz auf alles, was er von seiner Familie in Ibuza hörte. Adaku verurteilte er als schlechte Frau und erklärte: »Wenn ich mich erst einmal erholt habe, will ich Adankwo, diese nette Frau, in Ibuza besuchen. Eine Frau, die fünf Jahre ohne Mann auskommen mußte! Mein Bruder wird mir nie vergeben.«
»Sicher gehört sie rechtmäßig dir, aber sie ist auch so glücklich als ranghöchste Frau der Familie. Ihre Kinder sind inzwischen zu tatkräftigen Bauern herangewachsen. Ich glaube, ihnen wird der Gedanke nicht gefallen, daß ihre Mutter wieder einen anderen Mann hat«, wandte Nnu Ego ein.
»Ich bin nicht irgendein Mann, ich bin der Bruder ihres Mannes. Du hast dich wirklich nicht verändert, Nnu Ego, Tochter von Agbadi.«
Die männlichen Gäste lachten über dieses Geplänkel. Dann rief Ubani im Scherz: »Mein Freund, Nnu Ego hat sich während deiner Abwesenheit sehr gut verhalten. Auch sie hat ihren Krieg geführt, hier in deiner Familie.«
»Sie wäre auch eine Schande für ihre Verwandten, wenn sie sich nicht gut benähme.«
Wieder lachten alle. In ihrer Wohnung, dem einen Schlafzimmer und der Veranda, herrschte ein Treiben wie in einem Bienenstock. Und die Kinder lernten zum ersten Mal kennen, wie lustig es ist, einen Vater zu haben.
Auch das war nur von kurzer Dauer. Nnaife blieb dabei, daß es seine Pflicht sei, sich um die Frau seines toten Bruders und um deren Familie zu kümmern. Auch müsse er Adankwo dafür danken, daß sie Nnu Ego so geholfen hatte, behauptete er.

Aber Nnu Ego ließ sich nicht täuschen. Ihr war klar, wie sehr Nnaifes Stolz verletzt war, als er erfuhr, daß Adaku sein Haus verlassen hatte. Dem Klatsch und Tratsch der Leute hatte er entnehmen können, wie gut es der jungen Frau auch ohne ihn ging. Nnu Ego vermutete, daß Nnaife nach Ibuza wollte, um Adankwo nach traditioneller Sitte zu seiner Frau zu machen. Diese Frau gehörte ihm nach den Gesetzen des Erbrechts, aber er hatte seinen Anspruch bislang noch nicht eingelöst. Das wollte er jetzt nachholen. Selbst als Nnu Ego ihm nach ein paar Wochen mitteilte, sie erwarte wahrscheinlich wieder ein Kind, ließ er sich nicht von seinem Vorhaben abhalten.

»Fürchtest du dich denn davor, diesmal das Kind ohne mich zur Welt zu bringen, meine Frau?«

»Nein, ich fürchte mich nicht. Nur: je älter ich werde, desto schmerzhafter und gefährlicher wird es.«

»Reg dich nicht auf, ich bin bestimmt vor der Geburt wieder zurück. Ich werde wahrscheinlich bald wieder bei der Lokomotivwerkstatt eingestellt. Und dann, stell dir vor, werde ich drinnen in der Halle arbeiten und nicht mehr draußen beim Grasmähen«, verkündete er stolz.

Wie alle Kriegshelden kehrte auch Nnaife stilvoll heim. Sogar Adankwo, diese gelassene Frau, ließ sich blenden, und es dauerte nicht lange, bis auch sie schwanger war. Es war ihr letztes Baby vor den Wechseljahren. Nnaife war bestürzt, als sie sich weigerte, mit ihm nach Lagos zu gehen.

»Ich will mich hier weiter um das Hauswesen der Familie kümmern. Ich möchte nicht auch noch in dein einziges Zimmer ziehen«, erklärte sie. Ihre erwachsenen Söhne aus der ersten Ehe unterstützten sie dabei.

»Aber ich brauche jemanden, der Nnu Ego hilft. Es fällt ihr jetzt alles so schwer. Sie braucht Hilfe«, entgegnete Nnaife.

»Du brauchst eine neue Frau, ist es das?« sagte Adankwo. Diese »Hilfe« war schnell gefunden. Sie war ein sechzehnjähriges Mädchen namens Okpo. Ihre Eltern hatten auf dreißig Pfund als Brautpreis für ihre Tochter bestanden, nicht mehr und nicht weniger; hatte Nnaife denn nicht von den Weißen so unendlich viel Geld aus dem Krieg mit heimgebracht? Um die Gefühle seiner Leute nicht zu verletzen, zahlte Nnaife den Betrag; das machte die Familie Owulum stolz, denn ihr Sohn, der im Krieg gewesen war, gehörte zu den ersten, die den Ton für die Zukunft angaben. Er zahlte für seine Frau dreißig Pfund statt der zwanzig, die in Ibuza bislang üblich waren. Einige ältere Leute schüttelten nur den Kopf, als sie davon hörten und prophezeiten: »Es wird nie wieder so werden wie früher.« Und sie hatten recht.

Nnaife kehrte schnell nach Lagos zurück. Er hatte fast seinen ganzen Sold ausgegeben. Wenn er nicht sofort heimfuhr, würde er bald wieder knapp bei Kasse sein und müßte sich von den Bauern seiner Altersgruppe Geld borgen. Eher noch wollte er mit seiner neuen Frau Okpo und dem Selbstvertrauen, das sie ihm gab, nach Lagos fahren, zurück zu einer sehr ärgerlichen Nnu Ego.

Diesmal bemühte sich Nnu Ego erst gar nicht, ihre Mißbilligung zu verbergen. Sie weigerte sich, das eine Zimmer außer mit all ihren Kindern auch noch mit diesem neuen Mädchen zu teilen. Ihr Medizinmann und der Krankenhausapotheker, die sie immer während ihrer Schwangerschaften betreuten, waren übereinstimmend der Meinung, daß sie wieder Zwillinge erwartete.

»Wo sollen die denn alle hin?« schrie sie ihren Mann und das Mädchen an, das, wie sie annahm, auch bald schwanger werden würde. »Bist du eigentlich verrückt geworden?« Und bitter fügte sie hinzu: »Wir haben nur das eine Zimmer, das wir uns mit meinen fünf Kindern teilen müssen, und ich bin mit zwei weiteren Kindern schwanger; und trotzdem schleppst du noch eine weitere Person an. Haben dich die Weißen, für die du im Krieg warst, beauftragt, für alle Gefallenen Ersatz zu schaffen? Warum überläßt du nicht anderen Männern diese Aufgabe? Selbst Adankwo, die wir als unsere Mutter ansehen, ist für dich schwanger, nur für dich. Du mußt jetzt etwas unternehmen. Ich will nicht, daß das Mädchen in meinem Bett schläft. Diesmal rücke ich nicht zur Seite, und es ist mir ganz egal, was deine Freunde sagen.«

Nnaife ließ seine Freunde holen, sie sollten seine erste Frau besänftigen. Ihr alter Freund Nwakusor gab jedoch Nnu Ego recht, riet ihr aber, ihrem Mann Zeit zur Wohnungssuche zu

lassen. »Du weißt ja, wie die Lage jetzt ist«, bat er sie eindringlich.
»Früher konnte man schon in ein paar Stunden ein Zimmer finden. Jetzt ist das viel schwieriger, denn all die Leute von der Armee werfen mit dem Geld nur so um sich. Das Mädchen ist doch hier, um dir mit deinen Kindern zu helfen. Es geht um deine Kinder. Vor ein paar Jahren - es kommt mir vor wie gestern -, als ich dich auf der Carter-Brücke sah, hattest du keine Kinder, um die du dich kümmern mußtest, und du brauchtest auch keine Hilfe. Sei deinem Gott Olisa und deiner *chi* dankbar, Nnu Ego, Tochter von Agbadi, daß sie dich so sehr bevorzugt haben. Dein Vater wäre sicher nicht erfreut, wenn er dein Verhalten sehen könnte.«
Nwakusor kannte ihren schwachen Punkt sehr genau. Selbst nach seinem Tode beherrschte Nwokocha Agbadi seine Tochter immer noch. Sie gehörte beiden Männern, ihrem Vater und ihrem Mann, und letztlich auch ihren Söhnen. Sie mußte vorsichtig sein, wenn die zukünftigen Frauen ihrer Söhne nicht sagen sollten: »Deine Mutter war jedesmal eifersüchtig, wenn ihr Mann eine junge Frau mitbrachte.«
»Gut«, warf Nnaife ein, »wir werden uns nach einer größeren und billigeren Wohnung umsehen.«
»Billiger?« Nnu Egos Stimme klang immer noch erregt. »Wohl deshalb, weil du deinen ganzen Sold schon ausgegeben hast, das Geld, das du schwer verdient hast, während die Kinder und ich gelitten haben? Nnaife, du bist ein Dummkopf!«
Der Hausfrieden war natürlich gestört. Oshia brachte vor, er wolle auf ein Gymnasium, das Hussey College, das irgendwo in Warri lag. »Warum hast du nicht ein Stipendium errungen wie die anderen Jungen?« fragte Nnu Ego.
»Ein Stipendium erhalten nur wenige, und die müssen sehr klug sein.«
»Und warum bist du nicht klug?« erwiderte Nnaife.
»Wenn ich eine friedliche Kindheit gehabt hätte, und nicht schon als Kind hätte Paraffin verkaufen und Feuerholz schleppen müssen - «
»Halt den Mund!« brüllte Nnu Ego. »Jetzt ist also alles meine Schuld?«

Nnaife sagte lachend: »Du gibst also deinem Vater freche Antworten, Sohn? Vielleicht hättest du ein Stipendium bekommen, wenn deine Mutter sich nicht nur ums Geldverdienen gekümmert hätte. Ich mußte in den Krieg. Ich habe es mir nicht ausgesucht. Und wenn es Arbeit gab, habe ich sie genommen. Mach mir also keine Vorwürfe.« Es war alles so hoffnungslos, daß Nnu Ego sich dem Selbstmitleid überließ. Auch Oshia, ihr Sohn, machte ihr Vorwürfe. Natürlich erschien ihm sein Vater als Held. Er war Soldat. Er war Kämpfer. Er brachte das Geld in die Familie. Die Mutter hatte der arme Junge immer nur als nörgelige, zerquälte Frau erlebt. Wenn Gott sie doch mit den beiden Babys in ihrem Leib sterben ließe; das wäre leichter zu ertragen, als von den Kindern, ihrer ganzen Hoffnung, enttäuscht zu werden.
Sie hörte, wie Nnaife den großmütigen Vater spielte: »Ja, du kommst auf das Hussey College. Ich werde mein ganzes Geld in deine Collegeerziehung stecken.« Mit diesen Worten zückte er ein kleines Sparbuch, fuchtelte damit herum und prahlte: »Hier sind noch hundert Pfund drauf. Vor meiner Rückkehr nach Nigeria habe ich nichts von dem Geld verbraucht. Das müßte für deine Collegezeit reichen. Die anderen Kinder müssen warten, bis du fertig bist, ehe sie an der Reihe sind.«
Damit hatte er den Streit für sich entschieden. Oshia war nun noch stolzer auf seinen Vater. Und was hätte Nnu Ego dem entgegensetzen können? Wenn sie sich bei jemandem über ihre zu kleine Wohnung beschweren würde, dann wußte sie schon, daß jeder, ihre Kinder, die anderen Leute, das neue Mädchen, das alles mitangehört hatte, sagen würde:
»Wird nicht der größte Teil seines Geldes für deinen ersten Sohn Oshia angelegt? Wieviele Väter sind schon zu solchen Opfern bereit?« Die Liebe und Fürsorge für die Kinder waren die Ketten ihres Sklavendaseins.
Aber, so überlegte sie, alle Kinder würden einmal groß. Eines Tages würden sie erwachsen sein und dann vielleicht ihrer Mutter zuhilfe kommen. So wie Abby, einziger Sohn; so wie Abby... Mit solchen Gedanken schlief sie in dieser Nacht ein. Nach Mitternacht wachte sie von den Schmerzen der einsetzenden Wehen auf.

Vor Tagesanbruch hatte Nnu Ego ihr zweites Zwillingspaar geboren. Nnaife saß auf dem umgedrehten Mörser aus der Küche und half ihr bei der Geburt. Okpo machte sich nützlich, indem sie heißes Wasser, Messer und andere Dinge brachte. Das Ergebnis begeisterte Nnaife nicht sonderlich; so ein Tamtam um noch zwei Mädchen. Wenn es schon Zwillinge sein mußten, warum dann ausgerechnet Mädchen, um Olisas Willen?

Die Geburt ihrer jüngsten Zwillingstöchter machte Nnu Ego sehr niedergeschlagen. Sie fühlte sich unzulänglicher als je zuvor. Männer - die waren alle nur an Söhnen interessiert, um ihren Namen weiterzuvererben. Aber mußte eine Frau nicht auch Töchter zur Welt bringen, die dann Söhne gebären konnten? »Gott, wann wirst du endlich eine Frau schaffen, die um ihrer selbst willen anerkannt wird, ein vollwertiger Mensch, der nicht mehr nur Anhängsel ist?« betete sie in ihrer Verzweiflung. »Schließlich bin ich allein auf die Welt gekommen und werde allein sterben. Was für einen Nutzen habe ich von alledem gehabt? Sicher, ich habe viele Kinder, aber wie soll ich sie ernähren? Mit meinem Leben. Ich muß mich zu Tode schuften, um sie zu versorgen, ich muß mein Letztes für sie geben. Und wenn ich das Glück haben sollte, in Frieden zu sterben, muß ich ihnen auch noch meine Seele geben. Sie werden meinen toten Geist verehren, damit er für sie sorgt: ein guter Geist ist er nur so lange, als es genug Yamswurzeln und Kinder in der Familie gibt; wenn aber einmal etwas nicht so geht, wie es soll, wenn eine junge Frau nicht schwanger wird oder Hungersnot ausbricht, wird man das meinem toten Geist anlasten. Wann werde ich frei sein?«

Doch selbst in ihrer Verwirrung wußte sie die Antwort: «Nie, nicht einmal im Tode. Ich bin eine Gefangene meines eigenen Fleisch und Blut. Ist das wirklich so beneidenswert? Die Männer stellen es so hin, als wären Kinder unser einziger Lebensinhalt. Darum wollte ich auch sterben, als ich meinen ersten Sohn verlor. Denn ich war den Erwartungen der Männer in meinem Leben, meines Vaters und meines Mannes, nicht gerecht geworden - und jetzt kommen auch noch meine Söhne hinzu. Aber wer hat es eigentlich zum Gesetz erhoben, daß

wir auf unsere Töchter keine Hoffnungen setzen sollen? Wir Frauen unterwerfen uns diesem Gesetz mehr als alle anderen. Wenn wir das nicht verändern, leben wir weiter in einer Welt des Mannes, an der die Frauen stets mitbauen werden.«
Die beiden Mädchen erhielten die Namen Obiageli, »Sie, die gekommen ist, um Reichtum zu genießen«, und Malachi, »Du weißt nicht, was die Zukunft bringt«.

Eine Mutter von klugen Kindern

Nach drei unbequemen Monaten in diesem miefigen Zimmer begriff Nnaife endlich, daß sie umziehen mußten. Ihr Vermieter hatte ihnen zwar ein anderes Zimmer versprochen, sobald eines frei würde, aber keiner seiner Mieter wollte ausziehen, weil er nur die alten Vorkriegsmieten verlangte. Deshalb zogen Nnaife und seine Familie in eine Lehmhütte nach Onike, einem Bezirk, wo es weder fließendes Wasser noch Elektrizität gab. Hierher zogen viele junge Ibos, die lieber ihr Geld sparten, als die Wuchermieten zu zahlen, die manche Vermieter forderten. Zimmer ließen sich auch deshalb so schwer finden, weil viele Soldaten nach ihrer Entlassung in Lagos blieben. Man hatte ihnen als Entschädigung gute Arbeitsplätze vermittelt, und die volleren Lohntüten trieben natürlich die Preise in die Höhe.

Nnu Ego war froh, ein Zimmer für sich und die Kinder zu haben. Der Lehm störte sie nicht, und die Kinder fanden die veränderte Umgebung, die es erst zu erkunden galt, sehr aufregend. Es machte ihnen Spaß, Wasser aus den Brunnen hochzuholen. Trinkwasser holten sie auf dem Zabo-Markt, auf dem Heimweg von der Schule. Trotz dieser Unbequemlichkeiten mußten sie mehr Miete bezahlen als vorher. Nnu Ego bedauerte, sich von ihren Freundinnen trennen zu müssen - Iyawo Itsekiri, Mama Abby und den anderen. Alle versprachen ihr, sie zu besuchen, und Mama Abby riet ihr, sie solle sich nicht aufregen, die Kinder würden schnell größer.

»War es nicht ein Glück, daß sein Geld auf einen Schlag kam? Was wäre sonst aus dir geworden?«

Nnu Ego antwortete, Gott sei wunderbar. Hätte sie ihren Mund nicht gehalten, hätte Nnaife sie gezwungen, das Geld in Oshias Schulbildung zu stecken, und ihr Leid wäre nicht belohnt worden. Nnaife hatte ihr nur fünf Pfund geschenkt. Davon kaufte sie auf dem Markt besten Stoff mit König-George-

Kronenmuster; mit dem restlichen Geld zahlte sie eine alte Nähmaschine an, die für sechs Pfund angeboten wurde. Sie bezahlte sie in Raten ab und freute sich über diesen Kauf. Nach und nach brachte sie sich das Nähen bei. Sie hatte zweimal in der Woche bei Mama Abby Unterricht gehabt, bevor sie umgezogen waren. Komplizierte Blusen konnte sie noch nicht zuschneiden, aber sie konnte zerrissene Sachen flicken und einfache Blusen - *bubas* - nähen. Hier brauchte sie nichts abzumessen, der Schnitt war immer gleich. Mit all diesen Dingen beschäftigt, ließ sie Nnaife mit seiner neuen Frau Okpo anstellen, was er wollte. Und hätte Nnu Ego protestiert, hätte man sie nur darauf hingewiesen, daß Nnaife sein ganzes Blutgeld herausgerückt hatte, um ihren Sohn zur Schule zu schicken.

Der Tag kam, an dem Oshia von zu Hause weggehen mußte, um auf das neue College zu gehen. Adaku und Mama Abby kamen, um ihm viel Glück zu wünschen.

»Die Mühe hättest du dir nicht machen sollen, Adaku; ihr wart doch nicht besonders glücklich, Nnaife und du, als du noch bei uns gelebt hast. So viele Meter *abada*-Stoff! Es sieht ja fast so aus, als würde der Junge gekrönt, wo er doch nur aufs College geht.«

»Na, irgendwie ist es ja auch eine Art Krönung. Wenn man sich vorstellt, ein Sohn von Nnaife geht auf eine so teure Schule. Und vergiß nicht, Oshia ist immer noch der Bruder meiner Mädchen.«

»Wie geht es den Mädchen eigentlich? Meine eigenen Sorgen bedrücken mich so, daß ich keine Zeit hatte, sie zu besuchen.«

»Sie sind auf einer Klosterschule. Sie wohnen auch da und kommen nur in den Ferien nach Hause.«

»Nein, wirklich?« rief Mama Abby aus. »Adaku, du hast mich schon immer verblüfft. Deine Töchter werden es noch bis zum College bringen.«

»Das ist Adakus Wunsch, und sie werden es auch schaffen! Langsam glaube ich, daß es für gebildete Frauen doch eine Zukunft gibt. Viele junge Frauen unterrichten schon in Schulen. Wenn eine Frau in der Lage wäre, wie die Männer Monat für Monat regelmäßig zu verdienen, das wäre schon etwas«, sagte Nnu Ego und blickte in die Ferne.

Aber Kehinde und Taiwo gehen doch noch zur Schule, oder?« fragte Adaku.
»Oh, nein, das war nur zwei Jahre. Wir müssen ja auch noch an Adim und Nnamdio denken; wegen des hohen Schulgeldes für Oshia können wir für die Zwillinge keins mehr aufbringen. Ein bißchen lesen können sie, glaube ich. Mir tut es eigentlich nicht leid. In ein paar Jahren sind sie verheiratet. Wenn sie auch Handel betreiben, können sie ein bißchen dazuverdienen. Vor allem müssen sie gute Männer finden«, sagte Nnu Ego zum Schluß.
Nnu Ego brachte Oshia zu seiner neuen Schule nach Warri. Als sie ankamen, verließ sie der Mut. Dies war eine Schule für die Söhne reicher Leute, das sah man schon an den Autos, mit denen sie vorfuhren. Sanft ermahnte sie Oshia: »Werde nicht so wie diese reichen Jungen. Ihre Familien haben viel Geld. Sohn, ich wünschte, du würdest nicht auf diese Schule gehen, ich wünschte, du hättest dir eine in Lagos ausgesucht, wo alles billiger ist und du mit normalen Menschen zusammenkommst.«
»Sie werden mir kein Vorbild sein, Mutter. Ich werde hart arbeiten. Zuhause in Lagos hätte ich bestimmt nicht gut lernen können. Diese dauernden Streitereien ums Geld, und immer hätte ich losmüssen, um irgendetwas zu verkaufen.«
»Du läufst doch nicht etwa vor deiner Familie davon, Oshia?«
»Nein, Mutter, bestimmt nicht. Aber hier kann ich das beste aus meinen Fähigkeiten machen.«
Nnu Ego kehrte nach Lagos zurück. Alles ging so weiter wie bisher; sie mußte knausern, sparen und jeden Pfennig zweimal umdrehen. Früher war jedes zweite Wort bei ihr gewesen: »Alles wird gut, wenn Nnaife aus dem Krieg zurückkommt.«
Jetzt hieß es ständig: «Alles wird gut, wenn Oshia vom College zurück ist.« Hatten denn nicht alle *dibias*, die man vor seiner Geburt befragt hatte, verkündet, er werde ein bedeutender Mann werden?
Ein paar Jahre später wollte auch Adim zur Oberschule gehen.
»Dein Vater ist mit seinen finanziellen Möglichkeiten am Ende, ich kann ihn unmöglich darum bitten, dein Schulgeld zu bezahlen«, mußte Nnu Ego erklären. »Das wäre ihm und den

anderen gegenüber nicht gerecht. Er hat so viel für uns geopfert. Du weißt, daß es ihm nicht leicht fällt. Wir waren alle sehr überrascht, daß er Oshias Schulgeld zu zahlen bereit war. Aber ich will versuchen, das Geld für eine der Gemeindeschulen zusammenzubringen; falls mir das nicht gelingt, mußt du eben nach der sechsten Klasse abgehen und dann eine Lehre anfangen. Bei der Eisenbahn bilden sie junge Leute aus.«

»Aber Mutter, warum denn? Habe ich denn nicht auch verdient, daß man mir hilft? Ist es meine Schuld, daß ich der zweite Sohn bin? Alles in diesem Haus ist für Oshia. Er muß von allem das Beste haben. Du läßt ihm jede Laune durchgehen, Mutter. Manchmal kommt es mir so vor, als wären wir anderen Kinder für dich überhaupt nicht vorhanden«, protestierte Adim enttäuscht.

Sein Unmut verflog so schnell wie er gekommen war, ohne daß Nnu Ego etwas gesagt hatte. Er schien mit sich selbst zu reden: »Ich werde zur Oberschule gehen. Ich werde sogar noch weiter kommen: ich werde mich in einem guten Beruf ausbilden lassen; ich werde ganz bestimmt kein stumpfsinniger Mechaniker bei der Eisenbahn. Ganz bestimmt, du wirst sehen, Mutter. Ganz bestimmt.«

Nnu Ego lächelte mit einem Anflug von Hoffnung. »Solange Gott uns beisteht, will ich dir helfen, wo ich kann. Dein Bruder ist der direkte Erbe, der erste Sohn deines Vaters; deswegen wird er auch bevorzugt behandelt. Wenn du solange warten könntest, bis er mit seiner Ausbildung fertig ist, dann geht es uns allen wieder besser. Oshia wird auch für dich bezahlen.«

Adim war zwar erst elf Jahre alt, aber er wußte vieles, was seine Eltern nicht wußten. Seine Freunde hatten von ihren Brüdern erzählt, die zum Studieren nach Übersee gegangen waren. Die meisten von ihnen hatten eine ähnliche Oberschule besucht wie Oshia. Adim hatte in den Ferien, als sein Bruder zuhause war, mit ihm darüber geredet, und so wußte er, daß Oshia seinen Eltern zwar helfen wollte, aber bis dahin noch sehr viel Zeit vergehen würde. Das war letztes Jahr zu Weihnachten, nach dem Festessen, gewesen: Oshia und er hatten vor ihrer Lehmhütte gesessen und den Insekten zugesehen, die durch die Nacht schwirrten. Er hatte gesagt: »Stell dir nur vor,

Oshia, in zwei Jahren hast du einen Beruf und verdienst eine Menge Geld. Das wird Vater und Mutter eine wirkliche Hilfe sein.«
Oshia hatte ihn ausgelacht, als hätte er Blödsinn geredet. Adim erwartete eine Erklärung, was ihn dabei so sehr belustigte. Er stand seinen Eltern näher als Oshia, und er wußte, daß sie die Last der Familie nicht mehr lange tragen konnten. Ihr Vater schien immer mehr in sich zusammenzusinken. Sogar er, Adim, konnte sich daran erinnern, daß er früher ganz anders war. Er hoffte sehr darauf, daß Oshia sich beeilen und seiner Familie unter die Arme greifen würde.
»Es stimmt doch, was ich sage, oder?«
Oshia starrte in die Dunkelheit. Sie saßen Seite an Seite, ohne sich zu berühren; Adim spürte, daß Oshia über seine Frage verärgert war. »Wie soll man bei zwölf Pfund im Monat helfen können? Mehr würde ich jetzt nicht bekommen, selbst mit einem guten Cambridge-Abschlußzeugnis nicht.«
Adim wußte nicht, was er sagen sollte. Für ihn klang das nach ungeheuer viel Geld. Die Schule, von der er träumte, kostete für Externe nur sechs Pfund im Jahr; wenn sein Bruder zwölf Pfund und zehn Shillinge monatlich verdienen konnte, wären sie reich.
»Das wäre ja viel Geld«, sagte er begeistert. »Was wirst du mit dem ganzen Geld machen? Unser Vater verdient bestimmt nicht so viel.«
Wieder hatte Oshia gelacht. Die Distanz, die Oshia zwischen sich und dem Rest der Familie aufbaute, war Adim verhaßt. Seine Mutter hatte sich beklagt und Oshia gerügt, weil er den ganzen Tag schwieg, wie jemand, der sich bei seiner Familie tödlich langweilte.
»Du bist zu jung, um das zu verstehen, Adim. Ich will nicht so leben wie meine Eltern. Lernen dauert ein Leben lang. Wenn ich jetzt aufhöre, kann ich ihnen nur halb soviel helfen. Wenn ich mit der Schule fertig bin, will ich noch weiter lernen. Sagen wir vielleicht noch vier oder fünf Jahre... dann bin ich in der Lage, etwas für sie zu tun. Jetzt nicht.«
Adim riß den Mund auf und schloß ihn wieder. »Und ich, was soll aus mir werden?« fragte er in die Dunkel-

heit hinein. Mit schwerem Herzen stand er auf. Ihm fiel das viele Feuerholz ein, das er seiner Mutter hatte tragen helfen, damit sie so eben über die Runden kamen, erinnerte sich an das Jahr, in dem es so viele Heuschrecken gab; damals war er den ganzen Tag über draußen herumgestrolcht, hatte die Tiere gefangen, gebraten und diese leckeren »snacks« verkauft. Und warum das alles? Weil »mein Bruder auf das College geht, und wenn er fertig ist, werden wir reich sein!« Jetzt sah es so aus, als würde er die eigene Ausbildung nie abschließen können. Er hatte in der Nacht nur wenig geschlafen. Er war entschlossen, sein Leben nicht für einen Bruder zu opfern. Er hatte ein Recht auf ein eigenes Leben. Das hatte er von seinem Vater gehört: jeder Mann hat ein Recht auf das eigene Leben, nachdem man es ihm geschenkt hat. Er lächelte traurig, als er an seinen jüngeren Bruder Nnamdio dachte, der mit seinen sechs Jahren noch nicht zur Schule ging und im Privatunterricht keine fünf Minuten stillsitzen konnte. Auch er mußte seinen eigenen Weg finden.

»Nein, Mutter«, sagte er entschieden. »Ich werde bestimmt nicht warten, bis mein Bruder seine Ausbildung abgeschlossen hat, ehe ich mit meiner anfange. Ich werde jetzt das Beste aus mir machen, solange mein Kopf noch wach ist.«

Adim arbeitete hart, in der Schule und zuhause. Oft dachte er darüber nach, ob die Haltung seines Bruders richtig war, eine Spitzenposition in dem Beruf anzustreben, für den er sich einmal entscheiden würde, bevor er sich die Zeit nahm, den anderen Kindern zu helfen. Der Leibesumfang seiner Mutter verriet ihm, daß sie wieder schwanger war. »Ich verstehe die Erwachsenen nicht. Es reicht vorn und hinten nicht, und sie schaffen sich immer mehr Kinder an. Vielleicht hat Oshia doch recht.«

Als Oshia in den Ferien heimkam, versuchte Nnu Ego, ihm Adims Wunsch auseinanderzusetzen.

»Ich mache Adim keine Vorwürfe, daß er aufs College gehen will, Mutter. Ich glaube, der Junge hat recht.« Dann schwieg er eine Weile, denn was er sagen wollte, würde wie eine Bombe bei Nnu Ego einschlagen. »Ich will auf die Universität gehen, wenn ich in Hussey fertig bin.«

»Was ist das, eine Universität? Hast du noch nicht genug gelernt?«
»Nein, Mutter, noch nicht. Ich kann Adim nicht helfen, jedenfalls jetzt noch nicht. Ich kann nicht einmal für meinen eigenen Lebensunterhalt sorgen... oh Mutter, sieh mich doch nicht so an. Es wird schon alles werden. Es würde nur länger dauern, wenn ich in Nigeria bliebe. Hier ist das College schon das höchste der Gefühle, aber ein Auslandsstudium - das ist wirklich der Höhepunkt. Das Schwierigste liegt schon hinter mir: die Schule erfolgreich abzuschließen. Es wäre wirklich schade um eine so gute Grundlage, wenn man jetzt nicht darauf aufbaut. Bald ginge es mir wie meinem Vater...«
»Was ist so schlecht daran, wie dein Vater zu sein? Er hat dir das Leben gegeben. Ich höre mir nicht länger an, wie mein Sohn von seinem Vater spricht. Seit diesem schrecklichen Krieg ist er kein starker Mann mehr. Er ist nicht vollkommen; bei weitem nicht. Aber seine Hoffnung war... oh Gott, wir alle hatten gehofft, daß der *dibia* und alle diese Medizinmänner uns die Wahrheit gesagt haben.«
»Was meinst du damit, Mutter?«
»Sie prophezeiten uns, aus dir würde einmal ein bedeutender Mann. Du würdest uns beistehen, wenn wir alt sind, so wie in Ibuza die Söhne ihre Eltern unterstützen.«
Oshia lächelte, er unterdrückte das Bedürfnis, laut loszulachen. »Mutter, waren das die Medizinmänner, zu denen du mich immer mitgenommen hast? Auch der, der gesagt hat, in Vaters alter Gitarre steckten Geister?«
Nnu Ego nickte. »Die *dibias* haben uns geholfen, für dich zu sorgen.«
Ihr zu erklären, daß die meisten *dibias* ihr sowieso nur vorhersagten, was sie zu hören wünschte, war sinnlos.
»Ich, ein wirklich bedeutender Mann!« sagte Oshia leise.
Laut sagte er: »Ich werde bestimmt nicht bedeutender als andere Jungen aus meiner Klasse.«
Nnu Ego wußte nicht, was sie von dieser Bemerkung halten sollte. Hatte sie sich die ganze Zeit getäuscht? Nein, ihr Vater konnte sich nicht geirrt haben. Der Junge wußte doch gar nicht, was er sagte.

Nnu Ego wurde zunehmend bedrückter; ihr Lebensmut nahm derart ab, daß sogar Nnaife, der sonst immer nur mit seinen eigenen Sorgen beschäftig war, es bemerkte und fragte: »Was ist los mit dir? Du schleichst hier herum, als wäre kein Leben mehr in dir!«

»Ich weiß nicht, Nnaife. Es liegt an dem Kind. Es macht mir zu schaffen, glaube ich.«

»Seit wann ist eine Schwangerschaft eine Krankheit für dich? Und noch dazu die siebente?«

Nnu Ego antwortete nicht. Das war auch nicht nötig. Glücklicherweise war Okpo, die neue Frau, nicht ehrgeizig. Wie eine Tochter suchte sie Nnu Egos Nähe und Wärme. Sie richtete sich völlig nach Nnu Egos Wünschen. Sie war schon seit früher Kindheit Waise und wußte, was Leiden bedeutet. Okpo ging auch für Nnu Ego zum Zabo-Markt.

Nnu Ego war jetzt vierzig, eine Frau mittleren Alters, aber sie fühlte sich unvorstellbar alt. Am Morgen, als sich alle zum Weggehen fertig machten, spürte sie, daß es soweit war. Die Geburt des Babys stand unmittelbar bevor. Wie konnte sie, fast schon eine alte Frau, im Hof herumlaufen, um Hilfe zu erbitten, bloß weil sie ihr neuntes Baby bekam? Das wäre lächerlich. Die beiden älteren Töchter, die Zwillinge, würden sich bald verloben. Sollten sie mit der Erinnerung leben müssen, daß ihre Mutter sich beim Kinderkriegen wie ein Feigling aufgeführt hatte? Als auch die Mädchen mit ihren Waren aufgebrochen waren, und Okpo mit Nnamdio und den kleinen Kindern zum Markt gegangen war, kniete Nnu Ego sich in die Mitte des Zimmers. Sie krallte sich an die Bettpfosten und grub die Zähne fest in die Unterlippe, um nicht schreien zu müssen. Das Baby, das sie gebar, war so klein wie ein Kätzchen. Sie meinte, sie habe nur ein paar Sekunden dagelegen, um zu Atem zu kommen; aber als sie wieder zu sich kam, sah sie sich und das Baby in einer Blutlache liegen. Das Kind, ein Mädchen, rührte sich nicht. Es war tot.

Dies Bild erfüllte Nnu Ego mit Entsetzen. Tränen stiegen ihr in die Augen, doch sie wollte nicht weinen. Sie empfand den Verlust dieses unglücklichen kleinen Wesens, das sie in sich getragen hatte, wenn sie zum Zabo-Markt hinaufgestiegen war.

Diesem kleinen Etwas war wahrscheinlich etwas zugestoßen, als sie sich wider besseres Wissen beim Wäschewaschen für ihre Söhne gebückt hatte.

Ach, du armes Baby, dachte sie. *Es tut mir leid, daß du nicht bleibst; aber ich bin auch froh, daß es Gott gefallen hat, dich wieder zu sich zu nehmen. Die Freude, zu wissen, daß ich in diesem Alter meinem Mann noch Kinder schenken kann, ist mir Lohn genug. Es ist schon eine Freude, aller Welt mitteilen zu können, daß ich mühelos ein Kind haben kann, während Freunde von uns mit ihren Frauen zur gleichen Zeit Opfer darbringen, damit sie überhaupt ein Kind bekommen.*

Allmählich aber begann sie sich schuldig zu fühlen. Hatte sie sich etwa den Tod des Kindes gewünscht - ließ sich so die Erleichterung erklären, die sie empfunden hatte, als sie zu dem toten Kind gekrochen war, um zu sehen, ob es ein Mädchen oder ein Junge war? Weil es ein Mädchen war, konnte sie den Verlust leichter ertragen. Oh Gott, sie hatte sich das nicht gewünscht. Sie hätte sich über dieses Kind gefreut. Gott, erlöse mich von diesen quälenden Gedanken. Bitte Gott, gib mir einen Halt, den Glauben, daß ich sicher sein kann, mein eigenes Kind nicht vorsätzlich in meinem Herzen getötet zu haben. Der Gedanke ließ ihr keine Ruhe, bis sie meinte, die Stimme ihres Vaters zu hören: »Nnu Ego, warum hast du niemanden zu Hilfe geholt, als die Wehen einsetzten? Nur weil eins dich enttäuscht hat, willst du all die anderen nicht? Nnu Ego...« Die Stimme schien wieder von vorn anfangen zu wollen. Sie hatte das Gefühl wegzugleiten, die Sinne zu verlieren; es war, als hätte man sie mit Medikamenten in unfreiwilligen Schlaf versetzt.

Sie wehrte sich heftig gegen das immer stärker werdende Gefühl zu schweben; ihre verzweifelten Bemühungen, ihrem Vater zu erklären, wie sich alles zugetragen hatte, halfen nichts. Sie mußte sich fügen. Was an ihr zog, war stärker als ihr Wille. Von irgendwoher hörte sie noch ein dumpfes Geräusch, wie Schritte, das war für lange Zeit das letzte, was sie wahrnahm. Als sie wieder zu sich kam, versuchte sie die Augen zu öffnen, aber sie schienen mit etwas Öligem zusammengeklebt zu sein. Stimmen drangen an ihr Ohr, es war sehr heiß im Zimmer. Sie bewegte sich vorsichtig, dennoch tat ihr jede Bewegung weh. Ihren Mund schien sie ohne Einschränkung benutzen zu können, und so fragte sie krächzend: »Kann mir jemand sagen, was eigentlich los ist?«

Sie spürte die Erleichterung der anderen. Sie hörte die Stimme des *dibia*, dessen Beschwörungsformeln inbrünstiger denn je klangen. Sie hörte Adim rufen: »Mutter, du bist wieder da!«

Sie wollte fragen, wo sie denn gewesen sei, aber ihre Kraft hatte sich schon mit der ersten Frage erschöpft. Man legte ihr etwas Kühles auf die verklebten Augen. Tage später erzählte man ihr, sie sei sehr krank gewesen; während sie so krank war, habe sie ein wunderschönes Baby, ein Mädchen, geboren, das in der Zwischenzeit gestorben sei; sie hätten es schon draußen beerdigt, denn sie, Nnu Ego, sei leider zu krank gewesen, um es anzusehen. Nnu Ego hätte gerne gewußt, ob sie ihr mit dieser Geschichte nur Schmerz ersparen wollten. Noch immer suchte sie verzweifelt nach Anhaltspunkten, daß sie sich auf das Kind gefreut hatte.

Es dauerte lange, bis sie sich erholt hatte; selbst nachdem der Medizinmann sie für völlig gesund erklärt hatte, war sie traurig und geistesabwesend. War sie so tief gesunken, daß sie ihr eigenes Kind nicht wollte, weil sie es nicht ernähren und kleiden konnte? Einmal war sie doch so weit gewesen, sich das Leben zu nehmen, weil ihr erstes Kind im Schlaf gestorben war. Ließ Gott deshalb solche Dinge geschehen? Hatte er ihr zweimal Zwillinge geschenkt, um den Verlust auszugleichen? Es gab niemand, dem sie sich hätte anvertrauen können.

In diesem Wirrwarr der Gefühle saß sie an einem Nachmittag vor ihrem Haus und nähte. Da tauchte Adim ganz plötzlich vor ihr auf, er sah glücklich und begeistert aus, so, als habe er sein Ziel erreicht.

»Mutter«, rief er. »Ich bin ins St. Gregory College aufgenommen worden.«

Einen Augenblick setzte Nnu Egos Herzschlag aus. Sie fing sich sofort; für diesen Jungen, der ihr eine so große Stütze gewesen war, gelang ihr sogar ein Lächeln. »Oh, ja!« antwortete sie mit gespielter Begeisterung. »Oh, ja, das ist schön, Sohn, wirklich. Und du sollst da auch hin, natürlich sollst du da hin!«

Adim ließ sich nicht täuschen, er stand ihr nah genug, um nicht um die Sorgen zu wissen. »Ich bin sehr glücklich, Mutter; du kannst beruhigt sein: ich werde mir irgendeinen Job suchen, damit es für euch nicht so schwierig wird. Wenn es gar nicht mehr zu schaffen ist, kann ich immer noch nach dem vierten Jahr abgehen, mit dem Zeugnis, das bislang Junior Cambridge hieß.«

»Ach, mein lieber Ehemann!« freute sich Okpo. »Das ist eine gute Neuigkeit. In dieser Familie sind alle Kinder so klug. Wir Frauen können wirklich stolz sein. Auch dem neuen Kind, das ich in mir trage, wird es an nichts fehlen. Sie haben jetzt ja schon zwei große Brüder, die die Oberschule besuchen. Oh, ich bin so froh, du doch auch, Mutter?«

Nnu Ego nickte mechanisch und dachte: »Noch ein Kind? In dieses ganze Durcheinander?« Dann hörte sie Okpo sagen: »Mutter, du erinnerst dich doch an die Stoffstücke, die du für die Kleine verarbeitet hast, die wir verloren haben? Kann ich sie für mein Baby haben? Sicher wird es ein Junge. Letztes Mal hatte ich ein Mädchen.«

Da endlich fiel es Nnu Ego wieder ein, und sie gewann das quirlige Mädchen, das Nnaife ins Haus gebracht hatte, lieb... Wie hatte sie nur vergessen können, daß sie schon Babysachen genäht hatte? Oh ja, sie hatte sich auf das Baby eingestellt. Sie hatte es haben wollen. Aber Gott hatte etwas anderes bestimmt. Ihr Tod war ein Unfall gewesen, kein Vorsatz. So war es gewesen.

Sie scherzte: »Ihr jungen Leute seid so zuversichtlich. Kaum hast du gemerkt, daß du ein Baby erwartest, machst du für das Kind große Pläne. Natürlich kannst du die Sachen haben.«

Okpo nickte lachend. »Ja, wir wollen alle dafür arbeiten, Adim, meinem kleinen Ehemann, die nette Schule zu ermöglichen; und wenn er damit fertig ist, wird er für seinen kleinen Bruder hier sorgen, der wird für ihn kochen, und mein Mann, mein kleiner Mann Adim, wird ihm die Ausbildung bezahlen. Und mein Kind wird später seinen Kindern helfen. So soll es doch sein, nicht wahr, Mutter? Habt ihr mir das nicht all die Jahre beigebracht, du und mein großer Mann und Vater Nnaife?«

Nnu Ego nickte. Einmal wenigstens hatte Nnaife etwas richtig gemacht. Das Mädchen würde für ihn sorgen, wenn er alt war. Sie vertraute auf ihn. Nnu Ego mochte es sehr, daß sie die Jungen der Familie nie ohne die Worte »mein kleiner Ehemann« beim Namen nannte. Selbst den kleinen Nnamdio behandelte sie mit Achtung. Sie war so ganz anders als Adaku.
Adim lachte: »Aha, dann hast du meinen Vater geheiratet, um kluge Kinder zu bekommen?«
Okpo nickte zustimmend. Sie sah froh und erwartungsvoll aus. Zwischen Okpo, die erst siebzehn Jahre alt war, und Adim, der bald dreizehn wurde, herrschte so etwas wie Seelenverwandtschaft. Was sie empfanden, zeigten die beiden jungen Leute spontan und offen, ohne schüchtern nach einem Vorwand zu suchen; beide blickten sie vertrauensvoll in die Zukunft, waren begeistert, tatendurstig und offen.
Nnu Ego stimmte in ihr Lachen ein und wußte: hätten sie in einer früheren Zeit gelebt, als die Familien zusammenblieben und mehrere Generationen auf dem gleichen Flecken Erde lebten und starben, würden Okpos Kinder niemals Leid erfahren. Das spürte sie, als sie sah, wie ihr Sohn voll kindlicher Liebe zu diesem jungen Mädchen hinüberblickte, das sein Vater geheiratet hatte. Mußte Nnaife jetzt sterben, brauchte Okpo niemals zu ihrer Familie zurückzukehren; sie hatte an diesem wichtigen Tag so spontan reagiert, wie Adim es brauchte und ihm indirekt gesagt: »Gut gemacht. Wir wissen, du wirst deine Pflichten uns gegenüber erfüllen, wenn du erwachsen bist.«
Nnu Ego war dankbar, daß Okpo im richtigen Moment da war, um dies zu tun, und gleichzeitig ihr eigenes Gewissen zu erleichtern, so daß sie beruhigt sein konnte, ihr Baby nicht in ihrem Herzen getötet zu haben.
Sie ließ sich von dem jugendlichen Optimismus mitreißen, und alle arbeiteten, um Adim die Schule zu ermöglichen.
Jedermann bewunderte Nnu Ego als Mutter kluger Kinder, wenn sie stolz ihr Feuerholz auf dem gebeugten Rücken vom Fluß nach Hause schleppte.

Die Ehre einer Tochter

Bei den Ibos sagt man: Die Leute kommen, die Leute gehen. Um Mitte fünfzig wurde sich Nnaife bewußt, daß es zwar noch nicht so weit war, für immer zu seinem Schöpfer zu gehen, jedoch höchste Zeit, ihm näherzutreten. Seit Generationen waren die Owulums auf Idum-ohene, ihrem Besitz in Ibuza, zur letzten Ruhe gebettet worden; es war Nnaifes große Hoffnung, eines Tages dorthin zurückkehren zu können; er hatte die Familie nicht um Rat gefragt, denn schließlich war er die Familie, wie er meinte. Er freute sich auf die Zeit, wenn Oshia mit der Schule fertig wäre und dann für den Lebensunterhalt der Familie sorgen könnte; dann brauchte er, Nnaife, nicht mehr zu arbeiten, könnte ein Leben in Trägheit und Muße führen, mit seinen Freunden Palmwein trinken...

Für Nnaife war es ein großer Triumph, als Oshia die besten Noten in seinem Cambridge-Abschlußzeugnis erhielt. Was diese brillante Leistung wirklich bedeutete, ahnte er zwar nicht, aber er freute sich mit seinem Sohn, und Nnu Ego war sprachlos vor Glück.

»Man hat mir eine gute Stellung an der Technischen Universität angeboten«, sagte Oshia. »Ich soll dort in der Forschung arbeiten. Ich habe mich immer für Naturwissenschaften interessiert. Stell dir nur vor, Vater.«

Nnaife hatte keine Ahnung, was er sich da vorstellen sollte, aber er lachte höflich. Er feierte den Erfolg seines Sohnes mit Palmwein und *ogogoro*, lud Ubani, Nwakusor und alle seine alten Freunde und Kameraden von der Armee ein und erlaubte sogar ihrem früheren Vermieter, dem Yoruba, zum Gratulieren zu kommen.

»Nun kannst du dich bald zur Ruhe setzen und Oshia für die Ausbildung seiner Brüder sorgen lassen«, rief Nwakusor, und seine Augen glänzten vom Wein. »Die Mädchen werden wohl bald heiraten. Du mußt schon zugeben, Nnaife, die Frau, die

vor fünfundzwanzig Jahren als widerspenstige Braut hier ankam, hat dir wirklich Ehre gemacht.«
»Mit einer Tochter von Agbadi zusammenzuleben, ist nicht leicht gewesen, das sage ich dir, mein lieber Freund. Nicht jeder Mann wäre mit ihr fertiggeworden. Aber sie hat mir begabte Kinder geboren. Adim wird sich genauso gut machen wie sein Bruder«, prahlte Nnaife.
Für die Owulums und ihre Freunde war es ein glückliches und vielversprechendes Ereignis. Man war sich einig, daß sich die Mühe lohnte, Kinder in einer so schwierigen Stadt wie Lagos großzuziehen.
»Aber die Zeiten ändern sich rasch«, sagte Ubani, der noch mit Weißen zusammen auf dem Eisenbahngelände lebte. Man hielt ihn für besser informiert als seine Kollegen in den Werkhallen. »Es geht das Gerücht um, daß wir uns in nicht allzuferner Zukunft selbst regieren und unsere eigenen Gesetze machen werden.«
Zufällig bekam Nnu Ego das mit und fragte die Männer: »Meint ihr, wir werden an einem Ort wie Ibuza einen schwarzen Bezirksvorsteher bekommen?«
»Natürlich, Mutter, genau das meinen wir.«
»Und einen nigerianischen Geistlichen, und die Ärzte sind dann auch Nigerianer?«
»Ja, Mutter«, antwortete Oshia mit übertriebener Geduld.
»Aber, Sohn, werden diese neuen Nigerianer ihre Sache denn auch gut machen?« fragte Nwakusor.
»Sogar noch besser, denn es geht schließlich um ihr eigenes Land. Sie haben nie vorher die Gelegenheit bekommen. Jetzt wird sich manches ändern; nigerianische Politiker machen sich bemerkbar und fordern unsere Rechte, besonders nachdem Leute wie du, Vater, im Krieg gekämpft haben.«
»Hat man mich deshalb gezwungen, nach Burma zu gehen? Ich weiß noch immer nicht, gegen wen wir eigentlich gekämpft haben. Wir sind immer hin und her marschiert, die weißen Offiziere schossen in die Luft ... naja. Meine Freunde, ich glaube, wir sind schon zu lange in dieser Stadt. Ich weiß wirklich nicht, was dieses ganze neumodische Gerede bedeuten soll. Das hier verstehe ich.«

Nnaife goß noch ein Glas Palmwein hinunter.
»Ja, der Palmwein ändert sich nicht«, stimmte Ubani zu. »Oshia, wir kommen wieder, wenn du uns offiziell Nachricht gibst, daß du dein erstes Gehalt verdient hast. Heute gibt dein Vater etwas aus, nächstes Mal bist du dran.«
Oshia lud sie nie zu einem Palmweinfest ein. Oshia lebte in einer kleinen Dienstwohnung; von seinem Gehalt mußte er auch die Miete bezahlen. Außerdem hatte man ihn für ein Stipendium in den USA vorgeschlagen, als die Verwaltung von seinen guten Prüfungsergebnissen erfahren hatte, das er einige Monate später auch erhielt. Aber er wußte nicht, wie er es seinen Eltern beibringen sollte.
»Oshia, wann kaufst du deinem Vater eine Flasche von dem Whisky, den die Weißen immer trinken? Wir müssen doch auf deinen *chi* trinken, um ihm zu danken, daß er dich deine Prüfungen hat bestehen lassen«, sagte Nnu Ego und gab ihm damit das Stichwort.
»Tut's denn der hiesige *ogogoro*, die Flasche zu einem Sixpence, nicht auch? Den hat er doch all die Jahre getrunken! Eine Feier mit Whisky kann ich mir nicht leisten. Um ehrlich zu sein, Mutter, ich will mein Geld zusammenhalten, um diese Universität besuchen zu können, von der ich dir vor einiger Zeit mal erzählt habe. Ich möchte immer noch hin. Ich habe ein Stipendium bekommen. Wenn ich die Gelegenheit jetzt nicht ergreife, ist es womöglich für immer vorbei.«
»Gott, Oshia, laß das bloß nicht deinen Vater wissen, es bringt ihn um. Er wird langsam ungeduldig, weil du die Familie nicht unterstützt.«
Tatsächlich hielt es Nnaife am Ende des Monats nicht mehr aus. Zornig befahl er dem achtjährigen Nnamdio, er solle Oshia holen.
»Worum geht es, Vater?« fragte Oshia.
Nnu Ego befürchtete, daß es zu einer Auseinandersetzung kommen würde und versuchte, Nnaife zu beschwichtigen.
»Vor deiner Unterredung von Mann zu Mann solltest du erst einmal essen, Nnaife.«
»Frau, warum gehst du nicht an deinen Kochtopf und läßt mich mit meinem Sohn reden? Nun, junger Mann, wann beab-

sichtigst du, die Verantwortung für unsere Familie zu übernehmen? Fehlt dir denn jegliches Feingefühl zu spüren, daß ein Vater es nicht nötig haben sollte, seinen Sohn so etwas zu fragen, daß er es von selbst tun sollte!«
»Welche Verantwortung, Vater?«
Nnaifes bislang unterdrückter Zorn machte sich Luft, und er donnerte: »Adim! Nnamdio! Kommt mal her, ihr beide!« Er wandte sich wieder an Oshia. »Hier ist deine Verantwortung: für diese beiden hier, von mir und deiner Mutter ganz zu schweigen, die immer noch Feuerholz schleppt wie ein Lastträger.«
»Das verstehe ich nicht, Vater. Du meinst, ich sollte sie und dich ernähren? Aber du lebst doch, es geht dir gut und du arbeitest noch - «
»Halt den Mund! Halt den Mund, sonst schlage ich dich zusammen, zum Beweis, daß ich immer noch mit dir fertig werde. Ist dir entgangen, wie meine Freunde neulich davon sprachen, ich könne mich jetzt bald von der Arbeit all dieser Jahre ausruhen und du solltest an meiner Stelle für die Familie sorgen?«
»Das kann ich nicht, Vater. Ich gehe in die Staaten. Ich habe ein Stipendium erhalten, muß aber für meinen Unterhalt selbst sorgen. Ein wenig hatte ich gehofft, du und Mutter könntet mir etwas helfen - «
»Dir helfen? Dir helfen!« Nnaifes Stimme war nur noch ein bedrohliches Flüstern.
Adim, mittlerweile ein hoch aufgeschossener Sechzehnjähriger, stand daneben und sah, daß der Streit hitzig wurde:
»Ich bin bald mit meiner Ausbildung fertig, dann kann ich Nnamdio helfen, bis unser Bruder Oshia zurück ist.«
»Warte gefälligst, bis du gefragt wirst. Jetzt rede ich mit diesem Dummkopf, für dessen Hohlkopf ich all das Geld ausgegeben habe, das ich im Schweiße meines Angesichts bei der Armee verdiente.«
Nnamdio sagte nur: »Ich will gar nicht auf so eine blöde Schule. Ich will Jäger werden. Und zwar ein ganz besonderer Jäger, ein ›Elefantentöter‹.«
Nnaife und Oshia scherten sich nicht um die beiden kleineren

Jungen. »Eins sag ich dir, manchmal verwünsche ich den Tag deiner Zeugung«, zischte Nnaife.
Er ließ sich auf einen der alten Stühle fallen und bedeckte seine Augen; er wirkte sehr alt. »Ich wünschte, du wärst statt meines ersten Sohnes Ngozi gestorben!«
»Nnaife, Nnaife, bist du noch ganz bei Trost?« fragte Nnu Ego vom Türbogen her. »Was ist das denn für eine sinnlose Unterhaltung? Was sagst du für entsetzliche Dinge zu deinen Söhnen?«
»Zu mir nicht«, protestierte Adim. »An mich denkt überhaupt keiner, alles dreht sich um Oshia, Oshia und nur um Oshia.«
»Er ist nicht mehr mein Sohn. Zähle ihn zu denen, die du verloren hast.«
Nnaife richtete sich hoch auf und sah Oshia direkt an. »Ich will dich nie mehr sehen, du hast mir Sand in die Augen gestreut. Verlaß sofort mein Haus!«
»Ich komme auch ohne deinen Anblick aus, alter Mann!« entgegnete Oshia scharf.
Trotzig ging er weg. Die folgende Stille lastete schwer im Raum.
Dann sagte Nnaife leise: »Morgen kündige ich. Ich gehe zurück nach Hause, in Pension. Ich verstehe überhaupt nichts mehr. Oh, mein *chi*, was habe ich falsch gemacht?«
Nnaife verabschiedete sich nicht von Oshia, als er in die Vereinigten Staaten abreiste. Nnu Ego, Okpo, Adim und einige ihrer Freunde kamen zum Flugplatz, um ihm zum Abschied zuzuwinken. In Nnu Egos Herz blieb eine Leere zurück, die sich schwer mitteilen ließ. Bitte, Gott, hilf ihm, sich an Einsamkeit zu gewöhnen, denn jemand wie Oshia, der seinen Ehrgeiz über das Wohlergehen seiner Familie stellt, bleibt immer allein, dachte Nnu Ego, als sie heimging. Ihre Freunde und Bekannten waren überrascht, daß sie nicht weinte; und als sie prophezeiten, ihr Sohn käme bald wieder zurück und würde sie in einem großen Auto spazierenfahren, spürte sie, daß sie alle das Wesentliche nicht begriffen hatten.
Es war ihr nicht bestimmt, eine solche Mutter zu sein. Sie erkannte das jetzt. Sie konnte sich höchstens darüber freuen, ihre Kinder zu einer Zeit großgezogen zu haben, als sie nichts

besaßen; vielleicht würden eben diese Kinder eines Tages mit den bedeutendsten Männern Nigerias vertraut sein. Mehr konnte sie nicht erwarten.
Anders Nnaife. Falls seine Opfer irgendetwas einbringen sollten, dann wollte er es jetzt und vorzugsweise in bar. Ehre war auch etwas wert, aber was sollte Nnaife mit einem großen Namen anfangen, wenn er kein Geld hatte? Er hegte sehr bittere Gefühle für Oshia, und so dachte er gar nicht daran, seinen Sohn am Flughafen zu verabschieden, obwohl er genau wußte, daß Nnu Ego bis zum Abflug voller Hoffnung auf ihn warten würde. Er arbeitete an diesem Tag absichtlich länger, und als er schließlich nach Hause kam, hatte er unerträgliche Laune: Nnu Ego bestand jedoch darauf zu erfahren, warum er nicht gekommen war.
Nnaife meinte, es wären schließlich ihre Kinder.
»Denken sie an mich, wenn ich alt bin? Nein, nur an ihre Mutter. Ist dir noch nicht aufgefallen, daß Frauen länger auf der Erde bleiben als Männer? Warum also soll ich wegen eines Sohnes von meiner Arbeit weggehen, der mir ins Gesicht gespuckt hat?«
»Er hat mir nie etwas gegeben. Im Gegenteil. Von uns hat er etwas erwartet, ehe er abreiste. Bis zur allerletzten Minute hat er darauf gehofft. Ich habe die Enttäuschung in seinem Gesicht gesehen. Warum macht ihr mir alle das Leben so unerträglich? Was wird mir noch alles widerfahren?«
Nnu Ego weinte bitterlich. Aber sie bekam keine Antwort. Es gab keine. »Wenn ich nur die anderen Frauen ansehe, wünsche ich, ich hätte nicht soviele Kinder. Langsam zweifle ich, ob sich das alles gelohnt hat«, dachte sie.
Sie hatte bemerkt, daß Nnaife sich angewöhnte, »deine Kinder« zu sagen und so zu tun, als hätte sie sie ihm geboren, um ihn vor seiner Zeit unter die Erde zu bringen.
Als er erfuhr, daß er länger als erwartet auf seine Pensionierung warten mußte, wurde er noch wütender. Nnu Ego hatte nicht lange Zeit, darüber zu jammern. Das nächste Kind machte Probleme.

Die meisten Ibos sahen es damals nicht gern, wenn ihre Kinder Yorubas heirateten. Jeder Stamm beanspruchte nämlich für sich, über dem anderen zu stehen. Ein Mädchen aus Ibuza galt schon als verloren, wenn es sich mit einem Ibo anfreundete, der nicht aus Ibuza stammte. Sich noch dazu mit einem Yoruba zu befreunden, war ungeheuerlich. Doch gerade das war geschehen. Während Nnu Ego und ihr Mann Pläne für ihre Söhne schmiedeten und sparten, gingen sie wie selbstverständlich davon aus, daß die Mädchen, die Zwillinge, schon auf sich selbst aufpaßten. Sie waren jetzt fünfzehn Jahre alt, sahen ihrer Mutter sehr ähnlich, hatten deren helle Haut und Agbadis schmales Gesicht. Sie waren auch in die Höhe geschossen, was besonders auffiel, weil sie in ihrem jungen Leben nie ausreichend zu essen gehabt hatten. Zwar hatten sie nie Hunger leiden müssen, aber sie hatten alle Krankheiten durchgemacht, die eine Mangelernährung mit sich bringt. Sie hatten die Himbeerpocken, als sie als Babys mit in Ibuza waren, hatten aufgetriebene Bäuche, als sie fünf Jahre alt waren, und heute noch hatten sie gelegentlich aufgesprungene Lippen und eingerissene Mundwinkel, obwohl sie inzwischen wußten, daß man diese Stellen mit einer braunen, brennenden Flüssigkeit behandeln konnte. Dieser honigfarbene Saft quillt aus feuchtem Holz, wenn man es anzündet und am Brennen hält; der Saft heilt nicht nur, sondern färbt auch die Lippen dunkelbraun.
Die Owulumzwillinge waren ausgesprochen hübsch. Sie gingen nicht zur Schule, hatten aber an den wenigen Abenden, die sie für den Besuch von Privatstunden erübrigen konnten, lesen und schreiben gelernt. Sie konnten nähen, und die Strenge ihrer Mutter hatte sie gelehrt, sehr still zu sein. Im Aussehen glichen sie sich, aber ihr Wesen war verschieden; Kehinde, »die, die als die Zweite kam«, war nachdenklicher als Taiwo, »die, die als erste die Welt schmeckte«.
Die Eltern wußten, daß sie mit allen spielten und sehr höflich waren. Ihnen kam jedoch nie der Gedanke, es könne tiefer gehen. Allmählich sprachen die ersten jungen Männer aus Ibuza vor; für Taiwo, die etwa zehn Minuten älter als ihre Schwester war, war bereits der Tag für die Übergabe des Brautpreises festgesetzt. Ihr zukünftiger Mann war ein junger Angestellter,

der erst seit ein paar Jahren in Lagos lebte. Vorher hatte er in Onitsha unterrichtet; obwohl er eine gute Schulbildung besaß, bevorzugte er eine weniger gebildete Frau. Er sagte sich, wenn seine Frau Kinder gebären konnte, sein Zimmer in Ordnung hielt und seine Sachen wusch, wäre er völlig zufrieden. Daß außerdem Taiwo schön und ruhig war, wertete er als zusätzlichen Vorzug. Nnaife akzeptierte diesen Mann ziemlich unbesehen, denn er wußte, daß seine Tochter ein gutes Geschäft abgeschlossen hatte, und er wollte noch so viel Geld wie möglich aus seinen Kindern schlagen, bevor er in den Ruhestand ging. Gottseidank hatte er keinen älteren Bruder, der Brautpreis fiel also ganz an ihn. Eines Abends rief Nnaife Kehinde zu sich. Er wollte wissen, wie sie zu einem jungen Mann stand, der zwar nicht wie Taiwos Zukünftiger auf dem College war, dafür aber eine gute Stellung bei der Bahn hatte. Auf ihre Antwort war er nicht gefaßt.

»Diesen Mann heirate ich nicht.«

Zum ersten Mal betrachtete Nnaife Kehinde genauer. Er hatte nie viel Zeit für seine Töchter gehabt. Für die Jungen schmiedete man Pläne und hatte schlaflose Nächte; die Mädchen waren dazu da, im Haushalt zu helfen, und man mußte sie so früh wie möglich loswerden, um nicht in Schwierigkeiten zu geraten. Mit dem Geld, das er für Taiwo bekommen würde, rechnete er bereits. Wofür hielt sich dieses Mädchen? Trotzdem blieb er lieber geduldig.

»Warum nicht?« erkundigte er sich in dem sanftesten Ton, den er zustandebrachte.

»Weil, weil... ich weiß nicht, Vater. Er ist in Ibuza aufgewachsen. Ich mag ihn nicht«, antwortete sie stockend. Nnaife lachte rauh. Er war belustigt und erleichtert. Seine Tochter war eben doch noch sehr jung, sagte er sich.

»Du brauchst deinen Mann nicht zu mögen«, erklärte er ihr. »Du brauchst ihn nicht einmal vorher zu kennen. Du heiratest ihn halt. Du hast Glück, denn diesen hier kennst du schon und weißt sogar, was er arbeitet. Heute ist alles anders. Früher hättest du ihn gar nicht vorher kennengelernt. Und was ist denn so schlimm daran, daß er aus Ibuza ist? Du kommst doch auch daher.«

Kehinde konnte ihre Gefühle nicht in Worte fassen. Sie runzelte die Stirn und nagte an ihrer Lippe.
»Bald werde ich pensioniert«, fuhr Nnaife fort, »ich sehe nicht ein, weshalb du mit uns nach Hause kommen sollst, wo du einen Bauern heiraten müßtest. Weißt du überhaupt, was Landarbeit ist? Dir würde das überhaupt nicht gefallen. Glaub deinem Vater ruhig. Sie wäre dir verhaßt. Deshalb möchte ich deine Schwester und dich gut untergebracht wissen, bevor wir zurückgehen.«
Kehinde scharrte mit den Füßen, den Kopf gesenkt und nagte weiter an ihrer Unterlippe. Sie ging zur Tür, drehte sich um und sagte: »Vater, ich möchte Ladipo, den Sohn des Schlachters, heiraten und zu ihm ziehen. Ich will niemanden aus Ibuza!«
Sie lief hinaus, ehe Nnaife auch nur ein Wort herausbringen konnte. Das Zimmer kam ihm plötzlich dunkler vor. Ladipo? Wer war das? Ein Yoruba aus einer moslemischen Familie? Nnaife kannte die Schlachterfamilie, die weiter unten an der ungeteerten Straße wohnte. Sie kamen an jedem Wochenende mit Fleisch hausieren, besonders wenn an ihren Ständen auf dem Markt von Zabo etwas übriggeblieben war. Wieso hatte sich seine Tochter mit so einem eingelassen? Woher kannten sie sich so gut, daß sie auf den Gedanken kam, einen von ihnen zu heiraten? Nein, er hatte sicher geträumt, das Mädchen mußte verrückt sein. Hinter dem Vorhang im Zimmer genehmigte er sich ein Glas kühlen Palmwein, den er eigentlich nach dem Abendessen trinken wollte. Er konnte nicht mehr so lange warten, er mußte einfach etwas gegen die drückenden Sorgen tun. Aber der Wein konnte den Schmerz nicht lindern. Er mußte es mit Nnu Ego ausfechten. Bislang hatte er geglaubt, die Kinder seiner Frau wären ein Segen. Allmählich hielt er sie mehr für einen Fluch. Obwohl er einen Kloß im Hals hatte, brachte er es nicht über sich zu weinen. Als Nnu Ego mit dem Essen hereinkam, leerte er gerade das zweite Glas. Sie erfaßte die Situation mit einem Blick und fragte traurig:
»Ist mein Essen so schlecht, daß du dich betrinken mußt, bevor du es überhaupt probiert hast? Was ist das nur für ein Benehmen, Nnaife, Sohn von Owulum!«

Er starrte sie eine Weile an, Haß und Wut spiegelten sich abwechselnd auf seinem Gesicht. Er erinnerte sich an den Tag vor fünfundzwanzig Jahren, als diese Frau bei ihm angekommen war, jung, schlank und schön, eine widerspenstige Braut. Wie sehr hatte er sie begehrt! Er hätte seinen ganzen Besitz für sie hergegeben, auch dann noch, als er merkte, daß sie ihn nicht mochte. Ihre Einstellung hatte sich nur durch die Kinder geändert, die sie in kurzen Abständen bekam. War sie nicht eigentlich nur deshalb zu ihm gekommen, ihn zu benutzen, um die Kinder zu bekommen, die sie mit ihrem ersten Mann nicht bekommen hatte? Jetzt war das Haus voll von ihren Kindern, *ihren Kindern* - auch nicht eins war ihm, ihrem Vater, bislang treu ergeben gewesen. Gott, was sollte er jetzt machen? Seine Frau wegschicken, ihr sagen, sie solle sich nie mehr in seiner Nähe blicken lassen?
»Der Teufel soll dich holen, dich und dein Essen, Nnu Ego«, sagte er laut. »Bis zu meinem Tod werde ich den Tag verfluchen, an dem du über meine Schwelle tratest. Wäre ich dir doch nie begegnet.«
Gut, daß er das Essen verflucht hatte, denn es rutschte Nnu Ego aus den Händen.
Entgeistert riß Okpo, die gerade die Wasserschale hereinbrachte, ihren Mund auf.
»Was ist denn mit euch los?« stieß sie hervor. »Mutter, ist etwas passiert? Gibt es schlechte Nachrichten?«
Nnaife war schnell gealtert; er war wie ein alter Mann zu empfindlich geworden, um seinen Frauen noch erklären zu können, weshalb er seit kurzem so oft aufbrauste. Seine Haut war in der Gießerei, in der er jetzt als Aufseher arbeitete, fahl und spröde geworden. Seine Schultern hingen müde herab, und er hatte einen Hängebauch. Da er kein Hemd trug, konnte man sehen, daß sich seine Brüste wie bei einem jungen Mädchen wölbten.
Vorwurfsvoll richtete er einen zitternden Fingern auf Nnu Ego und drohte:
»Ich habe nicht übel Lust, dich und deine Bälger sofort aus dem Haus zu jagen. Ich bin nicht geboren, um unentwegt zu leiden, bis ich sterbe.«

Langsam wurde es Nnu Ego klar, daß sein Ärger mit den Kindern zu tun hatte. Allmählich hatte sie die Nase voll von seiner Doppelmoral. Benahmen die Kinder sich ordentlich, waren sie Vaters Kinder; führten sie sich schlecht auf, waren sie die Kinder der Mutter. Jede Frau kannte das; aber trotzdem war es ungerecht von Nnaife, ihr das ständig bei der geringsten Verärgerung vorzuhalten. Sie beschloß, sich das nicht mehr gefallen zu lassen, und es war ihr egal, ob Okpo, die junge Frau, etwas mitbekam.

»Ich habe die Kinder nicht vom Haus meines Vaters mitgebracht. Sie stammen von dir. Dein Haus verlassen? Was für ein Haus hast du denn? Wieviele Menschen in Lagos leben denn in Lehmhütten? Ich will nur noch meinen Anteil von deiner Pension. Ich habe genauso dafür gearbeitet wie du. Danach kann ich ja zu meinen Leuten zurückgehen, wenn es das ist, was du willst.«

»Oh Mutter, hör auf«, bat Okpo inständig, »sag nicht Sachen, die dir nachher leid tun, komm bitte mit nach draußen und hör auf.«

Sie schaffte es, die noch immer bebende Nnu Ego aus dem Zimmer zu ziehen.

Nnaife und Nnu Ego waren beide so wütend, daß sie nicht über den eigentlichen Anlaß ihres Streites reden konnten. Nnaife konnte vor Erbitterung nicht essen. Nnu Ego ging auf den Hof hinter dem Haus, badete und sagte, sie ginge jetzt gleich ins Bett. Keiner vermißte Kehinde, bis es zu spät war. Okpo und die Kinder redeten beim Abendessen. Adim zog sich zurück, um seine Schulaufgaben zu erledigen, Nnamdio ging mit seinen Freunden spielen. Taiwo hatte die Abwesenheit ihrer Schwester beim Essen bemerkt, meinte aber, das liege an den immer häufiger werdenden Streitereien der Eltern. Erst ging es um ihren Bruder Oshia, dann um die Pension des Vaters; vor zwei Tagen war es Adim. Taiwo konnte den Tag nicht erwarten, an dem die letzten Vorbereitungen für ihren Umzug in die Wohnung ihres Mannes abgeschlossen waren. Sie wollte weg, ihren eigenen Haushalt führen. Sie würde selber auch Probleme haben, sicher, aber andere. Als sie später ins Bett gehen wollte, fiel ihr wieder auf, daß ihre Schwester nicht da war. Sie schliefen beide auf derselben Matte; Taiwo hatte von dem Taschengeld, das ihr Verlobter ihr gegeben hatte, ein paar weiche Baumwolldecken gekauft, die auf der Matte lagen, die die Schwestern sich teilten. Heute wäre Kehinde an der Reihe gewesen, sie zu waschen. Taiwo rief laut nach Kehinde. Okpo wollte wissen, ob Taiwo Kehinde nach dem Essen gesehen hätte, und plötzlich wurde beiden klar, daß sie sie den ganzen Abend noch nicht gesehen hatten.

»Und es ist jetzt schon spät. Wo kann sie nur sein?« fragte Okpo beunruhigt. »Besser, wir wecken Mutter auf.«

»Laß uns erst einmal alle anderen fragen, bevor wir Mutter aufregen. In dieser Stimmung, in der sie zur Zeit ist, ich weiß nicht...«

Bei dieser Bemerkung huschte die Andeutung eines Lächelns über Okpos Gesicht, und einen kurzen Augenblick überlegte Taiwo, ob Okpo, dieses so lebhaft wirkende Mädchen, die Situation vielleicht sogar genoß. Vielleicht war sie anders, als sie sich gab. Hatte sie vielleicht gar darum gebetet, daß alles schiefgehen möge? Denn wem außer Okpo nützte das alles? Ihr Vater Nnaife würde nicht noch eine Frau heiraten, da war sich Taiwo ganz sicher. Okpo bekam noch immer Kinder und könnte in größerem Wohlstand leben, wenn Nnu Ego aufgäbe und das Haus verließe und sie Nnaifes Abfindung ganz für sich hätte. Taiwo nahm sich vor, später länger darüber nachzudenken. Jetzt mußte sie erst einmal ihre Zwillingsschwester suchen.

Sie sagten Adim Bescheid, aber sie konnten suchen, wo sie wollten, sie konnten Kehinde nicht finden. Schließlich mußte Nnu Ego doch gerufen werden. Sie war völlig überrascht, denn nie zuvor hatte es Schwierigkeiten mit den Mädchen gegeben. Die Jungen hatten ihr immer Kopfzerbrechen gemacht, weil sie ja immer zur Familie Owulum gehören würden. Die Mädchen sollten so wenig Ärger wie möglich machen und der Familie dienen, bis sie ihren jeweiligen Männern übergeben würden. Wohin konnte ein Mädchen, ein erwachsenes Mädchen, zu dieser nachtschlafenen Zeit gehen? Nnu Ego malte sich aus, was kommen würde - noch mehr Vorwürfe an sie, die Mutter. Wenn sich dieser Vorfall bis zu ihren Leuten herumsprach!

Kehindes guter Ruf wäre unwiderruflich dahin, und dann würde man alle Mädchen der Familie links liegen lassen. Es hieße, wenn die Mutter aufgepaßt hätte, wäre das Mädchen dann auf den Gedanken gekommen, mitten in der Nacht von zuhause wegzulaufen und sich in Lagos herumzutreiben? In Ibuza hatte man eine lebhafte Phantasie, wenn es um die Mädchen ging. Nnu Ego konnte sich das Getratsche lebhaft vorstellen: »Weißt du, wo sie gewesen ist? Weißt du, was sie angestellt hat?« Nnu Ego flehte alle an, nicht darüber zu reden und suchte noch einmal alles ab. Ihr Vorschlag war, die Suche beim Haus ihrer Yorubanachbarn zu beginnen. Es spielte keine Rolle, wenn die etwas erfuhren, denn sie würden sowieso keins der Mädchen heiraten. Deshalb hatte Nnu Ego nichts dagegen, als einige freundliche Yorubanachbarn beim Suchen helfen wollten.

Gegen zwei Uhr morgens faßte Nnu Ego den Entschluß, lieber jetzt Nnaifes Verärgerung auf sich zu nehmen, als später seine Vorwürfe hören zu müssen, daß sie Kehindes Verschwinden verschwiegen hatte. Als sie hinein ging und ihn daliegen sah, wurde sie jedoch wieder unschlüssig. Es wäre ihr lieber gewesen, sie hätte ihren Mann nicht aus seinem friedlichen Schlaf zu wecken brauchen. Nnaife schnarchte leicht, sein Mund halb geöffnet, er lag halb entblößt, die Decken locker über ihm. Aber das war ihm offensichtlich egal - außer seinen Frauen und Kindern hatte schließlich niemand das Recht, in sein Refugium, das verhängte Bett, einzudringen!

Nnu Ego atmete tief durch und rief ganz sanft: »Nnaife, Nnaife, wach auf. Kehinde ist nicht da. Nnaife, wach doch auf!«

Langsam hob er seine schweren Lider und runzelte die Stirn, als er Nnu Ego erkannte. *Selbst im Schlaf haßt er mich*, dachte sie, während sie ihm zusah: *wir ertragen uns nur noch wegen der Kinder, nur wegen der Kinder*. Später mußte sie sich vorwerfen lassen, den verschlafenen Mann mit der ganzen Wahrheit konfrontiert zu haben, ohne ihn erst einmal richtig wach werden zu lassen. Aber woher hätte sie denn von seinem Streit mit Kehinde wissen sollen? Hätte sie doch nur vorher davon erfahren! Wenn Nnaife doch wenigstens eine Andeutung gemacht hätte...

»Kehinde ist weg. Wir wissen nicht, wo sie ist.«
Seine Reaktion erschreckte Nnu Ego, und sie schrie laut auf. Sie glaubte, er wolle sie umbringen, sie in Stücke reißen. Er redete, redete wie im Schlaf, mit weit aufgerissenen starren Augen. Ohne genau hinzusehen, raffte er hastig seine Decke und enthüllte, was er eigentlich bedecken wollte; er handelte durchaus nicht ziellos, aber scheinbar hatte er den Verstand verloren.
»Kehinde! Meine Tochter! Der Schlachter - jetzt schlachte ich ihn!«
Mit diesem Ausruf beugte er sich unter sein Bett - in seiner Wut war er ungeheuer behende - und langte nach dem großen Buschmesser, das er dort für Notfälle aufbewahrte, weil es in diesem Teil von Lagos bewaffnete Räuber gab. Er packte das Buschmesser und schwang es durch die Luft, als zielte er damit auf Nnu Ego. Seine Augen waren noch immer verschlafen und glasig. Nnu Ego stieß einen gellenden Schrei aus, um die Leute draußen vor Nnaife zu warnen, denn offensichtlich war er entschlossen, jemanden umzubringen.
Der Schrei schien ihn erreicht zu haben; fluchend rannte er nach draußen.
»Der Schlachter und sein Sohn - denen werde ich es zeigen! Meine Tochter!«
Die Familie konnte ihn nicht aufhalten, so wild entschlossen war er. Adim ahnte, wohin er wollte. Er rannte hastig los und sprang über ein niedriges Gebüsch zwischen ihrem und dem Haus des Schlachters. Er lief ins Haus und rief auf Yoruba: »Wacht auf, da ist jemand, der euren Vater umbringen will. Wacht auf!«
Diese Schreie retteten den Schlachter und seine Familie.
Wegen der heißen Nacht schliefen einige junge Männer aus dem Haushalt auf der Veranda. Der Lärm und die Schreie der Owulumfrauen ließ sie hochfahren; einer rettete sich unter eine eingefallene Verkaufsbude, als er das Buschmesser aufblitzen sah; die anderen halfen Adim, den schlaftrunkenen Schlachter richtig wach zu machen. Nnaife stürzte herein und schwang sein Buschmesser. Man hörte Adims junge Stimme schreien: »So haltet ihn doch fest, haltet ihn! Versteckt euch

doch nicht - haltet ihn fest!« Dieser eindringliche Appell Adims und das Kreischen der Frauen riefen heillose Verwirrung hervor. Wie aufgescheuchte Hühner liefen sie hin und her. Nnaife stürmte das Haus des Schlachters und brüllte: »Meine Tochter und ein Yoruba als Ehemann? Eher soll sie sterben - und mit ihr der Vater dieses Mannes! Wo sind sie?« Das Buschmesser war immer noch hoch erhoben. Keiner wagte, sich ihm entgegenzustellen.
Als Nnaife der Verkaufsbude den Rücken zukehrte, sprang ihn einer der jungen Männer, die sich dahinter zusammengekauert hatten, überraschend von hinten an. Trotzdem traf Nnaife mit dem Buschmesser die Schulter des jungen Mannes, der gellend aufschrie. Er versuchte, Nnaifes Buschmesser auszuweichen. Bevor Nnaife ihn ein zweites Mal treffen konnte, schlug Adim von hinten mit einem Stock auf den Arm seines Vaters. Das Messer fiel zu Boden. Die anderen Männer kamen aus ihren Verstecken und hielten Nnaife fest. Die Mutter des Jungen, dem Nnaife eine tiefe Wunde mit seinem Buschmesser zugefügt hatte, weinte.
»Was hat dir mein Sohn getan? Wieso mußt du wie ein Verrückter auf ihn losgehen? Wir haben dir nie Ärger gemacht. Ihr seid Ibos und wir Yorubas, was haben wir euch getan?«
»Ich bringe euch um. Keins meiner Kinder soll in einen Stamm einheiraten, der uns Kannibalen schimpft. Ein Stamm, der auf uns herabsieht, ein Stamm, der uns haßt«, knurrte Nnaife und wand sich in dem festen Griff der Männer, die ihn umklammert hielten.
»Das ist es also!« schrie der Familienälteste der Yorubafamilie; ihn hatte Nnaife ursprünglich töten wollen. »Deine Tochter ist nur ein Mädchen. Du kannst nicht verhindern, daß ein Mädchen den Mann heiratet, den sie mag.«
»Bei uns in Ibuza ist das nicht üblich. Ich suche für alle meine Töchter die Ehemänner aus. Sie sind noch zu jung, selbst entscheiden zu können.«
»Aber wir sind in Lagos, nicht in einer eurer Städte oder Dörfer.«
»Aber ich bin von meinem Dorf nach Lagos gekommen! Falls dein Sohn meine Tochter angerührt hat, dann bringe ich dich

um, sobald die Männer fort sind.«
Nnaife wähnte sich im Ibuza seiner Kinderzeit, wo man solche Auseinandersetzungen mit Gewalt löste. Überrascht war er, als ein Krankenwagen vorfuhr, dem kurz darauf auch noch sechs starke und grimmig dreinblickende Polizisten folgten.
»Da hast du's, Nnu Ego, jetzt weißt du endlich, was du mir angetan hast! Eine deiner Töchter ist schuld, daß man mich einsperrt.« Er drehte sich noch einmal zu dem Familienältesten um und drohte ihm im Beisein der Polizisten: »In ein, zwei Tagen bin ich wieder auf freiem Fuß, dann komme ich wieder und bringe dich um.«
»Wirklich?«, sagte der eine Polizist. »Und was hat dir dein Nachbar getan?«
»Er hat meine Tochter entführt, und er ist ein Yoruba!« flüsterte Nnaife weinerlich.
»Ist die Tochter hier? Wo ist sie?«
Kehinde trat aus der Menschenmenge, die dem ganzen Geschehen zusah. Sie weinte leise und flehte die Polizisten an, ihren Vater doch bitte laufen zu lassen.
»Wir können deinen Vater nicht laufen lassen. Er hätte beinahe einen Mann umgebracht und droht damit, einen anderen umzubringen, sobald er frei ist. Wir müssen dem Gesetz Genüge tun. Hat dich die Yorubafamilie entführt?«
»Nein, nein«, antwortete Kehinde zögernd. »Ich bin hierhergelaufen. Und ich werde den Sohn des Schlachters Aremu heiraten.«
Ein paar Frauen weinten. Ihre Stimmen waren unverkennbar. Es waren Okpo und Nnu Ego.
Nnaife sah verloren aus. Er konnte nicht fassen, daß eine Tochter ihre Familie derart verraten würde. Ein Polizist kam mit Handschellen und legte sie Nnaife an. Trotz des Murmelns und Weinens war das Zuschnappen der Schellen deutlich zu hören. Das Geräusch traf Nnaife ins Herz und rührte die Herzen seiner zwei jüngeren Söhne, die hilflos zusahen und keinen Finger für ihren Vater rühren konnten.
Nnaife wurde in den Polizeibus verfrachtet; dabei geriet das Nachttuch, das er sich nur lose umgeschlungen hatte, ins Rutschen, so daß er beinahe nackt dagestanden hätte.

»Bitte wartet doch, bitte wartet!« schrie Nnu Ego vor Aufregung zitternd. »Herr Polizist, lassen sie mich seine *lappa* erst wieder fester binden. Er ist der Vater aller meiner Kinder, er ist mein Mann.«

Nnaife blieb ungerührt stehen, als Nnu Ego die *lappa* festband und noch einen zusätzlichen Knoten machte, damit er sie nicht verlieren würde, wie sehr man ihn auch schubste und zerrte.

»Ich werde dafür sorgen, daß du nie nackt zu gehen brauchst, Nnaife, dein *chi* sei dir gnädig.«

Die Türen des Polizeiwagens wurden zugeschlagen, der Wagen setzte sich in Bewegung, Nnaife sah in die Dunkelheit hinaus, ohne etwas wahrzunehmen.

Die Mutter wird heiliggesprochen

Die nächsten Tage waren damit ausgefüllt, hier einen Polizeibeamten, dort einen Rechtsanwalt, da einen Arzt aufzusuchen - ein Meer von Gesichtern, wie es Nnu Ego schien. Von dem, was gesprochen wurde, verstand sie nur wenig. Sie betete allein um Nnaifes Freilassung. Alles kostete Geld, Geld, das sie nicht besaß. Adims Vorbereitungen für die Schule litten darunter, und der Junge nahm ab. Nnu Ego dachte, es stimmt, wenn man sagt: hast du keine Kinder, bringt dich die Sehnsucht nach ihnen um, und hast du welche, tötet dich die Sorge um sie. Eines Tages rief sie den Jungen zu sich und führte ein ernstes Gespräch mit ihm.

»Adim, anscheinend müssen wir, du und ich, dieses Leben allein durchstehen. Dein Vater macht mir und euch, meinen Kindern, Vorwürfe. Auch die Leute in Ibuza klagen mich an: ich hätte euch nicht gut erzogen, weil ich die meiste Zeit auf dem Markt verbracht hätte. Sie sagen voraus, daß keiner von euch zu Wohlstand kommen wird. Willst du ihnen durch deine Verweigerung etwa recht geben? Du kannst mir Vorwürfe machen, wenn du willst, aber hör mir einmal zu, mein lieber Sohn; du und deine Schwester Taiwo, ihr beide seid derzeit meine einzige Hoffnung. Ich setze auf euch, daß ihr für mich sorgt, wenn ich alt bin, und mir die Tränen der Schande trocknet. Also laß dich nicht gehen, lerne ordentlich für die Schule; sie ist deine einzige Rettung.«

»Mutter, ich habe übrigens an Oshia in die Vereinigten Staaten geschrieben, und er hat geantwortet. Es tut ihm leid, was passiert ist, und er will für uns alle beten, aber sonst kann er nicht viel tun.«

In Nnu Egos müden Augen leuchtete ein kleiner Hoffnungsschimmer auf. »Ach - der Junge erinnert sich also noch an uns? Oh, meine *chi*, hättest du mich das doch nur wissen lassen.

Möge sein *chi* ihm helfen. Wie geht es ihm? Ist man dort drüben gut zu ihm?«
Es trat eine kleine Pause ein, während der Nnu Ego auf ihre Zehen schaute, die sich bewegten, und Adim seine Mutter verwirrt betrachtete. Er verstand sie nicht.
»Wenn du mich vorher gefragt hättest«, fuhr sie fort, »hätte ich dir geraten, ihm nicht zu schreiben. Er ist genug damit beschäftigt, seine Zukunft aufzubauen und sich darum zu sorgen. Dieser Lebensabschnitt bringt eine Menge Schmerzen mit sich.«
»Aber hätte er uns nicht irgendwie helfen können, Mutter?«
Nnu Ego lächelte. »Wie kann er uns denn helfen, wenn er nicht in Nigeria ist? Wahrscheinlich hat er nicht einmal genug zu essen. Ich weiß, daß die Leute aus Ibuza hinter meinem Rücken schlecht über mich reden, aber dennoch schicken sie zur Verteidigung deines Vaters unseren einzigen Rechtsanwalt, Nweze, hierher. Ich muß mich darum kümmern, das Geld für dein letztes Schuljahr aufzubringen, und wenn meine *chi* mir beisteht, schaffe ich es auch. Warum mußt du Oshia belästigen, der uns doch gar nicht helfen kann. Er soll sich nicht aufregen oder vielleicht denken, er hätte das alles zu verantworten, das möchte ich nicht. Wenn du ihm antwortest, schreib ihm, wir lieben ihn alle und beten auch für ihn.«
Zum ersten Mal seit seiner Kindheit verlor Adim - der harte Junge, wie man ihn nannte - die Fassung und weinte. »Mutter, was sagst du da? Du willst für ihn beten? Mutter, er hat doch alles ins Rollen gebracht. Er, niemand sonst. Aus Ärger über ihn hat unser Vater die Orientierung verloren.«
Nnu Ego lachte und streckte ihre abgearbeitete Hand nach Adim aus, der mit Schrecken bemerkte, wie knöchern die Hand seiner Mutter war und wie die Adern kreuz und quer hervortraten, die eigentlich unter gesundem Fleisch verborgen liegen sollten. Und an den Rändern ihrer Zähne, die immer ihr ganzer Stolz gewesen waren, zeigten sich schwarze Flecken. Er wußte, seine Mutter war an Jahren noch gar nicht so alt, aber so verbraucht hatte sie noch nie zuvor ausgesehen. Sie wirkte wie eine Frau mit siebzig. Oh, arme Frau, dachte er. Nnu Ego, die nicht ahnte, was ihm durch den Kopf ging, sag-

te: »Du darfst keinem vorwerfen, was mit deinem Vater geschehen ist. Seit seiner Jugend hat sich alles drastisch verändert, aber er wollte das einfach nicht zur Kenntnis nehmen. Ich habe ihn darauf aufmerksam zu machen versucht... aber das ist jetzt egal. Heutzutage kommt der Ruhm der Kinder den Eltern kaum noch zugute. Dein Vater jedoch investierte in euch, so wie sein Vater in ihn investierte, damit er bei der Feldarbeit helfen konnte. Euer Vater hat vergessen, daß er die Landwirtschaft seiner Familie verlassen hat, um hierher nach Lagos zu kommen. Er konnte nur so lange helfen, wie er einen sicheren Arbeitsplatz hatte. Für euch, die jüngere Generation, bedeutet Lernen etwas ganz anderes. Die Ausbildung dauert auch länger und kostet mehr. Allmählich finde ich das eigentlich ganz gut. Ich bedauere nur, daß ich nicht genug Geld hatte, damit die Mädchen auf der Schule bleiben konnten. Also mach deinem Bruder bitte keine Vorwürfe. Und vergiß auch nicht, Oshia ist genauso mein Sohn wie du. Manche Väter, vor allem die mit vielen Kindern von verschiedenen Frauen, können einen schlechten Sohn verstoßen; ein Herr kann einen böswilligen Diener verstoßen, eine Frau kann vielleicht einen schlechten Mann verlassen, aber eine Mutter kann niemals ihren Sohn verstoßen, niemals. Wird er verdammt, wird auch sie verdammt... Geh dich waschen, zieh deine saubere Schuluniform an und halt den Kopf hoch. Ich werde dafür sorgen, daß dein Schulgeld bezahlt wird, bevor wir von hier weggehen. Danach, Sohn, liegt dein Leben in deinen eigenen Händen und denen deines *chi*, so leid es mir tut.«

»Danke, Mutter«, sagte Adim nur und war fest entschlossen, in den bevorstehenden Prüfungen gut abzuschneiden.

Viele Leute aus Ibuza kamen zur Gerichtsverhandlung. Nnaife sah vollkommen verloren aus. Er stand einfach nur da und hörte alle Aussagen über sich an. Der Rechtsanwalt verlas eine lange Stellungnahme. Nnaife sei bei der Armee gewesen, und man habe ihm dort beigebracht, ohne langes Nachdenken zu töten, wenn ein Feind in sein Gebiet eindringe. Nnaife, sagte er, sei zur Zeit des fraglichen Vorfalls noch verschlafen gewesen und habe instinktiv gehandelt, denn er habe angenommen, der Schlachter und sein Sohn wollten seine Tochter stehlen.

Das sei offenbar die Folge davon, daß Nnaife seine Familie liebte, wie das bei den Ibos üblich sei. Er berichtete dem Gerichtshof, daß Nnaife von einem Lohn von nur zehn Pfund, dreizehn Shillingen und vier Pence die Schulbildung seines Sohnes bezahlt habe, der jetzt in den Vereinigten Staaten von Amerika Naturwissenschaften studiere. Als der Verteidiger dies vorbrachte, ging ein Raunen durch den Saal. »Er ist der Vater eines künftigen Mitglieds unserer Elite«, murmelten die Leute. Als der Verteidiger diese Stimmung wahrnahm, ging er die Sache engagierter an.

Er fragte Nnaife: »Und dein zweiter Sohn, Adim, was macht der?«

»Auch er geht auf das St. Gregory's College.«

»Wer bezahlt sein Schulgeld, Nnaife?«

»Das Schulgeld seiner Söhne bezahlt der Vater.«

Man konnte den Staatsanwalt vor sich hinmurmeln hören, aber ein fragender Blick des Gerichtsvorsitzenden brachte ihn zum Schweigen. Aus dem Saal drang ein nervöses Lachen.

Der Verteidiger, Nweze, begriff, da stimmte etwas nicht, fragte seinen Klienten aber zuversichtlich weiter:

»Deine Söhne kommen also gut voran. Wenn aber die Ehre deiner Tochter Kehinde befleckt worden wäre, dann hätte es auch auf sie abgefärbt, oder nicht?«

»Abgefärbt! Abgefärbt! Meine ganze Familie hätte darunter zu leiden gehabt. Was ich in all den Jahren mühsam aufgebaut habe, wäre den Bach runtergegangen. Kein Mann von Stand hätte die anderen Mädchen geheiratet, meine Söhne hätten es schwer gehabt, ein gutes Mädchen aus Ibuza zu heiraten, denn die Leute hätten auf uns gezeigt und gesagt: ›Sieh doch, da geht ja einer aus der Owulumfamilie. Eine der Töchter ist zu einem Yoruba gezogen. Die Familie ist labil. Die Familie ist so und so, die Familie...‹.«

»Hm. Hm. Gut, Nnaife Owulum. Das Gericht hat vernommen, wie wichtig es für einen Mann ist, die Ehre seiner Tochter zu verteidigen, nicht nur um seiner selbst willen, sondern auch zum Wohle der anderen Familienmitglieder.«

Der Staatsanwalt machte keinen unfreundlichen Eindruck. Anfangs schien er durchaus Sympathien für Nnaife zu empfinden, und Nnaife, der nicht wußte, wie ein solches Verfahren ablief, ließ sich täuschen.

»Und weil Sie so viele Kinder haben, trinken Sie manchmal etwas, oder?«

»Ein Mann braucht das einfach zum Leben. Bei zwei Frauen, die sich immer über zu wenig Essen beschweren, ewig um Schulgeld bitten, und überall wimmelt es von Kindern, da muß ich schon ab und an einen trinken.«

»Trinken Sie denn nicht jeden Abend? Sie haben doch sogar einen festen Palmweinzapfer, der Ihnen jeden Abend Palmwein bringt. Denken Sie daran, Mr. Owulum, Sie haben einen Eid auf Ihren *chi* abgelegt, und Ihr Gott würde es sicher nicht gern sehen, wenn Sie hier Lügen erzählen.«

»Ich sage bestimmt nicht die Unwahrheit. Ja, ich trinke jeden Abend Palmwein, aber das richtige Zeug, den *ogogoro*, den trinke ich nur, wenn ich unter Freunden bin oder wenn es etwas zu feiern gibt.«

»An jenem Abend haben Sie also ein ganzes Shillingsfäßchen Palmwein ausgetrunken, und das auf nüchternen Magen vor dem Abendessen? Hm... Ihre Tochter muß Sie schon sehr aufgebracht haben.«

»Das hat sie auch. Sie sagte, sie wolle einen Yoruba heiraten und nicht den Mann, den ich für sie ausgesucht hatte.«

»Sind die Yorubas denn so schlecht?«

»Ich weiß nichts über sie und will auch nichts wissen. Sie geben ihren Frauen kein Haushaltsgeld, sie sind dreckig, nennen uns Ibos Kannibalen - ja, und alles mögliche sonst noch. Meine Tochter soll keinen Yoruba heiraten.«

»Wenn Ihre Tochter den Mann heiratet, den Sie ausgesucht haben, bekommen sie doch einen üppigen Brautpreis, weil sie in Lagos aufgewachsen ist, stimmt das?«

»Sicher, ein guter Ehemann sollte für ein gutes Mädchen schon gehörig zahlen. Damit beweist er seine Männlichkeit. Wenn er sich das nicht leisten kann, verdient er keine Frau. Aber die Yorubas, die machen das nicht so. Sie geben dem Vater eine Schale mit Alkohol und kaufen der Braut ein paar *lappas*... und das deckt ganz bestimmt nicht mal das Essen, das das Kind seit seiner Geburt bekommen hat. Und ihre Mutter hat

ihr beigebracht, wie man richtig Handel treibt.«
»Wirklich? Hm... Und wenn sich herausstellte, daß Ihre Tochter noch Jungfrau war, dann würde Ihr Schwiegersohn aus Ibuza Ihnen zwölf große Fässer mit schaumigem Palmwein schicken, um anzuzeigen, daß sie keusch war, stimmt das?«
»Ja. Ja. Selbst da bin ich leer ausgegangen. Auch diesen Nachhochzeitspalmwein bekomme ich nun nicht mehr.«
»Das ist bedauerlich. Wirklich bedauerlich. Als Sie also Ihr Buschmesser zum Haus Ihrer Nachbarn mitnahmen, wollten Sie nicht nur um die Ehre Ihrer Tochter kämpfen, sondern auch um den Brautpreis und den Palmwein, den Ihre angeheirateten Verwandten Ihnen schicken würden?«
»Euer Ehren«, intervenierte Rechtsanwalt Nweze gerade noch rechtzeitig, ehe sich Nnaife noch mehr hineinreiten konnte.
Rechtsanwalt Nweze führte Nnu Ego behutsam durch das für sie verwirrende Geschehen. Nein, sie hatte keine Ahnung von dem Streit zwischen ihrem Mann und ihrer Tochter Kehinde gehabt; sie hatte nicht gewußt, daß Nnaife zu viel getrunken hatte. Sie hatte ihn noch nie zuvor ein Buschmesser schwingen sehen. Es gehörte ihr. Sie brauchte es zum Brennholz hacken. Nnaife bewahrte es unter dem Bett auf, um herumstreichende Räuber abschrecken zu können. Doch, Nnaife war der beste aller Väter, der beste Mann, den eine Frau sich wünschen konnte. Ja, er hatte seinen ganzen Sold für seine Kinder ausgegeben, er hatte immer gearbeitet, und selbst die Söhne seines Bruders hatten mit seiner Unterstützung in der Schule die sechste Klasse erreicht. Er liebte seine Kinder über alles. Er mußte wohl schlafgewandelt sein, als er den Schlachter bedroht hatte, und Gottseidank ging es dem Jungen, dessen Schulter er verletzt hatte, ja besser. Nnu Ego seufzte hörbar erleichtert, als Rechtsanwalt Nweze sich setzte und sie dem Staatsanwalt zum Verhör überließ.
»Ich möchte Sie daran erinnern, Mrs. Owulum, daß Sie einen Eid auf die Bibel abgelegt haben, die ja, wie ihre *chi*, bindend ist.«
Nnu Ego sah noch einmal das unschuldige schwarze Buch an und fragte sich, ob es wohl die Macht besäße, einen Lügner in den Wahnsinn zu treiben, wie es eine zornige *chi* vermochte.

Sie nickte. Das war ihr alles bekannt.
»Ihr zweiter Sohn ist auf dem St. Gregory's College. Wer bezahlt sein Schulgeld?«
»Ich. Ich bezahle sein Schulgeld von dem Gewinn, den ich durch den Verkauf von Brennholz und anderen Waren erziele.«
Im Gerichtssaal ertönte ein mühsam unterdrücktes Gelächter.
»Aber ihr Mann hat uns gesagt, er bezahle das Schulgeld, wie kann das sein?«
»Ja, er bezahlt das Schulgeld.«
»Wollen Sie damit sagen, daß Sie beide das Schulgeld für Adim bezahlen?«
»Nein, ich bezahle es.«
Jetzt konnten die Leute ihr Lachen nicht mehr unterdrücken. Selbst der Richter lächelte gegen seinen Willen.
»Mrs. Owulum, würden Sie uns das bitte erklären.«
»Nnaife ist das Oberhaupt unserer Familie. Ich gehöre ihm, wie wir alle Gott im Himmel gehören. Selbst wenn ich das Schulgeld bezahle, bin ich sein. Mit anderen Worten: er bezahlt es.«
»Ach so ist das. Und sie sorgen auch für die Bekleidung und manchmal auch für das Essen der ganzen Familie?«
Nnu Ego nickte. Ihr war nicht bewußt, daß dieses eine Nicken den letzten Nagel für Nnaifes Sarg bedeutete. Es wurde offensichtlich, daß sie fast allein für den gesamten Lebensunterhalt aufkam, und man erfuhr, daß sie während der vier Jahre, in denen Nnaife bei der Armee gedient hatte, nur zweimal Geld erhalten hatte, obwohl sie damals fünf Kinder versorgen mußte.
Und er fragte Nnu Ego weiter: »Als Ihr Mann aus der Armee entlassen wurde, ist er da nicht nach Ibuza gereist?«
»Ja, das stimmt.«
»Warum ist er dahin gefahren?«
»Ich weiß es nicht, ich glaube, um seine Familie zu besuchen. Ibuza ist sein Geburtsort.«
»Hat er etwas mitgebracht?«
»Ja, eine neue Frau.«
»Und war da nicht noch etwas anderes in Ibuza, machte er vielleicht noch jemandem ein Kind?«

»Ja, meine erste Frau wurde von ihm schwanger. Ihr Mann ist nämlich gestorben.«
Der Gerichtssaal war zu drei Vierteln mit Yorubas gefüllt, denen diese Gepflogenheiten fremd waren. Sie sahen auf den trostlos dasitzenden Nnaife, der für all diese Kinder die Verantwortung trug. Selbst der Richter betrachtete ihn mit so etwas wie männlicher Bewunderung.
»Ihr Mann scheint sehr kräftig zu sein«, bemerkte der Staatsanwalt spöttisch, und der Saal brüllte vor Lachen.
»Sie sagten, Ihr Mann sei ein idealer, sehr netter Mann.«
Nnu Ego nickte.
»Und ist er nicht ungezügelt und aufbrausend?«
»Nein. Er wird nur böse, wenn er betrunken ist.«
»Und trinkt er nicht oft, jeden Tag?«
»Er ist doch schließlich ein Mann. Von Männern erwartet man das. Mein Vater - «
»Hm. Wir sprechen aber über Ihren Mann und nicht über Ihren Vater.«
»Mein Mann ist ein Mann wie jeder andere. Ich hätte nie einen Mann geheiratet, der sich nicht so wie die anderen Männer verhält.«
»Selbst wenn er so weit geht, ein Buschmesser zu nehmen?«
»Er war betrunken, und die Ehre seiner Tochter stand auf dem Spiel.«
»Und der Brautpreis?«
»Ja, auch ihr Brautpreis. Das Geld steht ihrem Vater schließlich zu.«
»Sie haben vollkommen recht, Mrs. Owulum. Das Problem ist nur, wir leben jetzt im zwanzigsten Jahrhundert und in Lagos. Niemand darf ein Buschmesser tragen, auch Ihr Mann nicht.«
»Ich glaube, das zu entscheiden, sollten wir lieber den Geschworenen überlassen«, griff der Richter ein.
Der Anwalt war mit seinem Kreuzverhör noch nicht zu Ende. Er ging die Ereignisse des Abends noch einmal in allen Einzelheiten durch. Warum hatte Nnu Ego das Essen fallen lassen? Wieso wußte sie nicht, daß ihr Mann getrunken hatte? Weswegen war sie so enttäuscht gewesen und gleich ins Bett gegangen?

Als sich Nnu Ego durch alle Fragen hindurchgekämpft hatte, waren die Geschworenen, hauptsächlich Europäer, völlig im Bilde. Nnaife wurde zu fünf Jahren Gefängnis verurteilt.

Vor dem Gebäude konnte Okpo sogar noch weinen. Adaku kam auf sie zu, berührte Nnu Ego und sagte: »Erste Frau, es tut mir sehr leid.«

»Aber ich verstehe das alles nicht. Warum haben sie über mich gelacht? Habe ich etwas Falsches gesagt? Es hat sich so manches verändert, sicher, aber wir gehören doch noch immer Nnaife, oder nicht?«

»Ich fürchte, auch das hat sich geändert. Ihm gehört niemand, nicht im heutigen Nigeria. Aber reg dich nicht auf, erste Frau. Du glaubst an das Alte. Ein wenig hast du dich verändert, aber deinen Überzeugungen bist du treu geblieben.«

»Vergib mir, daß ich dich verurteilt habe, als du Nnaife verlassen hast. Ich verstehe jetzt langsam, warum du es getan hast.«

»Red nicht davon. Sieh nur, hier sind alle deine Freundinnen. Da ist auch Mama Abby... es ist doch alles gar nicht so schlimm, erste Frau.«

Zuhause hatten Aremu und dessen Familie, die Angst vor Gerichtsverfahren hatten, ihr und ihrer Familie Essen und etwas zu trinken gebracht. Kehindes neue Familie kümmerte sich um einige der kleineren Kinder. Dem Schlachter tat es sehr leid, daß Nnaife die nächsten fünf Jahre im Gefängnis zubringen mußte. Nnu Ego war dankbar, solche Freunde und ihre Kinder zu haben, obwohl sie jetzt völlig mittellos dastand.

Die Zeit seit der Nacht, in der man Nnaife in seine Zelle gebracht hatte, bis zum Morgen des Tages, an dem er endgültig verurteilt wurde, war ein Alptraum für Nnu Ego gewesen. Immer wieder hatte sie gegrübelt, was sie falsch gemacht hatte. Sie war in dem Glauben erzogen worden, daß erst Kinder eine Frau wirklich zur Frau machen. Sie hatte Kinder bekommen, insgesamt neun, und ihr war das große Glück beschieden, daß sieben von ihnen am Leben geblieben waren. Dessen konnten sich damals nicht viele Frauen rühmen. Die meisten ihrer Freundinnen und Kolleginnen hatten mehr Kinder begraben als noch am Leben waren; Nnu Egos Gott aber war ihr wohlgesonnen gewesen. Wie hätte sie auch ahnen sollen, wie sehr sich die Werte ihres Landes, ihres Volkes und ihres Stammes in einem Menschenalter verändern würden, daß sogar eine Frau mit vielen Kindern ein einsames Alter zu erwarten hatte, ja, vielleicht einen elenden, einsamen Tod, wie bislang nur kinderlose Frauen? Sie war sich nicht einmal sicher, ob ihre Sorgen um ihre Kinder sie nicht schon ins Grab bringen würden, noch ehe ihre *chi* für sie bereit war.

Nnu Ego sagte sich, es ginge ihr jetzt sicherlich besser, wenn sie mit den Frauen hätte in Kontakt bleiben können, die ihr die Freundschaft angeboten hatten; aber dazu hatte sie nie die Zeit gehabt. Immer hatte sie sich Sorgen machen müssen, mal wegen eines Kindes, dann wegen einer Schwangerschaft, oder es war kein Geld da; und weil sie außerdem keine geeignete Kleidung hatte, um ihre Freundinnen zu besuchen, war sie vor jeder Freundschaft zurückgeschreckt und hatte sich eingeredet, sie brauchte keine Freunde, sie habe an ihrer Familie genug. Aber hatte sie recht gehabt? Nnaife hatte sie so böse angesehen; sie mußte irgendwie bei ihrer eigenen Familie wohnen können, wenn der Tag von Nnaifes Entlassung näherrückte und sie dann noch lebte. Dieser Mann würde ihr sein Leben lang die Schuld an dem geben, was ihm geschehen war; sowohl seine Familie als auch viele andere Leute in Ibuza machten ihr zum Vorwurf, ihre Kinder schlecht erzogen zu haben. Da war Oshia in Amerika, der sich nicht um sie kümmerte. Zwar wollte Adim unbedingt in Nigeria ein Plätzchen ergattern, aber so wie seine Entwicklung verlief, befürchtete Nnu Ego doch, daß auch er lieber die Familie verlassen und ins Ausland gehen würde. Noch hatte sie die drei jüngsten Kinder am Hals und kein Geld; sie hatte auch nicht mehr die Energie wie in ihrer Jugend - das verringerte die Aussichten auf ausreichenden Lebensunterhalt. Sicherlich wäre sie in Ibuza besser dran, dort brauchte sie wenigstens keine Miete zu zahlen, und im allerschlimmsten Fall konnte sie ja hinter ihrer Hütte anbauen, was sie zum Leben brauchte.

Sie fühlte sich etwas besser, als an jenem Abend ausgerechnet Rechtsanwalt Nweze zu Besuch kam. Soviel Ehre stimmte sie verlegen, sie wußte kaum, wie sie sich verhalten sollte; es war, als ob die königliche Familie ihr einen Besuch abstattete. Sie brachte alles, was vorrätig war, Kolanüsse und Spinatbündel aus ihrem kleinen Garten - nicht daß Rechtsanwalt Nweze überhaupt etwas davon wollte, aber er wußte, sie wäre tödlich beleidigt, wenn er ablehnte. Er erzählte ihr, es sei durchaus möglich, daß Nnaife schon nach drei Monaten aus dem Gefängnis entlassen würde; einige »wichtige« Persönlichkeiten seien nämlich zu dem Schluß gekommen, man könne ihn für seine Handlungsweise, als er den Yoruba-Schlachter angriff, nicht verantwortlich machen. Einen großen Teil seiner Abfindung würde er einbüßen, aber man werde ihm eine kleine Pension zahlen; sicher nicht annähernd den ursprünglichen Betrag, aber unter diesen Umständen war es besser als gar nichts. Die Familie sollte darüber Stillschweigen bewahren, sonst kämen die Leute noch auf die Idee, der Verteidiger hätte irgendwelche unlauteren Mittel angewandt. Er sei eigentlich nur gekommen, weil er meinte, die Nachricht würde sie ein wenig aufheitern. Kurz darauf ging er; er ließ die Familie fast schwindelig vor Dankbarkeit zurück. Er hatte sie noch einmal ermahnt, keinem auch nur ein Sterbenswörtchen zu verraten. Nnaife würde man nach seiner Freilassung direkt nach Ibuza bringen, damit sein Aufenthaltsort nicht bekannt würde. Die Leute blieben im Glauben, er sei nach wie vor im Gefängnis. Und das vor allem würde die Familie des Schlachters beruhigen.

Einige Wochen später mußte Nnu Ego nach Ibuza zurückkehren. Sie konnte die Miete nicht mehr aufbringen, und ihr fehlte der Mut, noch einmal von vorn anzufangen. Und die weinerliche Okpo wäre sie auch los. Sie rief Taiwos Freund zu sich und fragte ihn nach seinen Absichten.

»Willst du meine Tochter zur Frau nehmen oder nicht?«

Er wolle Taiwo sofort heiraten, antwortete er, wenn Nnu Ego nichts gegen eine Heirat in aller Stille einzuwenden hätte. Der Brautpreis wurde sofort bezahlt; er stand Nnaife zu und Nnu Ego erreichte, daß er Adim als Nnaifes Vertreter ausgehändigt wurde.

»Geh jetzt, ehe die Palmweintrinker kommen, und bezahl dein Schulgeld für das ganze Jahr«, riet Nnu Ego ihrem Sohn. »Zahle sechs Pfund auf ein Sparbuch bei der Post ein, damit du

Geld für deine Verpflegung hast, bis du Arbeit gefunden hast. Abby meinte, du könntest bei ihm als Diener leben. Es wäre ja nicht für immer. Viele Leute haben dir spontan ihre Wohnung angeboten, aber du solltest lieber alten Freunden vertrauen als Verwandten. Wenn du nichts zu essen hast, gehe zu deinen verheirateten Schwestern; bei denen bekommst du immer etwas. Aber mach das nicht zu oft, sonst verlierst du deine Selbstachtung. Wenn man sie schon einbüßt, dann lieber bei Leuten, die einen nicht so gut kennen; je näher dir die Menschen stehen, umso größer ist die Beschämung für deine Familie. Für deine Verpflegung wirst du arbeiten müssen, Abbys Schuhe putzen und sein neues Motorrad waschen...«

Sechs Pfund bezahlte Nnu Ego für die Aussteuer ihrer Tochter. Sie gab ihr reichlich Küchengeschirr, so daß sie lange nichts Neues brauchte, und kaufte ihr Stoff für *lappas.* Auch Adaku übertraf sich; man hätte fast denken können, ihre eigene Tochter heirate. Selbst eine Heirat in aller Stille mußte doch einen würdigen Rahmen haben. Taiwo war ein gutes Mädchen, hatte der Familie gedient und verdiente deshalb das Beste. Bei ihrer Hochzeit in der St. Pauls-Kirche von Ebute Metta trug sie ein schneeweißes Kleid. Ihr Mann war jung, hübsch und sehr gebildet. Viele Mütter kauten vor Neid auf den Nägeln und haderten, warum solch ein netter Mann denn ein Mädchen aus einer zweifelhaften Familie heiratete. Nach einem langen, mit Tanzen, Trinken und Ausgelassenheit erfüllten Tag, brachte man Taiwo zum Haus ihres Mannes. Ihr Nachbar, der Schlachter, hatte sich von einem Verwandten, einem Taxifahrer, ein Auto geliehen.

Das Fest wurde durch die angeheirateten Yoruba-Verwandten wider Erwarten farbenfroher. In die Kirche kamen sie alle in einheitlicher *aso-ebi*-Kleidung. Sie brachten ihr eigenes Essen mit und ihre Freunde. Taiwo dankte ihrer Schwester, die, bereits schwanger, anscheinend die Achtung ihrer neuen Familie erworben hatte.

Eine Woche später machte sich Nnu Ego mit einem Handwagen, der mit Krimskrams vollgepackt war, auf die Reise von Lagos nach Ibuza, nachdem sie sich überschwenglich von allen ihren Freundinnen in Lagos verabschiedet hatte. Nnamdio,

der immer noch nicht zur Schule gehen wollte, ihr zweites, jetzt siebenjähriges Zwillingspaar, Okpo und deren zwei Kinder begleiteten sie. Magnus, Taiwos Mann, hätte zu gerne Obiageli, eines der beiden Mädchen, bei sich behalten; Nnu Ego erwog das ernsthaft, wollte jedoch nicht, daß das Kind mit dem Gefühl aufwuchs, man habe es weggeschickt.
»Aber Mutter«, widersprach ihr Magnus, »deine Tochter war Jungfrau. Es sieht so aus, als ob wir bald eine Familie werden. Du wirst genug damit zu tun haben, dich zuhause einzurichten, und ich werde dich auf keinen Fall bedrängen, daß du dein Enkelkind ansehen kommen sollst. Deshalb laß Obiageli bei uns. Sie kann hier in die Schule gehen und ihrer Schwester im Haushalt helfen.«
Nnu Ego zögerte noch immer. Schließlich mußte Adim eingreifen. Er redete auf seine Mutter ein, bis sie schon fast beim Iddo-Busbahnhof angelangt waren, wo die Reise losgehen sollte.
»Mutter, sieh doch nur, Magnus hat keine Vorurteile. Er wird dafür sorgen, daß Obiageli eine gute Ausbildung erhält. Es wird ihr in Lagos besser gehen. Und du brauchst außerdem auch ein wenig Ruhe, Mutter. Dein ganzes Leben lang hast du viel zu hart arbeiten müssen. Zuhause wirst du deine Altersgruppe wiedertreffen, dich an Eke-Tagen fein machen und auf den Märkten tanzen. Du wirst endlich ein schönes Leben haben. Belaste dich nicht mit zu vielen Kindern.«
»Aber das ist es ja gerade«, antwortete Nnu Ego mit Tränen in den Augen, »ich kann mir gar nichts anderes vorstellen, als Mutter zu sein. Wie kann ich mich mit einer Frau unterhalten, die keine Kinder hat? Wenn man mir die Kinder nimmt, ist das so, als ob man mir mein gewohntes Leben entrisse, das ich seit Ewigkeiten führe.«
»Aber du hast doch noch Nnamdio und Malachi, Mutter; es gibt Frauen, die überhaupt nur zwei Kinder haben. Laß Obiageli bei Taiwo. Du wirst deine Zeit sowieso halb in Ibuza und halb in Lagos verbringen. Kehinde wird bald ihr Kind zur Welt bringen, und meinst du wirklich, sie würde das ohne dich machen? Auch Taiwo wird bald schwanger sein, und auch sie wird dich brauchen. Du wirst gar nicht so nutzlos

sein, wie du befürchtest. Und Vaters junge Frau und ihre Kinder...« wollte Adim gerade sagen.
Nnu Ego sah sich auf dem großen Platz um und bemerkte ihre Tochter Taiwo, die sich hier mit ihr verabredet hatte. Neben ihr stand Magnus, der sich von seiner Arbeit im Finanzministerium einen Tag hatte beurlauben lassen, um seine Schwiegermutter verabschieden zu können. Taiwo strotzte vor Gesundheit und war überglücklich. Sie trug ein neues Kleid, das Magnus ihr geschenkt hatte, und wirkte sehr wohlhabend. Niemand hätte vermutet, daß sie kaum lesen und schreiben konnte. Die beiden, Mann und Frau, scherzten miteinander; Taiwo lachte und zeigte auf etwas. Aus Spaß gab er ihr einen kleinen Klaps mit der gefalteten Zeitung. Als sie Nnu Ego bemerkten, liefen sie wie Schulkinder auf sie zu. Nnu Egos Glück hatte sich erfüllt. Ja, das war doch etwas. Das Glück ihrer Kinder machte sie glücklich.
Als es Zeit war, in den mammy-Laster einzusteigen, der sie nach Ibuza bringen sollte, bestanden Magnus und Adim darauf, sie solle vorne im Fahrerhaus sitzen. Die kleine Malachi sollte sie auf den Schoß nehmen, damit sie sich nicht zu sorgen brauchte.
»Aber da vorn kostet es dreimal soviel wie hinten, Kinder. Wißt ihr auch, was ihr tut?« Trotzdem ging sie unter den neidischen Blicken der anderen Passagiere nach vorn.
»Mütter haben Vorrang«, sagte der Fahrer mit übertriebener Höflichkeit. »Sie ist doch eure Mutter? Sie sieht eigentlich zu jung aus, um eure Mutter zu sein.«
Nnu Ego stieg ein, wie eine Königin auf dem Weg zur Krönung. Dann blickte sie noch einmal hinunter und sagte zu Magnus: »Nimm Obiageli, mein Sohn. Sieh zu, daß aus ihr in den nächsten fünfzehn Jahren eine wohlerzogene Miß wird.«
»Ja, Mutter.«
Sie winkte ihren Töchtern zu, jede an der Seite ihres Mannes - Kehinde schwanger, Taiwo strahlend - und Obiageli wurde von Magnus fest und liebevoll gedrückt. Sie winkte und winkte, sie lachten alle, bis ihnen die Tränen kamen.
»Mutter, bete für uns, daß unser Leben genauso ertragreich und fruchtbar sein möge wie deins«, rief Kehinde dem abfah-

renden Laster nach. Der Fahrer grinste Nnu Ego an. »Es ist sehr schön, Töchter zu haben«, sagte er.
Nnu Ego trocknete ihre Tränen und sagte spröde: »Ich habe nicht nur Töchter. Ich habe einen Sohn in ›Emelika‹, einen Sohn auf dem Gymnasium und noch einen, der Bauer werden will.«
»Dann sind Sie ja wirklich eine reiche Frau«, sagte der Fahrer. »Sie müssen mir sagen, wo Sie wohnen; ich besuche gerne bedeutende Leute. Wissen Sie, wenn man sich mit ihnen unterhält, erfährt man wenigstens, wie sie es geschafft haben. Ein Sohn in Amerika? Meine Güte, Sie müssen ja vor Freude platzen, madam!«
Der Laster fuhr mit ziemlicher Geschwindigkeit nach Agege, das auf dem Weg nach Ibuza lag. Nnu Ego schloß die Augen; sie hatte ein wenig Kopfschmerzen. Sie rückte Malachi auf ihrem Schoß etwas bequemer zurecht, denn sie konnte sich unter dem Gewicht des Kindes nicht rühren. Mit halbem Ohr hörte sie dem Geplauder des Fahrers zu.
»Das Leben meint es nicht gut mit uns Männern. Wir müssen die ganze Arbeit verrichten, und ihr Frauen heimst den Ruhm ein. Ihr lebt sogar länger, um die Früchte zu ernten. Ein Sohn in Amerika? Sie müssen sehr reich sein, und sicherlich ist Ihr Mann auch schon lange tot...«
Sie hielt es für müßig, dem Fahrer zu antworten, der offensichtlich lieber in seiner Traumwelt lebte, als die Wirklichkeit zu sehen. Welchen Schock sie ihm wohl versetzen würde, wenn sie ihm erzählte, daß ihr Mann im Gefängnis war, oder daß der sogenannte Sohn in Amerika ihr nie persönlich geschrieben hatte, von Geld, was er ihr hätte schicken können, gar nicht zu reden. Wenn sie ihm das erzählen würde, würde er verächtlich antworten: »Aber darüber sind Sie doch wohl erhaben, madam.« Bei diesem Gedanken mußte Nnu Ego leise lachen, gerade so wie es ihr Vater getan hatte.
Zuhause in Ibuza brandmarkte Nnaifes Familie Nnu Ego als schlechte Frau, und sie mußte bei ihren Verwandten in Ogboli wohnen. Sie hatte das erwartet, denn sie wußte ja, nur gute Kinder gehören zu ihrem Vater...
Nnaife wurde bald freigelassen, und auch er kam nach Hause

und wohnte mit seiner jungen Frau Okpo zusammen. Aber er war ein gebrochener Mann; und auch mit Nnu Ego ging es sehr schnell bergab. Nicht daß sie hätte Armut leiden müssen; ihre Töchter halfen ihr hin und wieder aus. Woran sie eigentlich zerbrach, das war das monatelange vergebliche Warten auf Nachricht von ihrem Sohn in Amerika oder von Adim, der später nach Kanada ging.
Ihr war das Gerücht zu Ohren gekommen, Oshia habe geheiratet und seine Frau sei eine Weiße.
Eine Zeitlang ertrug Nnu Ego diesen Druck, doch allmählich gaben ihre Nerven nach. Sie wurde geistesabwesend, und man redete darüber, sie sei seelisch ja nie die Stärkste gewesen. Meistens ging sie zu dem sandigen Platz Otinkpu in der Nähe ihres Hauses und erzählte den Leuten dort, ihr Sohn sei in ›Emelika‹, und sie habe noch einen Sohn, der auch im Lande der Weißen lebte - den Namen Kanada konnte sie nie richtig aussprechen. Eines Nachts nach einer solchen Wanderung legte sie sich am Straßenrand hin, weil sie sich in ihrem Haus wähnte. Dort starb sie unbemerkt; keins ihrer Kinder hielt ihre Hand, kein Freund redete mit ihr. Sie hatte niemals viele Freundschaften geschlossen, ihr Mutterglück zu sichern hatte sie so in Anspruch genommen.
Als ihre Kinder von ihrem plötzlichen Tod erfuhren, kamen sie alle nach Hause, auch Oshia. Ihnen allen tat es leid, daß sie gestorben war, bevor sie selber in der Lage waren, ihrer Mutter ein angenehmes Leben zu ermöglichen. Sie bekam das teuerste und lauteste zweite Begräbnis, das es in Ibuza je gegeben hatte; zu ihren Ehren errichtete man einen Schrein, damit ihre Enkel sie um Hilfe bitten konnten, wenn sie unfruchtbar waren.
Später hieß es jedoch, Nnu Ego sei auch über ihren Tod hinaus noch eine boshafte Frau gewesen, denn wieviele Menschen auch immer sie anflehten, Frauen fruchtbar zu machen, sie tat es nie. Arme Nnu Ego, nicht einmal im Tode hatte sie Frieden! Viele waren der Meinung, sie habe sich für ihre Kinder aufgeopfert. Die Freude einer Mutter, so sagt man, ist die Freude, den Kindern alles zu geben.
Und welchen Dank bekam Nnu Ego? Hatte sie nicht das größ-

te Begräbnis bekommen, das Ibuza je gesehen hatte? Es dauerte drei Jahre, bis Oshia das Geld zurückgezahlt hatte, das er sich geborgt hatte, um der Welt zu beweisen, was für ein guter Sohn er war. Darum verstanden die Leute einfach nicht, warum sie ihre Gebete nicht erhörte: denn was wollte eine Frau noch mehr als Söhne, die ihr ein anständiges Begräbnis zukommen ließen?
Nnu Ego hatte das alles bekommen, und trotzdem erhörte sie die Gebete um Kinder nicht.

Glossar

abada	Tuch aus Baumwolle, in bunten Farben und kräftigen Mustern
akara	Klöße aus Bohnen
aso-ebi	Standardkleidung, die bei festlichen Anlässen (Geburten, Taufen, Beerdigungen) getragen wird
buba	kurze Bluse
chi	Repräsentation Gottes, »personalisierte Vorsehung«
chin-chin	snack aus Mehl, gebraten
Dan duru ba	»Scheißkerl«, »Idiot«
dibia	Medizinmann
egusi	wird für Suppen verwendet und ist den Melonensamen verwandt
garri	Mehl
Große Mutter	Begriff für ältere Frauen. Damit ist nicht unbedingt die eigene Mutter gemeint.
Hauswesen	im Englischen compound. Die gebräuchliche Übertragung »Gehöft« verdeckt, daß der compound ein lebender Organismus ist, mit Wohnräumen (getrennt für das Oberhaupt der Familie, die ranghöchste Frau, die älteren Frauen, die Söhne usw.), mit Wirtschaftsräumen, freiem Platz zur Kommunikation in der Mitte, Schrein.
iba	Malariaart
John-Holt-Läden	große Ladenkette mit vielen Filialen
lappa	Wickelrock
Mammy Waater	Meeresgöttin. Es gibt einen Mammy Waater-Kult, dem viele der schönsten Frauen angehören.

Mammy-Laster	große Lastwagen mit Sitzbänken. Eins der gebräuchlichsten und beliebtesten Verkehrsmittel in Nigeria.
Markttage	Eke, Oye, Afo und Nkwo. Jedes Dorf besitzt einen eigenen Markttag. Märkte werden nach den Wünschen der dem Ort zugehörigen Gottheit errichtet.
munshi	nigerianischer Dialekt
npe	kleines Tuch
Obi	Oberhaupt der Familie oder eines Hauswesens
odo	Stößel
okazi	Gemüse, das die Ibos für Suppe verwenden
Olisa	der einzige wahre Gott, »Höchstes Sein«
otuogwu	großes Tuch, das wie eine Toga getragen wird
U.A.C.-Laden	wie die John-Holt-Läden ist die United African Company eine große Ladenkette mit vielen Filialen
ugu	Suppengemüse
ukwa	ein Bohnengericht, das es nur auf dem Lande, nicht in der Stadt gibt
vollwertige Frau	eine Frau, die ihrem Mann einen Sohn geboren hat